DUMONT

Nina hat den wohl schönsten Job der Welt: für ihre Kunden die perfekte Weihnachtstanne zu finden. Die Arbeit auf der Weihnachtsbaumfarm war immer voller Freude und Glück, doch nach dem Verlust ihres Vaters vor einem Jahr ist die junge Frau in ihrer Trauer gefangen. Ein Verehrer bietet da willkommene Ablenkung – aber ist er der Richtige?
Holly versucht nur, ein normaler Teenager zu sein, und doch wird sie von ihren Mitschülerinnen schikaniert. Als plötzlich der attraktivste Junge der Schule Interesse an ihr zeigt, kann sie ihr Glück kaum fassen. Sind all ihre Wünsche auf einmal wahr geworden, oder hat die Sache einen Haken?
Angies einziger Weihnachtswunsch ist es, ihre Familie zusammenzubringen und ihre in Scherben liegende Ehe zu retten. Erzwingen kann sie die Versöhnung mit Mann und Sohn jedoch nicht. Wird ihr Wunsch in Erfüllung gehen?
Die größten Wunder geschehen an Weihnachten – und vielleicht gibt es ja für alle drei Frauen ein Happy End ...

Erin Green schreibt zeitgenössische Unterhaltungsromane voller Leben, Liebe und Lachen. Sie lebt mit ihrem Ehemann in der Grafschaft Warwickshire.

Ulrike Laszlo studierte nach ihrer Ausbildung zur Dolmetscherin und Übersetzerin Amerikanistik und Romanistik. Seit fast 25 Jahren ist sie als Literaturübersetzerin tätig.

Karin Dufner studierte Amerikanische Literatur und Literarisches Übersetzen aus dem Englischen. Seitdem hat sie etwa 400 Titel vom Englischen ins Deutsche und zurück übertragen.

Erin Green

DAS WEIHNACHTSBAUM-WUNDER

Aus dem Englischen von
Ulrike Laszlo und Karin Dufner

DUMONT

Gewidmet dem kostbaren Moment,
in dem der Magen Purzelbäume schlägt.

Eins

NINA

Samstag, 8. Dezember

Die Weihnachtsbäume ragen weit hinauf in den tintenschwarzen Morgenhimmel, als ich auf dem schlammigen Weg zur Farm stapfe, einer arbeitsreichen Elf-Stunden-Schicht entgegen.

Der Chor der Morgendämmerung hat noch nicht eingesetzt, und außer einem Fuchs auf der Pirsch ist um diese Zeit niemand zu sehen. Allmählich bereiten sich die Vögel auf ihre ersten Töne vor. Trotz dieser heiteren Ruhe fühlt sich mein Herz an wie ein zwischen meinen Rippen verkeilter Kohleklumpen.

Meine Taschenlampe schlägt gegen mein Bein, während ich den verlassenen Pfad entlanggehe. Ich benutze sie im Moment nicht, denn ich kenne den Weg wie meine Westentasche – die Lampe ist nur für Notfälle gedacht. Die Farm beherrscht die örtliche Umgebung und bildet eine hübsche grüne Grenze zu unserem kleinen Dorf Baxterley.

Die Luft ist erfüllt von dem würzigen Duft der Fichten, die auf beiden Seiten des Feldwegs stehen. Ausgewachsene Bäume, die vor Jahrzehnten gepflanzt wurden, gleichen Riesen, ihre ausgebreiteten Zweige hängen tief nach unten, so, als würden sie mich bei meiner frühen Ankunft an meinem Arbeitsplatz begrüßen wollen. Etwas Rotes blitzt vor mir auf und erregt meine Aufmerksamkeit: Da ist es, mein dickes Rotkehlchen. Es hüpft auf einen Fichtenzweig, ruckt mit dem Kopf und mustert mich kurz mit seinen Knopfaugen, bevor es davonfliegt. Ich nenne es »mein« Rotkehlchen, obwohl sehr viele inmitten der Weihnachtsbäume leben – ich tue so, als gäbe es nur eines, und das ist *meins*.

»Willkommen auf der Weihnachtsbaumfarm«, flüstere ich ihm zu, als es sich auf dem Eingangstor zur Farm niederlässt. Über dem Holztor aus fünf Balken prangt ein kunstvoll gefertigtes Schild, das stolz verkündet: »Züchter des Jahres – bester Weihnachtsbaum«. Diesen Preis haben wir beim jährlichen Wettbewerb der Vereinigung der britischen Weihnachtsbaumzüchter gewonnen – er ist vergleichbar mit einer Fünf-Sterne-Auszeichnung für ein Restaurant oder Hotel, eine Prämierung, die mein Boss mit Freuden der Öffentlichkeit präsentiert. Seitdem hat das neue Holzschild einen Ehrenplatz am Eingang zur Farm.

»Unsere Weihnachtsbäume werden nach Arten sortiert und entsprechend zugeschnitten. Bitte wenden Sie sich an uns, wenn Sie den für Sie passenden Baum nicht finden.« Nach neun Jahren muss ich meinen Verkaufsspruch nicht mehr üben, sondern sage ihn mir aus reiner Gewohnheit noch einmal vor.

Ich schiebe den Metallriegel zurück, öffne das Tor und binde es fest. Wir haben einen weiteren arbeitsreichen Tag vor uns, und ich möchte vermeiden, dass jemand später hierherlaufen muss, um es wieder aufzumachen.

Ich arbeite das ganze Jahr über hier. Wir sind nicht sehr viele – unser Boss Fielding stellt jedes Jahr nach Bedarf eine Menge Saisonarbeiter ein, die dann wieder entlassen werden. Glücklicherweise habe ich mich vor Jahren als gute Mitarbeiterin erwiesen, also kann ich die Schönheit der Farm zwölf Monate im Jahr genießen.

Im Juni 2009 habe ich nach den Abschlussprüfungen die Schule verlassen und bereits eine Woche danach hier angefangen. Wer hätte gedacht, dass Weihnachtsbäume bereits im Juli Pflege brauchen? Das liegt nun neun Jahre zurück, und ich habe keine Ahnung, wie viele Christbäume ich seither verkauft habe.

Es weht ein eisiger Wind. In der Wettervorhersage wurde Schneefall für ganz Warwickshire angekündigt – solche Aussichten machen meinen Boss mit Sicherheit glücklich. Bei Schnee schnellen die Verkaufszahlen von Weihnachtsbäumen in die Höhe, ebenso wie die von Speiseeis an einem sonnigen Sommertag. Für uns Arbeitskräfte auf der Farm bedeutet das jedoch, trotz Schneetreiben und Blizzards unseren Aufgaben nachzugehen. Es ist eine Sache, sich ins Zeug zu legen, um den Leuten Fichten zu verkaufen, aber eine ganz andere, vor einer Schicht tonnenweise Schnee zu schippen, um die Zufahrtswege für die Kunden freizumachen.

Ich setze meinen Weg auf dem zerfurchten, langen Pfad fort, der breit genug für Traktoren ist. Um diese Zeit des Jahres ist es hier oft sehr düster, aber ich fühle mich nie einsam. Wie wäre das auch möglich, da ich doch von der Natur und ihrer sich ständig verändernden Schönheit umgeben bin? Jede Jahreszeit hat ihre eigenen Reize, und der Winter ist einfach der Höhepunkt unseres Jahres.

Mir ist bewusst geworden, dass mein Geist abgelenkt ist, sobald meine Hände beschäftigt sind. Das ist der Zauber der Weihnachtsbaumfarm – hier herrschen eine Wärme und Betriebsamkeit, die mir zu vergessen helfen ... Ein langer Arbeitstag mit chaotischen Familien auf der Suche nach einem Baum – wobei manchmal leider auch einige in Streit geraten – ist genau das, was ich brauche. Es ist kaum zu glauben, wie viel Zeit manche Familien für die Suche nach dem richtigen Baum aufwenden, und das, obwohl wir nur vier Arten verkaufen: Fichten, Blautannen, Nordmanntannen und Frasertannen.

Steht dann die Art fest, können sie sich oft nicht über die Größe einigen: Soll es ein ganz kleiner Baum sein, einer von durchschnittlicher Höhe oder einer der fantastischen grünen Riesen? Die meisten Familien kaufen nur einen Baum, also verstehe ich ihren Wunsch nach Perfektion. *Ihr* perfekter Baum kann ihr perfektes Weihnachtsfest ausmachen. Hin und wieder kaufen Familien auch mehrere Weihnachtsbäume – einen fürs Wohnzimmer, einen für die Diele und einen mit Wurzeln, der im Vorgarten eingepflanzt werden kann. Wir berechnen nach Meter, also kann das ziemlich teuer werden. Und so oft ist der Kostenfaktor entscheidend. Auch heute werde ich sicher irgendwann wieder den altbekannten Satz hören: »Oder sollen wir es lassen und den alten Plastikbaum im Speicher abstauben?« Ich werde lächeln, so tun, als ob ich das nicht gehört hätte, und hoffen, dass sie sich doch für einen Baum aus unserem Sortiment von wunderschönen Exemplaren entscheiden. Meiner Meinung nach geht nichts über einen echten Weihnachtsbaum – er sorgt nicht nur für Freude in dieser Jahreszeit, sondern auch für einen herrlichen Duft. Wenn es hart auf hart kommt und sie immer noch darüber nachdenken, den verstaubten Plastikbaum einem unserer herrlichen Gewächse vorzuziehen, werde ich der Familie rasch eine Fichte zeigen und versehentlich einen falschen Preis nennen. Man könnte es auf meine Weihnachtsstimmung oder auf eine allgemeine Milde in dieser Jahreszeit zurückführen – mein Boss wird auf jeden Fall nichts davon erfahren. Seien wir doch mal ehrlich: Das Leben ist zu kurz, um sich wegen Geld Sorgen zu machen. Am sechsten Januar werden alle unsere Weihnachtsbäume kahl und braun neben einer Mülltonne stehen, also sollte man sich daran erfreuen, solange es möglich ist.

Heute, am achten Dezember, eröffnen wir die Saison. Wenn alles so abläuft wie in den letzten neun Jahren, werde ich zwischen den Familien hin und her laufen, mein Bestes geben, um Bäume herbeizuschleppen und, dank meiner umfangreichen Kenntnisse über jede Art, alle Fragen beantworten. Ich werde freundlich lächeln, Glühwein und warme Früchteküchlein servieren und jeden herzlich begrüßen, der unsere Farm besucht.

*

Der Hof der Farm vor mir wird von hoch oben angebrachtem Flutlicht erhellt. Auf dieser weiten offenen Fläche werden die Weihnachtsbäume verkauft. Aus den Lautsprechern, die außer Reichweite möglicherweise genervter Mitarbeiter platziert sind, erklingt bereits blechern das Weihnachtslied »Little Drummer Boy«. Obwohl ich die Aufnahme schon seit einem Jahr nicht mehr gehört habe, kenne ich die Reihenfolge der zwanzig Songs aus den vorherigen Jahren in- und auswendig.

»Nina!«, ruft Bram, als ich bei der ersten Blockhütte, von uns liebevoll »das Kassenhäuschen« genannt, um die Ecke biege. Er trägt einen Thermomantel und Stahlkappenstiefel. »Ich habe etwas ganz Besonderes für dich!«

Der Klang seiner tiefen Stimme entlockt mir ein Lächeln. Bram, der ältere der eineiigen Zwillingssöhne meines Chefs, glaubt jedes Mal, wenn er mich um ein Date bittet, dass ich endlich einwilligen werde. Dabei vergisst er immer wieder, dass wir gute Freunde sind. Seit dem Matheunterricht in der siebten Klasse verbindet uns eine enge Freundschaft. Und sein jüngerer Bruder Zach gehört auch dazu. Im Charakter sind sie so verschieden wie Tag und Nacht oder wie eine Blautanne und eine Fichte. Beide sind jedoch stark und kräftig gebaut, wohlgenährt und im besten Alter.

Allein der Gedanke, mit einem von den beiden auszugehen, ist mir ein wenig unangenehm; Geschäftliches mit Privatem zu vermischen, fühlt sich für mich ungewöhnlich und falsch an. Die Zwillinge sind in dem massiven Farmhaus aufgewachsen, umgeben von riesigen Feldern im Norden, Süden und Osten.

»Guten Morgen, Bram. Dann schieß mal los!« Ich ziehe mir die Mütze vom Kopf, fahre mir mit den Fingern durch die mausbraunen Locken und mustere seine lebhaften Gesichtszüge, während er mir wieder einmal einen übertriebenen Plan vorträgt, den er sich wahrscheinlich am Abend zuvor nach vier Bier im The Rose, dem einzigen Pub in unserem Dorf, ausgedacht hat.

»Nina, schau mich nicht so an. Ich habe mir gedacht, wir könnten ...«

Ich höre ihm gar nicht zu. Seine grauen Augen funkeln aufgeregt, die langen blonden Wimpern flattern wie Schmetterlingsflügel, seine Lippen bewegen sich unaufhörlich. Sein Dad, Boss Fielding, nennt ihn hinter seinem Rücken Quasselstrippe, und die Belegschaft lacht über den uralten Witz. Abraham spielt gern den lauten, aufgedrehten und wetteifernden Zwillingsbruder. »Das ist besser, als Zach zu sein«, erklärt er üblicherweise schlagfertig.

»Also, was denkst du?« Er hält inne, streicht seinen blonden Pony aus der Stirn und zupft ihn zurecht. Meine Antwort wird ebenso ausfallen wie immer.

»Oh Bram, was soll ich dazu sagen?«, erwidere ich leise. Es schmeichelt mir, dass er nach so vielen Absagen noch die Energie aufbringt, mich immer wieder zu bedrängen. Er hat mir schon zahlreiche Dates angeboten: Candle-Light-Dinner, Wanderungen auf den Snowdon, ein Wochenende beim V Festival, Ferien in Barcelona und sogar Skifahren in Österreich. Witzigerweise fiel es mir besonders leicht, ein Wochenende zum Fliegenfischen abzulehnen.

Ich mache mich auf den Weg zu der Blockhütte neben dem Kassenhäuschen, die als Aufenthaltsraum für die Belegschaft dient.

»Komm schon, Nina.« Er folgt mir zielstrebig, denn er kennt meine Routine. »Ich verspreche, dass ich mich wie ein Gentleman benehmen und dich wie eine Lady behandeln werde.«

Ich laufe die Holzstufen hinauf, stoße die schwere Tür auf und werde von der Wärme begrüßt, die das Feuer im Kaminofen ausstrahlt. Eine bunte Mischung aus gespendeten Sofas und Kaffeetischchen sorgt für eine gemütliche Atmosphäre.

»Du lädst mich also zu einem richtig guten Abendessen ein?«, frage ich, während ich den Reißverschluss meiner Jacke aufziehe.

»Ich schwöre, dass ich dich wie eine Dame behandeln werde.«

»Abraham! Du erstaunst mich ...« Unwillkürlich lächle ich ihn zurückhaltend an. Es gelingt mir einfach nicht, ganz zu verbergen, dass ich mich geschmeichelt fühle und seine Hartnäckigkeit bewundere.

»Also, was darf es sein, Nina?«, fragt er und zwinkert mir frech zu.

»Bram ... Wir würden das ruinieren, was wir haben.« Ich gehe zur Garderobe hinüber und streife meine Jacke ab. Bram folgt mir.

»Nein, werden wir nicht. Was sagst du dazu?«

Ich hänge meine Jacke an den Haken mit meinem Namen auf einem geschwungenen Schild darüber, eine Ehre, die nur Festangestellten zuteilwird. Ein paar der anderen sind schon da und ziehen sich gerade ihre Arbeitsklamotten an. Shazzas Haken ist jedoch noch leer – sie kommt sicher wieder auf den letzten Drücker. Kittys gefütterter Regenmantel hängt bereits an ihrem Haken. Zwischen den Aufhängern befinden sich Plastikbehälter für Kleidungsstücke und persönliche Gegenstände, die sich jeder von zu Hause zum Schutz gegen die Kälte mitbringt.

»Wir sind schon seit dreizehn Jahren gute Freunde, und diese Freundschaft bedeutet mir sehr viel.«

»Das sehe ich anders. Du bist der schlechteste Kumpel, den ein Mann haben kann. Du hältst nichts von Trinkspielen, kannst mit Fußball nichts anfangen und stimmst nie meinen Plänen zu.«

»Dann stell dir nur vor, was für eine grauenhafte Freundin ich abgeben würde. Ich würde mich ständig über alles beklagen, dir pausenlos Nachrichten schicken und rund um die Uhr wissen wollen, wo du steckst. Wäre das etwa besser?«

»Nein! Das hört sich an, als hätte ich mal wieder einen verdammten Korb von dir bekommen.«

Bram lehnt sich kopfschüttelnd gegen das alte abgewetzte Sofa, während ich aus meiner Plastikbox ein paar Kleidungsstücke herausnhole, um mir mehrere Schichten anzuziehen.

Dieses Spiel haben wir vom ersten Tag an schon eine Million Mal gespielt – es ist zur festen Gewohnheit geworden. Er macht mich nicht an, das ist nicht seine Art. Wir fühlen uns in der Gegenwart des anderen nie unbehaglich. Bram und Zach sind meine besten Freunde, und das wird auch so bleiben.

Ich schließe die Druckknöpfe an meiner roten Weste und greife in die große Vordertasche, um mich zu vergewissern, dass mir niemand den Filzstift, den Notizblock oder die Wollhandschuhe stibitzt hat. Heute habe ich Glück.

»Nina Salloway, du bringst mich noch ins Grab.«

»Das will ich hoffen«, scherze ich, hole meinen Thermomantel mit dem Firmenlogo und meinem auf den Rücken gestickten Vornamen und streife ihn mir über. »Komm, wir machen ein Wettrennen zur Stechuhr.«

»Nina!«

»Hör auf, Bram. Die Unterhaltung ist beendet.« Als ich mich zur Tür wende, stürmt Shazza wie ein blonder Wirbelwind herein, murmelt einen Gruß und stößt eine kurze Entschuldigung mit der

Begründung hervor, ihre jüngeren Geschwister hätten das Badezimmer in Beschlag genommen. »Guten Morgen, Shaz. Bram, ich wette mit dir, dass nach diesem Song ›White Christmas‹ folgt.«

Bram schüttelt den Kopf, verzieht den Mund und folgt mir aus der Hütte. »Du liebst mich wirklich.«

»Von ganzem Herzen.«

ANGIE

»Können wir reden?«, frage ich am Handy. Nicks Schweigen zieht sich lange hin und hört sich nicht sehr vielversprechend an. Während der zehnminütigen Fahrt habe ich nachgedacht, eine ausführliche Rede verfasst und immer wieder geübt. Kaum parke ich an der Weihnachtsbaumfarm, habe ich sie vergessen. Schließlich habe ich heute Morgen nur eine Aufgabe: Ich muss *meinen* Christbaum aussuchen. Warum also rufe ich ihn an? »Nick?«

»Was?«

»Hast du mich gehört?«

»Ja, Angie, ich habe dich gehört, aber … ich weiß wirklich nicht, was ich sagen soll.« Seine Stimme klingt monoton und misstrauisch, und ihr fehlt leider jegliches Bemühen, mir eine Freude zu machen. »Worüber willst du denn reden?«

»Über *uns*.« Meine Güte, muss es mir dieser Mann so schwer machen? Komm mir doch *bitte* ein wenig entgegen.

Ich höre ihn atmen, eine Abfolge von unregelmäßigen Seufzern, aus denen die Unsicherheit spricht.

Als ich dieses Gespräch allein durchgespielt habe, ist er bei meinem Vorschlag hochgesprungen, hat aufgelegt und war schon auf halbem Weg zu mir.

So sollte das nicht laufen. Gebe ich ihm im Moment nicht genau das, worum er mich in den vergangenen elf Monaten immer wieder gebeten hat? Und trotzdem weicht er mir jetzt aus. Offensichtlich kenne ich den Mann nicht so gut, wie ich dachte. *Wie schade*.

»Schau, Angie, was gibt es zwischen uns denn noch zu bereden?«

»Nick …« Mir fehlen die Worte. Meine vorbereitete Rede ist verpufft, die Rädchen in meinem Gehirn greifen nicht mehr gut genug ineinander, um eine brauchbare Erklärung zu produzieren. »Können wir uns auf einen Drink treffen? Heute Abend?«, füge ich hastig hinzu, weil ich nicht möchte, dass er sich dafür einen Tag irgendwann unter der Woche aussucht und ich dann noch mal den ganzen Morgen, Mittag und Abend auf ein vereinbartes Treffen warten muss. *»Bitte.«*

Er denkt darüber nach. Immer noch.

Was gibt es da zu überlegen? Normalerweise antwortet man darauf mit »Ja, sehr gern« oder erwidert »Klar, wo möchtest du hingehen?«. Selbst ein unerwartetes »Bei dir oder bei mir?« wäre besser als das.

Aber nein, es herrscht absolutes Schweigen.

»Sagen wir um acht Uhr vor The Rose in Baxterley?«, fahre ich fort und unterdrücke die Angst vor einer Zurückweisung. Sich auf neutralem Boden zu treffen, außerhalb unserer Heimatstadt Atherstone, ist doch ein vernünftiger Vorschlag, oder? Die guten alten Zeiten, in denen es ständig in der Leitung knisterte und die Verbindung abbrach, waren mir lieber – das war besser als diese Demütigung.

»Also gut. Um acht.« Er legt auf.

Ich werfe einen Blick auf das Display, um mich zu vergewissern, dass die Verbindung unterbrochen ist.

»Verdammt, Nick. Vielen Dank für nichts«, schreie ich. Am liebsten würde ich ihn noch mal anrufen und die Verabredung wieder absagen, doch ich kämpfe gegen den Drang an, denn mir ist klar, dass ich damit nur einen einzigen Menschen verletzen würde. Bevor ich auf die Kurzwahltaste drücken kann, stecke ich das Handy rasch in meine Handtasche.

Nachdem ich den Sicherheitsgurt gelöst habe, lasse ich mich zurücksinken. Ein kurzer Blick in den Spiegel zeigt mir, dass ich mir dringend den Haaransatz nachfärben muss, obwohl mich mein nachlässig gebundener Haarknoten jünger macht.

Etliche aufgeregte Kunden drängen sich an der Motorhaube meines Wagens vorbei: Alte und Junge, Pärchen und Familien, Kinder, die sich hüpfend an den Händen halten – alle sind an diesem späten Samstagvormittag fröhlich und in festlicher Stimmung. Und ich sitze hier allein, mache mir Vorwürfe und pflege mein angeschlagenes Ego; noch gestern habe ich mir geschworen, Single zu bleiben.

Noch deprimierender könnte das alles nicht sein.

Durch die beschlagene Windschutzscheibe, die den Blick nach draußen immer mehr einschränkt, beobachte ich die glücklichen Familien und warte darauf, dass sich mein Ärger legt. Doch ich spiele in Gedanken immer wieder durch, wie ich um ein Date in The Rose gebeten oder vielleicht sogar gebettelt habe.

Wie konnte es so weit kommen? Eigentlich sollte ich mich doch in dieser vorbeiziehenden Parade von glücklichen, lächelnden Menschen befinden und mich darauf konzentrieren, das perfekte Weihnachtsfest zu organisieren. Ich sollte jetzt an den bereits gefällten, in Netzen verpackten Weihnachtsbäumen vorbeischlendern, in der Hand einen Becher mit Glühwein halten und an einem warmen Stück Früchtekuchen knabbern. In den vergangenen Jahren habe ich mehr Zeit auf dieser Farm verbracht, als ich mir vorstellen mag, immer auf der Suche nach dem perfekten Weihnachtsbaum. Jedes Jahr habe ich einen Baum nach Hause geschleppt, ihn geschmückt und gewässert. Seit ich ein Haus besitze, hat sich diese Tradition jedes Jahr am ersten Verkaufstag wiederholt … also seit siebzehn, nein, achtzehn Jahren! Verdammt, wo ist nur die Zeit geblieben?

Ich will wieder nach Hause. Habe ich es wirklich verdient, auf meine jährliche Tradition verzichten zu müssen, nur weil dieses Jahr – das ganz wichtige Jahr, in dem ich mich eigentlich »fabelhaft mit vierzig« fühlen sollte – das beschissenste Jahr meines Lebens war? Und nun Nick: Hat er etwa auch Zweifel?

Ich wünschte, ich hätte ihn nicht angerufen.

Und ich wünschte, ich wäre nicht zur Weihnachtsbaumfarm gefahren. Während ich die festliche Stimmung um mich herum aufnehme, sinke ich immer tiefer in meinen Sitz.

NINA

»Nina!«, ruft Zach, während er in unserer Pause heiße Getränke verteilt. »Möchtest du Zuckerstreusel oder Marshmallows auf deine heiße Schokolade?«

»Keins von beiden«, antworte ich und ziehe damit die Aufmerksamkeit meiner Kolleginnen auf mich.

»Ist das dein Ernst?«, will Kitty wissen und wendet mir ihr fein geschnittenes Gesicht zu. »Geht's dir gut?«

»Ich muss endlich meinen Zuckerkonsum reduzieren.«

»Das hast du wirklich nicht nötig ...« Kitty legt den Kopf schräg und sieht mich warmherzig, wenn auch tadelnd aus ihren sanften blauen Augen an.

Kitty Pardoe ist ein Stück älter als ich und viel weiser als wir Jüngeren, aber sie weiß noch, wie es ist, fünfundzwanzig zu sein. Ich kenne sie seit meinem ersten Tag, als sie mich unter ihre Fittiche genommen hat. Inzwischen ist sie zur Hauptkassiererin befördert worden. Heute muss sie allerdings wieder im Verkauf arbeiten, da Jackie, die Frau von unserem Boss, am ersten Tag der Saison das Kassenhäuschen für sich beansprucht. Wie ich hat auch Kitty den ganzen Vormittag geschnittene Bäume über den Hof geschleppt.

In den letzten drei Wochen vor Saisonbeginn haben wir bereits eine Menge an den Großhandel geliefert, und wenn einem das nicht schon vor dem Start des Verkaufs hier die Knochen bricht, was dann? Ich verstehe nicht, warum so viele Familien bereits kurz nach acht hier auftauchen, um sich den ersten Baum des Jahres zu sichern, aber hey, das gehört wahrscheinlich zu dem Weihnachtswahnsinn, der jedes Jahr in dieser Gegend ausbricht. Wenn es am Eröffnungstag schon so losgeht, mag ich mir nicht vorstellen, wie der letzte Samstag vor Weihnachten ablaufen wird.

»Wenn Nina ihre Marshmallows nicht will, nehme ich sie«, ruft Shazza vom anderen Ende der Hütte, wo sie ihre bestrumpften Füße an die Seite des Holzofens gelegt hat.

Zach lässt eine zusätzliche Portion Marshmallows in Shazzas Getränk fallen, bevor er allen die bereits sehnlich erwarteten Tassen in die Hand drückt.

»Danke«, sage ich zu ihm.

»Gern geschehen.«

Kitty senkt kurz den Blick, schaut jedoch dann Zach belustigt nach, als er sich von der Arbeitsfläche seine Tasse holt und dann rasch die Hütte verlässt.

»Was?«, frage ich, da sie sich mir seufzend zuwendet.

»Er mag dich wirklich«, erwidert sie und nippt an ihrem Getränk.

»Wir sind nur Freunde, nicht mehr.«

»Im Ernst, Nina, den Typen hat's schwer erwischt«, ruft Shazza quer durch den Raum und trinkt schlürfend einen Schluck aus ihrer übervollen Tasse.

»Ihr seht das mal wieder völlig falsch.« Zurzeit höre ich nichts anderes. Entweder verfolgt mich Bram wegen eines Dates, oder die anderen behaupten, Zach sei hinter mir her.

»Eine Weihnachtsromanze wäre so süß«, fügt Shazza hinzu und bringt ihre Füße am Ofen in eine andere Stellung. »Diese Jahreszeit ist perfekt dafür, sich zu verlieben und miteinander zu kuscheln.«

»Wie schade, dass Weihnachten in diesem Jahr für mich ausfällt. Also lass es dir gut gehen, Shazza. Such dir einen Kerl und genieß die Jahreszeit!«

Ich stelle meine Tasse ab und stehe auf. Kann ich hier nicht mal in Ruhe etwas trinken? Nach einigen Stunden harter Arbeit in der Kälte habe ich doch eine Pause verdient.

»Das würde ich gern, wenn ich könnte«, erwidert Shazza, während Kitty vergeblich versucht, sie mit einer Handbewegung zum Schweigen zu bringen. »Nein, Kitty, ich halte jetzt nicht den Mund. Weihnachten steht vor der Tür, ob ihr das gefällt oder nicht!«

Ich verlasse hastig die Hütte, stapfe die Treppe hinunter und über den Hof, um von ihnen wegzukommen. Ohne auf das aus den Lautsprechern plärrende »Mary's Boy Child« zu achten, gehe ich um die Familien herum und steuere auf den großen Geräteschuppen zu. Das Tor der Scheune steht wie immer weit offen. Drinnen sind landwirtschaftliche Geräte und Traktoren ordentlich in Reihen geparkt, in einer Ecke lagern stapelweise Heuballen, am anderen Ende befindet sich ein behelfsmäßiger Winterstall für Gertrude, die launische Eselin der Farm, und ihren Gefährten Arthur, den Ziegenbock. Zach beugt sich über den Rohrzaun und füttert die beiden mit Karotten.

»Hey, Zach, wie läuft's?«, frage ich lässig und versuche herauszufinden, in welcher Stimmung er ist. Ohne aufzuschauen, streichelt er weiter Gertrudes Nüstern. Die Eselin scheint seine Berührung zu genießen und fordert weitere Karotten, indem sie mit dem Maul seine Hand anstupst.

»Gut, danke, und bei dir?«

Ich lehne mich neben ihn an den Zaun.

In der Scheune riecht es nach Wärme und Sicherheit, und man ist weit weg von den Automotoren und dem Stimmengewirr draußen. »Gefällt dir das, Gertrude?«

»Sie liebt Aufmerksamkeit«, erklärt er, ohne das Tier aus den Augen zu lassen. Der Ziegenbock Arthur wirft einen kurzen Blick auf die Karotten und wendet sich dann wieder seinem Heuballen zu. »Hast du heute schon mit Bram gesprochen?«

»Ja. Er hat wieder so eine fixe Idee im Kopf, wie er und ich eine aufregende Zeit miteinander verbringen könnten. Weiß der Himmel, woher er solche Ideen hat, aber ...«

Zach dreht sich zu mir um und starrt mich an; seine grauen Augen sind weit geöffnet. Das gleiche Flattern der blonden Wimpern, der gleiche blonde Pony.

Es ist unfair, dass Männer so lange Wimpern haben – ruinieren wir Frauen unsere, indem wir sie mit Wimperntusche verkleben?

»Alles in Ordnung?«

»Er will mehr als nur Freundschaft, Nina. Darauf will er hinaus«, sagt er leise und mustert mein Gesicht. Ich wende rasch den Blick von ihm ab und richte ihn auf Arthur mit seinen riesigen Hörnern, als wäre er interessanter.

»Das weiß ich, aber an diesem Punkt waren wir schon mal. Ich glaube nicht, wir sollten ...«

»Dann sag es ihm.«

»Zach.«

»Er glaubt wirklich, dass ihr eines Tages ein Paar werdet. Das bildet er sich seit Jahren ein, und du hast ihn nie berichtigt. Du hast das nie klargestellt. Es ist, als ob ...«

»Hey, gib nicht mir die Schuld daran!«

»Ich muss mir den ganzen lieben langen Tag sein Gequassel über dich anhören. Du weißt ja, worum es geht: Er gibt sein Bestes, um dich zu beeindrucken, und du sagst ihm trotzdem nicht die Wahrheit, oder?«

»Ach ja? Das sagt genau der Richtige!« Mir war klar, dass meine Worte ihn treffen würden, doch sein verletzter Gesichtsausdruck sagt mir, dass er keinen verbalen Faustschlag erwartet hat.

Zach beißt sich auf die Unterlippe und wendet sich von mir ab.

Meine Stimme wird weicher.

»Warum bist du nicht endlich mal ehrlich, Zach? Oh nein, ich habe vergessen, dass du das nicht kannst.«

»Ich habe beschlossen, ihm nicht wehzutun. Das ist was anderes.«

»Und ich habe beschlossen, ihn zu ignorieren.«

Zachs graue Augen blitzen auf, er wirft mir einen warnenden Blick zu.

»Wollt ihr euch vor der Arbeit drücken, oder darf man sich zu euch gesellen?«, ruft Bram, marschiert in die Scheune und mustert uns. Eine Weile herrscht Schweigen.

»Das ist unsere Pause, also red keinen Mist«, erwidert Zach schließlich und schlüpft unvermittelt in eine andere Rolle.

Ich starre von einem zum anderen und bin offensichtlich wieder einmal zwischen die Fronten geraten.

»Ich meinte eigentlich eher, dass ihr ... Wie auch immer. Dad hat gesagt, dass er das komplette Team braucht, weil soeben ein ganzer Schwung Leute angekommen ist. Die Pause wird also verkürzt.«

»Na toll«, murrt Zach.

»Den Überbringer der schlechten Nachrichten trifft nicht die Schuld – das ist Dads Entscheidung, nicht meine. Nina, kannst du den anderen in der Hütte Bescheid geben? Sie werden nicht begeistert sein, aber ...«

Ich nicke und verlasse rasch die Scheune.

HOLLY

Ich warte am Ende der Verkaufstheke von Costa, umklammere den Löffel in meiner Hand und schaue zu, wie der Barista einen Haselnuss-Latte zusammenrührt. Den ganzen Vormittag über habe ich mich auf dieses Getränk gefreut. Es ist die Belohnung für meinen Teilzeitjob in einer Drogerie; ich muss dabei eine grässliche Uniform aus Synthetik tragen, die an meiner Wollstrumpfhose klebt.

»Haselnuss-Latte!«, ruft der Barista in den Raum, als würde er mich nicht am Tresen warten sehen. Ich trete einen Schritt vor, lasse mir den warmen Becher geben und freue mich schon darauf, auf dem Heimweg die cremige Haube wegzulöffeln.

»Holly!«, schreit eine Gruppe Teenager von einer der Sitzecken zu mir herüber. Ich drehe mich um und bereue meine Reaktion sofort. Sechs feixende Gesichter mit verschmiertem Eyeliner und zu stark geschminkten Lippen grinsen mich höhnisch an. »Komm und setz dich zu uns!«, brüllt Paris, eines der fiesen Mädchen aus der Schule. Die anderen fünf brechen in gackerndes Gelächter aus und versuchen, sich hintereinander zu verstecken.

Mit gesenktem Kopf haste ich zum Ausgang, wobei mein Pferdeschwanz bei jedem Schritt auf und ab wippt.

Meine beste Freundin Demi würde jetzt sagen: Sie sind so lustig wie eine Geschlechtskrankheit.

Sobald ich mich auf der Long Street befinde, richte ich den Blick starr nach vorne und gehe an dem großen Fenster des Coffeeshops vorbei. Endlich kann ich den Deckel von meinem Kaffeebecher nehmen und beim Gehen löffeln. Löffeln und genießen. Löffeln und entspannen. Löffeln und vergessen.

»Holly!«, ertönt eine männliche Stimme hinter mir. »Warte!«

Ich marschiere auf der belebten Straße in Atherstone weiter voran. Kein Mensch auf der ganzen Welt kann mich jetzt aufhalten und mich damit den Blicken dieser sechs Zicken preisgeben. Vielleicht würden sie sogar alles mit ihren Handys fotografieren und dann ins Netz stellen. Als ich die rettende Fassade der Pommesbude nebenan erreicht habe, bleibe ich stehen und drehe mich um.

Es ist Alfie Woodward. Mein Magen schlägt einen Purzelbaum, und ich lasse beinahe meinen Latte fallen. Rasch stecke ich den Löffel in meine Manteltasche; vor Alfie kommt es mir kindisch vor, den Milchschaum zu löffeln. Jedes Mädchen aus der elften Klasse, nein, das nehme ich zurück, jedes Mädchen in unserer Schule möchte mit Alfie Woodward befreundet sein. Er ist »der Mädchenschwarm«, wie meine Mutter sagen würde. Und dieser Alfie Woodward, der im Chemieunterricht in der letzten Reihe sitzt, kennt tatsächlich *meinen* Namen. Das finden die fiesen Mädchen mit Sicherheit nicht gut.

»Hi. Ich habe schon gedacht, du hättest mich nicht gehört.« Er zieht den Reißverschluss seiner Jacke zu, während er auf mich zukommt. Sein dunkles Haar ist kürzer als gestern in der Chemiestunde – anscheinend ist das seine Aufgabe am Samstagmorgen gewesen.

»Tut mir leid ... Ich, ähm ...« Ich zucke mit den Schultern und richte den Blick auf sein lächelndes Gesicht. Wie soll ich es nennen, dass die Mädchen im Costa meinen Namen gebrüllt haben?

»Ich war mit Jordan und Tom dort drin und habe gehört, wie sie dir hinterhergerufen haben. Wie auch immer – beachte sie einfach nicht. Gehst du am Dienstabend in den Jugendclub? Ich bin fast jede Woche dort. Deine Freundin Demi kommt auch hin und wieder, aber dich habe ich dort noch nie gesehen.«

Wieder zucke ich mit den Schultern. Was soll ich antworten? Ähm, nein, weil die fiesen Mädchen jede Woche dort sind? Oder wie wäre es mit: Ja, klar, ich komme gern, lass mich zwei Stunden lang beleidigen und gehe dann heulend nach Hause. Oder: Natürlich, halt mir einen Platz frei, dann sehen wir uns am Dienstag um sieben.

»Da kommen auch andere, nicht nur diese Hexen«, fügt er hinzu, als könnte er meine Gedanken lesen. »Ich könnte dich abholen, wenn du willst.«

Alfie Woodward will mich abholen!

Ich werde rot. Er mustert mich mit seinen blauen Augen und bemerkt natürlich, wie mein blasses Gesicht Farbe annimmt. Holly Turner, bleib einmal in deinem verdammten Leben cool.

»Und?« Ein leichtes Lächeln entblößt die obere Reihe seiner perfekten Zähne.

Ich presse die Lippen zusammen, um die feste Zahnspange mit den Brackets, um die ich meine Eltern angebettelt habe, zu verbergen. Im Moment bedauere ich das sehr und hätte lieber meine unansehnliche alte lose Zahnspange wieder.

Ich nicke kurz – offensichtlich habe ich plötzlich die Sprache verloren. Und wenn Alfie mit seinem frischen Haarschnitt, der schicken Reißverschlussjacke und den weißen Turnschuhen noch länger vor mir stehen bleibt, verliere ich vielleicht die Kontrolle über meine Hand und lasse den Becher mit dem Latte auf den Gehsteig fallen.

»Okay, dann komme ich am Dienstag kurz vor sieben zu dir.«

Gehirn, jetzt musst du funktionieren. Ein einfaches »Okay« würde schon genügen. Bitte lass mich jetzt nicht im Stich.

»Danke, Alfie, das ist nett von dir. Bis dann.« Ich drehe mich rasch um. Das wirkt unhöflich, aber ich kann ihn einfach nicht länger anschauen. Dann kann ich mein Lächeln nicht mehr unterdrücken, und auf meinem Gesicht breitet sich das dämlichste Grinsen aus, das man auf der Long Street in Atherstone jemals gesehen hat.

»Also gut, wir sehen uns dann in der Schule!«, ruft er mir hinterher, während ich mich auf den Heimweg mache.

»Ja, im Chemieunterricht.«

»Nein, du hast zuerst Geschichte und dann noch Erdkunde ...«

Ich versuche, lässig zu winken. Demi wird mir das nicht glauben.

NINA

In wenigen Stunden sind einige Hundert Weihnachtsbäume verkauft und befinden sich mit glücklichen Familien auf dem Weg in deren Zuhause. Der Boss ordnet an, dass eine zweite Ladung Bäume geschnitten werden soll, was bedeutet, dass das Personal auf dem Hof alle Hände voll mit dem Verpacken in Netze und dem Auszeichnen zu tun hat. Das ist die Geschäftigkeit, nach der ich mich sehne. Die Hände sind beschäftigt, also ist es auch mein Kopf.

»Ohne Schneefall hätte es gar nicht besser laufen können«, sagt der Boss stolz, bevor er uns weitere Instruktionen erteilt.

»Alles in Ordnung?«, erkundigt sich Kitty, als ich mich in der Hütte nach endlich überstandener Schicht aus meiner Arbeitskleidung schäle.

»Nein!« Ich bringe kein Lächeln zustande, obwohl Kitty das verdient hätte.

»Willst du darüber reden? Ich habe Zeit für ein Gespräch. Connor macht es nichts aus, im Wagen auf mich zu warten.«

Ich schüttle den Kopf. Connor kommt jeden Abend, um seine geliebte Kitty abzuholen; er beklagt sich nie, wenn es regnet und Kitty ihn bittet, mich nach Hause zu fahren, damit ich nicht patschnass werde. Die beiden führen eine echte Liebesehe, geprägt von gegenseitigem Respekt und Hingabe – wie aus einem Märchen.

Das Letzte, was ich im Moment brauche, ist ein Gespräch. Es geht nicht nur um die Zwillinge, und wenn ich jetzt anfange zu reden, kann ich meine Gefühle nicht mehr unter Kontrolle halten. Und wer will schon nach einer Elf-Stunden-Schicht den Putzeimer holen, um eine emotionale Pfütze aufzuwischen?

»Danke, aber lieber an einem anderen Abend«, flüstere ich, und meine Augen werden feucht. »Ich möchte jetzt nur noch auf schnellstem Weg nach Hause, ein heißes Bad nehmen, mich im Schlafanzug auf die Couch legen und mir das Samstagsprogramm im Fernsehen anschauen.«

»Und morgen wieder eine lange Schicht antreten.« Kitty kichert, um mich aufzuheitern.

»Ja, aber dann habe ich mich ausgeruht und bin wieder fit.«

Ich ziehe meine Winterjacke an und knöpfe sie zu, bevor ich mir die Mütze auf die braunen Locken stülpe.

»Tschüs.«

»Bis morgen, Kitty«, erwidere ich und wende mich zur Tür.

»Nina!«

»Ja?« Ich drehe mich um, die Hand bereits an der Türklinke.

»Ich habe es nicht vergessen. Ich weiß, dass es ein Jahr her ist, seit ... seit dem Krankenhaus. Ich wollte dich nur wissen lassen, dass ich daran gedacht habe.«

Beinahe hätte ich es in die Freiheit geschafft, ohne dass jemand ein Wort darüber verloren hat.

»Danke«, sage ich leise, und in meinen Augen brennen Tränen. Ich muss gehen – ich will allein sein.

Die Tür fällt hinter mir ins Schloss, meine schweren Stiefel poltern die Treppe hinunter, und ich marschiere rasch zu dem Feldweg und dann auf den einsamen Pfad, der zu meinem Häuschen führt. Endlich kann ich es zulassen, dass sich der emotionale Knoten löst, den ich seit dem Aufwachen jede Stunde habe hinunterschlucken müssen, und schon fließen die Tränen. Ich bin froh, dass ich es geschafft habe, bis halb sieben die Fassung zu wahren. Die Erlösung kommt leicht und schnell. Ich wische die Tränen nicht weg, die an meinem Kinn hängen. Ich lasse sie einfach laufen. So wie jeden Tag im vergangenen Jahr. Heute vor einem Jahr wurde mein Dad in ein Hospiz gebracht, nicht in ein Krankenhaus, wie Kitty sich erinnert. Heute vor einem Jahr hat er unser Haus zum letzten Mal verlassen.

ANGIE

»Hi.« Ganz der alte Nick – wortkarg und, wie vorherzusehen war, zu spät.

»Hi«, erwidere ich und drücke ihm zur Begrüßung einen flüchtigen Kuss auf die Wange. Das habe ich schon seit Monaten nicht mehr getan. Ich unterdrücke den Wunsch, ihn zu fragen, wo er war, denn wir haben acht Uhr vereinbart, und nun ist es bereits zehn Minuten nach acht. Um diese Jahreszeit ist der malerische Ententeich vor dem Pub still und dunkel und bietet wenig Unterhaltung. Also habe ich am Eingang auf mein Handy gestarrt, während verliebte Pärchen Hand in Hand um mich herum in das gut besuchte Lokal gegangen sind. Jede der Frauen hat mir einen mitleidigen Blick zugeworfen, weil sie glaubte, ich wäre versetzt worden, während die Männer mich kurz musterten. Und nun ist Nick da, und mein Magen krampft sich zusammen. Ich bin nicht sicher, ob ich rasch zur Toilette laufen soll oder nicht. Oder wird sich mein Bauch wieder beruhigen, sobald wir Getränke bestellt haben? Vielleicht auch etwas zu essen? Ich erinnere mich daran, wie nervös ich bei unserem ersten Date war. Meine Hände zitterten die ganze Zeit, was wirklich lächerlich war, da wir in der Bar des Studentenheims saßen und uns ein Glas Fusel und einen Teller Käse-Pommes teilten.

»Gehen wir?«, fragt Nick, übernimmt die Führung und hält mir die Tür weit auf. Ich lächle. Keine Erklärung für sein Zuspätkommen, aber gute Manieren. Die hatte Nick schon immer; sie kosten nichts, sind aber ein Vermögen wert.

Sein ergrauendes Haar ist im Nacken ordentlich gestutzt. Er hat sich Mühe gegeben. Die Schuhe habe ich vorher noch nie gesehen, also müssen sie neu sein. Offensichtlich hat er Geld für sich ausgegeben – das finde ich gut. Doch vielleicht fließt sein Geld auch noch anderswohin?

»Danke.« Ich betrete The Rose. Hoffentlich bemerken alle, dass ich jetzt nur noch mit meinem Date für diesen Abend beschäftigt bin und mein Handy nicht mehr in der Hand halte. Das Pub ist mit rotgoldenen Bändern geschmückt, und an jedem alten Holzbalken sind prächtige Girlanden und glitzernde Christbaumkugeln befestigt. Ich tausche ein kurzes Lächeln mit einer jüngeren Frau aus, ein stummes Zeichen der Dankbarkeit und Erleichterung: Mein Date ist schließlich doch noch aufgetaucht. In jeder Kaminecke und in jeder Nische haben sich kleine fröhliche Grüppchen niedergelassen, die Betriebsamkeit in der Bar umfängt uns. Gläser klirren, Kellnerinnen laufen hastig an uns vorbei, und das unaufhörliche Stimmengewirr übertönt die Weihnachtsmusik.

»Angie?« Nick deutet auf einen abgelegenen Tisch in einer Ecke. Ich nicke zustimmend – je ruhiger die Umgebung, desto besser für unser Gespräch. Ich weiß genau, was ich sagen möchte, aber wenn ich daran denke, was in letzter Zeit alles vorgefallen ist, könnte ich damit kläglich scheitern. Ich beobachte ihn, wie er zu dem Tisch hinübergeht, ein paar Brösel von der Tischdecke fegt und einen Stuhl für mich zurückzieht. Er lässt die Hände auf der Rückenlehne liegen und wartet darauf, dass ich sein Angebot annehme.

Vorsichtig schiebt er den Stuhl nach vorne, während ich Anstalten mache, mich zu setzen. »Danke.«

Anstatt sich auf dem gegenüberliegenden Stuhl niederzulassen, macht er sich auf den Weg zur Theke.

»Nick!«, rufe ich ihm hinterher.

Er dreht sich um und zieht beim Klang meiner Stimme die Augenbrauen zusammen. Ich deute mit einer Kopfbewegung auf den zweiten Stuhl – ich möchte, dass er sich setzt, nur für einen Moment, damit ich Zeit habe, etwas zu sagen. Falls ich die Worte hervorbringe, die ich in Gedanken formuliert habe, könnten wir einen guten Start in den gemeinsamen Abend haben.

»Etwas zu trinken?« Er zeigt mit dem Daumen auf die Bar. Als ich den Kopf schüttle, schaut er mich verblüfft an und kehrt an den Tisch zurück.

Er setzt sich mir gegenüber, und ich sehe, dass er verärgert ist.

Jetzt ist es so weit. Ich muss sofort sagen, was ich heute Morgen schon habe loswerden wollen, als er mich abgewürgt hat. Sonst wird dieses Treffen keinen guten Anfang nehmen – falls das nicht schon passiert ist. Ich hole tief Luft und hoffe, dass niemand in der Bar die Frau beobachtet, die scheinbar vorher versetzt worden ist. Denn wenn das, was ich zu sagen habe, erst einmal raus ist, kann ich es nicht mehr zurücknehmen. *Nie mehr*.

Der Blick aus seinen klaren blauen Augen heftet sich auf mein Gesicht. Er wartet, und ich versuche verzweifelt, die Worte zu finden, die ich vor dem Badezimmerspiegel geübt habe. Die Worte, die ich mir im Auto immer wieder vorgesagt habe und noch einmal, während ich vor knapp fünf Minuten an der Eingangstür auf das Display meines Handys gestarrt habe.

»Nick, ich habe darüber nachgedacht, was du im letzten Monat gesagt hast. Ich möchte, dass wir es noch einmal miteinander versuchen«, fahre ich rasch fort, um eine Unterbrechung zu vermeiden. »Es wird schwierig werden. Mir ist bewusst, dass seit

Januar einiges geschehen ist … Doch ich wünsche mir, dass wir dorthin zurückkommen, wo wir einmal waren.« Ich halte inne.

So, jetzt habe ich es gesagt.

Er hat Monate darauf gewartet, dass ich seinem ursprünglichen Vorschlag zustimme.

»Am meisten Angst habe ich davor, dass wir uns einfach in die frühere Situation zurückgleiten lassen. Das möchte ich nicht. Ich will, dass wir so tun, als würden wir ganz von vorne beginnen, als wäre das unser erstes Date. So, als hätten wir uns online über eine dieser Websites kennengelernt. Heutzutage tun die Leute das ständig. Ich möchte, dass wir unsere Verbindung neu herstellen und miteinander reden, als würden wir uns zum ersten Mal treffen … Nick, hörst du mir zu?«

Er starrt mich an, und ich kann nicht erkennen, ob es ein gutes oder ein schlechtes Starren ist. Ist Starren jemals etwas Gutes? Ist das ein leichtes Nicken oder ein nervöses Zucken?

Nick steht auf, schiebt seinen Stuhl zurück und macht sich auf den Weg zur Theke. Okay, keine Reaktion. Na gut.

»Nick?«

Mit einem Stirnrunzeln dreht er sich um. Es ist wie am Murmeltiertag – er wiederholt das, was er vor ein paar Minuten gemacht hat.

»Etwas zu trinken?«

»Ja, aber du hast mich nicht gefragt, was ich möchte.« Meine Stimme wird leiser. Das musste ich jetzt sagen; es war mir wichtig, meinen Standpunkt zu behaupten, damit er begreift, dass ich es ernst meine.

»Aber, Angie, du trinkst immer ein großes Glas Rosé.«

»Solange du dein Date nicht gefragt hast, was sie trinken möchte, kannst du das nicht wissen, Nick.« Bin ich zu pedantisch?

Er zieht die Augenbrauen bis an seine ergrauenden Stirnfransen hoch. Mit gesenkten Schultern kehrt er langsam an unseren Tisch zurück.

»Angie, was kann ich dir zu trinken bringen?«, fragt er mich höflich.

»Einen Wodka Cranberry bitte.«

»Aber du magst keinen ...«

Jetzt runzle *ich* die Stirn. So wird das nicht funktionieren. Er versucht es nicht einmal, und wir sind noch ganz am Anfang unseres ersten Dates. Wenn wir es nicht über das Thema Getränke hinaus schaffen, sehe ich keine Hoffnung für uns nach achtzehn Jahren Ehe und einer überhasteten Scheidung.

Mit einem knappen »Okay« macht er sich wieder auf den Weg zur Bar. Er hat meinen Vorschlag gehört, nun muss ich warten, was daraus wird, wenn er mit den Getränken zurückkommt.

*

»Kommst du oft hierher?«

»Mit diesem Spruch willst du tatsächlich anfangen?«, schnaube ich und tupfe auf den Tisch verschütteten Wodka auf.

Nick zuckt mit den Schultern. »Was? Ich versuche zu tun, worum du mich gebeten hast.«

»Na gut, vielleicht sollte ich beginnen ... Also, Nick, erzähl mir was von dir.«

Er trinkt einen Schluck von seinem Guinness, stellt das Glas wieder auf den Tisch und setzt sich auf seinem Stuhl zurecht.

»Ich heiße Nick. Ich bin dreiundvierzig Jahre alt ... und seit Kurzem geschieden. Von Beruf bin ich Konstruktionsingenieur. Hauptsächlich für ein Handelsunternehmen, aber manchmal auch freiberuflich, wenn ich Aufträge bekomme. Ich arbeite in der Stadt, also fahre ich meistens nach Birmingham. An manchen Tagen arbeite ich jedoch auch zu Hause.«

Ich lächle. Gut gemacht. Nun bin ich dran. Fragst du mich jetzt etwas?

Schweigen breitet sich aus. Ich lächle weiter. Er wird automatisch nachfragen, denn wir führen eine höfliche Unterhaltung, und Nick hat gute Manieren. Mein Lächeln verschwindet, doch seines hält an. Seine Augen funkeln lebhaft. Er hat sehr lange darauf gewartet, mich sagen zu hören, dass ich es noch mal versuchen möchte.

Immer noch Schweigen. Ich werde ihn nicht dazu auffordern, aber er sollte mich jetzt fragen. Jetzt. Jetzt wäre es gut. Mist, absolutes Schweigen, wir starren uns einfach nur an ... Also werde ich noch eine Frage stellen und Interesse an seinem Beruf zeigen.

»Bist du schon lange Ingenieur?«

»Seit fast zwanzig Jahren. Nach der Schule habe ich an der Uni studiert.«

»An welcher Uni?«

»Angie, das weißt du doch – an derselben verdammten Uni wie du!«

»Das weißt du nicht. Du hast mich noch nichts über mich gefragt.«

»Meine Güte, Angie!«

Ich reiße mich zusammen. »Also, an welcher Universität, Nick?«

Er nippt an seinem Guinness und mustert mich über den Rand des Glases. Wird er den Ball zurückspielen oder war's das? *Game over?*

»Aston in Birmingham. Ich habe drei Jahre lang in der Nähe

des Campus gewohnt, herumgevögelt, so viel ich nur konnte, und dann ...«

»Nick!«, werfe ich vorwurfsvoll ein.

»Was?«

»Warum sagst du das? Du weißt, dass ich es hasse, wenn du so redest.«

»Weil das verdammt lächerlich ist. Willst du wirklich, dass ich herunterleiere, wie ich dich, meine Frau – beziehungsweise meine Ex-Frau –, vor all den Jahren kennengelernt habe?«

»Nein, aber ... Ach, vergiss es.«

»Was? Soll ich weitermachen, oder hören wir mit diesem Theater auf?«

»Mach weiter.« Ich trinke einen großen Schluck von meinem Wodka und wünschte, ich hätte einen doppelten bestellt.

»Wie auch immer, ich habe meine Frau kennengelernt, wir haben geheiratet und dieses Jahr, nach achtzehn Jahren Ehe, hat sie mich verlassen.«

Ich wünsche mir, dass er noch etwas hinzufügt, aber das tut er nicht. Ich könnte jetzt zurückschlagen, aber das lasse ich lieber bleiben. Bei einem ersten Date würde man das nicht tun, oder? Und das ist mein allererstes Date mit Nick Woodward, eine Verabredung, auf die ich mich den ganzen Tag gefreut habe. Ich habe mir dafür die Haare aufgedreht und mich schick angezogen und bin kurz vor acht hier angekommen. Leider musste ich dann zehn Minuten warten. Wenn das unser erstes Date ist – und das hoffe ich –, dann gibt es wegen dieser Unhöflichkeit einige Punkte Abzug für ihn.

Also weiter.

»Hast du Kinder, Nick?«

»Einen Sohn. Er ist gerade sechzehn geworden. Es tut weh, mitansehen zu müssen, wie sehr er unter der Scheidung leidet.«

»Mistkerl! Das war ein Schlag unter die Gürtellinie!«

»Was meinst du?«

»Das, was du gerade gesagt hast! Er leidet nicht darunter.«

»Doch, das tut er. Aber was weißt du schon darüber? Wir haben uns vorher noch nie getroffen, richtig?«

»Sehr witzig«, erwidere ich gereizt und versuche, meine Fassung wiederzuerlangen, nachdem er mein Kind in unserer ersten Unterhaltung erwähnt hat.

»Wie schon gesagt, er hatte es nicht leicht. An manchen Tagen war er mir gegenüber sehr verschlossen. Und gegenüber seiner Mutter auch. Tatsächlich hat er immer noch Schwierigkeiten, sich normal mit ihr zu unterhalten ... Das finde ich sehr beunruhigend, denn bevor sie aus der Ehewohnung ausgezogen ist, standen sich die beiden sehr nahe.«

Ich lehne mich zurück und warte. Unter dem Tisch presse ich mit aller Kraft die Fingernägel in die Handflächen. Am liebsten würde ich schreien. Und weinen. Ich möchte, dass Nick damit aufhört, doch er ist jetzt in Fahrt und spielt das Spiel, um das ich ihn gebeten habe. Und weil ich das von ihm wollte, kann ich ihm jetzt nicht Einhalt gebieten. Ich wollte diesen Schmerz. Diese Kränkung. Diese herzzerreißenden Details über mein eigen Fleisch und Blut. Ich habe Nick dazu aufgefordert, und nun ist er kaum noch zu bremsen. Allerdings habe ich nicht damit gerechnet, dass es so wehtun würde, von der Reaktion meines Sohns auf meine Entscheidung zu hören. Doch ich kann das verkraften. Das kann ich. Und ich werde es. Ich. Kann. Das. Verkraften.

Also sprich weiter, Nick. Erzähl deine Geschichte, denn in ungefähr fünf Minuten wirst du mich aufgrund deiner guten Manieren dazu auffordern, es dir gleichzutun. Und ich habe dafür geübt. Auf diesen Moment habe ich den ganzen Tag gewartet. Schon seit ich am Vormittag überstürzt die Farm verlassen habe, weil ich es nicht über mich gebracht habe, einen Weihnachtsbaum für meine gemietete Zweizimmerwohnung zu kaufen. Tatsächlich kann ich mir einen Weihnachtsbaum nirgendwo anders vorstellen als in dem Heim mit den drei Schlafzimmern, in dem ich die achtzehn Jahre meiner Ehe verbracht habe.

HOLLY

Warst du heute schon auf FB?
D x

Ich antworte nicht auf Demis Nachricht, sondern logge mich gleich bei Facebook ein. Ich habe den ganzen Tag noch keinen Blick in Facebook oder eines der anderen Social Media geworfen; manchmal ist es ein Segen, sie alle zu ignorieren. Rasch schaue ich zu meiner schlafenden Schwester Hannah hinüber. Ich darf es nicht riskieren, ihren dringend benötigten Schönheitsschlaf zu stören. Sie würde mich aus reiner Bosheit verpetzen, aber so sind Vierzehnjährige nun mal.

Im Bruchteil einer Sekunde ist alles auf dem Bildschirm zu sehen – ein ellenlanger Thread mit Kommentaren und bunten Emojis. Paris hat geschrieben:

Spieglein, Spieglein an der Wand, an wen hat sich Alfie Woodward am Eingang vom Costa gewandt?

Das Posting ist vor fünf Stunden geschrieben worden.

Na großartig, inzwischen hat Gott und die Welt es bereits gelesen und darauf geantwortet.

Ich scrolle nach unten und sehe, dass so gut wie jedes der fiesen Mädchen aus der Schule, gleichgültig aus welcher Klasse, etliche Vorschläge dazu eingestellt hat. Alfie, der Platzhirsch aus der elften Klasse ... Schock, Entsetzen – wem hat er nach seinem Besuch bei Costa nachgestellt?

Ich lächle, als ich die umfangreiche Aufzählung verschiedener Namen sehe. Erst gegen Ende haben die verschlagenen Biester alle erlöst und den richtigen Tipp abgegeben.

> Holly Turner ... Sie hat an
> einem Löffel gelutscht,
> als er ihren Namen gerufen hat.

Paris' Kommentar lautet:

> Ich finde ihre schäbige
> Uniform ganz, ganz toll.
> So eine hätte ich auch gern.

Ich schalte den Bildschirm aus, lege mich zurück und ziehe mir die Bettdecke bis ans Kinn.

Eigentlich sollte ich mich jetzt ärgern, aber das tue ich nicht. Ich kenne diese Mädchen bereits seit der Grundschule, und sie haben mich schon schlimmer behandelt. Alfie ist mir gefolgt und hat mich angesprochen – sie alle würden mit Freuden sofort mit mir tauschen. Die Geschichtsstunde am Montag wird interessant werden, aber zuerst muss ich den Sonntag überstehen.

Schnell schreibe ich Demi eine Nachricht.

Danke für die Warnung. Ja, es stimmt.
Alfie hat sich mit mir unterhalten, nachdem
wir im Costa waren. Alles gut. Aber hey,
die fiesen Mädchen haben scharfe Augen. H x

Ich schalte mein Handy aus. Das Letzte, was ich jetzt mitten in der Nacht brauche, ist ein Verhör von Demi über das Gespräch. Ich brauche Schlaf.

Ich lasse den Kopf aufs Kissen fallen und schließe die Augen. Vor mir erscheint sofort Alfie Woodward; ich sehe seine neue Frisur, seine großen blauen Augen und sein freundliches Lächeln. Mein Magen schlägt Purzelbäume. Es wird mir nicht leichtfallen einzuschlafen, aber ich möchte es um nichts auf der Welt anders haben.

Zwei

NINA

Sonntag, 9. Dezember

Mein Wecker klingelt um sechs Uhr.

Ich hasse es, um diese Uhrzeit geweckt zu werden.

Der Regen schlägt gegen die Fensterscheibe und erzeugt ein prasselndes Geräusch, das ich nachts beim Einschlafen sehr gern höre. Am Morgen verrät es mir jedoch, dass ich einen sehr unangenehmen Arbeitstag vor mir habe.

Warum habe ich keinen Job in einem warmen Büro oder in einem süß duftenden Friseursalon? Ich sollte mich nicht beklagen. Da ich den Realschulabschluss nicht geschafft habe, konnte ich von Glück sagen, dass Boss Fielding Mitleid mit mir hatte und mich vorerst zur Probe einstellte.

Wenn man in einem kleinen Dorf wie Baxterley lebt, weiß jeder, was man beruflich macht. Zur Unterhaltung und zum Wohlbefinden stehen den Einwohnern das Pub, eine wunderschöne Kirche und etliche Hektar Natur ringsumher zur Verfügung. Dad und ich kamen nur selten mit den Einheimischen zusammen, da wir nichts von ihnen brauchten. Weder ihre Gesellschaft noch den neuesten Klatsch. Tatsächlich waren *wir* wahrscheinlich der Dorftratsch. Außer den Fielding-Zwillingen trat nie jemand über unsere Türschwelle.

Mein Häuschen hat die Form einer Pralinenschachtel, ein flaches Dach, schiefe weiß gekalkte Mauern und einen hübschen Vorgarten mit einer Ligusterhecke. Ich kam in dem vorderen Schlafzimmer zur Welt, habe im Sommer mit meinen Puppen auf dem Rasen Teegesellschaften gegeben und bringe es nicht übers Herz, das Haus zu verkaufen. Einige Häuser knarren und atmen, summen oder murmeln – mein Cottage war schon immer ganz still. Mein ganzes Leben lang habe ich dieser Stille gelauscht, doch ist sie im letzten Jahr plötzlich lauter geworden, ohrenbetäubend laut. Überraschend, wenn man bedenkt, dass ich die einzige Bewohnerin bin.

Freunde kommen kaum noch vorbei, besser gesagt, sie haben ihre Besuche eingestellt. Würden Bram und Zach heutzutage hier auftauchen, wäre ich verblüfft, dass sie es am The Rose vorbei geschafft haben, und sie würden sehen, dass ich das Haus verwahrlosen lasse.

Ich muss das endlich wieder in den Griff bekommen, aber hey, wem tue ich damit schon einen Gefallen?

Sowie ich mir die Bettdecke bis ans Kinn gezogen habe, rollt eine große Träne meine Wange hinunter und seitlich in meinen Haaransatz.

Wie konnte ich das geschehen lassen?

Ich habe alles so gelassen, wie es an dem Morgen war, an dem er ins Hospiz gebracht wurde, obwohl ich wusste, dass er nicht mehr nach Hause kommen würde. Das freundliche Personal hat es mir gesagt.

Wie kann ein Jahr so schnell vergehen? Wie kann es sein, dass Weihnachten schon so rasch wieder vor der Tür steht?

Es ist tatsächlich geschehen.

ANGIE

Mein Kopf hämmert wie verrückt.

Was zum Teufel …?

Ich kämpfe mich unter der Bettdecke hervor und tappe in meinem weiten T-Shirt in die Küche. Die Augen lasse ich auf dem ganzen Weg geschlossen, aus Angst, das Tageslicht könnte meine Netzhaut verbrennen und unermesslichen Schaden anrichten. Im Unterschied zu der halben Flasche Wodka, die ich nach meiner Rückkehr von meinem ersten Date mit Nick allein getrunken habe.

Es kostet mich Mühe, die Schmerztabletten aus der silbernen Folie zu drücken. Rasch schlucke ich zwei hinunter. Lehne mich gegen die Arbeitsfläche und beäuge träge die halb leere Flasche und das einzelne Glas daneben auf der Frühstückstheke. Nicht gut, Angie – schlechte Angewohnheiten ziehen weitere schlechte nach sich. Ich wende mich ab, als wäre das eine Lösung, doch das ist es natürlich nicht.

Mit Nick verliefen die Sonntagmorgen gemütlich: Tee und Toast auf einem Tablett, unter die Bettdecke gekuschelt, umgeben von achtlos verstreuten Zeitungen.

Ich seufze tief, obwohl dabei mein pochender Kopf noch mehr schmerzt.

Im Augenblick würde ich alles geben, um neben einem schlafenden Mann im warmem Bett zu liegen und zu wissen, dass ich mich noch mal umdrehen und eine halbe Stunde weiterschlafen oder ihn erregen kann, indem ich auf seinen nackten Rücken puste.

Ich lasse den Blick durch das Zweizimmerapartment gleiten. Ich bin erst vor elf Monaten hier eingezogen, und das Beste daran ist, dass ich hier vierundzwanzig Stunden am Tag tun und lassen kann, was ich will. Doch in den letzten Wochen hat die Verheißung der Freiheit rasch ihren Glanz verloren. Wenn ich jetzt die Wahl hätte, würde ich in Nicks Armen liegen, unter seinem warmen Körper, und hoffen, dass Alfie wohlbehalten auf dem Weg zu seinem Fußballtraining ist.

Das Wasser im Kessel kocht, und ich gieße es über den Teebeutel in der Tasse.

Die Wodkaflasche verhöhnt mich. Ein allsehender, allwissender Freund, der früher einmal nur ein flüchtiger Bekannter war, jetzt aber mein bester Kumpel ist, den ich jeden Abend der Woche allen anderen vorziehe.

Ich hätte sofort ins Bett gehen sollen, doch ich habe es nicht getan, denn obwohl ich mich im Moment danach sehne, in Nicks Armen zu liegen, habe ich mich am Abend zuvor über ihn geärgert.

»Du sagst also, dein Sohn fände es nicht gut, wenn du ein Date mit einer Frau hättest?«, fragte ich.

Nick runzelte die Stirn. »Ich habe gesagt, dass mein Sohn es sehr fragwürdig fände, wenn ich mich mit einer bestimmten Frau treffen würde«, entgegnet er und sieht mich argwöhnisch an. »Nämlich wenn es sich um die Frau handelt, die ihm und mir sehr wehgetan hat. Die Trennung hat ihm zugesetzt, Angie. Das scheinst du zu vergessen.«

»Alfie würde sich bestimmt geborgener fühlen, wenn wieder zwei Erwachsene bei ihm in seinem Elternhaus wären, oder?« Hat Nick begriffen, dass ich über uns gesprochen habe?

»Nicht unbedingt.«

Jetzt runzelte ich die Stirn.

»Es ist sehr schwer für ihn, das kann ich nicht oft genug sagen. Der Junge ist in einem Alter, in dem er voller Emotionen steckt, und dass du – Verzeihung, ich habe die Regeln des ersten Dates vergessen –, also dass seine Mutter auf diese Weise die Ehe beendet hat, hat ihn …«

Er suchte nach den richtigen Worten.

»Ja?« Gespannt wartete ich auf dieses kleine Juwel.

»Es hat ihn verletzlich gemacht.«

»Das ist Unsinn! Er hat nie mitbekommen, ob ich da war oder nicht, weil er kaum zu Hause war. Er war ständig unterwegs, hat mit seinen Freunden Fußball gespielt oder war mit seiner Clique im Skatepark. Seit seinem zehnten Lebensjahr war unser Zuhause wie ein Hotel für ihn, in dem er kommen und gehen konnte, wie er wollte. Und immer wenn er zu einem Stadion oder einem Spielfeld gebracht oder dort abgeholt werden wollte, oder wenn er etwas an einem weiter weg gelegenen Ort vorhatte, durfte ich seine Chauffeurin spielen. Es überrascht mich, dass er überhaupt bemerkt hat, dass ihr nur noch zu zweit seid.«

Nick nippte an seinem Bier und grinste.

»Da das unser erstes Date ist, verstehe ich nicht, wie du solche Details aus meinem Familienleben wissen kannst.«

»Ach, lass mich in Ruhe, Nick.« Mach doch, was du willst.

Und genau das hat er getan. Im Nu begann Nick, mir ausführlich zu schildern, dass sein heranwachsender Sohn nach der Schule kaum noch das Haus verließ, auch an Wochenenden nicht mehr ausging, mit seinen lärmenden Freunden ständig in seinem Schlafzimmer saß und Computerspiele spielte und hin und wieder mit ihnen in einen Jugendclub verschwand.

»Er ist wütend, er ist verletzt, aber vor allem fühlt er sich zurückgewiesen. Sein Selbstvertrauen ist am Boden, Angie.«

Ich griff nach meinem Wodka und leerte den Rest in einem Zug. Es gab nichts, was *er* mir über das Kind erzählen konnte, das ich ausgetragen, zur Welt gebracht und aufgezogen hatte.

Ich räume die mich verspottende Wodkaflasche in das Fach unter der Spüle und stelle das schmutzige Glas in die Spülmaschine, als könnte ich damit die Geschehnisse verändern – ich tue einfach so, als wäre ich sofort nach meiner Rückkehr ins Bett gegangen.

Ich werfe einen Blick auf die Wanduhr. In einer Stunde oder so werde ich Alfie anrufen und ihn fragen, ob er mit seiner Mum einen Weihnachtsbaum aussuchen möchte. Ich wette, er wird, trotz Nicks verzerrter Meinung, begeistert zustimmen.

Sofort fühle ich mich besser. Und so wird es laufen: Wir werden zur Farm fahren und einen Baum für mich besorgen, neuen Weihnachtsschmuck kaufen und damit mein Wohnzimmer verschönern. Danach gibt es in dem kleinen schicken Feinkostladen in der Long Street einen Happen zu essen. Das wird Nick eine Lehre sein, und wenn wir uns das nächste Mal bei einem Date über unser Kind unterhalten, wird er anders reagieren müssen. Das heißt, falls es noch ein Date geben wird.

NINA

»Nina, kann ich kurz mit dir sprechen?«, fragt Boss Fielding, als ich zu unserer Hütte stapfe, um meinen Halb-elf-Uhr-Kaffee zu trinken beziehungsweise meine späte Pause zu machen, wie wir es nennen. Das Personal hat jeden Tag zu unterschiedlichen Zeiten Pause, also versammeln wir uns nie alle gemeinsam zum Kaffee, aber niemand kommt an der Keksdose zu kurz.

»Klar.« Ich folge ihm zu seinem Büro, eine weitere Blockhütte, die sich gut in das Waldgebiet einfügt, ohne unangenehm aufzufallen. Das kann man allerdings nicht von dem Song »Fairytale of New York« behaupten, den The Pogues mit irischem Akzent aus den Lautsprechern trällern.

Mein Boss poltert mit seinen schweren Stiefeln die Holztreppe hinauf, bevor er zur Seite geht, um mir den Vortritt zu lassen.

»Setz dich, Nina«, fordert er mich auf und lässt sich hinter seinem Schreibtisch nieder. Er ist sehr groß, trägt einen ergrauenden Bart und ist ein richtiger Naturbursche. Ich kann mir gut vorstellen, dass Boss Fielding dem Abenteurer Bear Grylls einen harten Wettkampf bieten würde und nur mit einem Messer und einer Plastikplane ausgerüstet in der Wildnis überleben könnte.

Ich kann mich nicht daran erinnern, wann er mir zum letzten Mal in seinem Büro einen Platz angeboten hat. Als ich im vergangenen Januar wieder in die Arbeit zurückgekehrt bin, gab es keine Einladung zu einem Gespräch, obwohl ein Trauerfall in der Familie sicher ein guter Moment für eine ruhige Unterhaltung gewesen wäre. Bei meiner Rückkehr sind mir einige der Mitarbeiter auf der Farm aus dem Weg gegangen, haben sich hinter den Blockhütten versteckt oder meine Abwesenheit einfach ignoriert. Merkwürdige Sache. Ich nehme an, das machte es leichter für sie, weil sie nicht wussten, was sie sagen sollten, oder, noch schlimmer, Angst davor hatten, mich zum Weinen zu bringen.

Kitty und Shazza haben mich nicht ignoriert. Und selbstverständlich waren Bram und Zach immer an meiner Seite. Damals war das alles, was für mich zählte.

»Nina, ich möchte nicht, dass du das falsch verstehst …« Der Boss starrt beim Sprechen an mir vorbei, damit er mir nicht in die Augen sehen muss.

Das ist keine gute Einleitung für eine Unterhaltung. Versteh mich nicht falsch, aber du bist gefeuert! Wir haben einen Ersatz für dich gefunden. Im Verkauf wirst du nicht mehr gebraucht, aber du könntest bei den Lieferungen für den Großhandel helfen. Du bist … Eine weitere Möglichkeit fällt mir nicht ein, also sitze ich einfach nur da und schaue ins Leere.

»Nina?«

»Ja, ich höre zu …«

»Wir machen uns Sorgen um dich. Jackie und ich. Wir wissen, dass du es schwer hast, weil … Du weißt schon. Na ja, ich wollte dir nur sagen, dass du … Solltest du an Weihnachten irgendwas brauchen, dann musst du nur …«

Ich fange an zu weinen. Rasch krame ich in meiner Westentasche nach einem Taschentuch – leider vergeblich.

Er sieht mich besorgt an und gerät ins Stocken. Mir ist bewusst, dass ich Boss Fielding kaum etwas Schlimmeres antun kann. Er hat zwei raubeinige Jungen großgezogen, die sich von Anfang an an das karge Leben auf einer Farm gewöhnen mussten. Ihre Erziehung bestand aus strengen Befehlen, harter Arbeit und Schwielen an den Händen. Er ist so gefühlvoll wie ein Baumstamm, und nun sitze ich schluchzend und schniefend in seinem Büro, und weibliche Unterstützung befindet sich zwanzig Meter von hier entfernt. Nach neun Jahren Arbeit für ihn ist mir klar, dass mein Boss damit absolut überfordert ist.

»Nun, ähm, tut mir leid, dass ich ... du weißt schon ... aber ein Gespräch war notwendig.«

Haben wir uns tatsächlich unterhalten, seit wir hier Platz genommen haben? Oder hat ihn mein Gefühlsausbruch so sehr aus seiner Komfortzone geworfen, dass er bei der Aussicht, mich trösten zu müssen, kurz vor einem Nervenkollaps steht?

Die Eingangstür fliegt auf.

»Hey, Dad. Sie haben einen Haufen Ciderdosen und die Reste eines Lagerfeuers gefunden, unten am ...« Zach stürmt ungeniert und unbekümmert herein. Er schaut zwischen uns hin und her, hält inne, als er mein tränenüberströmtes Gesicht sieht und begreift, dass hier etwas nicht stimmt. »Hey, Nina, was ist los?«

Boss Fielding beobachtet bewundernd, wie Zach sich neben meinen Stuhl kniet, im Nu ein Taschentuch hervorzieht und auf meine Antwort wartet.

»Dein Dad wollte nur ein ruhiges Gespräch mit mir führen, und ich ... ich ... ich ...«

»Sch.« Zachs Vater wirkt verblüfft, als er sieht, mit welcher Leichtigkeit sein zweiter Sohn mich tröstet.

»Zach, Junge, nimm dir doch den Stuhl.« Er deutet auf den leeren Bürostuhl, und Zach zieht ihn hastig neben meinen.

»Wie ich schon gesagt habe ...«

Ich tupfe mir die Augen ab und versuche, mich zu konzentrieren.

»Nun, Jackie und ich haben uns gefragt, ob du irgendetwas brauchst ... Für die Weihnachtszeit. Du musst nur ...« Er unterbricht sich und schüttelt den Kopf. »Zach, mein Junge, hilf mir mal.«

»Er versucht, dir damit auf seine unbeholfene Weise zu sagen, dass du dich nur melden musst, falls du irgendetwas brauchst. Richtig?«

»Richtig!«, bestätigt sein Vater, dankbar für die Unterstützung. »Wir würden uns freuen, wenn du zum Weihnachtsessen zu uns kommst. Falls du das möchtest.«

Meine Tränen sind getrocknet, aber nun hindert mich Schluckauf am Sprechen, also nicke ich nur. Ich habe ohnehin in dieser Pause schon einen Narren aus mir gemacht.

»Alles erledigt?«, fragt Zach, als sein Vater uns hastig aus dem Büro scheucht. »Ausgezeichnet! Los, du bekommst jetzt eine heiße Schokolade und eine zusätzliche Pause von zehn Minuten.«

Ohne weiteres Aufhebens oder Peinlichkeit führt Zach mich von meinem Stuhl zur Tür, die Treppe hinunter und zur Hütte des Personals hinüber.

»Danke«, sage ich, als er mir einen großen Becher in die Hand drückt, und lasse mich auf einen alten Sitzsack sinken.

»Gern geschehen.«

»Er hat angefangen zu reden, und ich hab einfach losgeheult.«

»Kitty hat beobachtet, wie du Dad in sein Büro gefolgt bist, da war mir sofort klar, dass Tränen fließen würden. Ich habe versucht, mich gleichgültig zu geben, aber das ist mir wahrscheinlich nicht gelungen.«

»Er wollte nur nett zu mir sein, das ist allerdings irgendwie missglückt. Aber ich brauche wirklich nichts.«

»Falls doch, sag einfach Bescheid. Wie er dir gesagt hat, bist du herzlich an Weihnachten zum Truthahnessen eingeladen«, erwidert Zach. »Ich wollte ihm berichten, dass die Baumfällermannschaft auf der anderen Seite des Waldes einen Haufen leerer Ciderdosen und die Reste eines Lagerfeuers gefunden hat.«

»Sind die Jugendlichen wieder über den Zaun geklettert?«

»Hm, das eher nicht, aber sie haben wahrscheinlich ein Loch gefunden oder den Zaun aufgeschnitten, um sich Zugang zu den südlichen Feldern zu verschaffen. Ich werde Shazza mal fragen, wo sich ihr Bruder in letzter Zeit herumgetrieben hat.«

»Zach, du kannst ihn nicht einfach beschuldigen. Außerdem würde sie ihren Bruder nie verraten.«

»Warum nicht?«

»Zach, das sind Teenager. Welchen Schaden richten sie denn an?«

»Das ist unerlaubtes Betreten eines Grundstücks, Nina. Wenn es einen Unfall gibt, könnte das schlimme Folgen haben. Keine Sorge, ich werde mich vorsichtig ausdrücken, aber Shazza sollte den Vorfall zu Hause erwähnen.«

In den meisten kleinen Dörfern gibt es einen bestimmten Ort, wo sich Jugendliche treffen. In Baxterley verschmähen einige Jugendliche die üblichen Parkbänke und trinken lieber nachts Cider zwischen unseren Weihnachtsbäumen.

»Du weißt, dass das nicht seine Absicht war, oder?«

»Du meinst deinen Dad? O ja, aber … Ich habe mich richtig blamiert. Wieder mal.«

»Die Arbeiter haben sicher was zu lachen, wenn er in etwa zwanzig Minuten nervöse Zuckungen bekommt. Immer wenn er versucht, etwas anderes zu tun als Weihnachtsbäume zu fällen, wird der arme Kerl total zittrig.«

Wir beginnen beide zu kichern. Deshalb mag ich Zach so sehr. Er ist empfindsam und mitfühlend – das genaue Gegenteil zu Bram. Doch Bram mag ich genauso. In Momenten wie diesen zeigt sich, welche starke Verbindung sich aus der Freundschaft zwischen uns dreien entwickelt hat. Wir unterstützen uns gegenseitig und kümmern uns umeinander auf eine Weise, wie ich sie bei keinem meiner anderen Freunde erlebe. Nicht mal Kitty und Shazza lassen sich mit den Zwillingen vergleichen, so nett und warmherzig sie auch sind.

»Was?«, fragt Zach.

»Nichts.«

»Du hast so ausgesehen, als wolltest du noch was sagen.«

HOLLY

»Holly!«, brüllt meine Mutter vor unserem Schlafzimmer.

Nicht gerade das schönste Geräusch, mit dem man an einem Sonntagmorgen geweckt werden kann, aber da ich fast die ganze Nacht von Alfie geträumt habe, bin ich gern bereit, dieses Yin und Yang des Lebens zu akzeptieren.

»Holly, steh endlich auf, sonst kommen wir alle zu spät und müssen gegen den Rest von Warwickshire antreten.«

Hannah beobachtet mich schweigend von ihrem Bett aus; ihre dichten blonden Locken umrahmen in einer zerzausten Mähne ihr Gesicht.

»Wie kommt es, dass sie dich nicht anbrüllt?«, frage ich sie.

»Du bist die Älteste, also solltest du es besser wissen«, scherzt sie und fügt hinzu: »Was soll das Theater um dich bei Facebook?«

Ich schüttle den Kopf.

»Es geht um irgendwas vor dem Costa und einen Löffel ...« Sie grinst. An manchen Tagen liebe ich meine Schwestern, alle sechs, doch im Moment finde ich es schrecklich, dass ich mir das Zimmer mit einer von ihnen teilen muss. Ich sehne mich so sehr nach Privatsphäre und einem Zimmer ganz für mich allein.

Die Tür fliegt auf, und meine Mutter stürmt herein. Wie immer trägt sie eine Kombination aus schwarzen Leggings und einem weiten T-Shirt. In einer Hand hält sie ein Geschirrtuch, und sie sieht so aus, als wäre sie bereits seit Stunden auf. Meine Mutter tut nie etwas in einem normalen Tempo. Ihr inneres Getriebe ist auf schnelle Marsch- oder Blitzgeschwindigkeit eingestellt. Sollten wir sieben Mädchen uns jemals genauso schnell bewegen, wenn wir einmal älter sind, wird uns niemand aufhalten können. Wir könnten dann die Forth Bridge in zwei Tagen streichen, die Fenster des Buckingham-Palasts innen und außen in weniger als drei Stunden putzen und bis zum Mittag den Big Ben Tower abschrubben und ausbessern.

»Aus dem Bett mit euch beiden! Euer Vater schreit schon Zeter und Mordio, weil er warten muss. Er will einen Baum kaufen und zurück sein, bevor das Fußballspiel anfängt.«

Ich habe keine Zeit, ihr zu antworten – mein Gehirn funktioniert nicht so schnell wie das meiner Mutter.

ANGIE

Ich stelle mich hinter einer neunköpfigen Familie in die Schlange und weiche bei dem Anblick dieser lebhaften Schar zurück. Wie kann ein Paar nur so viele Kinder haben? Ein Blick auf die Menge verrät mir, dass sich darunter kein einziger Junge befindet. Nachdem sich alle beruhigt haben und nicht mehr wild umherspringen, versammeln sie sich um die beiden ältesten Mädchen. Ich komme nicht umhin, ihr übersprudelndes Geplapper mit anzuhören, während die Eltern danebenstehen und sich über die Höhe und den Preis der Weihnachtsbäume unterhalten.

Die Jüngste fährt begeistert mit den Händen durch die Luft, während eine ihrer Schwestern sie auf der Hüfte schaukelt. Ich bekomme einen Kloß im Hals, etwas zieht sich in mir zusammen. Ich wollte nie ein Mädchen; Alfie war die perfekte Erfüllung meiner Wünsche. Doch der Anblick so vieler junger Mädchen überwältigt mich plötzlich. Manchmal hasse ich Hormone.

Die zierliche Verkäuferin mit dem mausbraunen Haar und den Sommersprossen ist nirgendwo zu sehen. Ich verstehe nicht, warum wir hier Schlange stehen müssen. Die Frau des Chefs springt wie eine Wilde herum, und auch einer der Zwillinge ist da. Den anderen kann ich nirgendwo entdecken. Merkwürdig. Vielleicht hat sich in diesem Jahr auch in der Belegschaft der Farm etwas verändert, obwohl aus den Lautsprechern über unseren Köpfen wie üblich Noddy Holder mit »Merry Christmas Everybody« ertönt.

Ich möchte eine mindestens eins achtzig hohe Blautanne kaufen. In den letzten Jahren hat Nick sich immer dagegen ausgesprochen, doch in diesem Jahr kann ich tun, was ich will. Ich habe bereits alles geplant. Ich werde neuen Christbaumschmuck besorgen, der zu seiner natürlichen Farbe passt. Und frische Girlanden und einen funkelnden Stern. Dieses Jahr kann ich mir selbst eine Freude bereiten.

Doch das Weihnachtsfest ist nicht für mich, sondern für Alfie. Meine Vorfreude schwindet für einen Moment, als ich an seine Worte bei unserem Telefonat am Morgen denke ...

»Warum jetzt?«

»Alfie, bitte sprich nicht so mit mir.«

»Ernsthaft, Mum, warum jetzt?«

»Ich habe nur gedacht, es wäre toll, ein bisschen Zeit miteinander zu verbringen. Wir könnten zur Weihnachtsbaumfarm fahren und meinen Baum kaufen ... Und ihn dann schmücken, wie wir es immer getan haben.« Ich war verblüfft, dass mein Sohn meine Absicht hinterfragte.

»Früher mal! Wie auch immer, ich bin ziemlich beschäftigt.« Seine Stimme klang ausdruckslos.

»Alfie?«

»Mum?«, erwiderte er.

»Ist das wirklich nötig? Ich versuche, Vorbereitungen für einen schönen Tag mit meinem Sohn zu treffen, und du lehnst alles ab, als wäre ich eine böse Hexe.«

»Du rufst mich in letzter Minute an und erwartest, dass ich meine Pläne über den Haufen werfe, um mich nach dir zu richten?«

»Was ist denn so wichtig, dass es nicht warten kann?«

Mit Sicherheit war es irgendeine Teenager-Sache, die durchaus noch Zeit hatte. Alles in diesem Alter hatte noch Zeit. Das begriff er nur jetzt noch nicht.

»Das Gleiche könnte ich dich auch fragen, Mum.«

Das Leben war viel einfacher, als er noch drei Jahre alt war und allen meinen Vorschlägen sofort zustimmte. Was ist aus Mummys Liebling geworden?

»Schau, Mum, das Letzte, was ich im Moment brauchen kann, ist eine Verabredung mit meiner Mutter. Vor mir liegen einige Probeklausuren, Testspiele im Fußball und ...«

»Und was? Was könnte wichtiger sein?«

»Na ja, Dad.«

Warum erschießt du mich nicht gleich? Ich hätte ihn nicht unterbrechen sollen; diese Antwort war reines Karma ... meine Strafe dafür, dass ich die wachsende Unabhängigkeit meines Sohns nicht respektiert habe.

»Okay, wann dann, Alfie? Es ist schon Wochen her.«

»Tatsächlich schon *Monate*, Mum.«

»Ja, gut ... Länger, als ich geplant hatte.«

»Mein letzter Schultag ist am einundzwanzigsten, also ...«

»Ich habe an einen früheren Zeitpunkt gedacht, Alfie. Wie wäre es mit heute Abend?«

»Das geht nicht, tut mir leid. Ich muss noch einen Englischaufsatz schreiben, und ich habe Dad versprochen, anschließend mit ihm ein paar Folgen einer Serie anzuschauen.«

Habe ich richtig gehört? Mein einziger Sohn will seine Zeit lieber damit verschwenden, sich mit seinem Vater irgendwelche verdammten DVDs reinzuziehen, anstatt sich mit mir zu treffen?

»Wenn du das so siehst, frage ich mich, warum ich mich überhaupt bemüht habe.«

»Wahrscheinlich weil ich dein Sohn bin, Mum. Und du hättest dich in den letzten elf Monaten um mein Wohlergehen bemühen sollen, aber das hast du nicht getan. Du bist einfach abgehauen und ...«

»Das reicht.« Ich bin mit meiner Geduld am Ende.

»Okay, es reicht. Sag mir Bescheid, wenn du Zeit hast, Mum, dann schaue ich, was wir vereinbaren können. Mich so kurzfristig zu überfallen, ist keine gute Idee.«

»Dienstagabend? Ich könnte eher nach Hause gehen, dich von der Schule abholen und uns was Gutes kochen.«

»Am Dienstag bin ich immer im Jugendclub, Mum. Donnerstag würde mir besser passen.«

Donnerstag? Verdammt. Da würde bei mir in der Arbeit ein spät angesetztes Meeting stattfinden, und ich konnte mir nicht vorstellen, dass mich meine Vorgesetzten beim ASAP Paketdienst entschuldigten, denn in dieser Jahreszeit machen wir den größten Umsatz. Ich bin mit dem Budget für Überstunden vertraut, und man erwartet, dass die Mitarbeiter der Lohnbuchhaltung präsent sind.

»Kann ich Ihnen helfen?«, fragt die junge Frau und schaut mich aus ihren blauen, von Sommersprossen umgebenen Augen an. Ich zucke überrascht zusammen. Was ist aus der Von-Trapp-Familie mit den vielen Mädchen geworden?

»Tut mir leid, ich war gerade mit den Gedanken woanders«, entschuldige ich mich und deute dann auf die nur einen Katzensprung von uns entfernten Blautannen.

»Möchten Sie eine bestimmte Größe? Es gibt sie in der Höhe von unter einem Meter, eins zwanzig, eins fünfzig oder eins achtzig.«

Für mich kommt nur eine Größe infrage – ein Meter achtzig. Groß, dunkel und schlank und ... Nick war immer auf die Nordmanntannen zugesteuert, während ich neben den Blautannen stand und hoffte, dass er nur einmal seine Meinung ändern würde. Doch das hat er nie getan.

Ich folge dem Mädchen zu den entsprechende Bäumen und beobachte, wie es mit ordentlichen kleinen Schritten vor mir hergeht. Ich sollte sie nicht mehr als Mädchen bezeichnen – sie ist im Laufe der Jahre ganz offensichtlich erwachsen geworden, und ich habe es nicht bemerkt. Tatsächlich ist sie nun eine junge Frau mit einem hübschen Lächeln und funkelnden blauen Augen. Unter ihrer Pudelmütze lugt ihr mausbraunes Haar hervor, sie trägt schwere Stiefel und eine wattierte Jacke, aber ihr Gesicht wirkt frisch, bestrebt zu gefallen und auf eine sehr natürliche Weise hübsch.

Sie ist ein Strich in der Landschaft, beweist aber Kraft wie ein Bulle, als sie einen Baum herbeizieht, ihn aufrichtet, um ihn mir zu präsentieren, und ihn dann quer über den Hof zum Kassenhäuschen schleppt. Es ist mir ein wenig peinlich, denn ich hätte damit meine liebe Mühe gehabt, doch sie ist wahrscheinlich nach all den Jahren an diese Arbeit gewöhnt.

»Danke«, sage ich vor der Kasse zu ihr.

»War mir ein Vergnügen. Möchten Sie eine Pflegeanleitung?«

Ich zucke mit den Schultern – ich weiß nicht mehr, ob wir beim Kauf einer Nordmanntanne ein solches Merkblatt bekommen haben.

Die junge Frau eilt zu einer Holzkiste, holt ein Blatt Papier heraus und reicht es mir.

»Hier. Wenn Sie die Anweisungen befolgen, behält der Baum seine Nadeln viel länger.« Sie schenkt mir ein freundliches Lächeln, nickt mir zu und hastet davon, um dem nächsten Kunden behilflich zu sein.

Wie soll ich den Baum ohne Nicks Hilfe zu meinem Wagen befördern? Das ist definitiv eine neue Erfahrung.

HOLLY

Jeder Familienausflug endet mit einem Streit. Ganz gleich, ob es sich um einen Kurzbesuch bei McDonald's, einen Familientermin beim Zahnarzt oder den Kauf eines Weihnachtsbaums handelt – Mum und Dad verbringen den Nachmittag immer schweigend, nachdem sie sich über irgendetwas oder manchmal auch über nichts gestritten haben. Dad will einen eins achtzig hohen Baum, der die ganze dafür vorgesehene Zimmerecke ausfüllt, während Mum auf einen kleinen Baum besteht, den man auf einen Tisch stellen kann. Meine jüngste Schwester Hope war im letzten Jahr noch ein Baby, das man herumtragen musste, doch jetzt kann sie bereits laufen und könnte einen großen Baum aus dem Ständer ziehen.

Es ist sehr peinlich, daneben zu warten und zuzuhören, wie die Eltern sich zanken und auf ihre jeweilige Wahl des Baumes bestehen, während die junge Verkäuferin zwischen den beiden wartet und geduldig versucht, ihnen bei der Entscheidung zu helfen. Ich schaukle Hope auf meiner Hüfte und wünsche mir, dass sie sich beeilen.

»*Shellie!* Komm schon, Schatz«, fleht mein Dad meine Mum an und hebt eine Fichte an dem spitz zulaufenden Ende des Netzes an. »Das ist der richtige Baum für uns.«

»*Steve!* Ich bitte dich! Es ist nicht lustig, wenn die Kleine ihn zehnmal am Tag umwirft, glaub mir. Schließlich bin ich diejenige, die zu Hause ist und ständig die Christbaumkugeln aufsammeln muss, bevor sie zerbrechen, jemand drauftritt oder die Kleine sie sich in den Mund steckt«, entgegnet meine Mum und hält eine kleine Frasertanne in die Höhe – zumindest wird sie auf dem Etikett so bezeichnet.

Ich seufze. Wie lange wird dieses Hin und Her noch andauern? Ich setze auf Dad – meistens gewinnt er solche Auseinandersetzungen, auch wenn meine Mum dann oft tagelang nicht mehr mit ihm spricht.

Ironischerweise ertönt aus den Lautsprechern gerade »Do They Know It's Christmas?« und erinnert uns behutsam daran, dankbar für das zu sein, was wir haben.

»Shellie, wir haben immer eine Fichte gehabt. Das ist ein echter Weihnachtsbaum.«

»Also gut, dann eben eine Fichte, aber eine kleine Version, die auf einen Tisch passt. Einen Meter, maximal eins zwanzig.«

»*Shellie?*«

Ich beobachte, wie die anderen Familien vorbeischlendern und Abstand zu meinen Eltern halten.

Ich weiß, was die Leute denken. Man kann es an ihren Blicken sehen, wenn sie unsere Familie mustern, die Mitglieder zählen und das Geschlechterverhältnis bemerken. Sie wirken schockiert darüber, dass zwei Erwachsene so viele Kinder in die Welt gesetzt haben – zumindest fühlt es sich manchmal so an. Und ich bin mir nicht sicher, ob wir bald ohne Windeln auskommen werden. Mit großer Wahrscheinlichkeit haben meine Eltern mit nun vierunddreißig Jahren die Hoffnung auf einen Sohn immer noch nicht aufgegeben. Ich persönlich hätte bereits nach Hayley, spätestens nach Helen, die Flinte ins Korn geworfen, aber meine Eltern träumen und vögeln weiter. Als ich noch klein war, hatte ich Angst, dass sie uns Mädchen in einem Waisenhaus abladen würden, sollten sie jemals einen Sohn zustande bringen, damit sie sich nur noch um den kleinen Prinzen kümmern könnten. Inzwischen habe ich begriffen, dass das nie der Fall sein wird, doch sollten sie jemals ein zweites Y-Chromosom produzieren, wird mein Vater ein Straßenfest veranstalten, das sogar das diamantene Thronjubiläum der Queen in den Schatten stellen wird.

»Holly, komm schon!«, brüllt Mum. Ihr missmutiger Ton deutet darauf hin, dass Dad soeben triumphierend seine eins achtzig hohe Fichte zum Kassenhäuschen schleppt. Ich beschließe, mich sofort in mein Zimmer zu verziehen, sobald Hope den Baum zum ersten Mal umkippt, denn Mum wird dann ein Riesentheater veranstalten, bis Dad nach Hause kommt.

Nachdem ich Hope auf meiner Hüfte zurechtgerückt habe, folge ich meiner Familie. Hope rudert mit den Ärmchen durch die Luft und ruft beim Vorübergehen den anderen Besuchern unverständliches Kauderwelsch zu. Ich höre Ohs und Ahs von einigen Frauen. Hope ist ein süßes Kind, daran besteht kein Zweifel, aber das ist kein ausreichender Grund, um immer weiter Nachkommen zu produzieren. Dad schleift den Baum neben sich her, Mum folgt ihm schmollend, und ein Grüppchen kleiner Mädchen trapst hinterher, wobei ich das Schlusslicht bilde.

»Aus dem Weg!«, schreit ein Mann hektisch, als sich plötzlich ein beigefarbenes Fellbündel durch die Menge schiebt. Ich springe rasch zur Seite, erstarre und drücke Hope an meine Brust. Der Ziegenbock schwenkt seine gewaltigen geschwungenen Hörner hin und her und sorgt dafür, dass sich sofort eine Gasse zwischen den fröhlichen Familien bildet.

»Arthur!« Der Schrei schallt durch die Luft. Aus allen Richtungen kommen Mitarbeiter der Farm angelaufen, bewaffnet mit Karotten, Seilen und einem Straßenbesen. Zwei junge Männer stür-

zen sich auf das Tier, als es sich in den Mittelpunkt drängt. Beide sehen gleich aus, tragen die gleiche Arbeitskleidung und bewegen sich sogar auf die gleiche Weise. Der eine greift nach den sich unablässig bewegenden Hörnern, der andere stellt sich breitbeinig über das Tier und packt es an seiner Wolle. Eine junge Frau kommt mit einem Strick herbei und bindet ihn um den Hals des Ziegenbocks. Erleichtert beobachtet die Menschenmenge, wie das Trio den Bock ganz ruhig zu einer offenen Scheune führt.

»Böse!«, krakeelt Hope und deutet mit einem ihrer pummeligen Finger auf den davontrottenden Ziegenbock.

»Ja, böse …« Und dann sehe ich sie: Paris Williams mit ihren Eltern. Sie ist zu sehr mit ihrem Gequassel beschäftigt, um mich zu bemerken. Wild gestikulierend redet sie auf eine Frau ein, die, wie ich annehme, ihre Mutter ist. Die Frau sieht nett aus und lächelt freundlich, während Paris unaufhörlich plappert. Eine Mum wie jede andere, mit einer dicken Daunenjacke, engen Jeans und blonden Strähnchen. Ihr Dad sieht ebenfalls ganz normal aus. Kurzer Haarschnitt, hübscher Pullover und Slipper. Ich habe gehofft, ihre Eltern wären so eine Art Dämonen und würden sie grausam behandeln, denn das wäre eine Entschuldigung dafür gewesen, dass sie so mies mit mir und meinen Freundinnen umgeht. Doch das ist nicht der Fall. Die beiden sind Mr und Mrs Freundlich aus der Beliebigstraße in Normalstadt. Paris hat keinen Grund, sich so zu benehmen, wie sie es tut; mit Sicherheit haben ihre Eltern ihr Manieren beigebracht. Als ich näher komme, nimmt Paris mich aus dem Augenwinkel wahr. Sie quasselt weiter, wirft einen lässigen Blick über die Schulter und entdeckt, welch Schrecken, mich und meine Familie. Ihr fällt die Kinnlade runter. Ihre Mutter bemerkt ihre Reaktion, folgt ihrem Blick und erkennt, warum ihre Tochter das Gesicht derart verzieht. Als wir Schulter an Schulter nebeneinanderstehen, grinse ich. Paris hingegen runzelt die Stirn.

»Paris?« Die Stimme ihrer Mutter klingt neugierig, aber auch streng.

»Was?«

»Hör auf damit. Bitte!«, murmelt ihre Mutter und zieht die Augenbrauen hoch, bevor sie mir ein Lächeln schenkt.

Ich gehe weiter, versuche aber trotzdem, ihre Unterhaltung zu belauschen.

NINA

Sowie Boss Fielding die Erlaubnis dazu gibt, eilen alle anderen nach Hause. Ich gehe zum Nordtor, um von dort auf dem Schotterweg zwischen den Blautannen zum Seeufer zu spazieren. Es dauert nur zehn Minuten, aber jeder Schritt entfernt mich von der Realität; der Verkaufshof, die Betriebsamkeit meiner Kollegen und sogar die Schwere, die mich den ganzen Tag niederdrückt, verschwinden.

Auf etlichen Hektar Land stehen stumme Weihnachtsbäume in Reihen hinter mir. Vor mir liegt der Natursee der Farm. In der Abenddämmerung sieht das Wasser beinahe schwarz aus. Über den sich verdunkelnden Himmel ziehen geisterhafte Wolken und werfen eigenartige Schatten auf die Oberfläche. Ich sauge tief die süße, feuchte Luft ein und atme ganz langsam wieder aus.

Ich mag diesen Ort sehr. Den ganzen Tag über habe ich mir vorgenommen, mich für ein paar Minuten hierherzustehlen, um die Einsamkeit zu genießen und einen freien Kopf zu bekommen.

Hier geschieht nie etwas Schlimmes. Tatsächlich ist auf der Weihnachtsbaumfarm noch nie etwas passiert. Der lustigste Moment der heutigen Schicht war Arthurs kläglicher Ausbruchsversuch – glücklicherweise haben wir ihn innerhalb weniger Sekunden erwischt, und niemand wurde verletzt. Das schlimmste Ereignis war die Flucht von unserer Eselin Gertrude, die ein Wochenende lang durch die gut fünfundzwanzig Hektar gestreift ist. Selbst dieser

Vorfall nahm ein gutes Ende, als sie, ausgehungert nach Karotten, schließlich wieder nach Hause kam.

Zu meiner Rechten blitzt etwas Rotes auf. Auf der Blautanne neben mir sitzt mein dickes Rotkehlchen mit einer grellroten Brust über den dünnen Beinchen. Es dreht neugierig den Kopf und beobachtet mich.

Sofort fühle ich mich ruhiger.

»Hallo«, flüstere ich. Ich bin nicht abergläubisch und halte auch nichts von modernen Mythen, aber der Vogel taucht immer dann auf, wenn ich allein bin, entweder hier oder auf dem Verkaufshof. Wahrscheinlich klingt es dumm, wenn ich mit einem kleinen Rotkehlchen spreche, aber ... Ich tue alles, um mich für ein paar Minuten am Tag besser zu fühlen.

Langsam und mit vor Aufregung zitternden Fingern strecke ich die Hand aus. Nichts.

Wem mache ich hier eigentlich etwas vor? Das Rotkehlchen sitzt auf einem Zweig, wippt auf und ab und wirft einen kurzen Blick auf meine Hand, bevor es in die Richtung fliegt, wo sich die Ferienhäuser befinden; sechs massive Hütten zwischen den großen Tannen am Ufer des Sees.

In der Ferne befindet sich eine abgeschiedene, von noch nicht ausgewachsenen Frasertannen umgebene Böschung. Bläst der Wind in die richtige Richtung, kann man ihren ausgeprägten würzigen Duft wahrnehmen, doch heute ist das nicht der Fall. Ich hebe am vom Wasser überspülten Ufer einen der flachen Steine auf und lasse ihn über die Oberfläche flitschen, so wie ich es als Kind gelernt habe. Er fliegt über das Wasser und trifft viermal auf der Oberfläche auf, bevor er in den trüben Tiefen versinkt.

Ich lasse allmählich nach. Als junges Mädchen konnte ich einen Stein fünf-, wenn nicht sechsmal aufspringen lassen.

Vor einem Jahr habe ich hier im strömenden Regen gestanden. Mein Gesicht hat bei dem unbarmherzigen Prasseln gebrannt, und Mutter Natur hat mein Schluchzen und meine Tränen um meinen Vater verdeckt.

Trotz des bevorstehenden Regens kann ich das heute nicht wiederholen. Ich habe schon ausgestempelt, und der Boss wird bald das Tor schließen und ins Farmhaus zurückkehren, also muss ich rasch noch meine Arbeitskleidung in unserer Hütte ausziehen, bevor ich nach Hause gehen kann.

Dad wird nie wieder zurückkommen, das weiß ich. Ab Dienstag habe ich zwei Tage frei, und ich werde damit beginnen, seine Sachen zu ordnen. Vielleicht räume ich schon heute Abend seine Stiefel aus dem Flur, nehme seinen Kaffeebecher vom Tisch und leere sogar seinen Aschenbecher aus. *Vielleicht.*

*

Dass ich es vor Einsetzen des Regens nach Hause geschafft habe, betrachte ich als meine persönliche Bestleistung des Tages – sie übertrifft sogar meinen Verkauf von etwa zweihundert Weihnachtsbäumen.

Auf den Straßen im Dorf funkeln überall Lichterketten, und jedes gemütliche Heim ist mit aufblasbaren Weihnachtsmännern geschmückt. Im Vergleich dazu wirkt mein Häuschen ziemlich kahl.

Ich streife meine Jacke von den Schultern, suche vergeblich einen freien Haken an der Garderobe und hänge sie über den Treppenpfosten. Meine Schultern schmerzen, und mir knurrt der Magen. Ich werde etwas essen und danach duschen, wenn ich meine erste Aufgabe bewältigt habe. Vorsichtig steige ich über seine Stiefel, gehe an den anderen Schuhpaaren vorbei und betrete ein wenig beklommen das Wohnzimmer.

Ich laufe hin und her und wiederhole die Routine aus meiner Schulzeit, wenn mein Vater an den Winterabenden noch in der Arbeit war und ich vor ihm nach Hause kam. Ich knipse alle Lampen an und schalte den Fernseher ein; die Vorhänge sind bereits zugezogen. »Bereit für die Nacht«, wie mein Vater zu sagen pflegte. Nur wir beide, gemütlich zu Hause für den Rest des Abends. Wie sehr ich mir wünsche, diese gemeinsamen Zeiten – nur er und ich – noch einmal erleben zu können. Wir haben unsere Abende damit verbracht, uns über das schlechte Fernsehprogramm zu beklagen, von den Nachrichten aus aller Welt angewidert zu sein und manchmal sogar in Tränen auszubrechen und dabei unser Abendessen auf einem Tablett auf dem Schoß zu balancieren und es uns schmecken zu lassen. Wer hätte gedacht, dass ich mich lieber an diese gemeinsam geteilten Ärgernisse des Lebens erinnern würde als an die Weihnachtsfeste, Geburtstage und andere Meilensteine des Lebens. Ist es nicht verrückt, wonach sich ein trauerndes Herz sehnt?

Neben dem Kamin bleibe ich stehen und starre auf *seinen* Sofatisch. Ich möchte meine Aufgabe so schnell und gründlich wie möglich erledigen. Deshalb werde ich dabei an nichts und niemanden denken. Ich werde mir nicht vorstellen, wie er auf dem Sofa saß, mir nicht seine Stimme und sein tiefes, kehliges Lachen ins Gedächtnis rufen. Ich werde einfach seinen Aschenbecher nehmen, ihn in die Küche tragen, ausleeren und abspülen. Danach bleibt mir die Wahl, ob ich ihn abtrocknen soll. Ich könnte ihn mit einem frischen Geschirrtuch auswischen oder ihn mit der Unterseite nach oben auf dem Abtropfbrett trocknen lassen – ein Anblick, der mich an den meisten Tagen meines Lebens begrüßt hat. Obwohl ich beim Putzen viel zu schlampig bin, bringe ich es nicht fertig, ihn mit einem sauberen Tuch abzutrocknen. Vor meinen Augen verschwimmt alles, als mir Tränen unter den Wimpern hervorquellen.

»Ich kann das nicht«, murmle ich ins leere Wohnzimmer hinein.

Ich werfe einen Blick auf den Platz am Ende des Sofas, wo er oft seinen schwachen Körper ausgeruht hat.

In unserem Alltag haben wir Dads MS verdrängt und die medizinischen Ratschläge ignoriert, ebenso wie die Gruppensitzungen und Hilfsangebote, die sein Leiden lindern sollten. Wir sind jeden Morgen aufgestanden und jeden Abend zu Bett gegangen, und die Krankheit beobachtete uns still aus einer Ecke und wartete auf den richtigen Augenblick.

Jetzt oder nie, denn es hat noch nie etwas Gutes gebracht, einen Haufen grauer Asche aufzubewahren.

Drei

NINA

Montag, 10. Dezember

In der Hütte hören wir das Poltern von Stiefeln auf der Holztreppe.

»Schnell, beeil dich«, flüstert Kitty mir zu, während wir zur Tür laufen.

»Ah, Boss ...«, begrüße ich ihn zuckersüß und lächle strahlend.

»Meine Damen, ihr müsst einen Zahn zulegen. Es gibt eine Menge Arbeit zu erledigen, und ihr tratscht hier wie die Waschweiber. Wir versammeln uns alle im Süden, um die leeren Ciderdosen wegzuräumen, die diese ungezogenen Gören hinterlassen haben.«

Kitty wirft mir einen warnenden Blick zu, bevor sie sich ihre Handschuhe überstreift und hastig unsere Hütte verlässt. Ich versuche, ihr zu folgen.

»Da du deine Arbeitskleidung trägst, gehe ich davon aus, dass du das Aufgabenblatt für heute nicht gelesen hast, Nina.« Er deutet auf das Schwarze Brett, das wir uns jeden Tag anschauen sollten, aber meistens nicht weiter beachten.

Ich bringe es nicht fertig zu lügen, also schüttle ich den Kopf.

[illegible] bist für die Vorstellungsgespräche eingeteilt.«

[illegible]tellungsgespräche?« Mir schwant Übles. Ich habe nichts da[illegible] der Baumfäller-Mannschaft mitzuarbeiten, die Netzma[illegible] bedienen oder das Etikettieren zu übernehmen. Sogar [illegible]chlimmsten aller Jobs, dem Reinigen des Verkaufshofs, [illegible]h klar. Doch bitte verschont mich vor Einstellungsge-[illegible].

»Fünf Kandidaten ... Das erste Gespräch beginnt um halb neun, also beeil dich. Du führst es gemeinsam mit Jackie und Zach.«

Ich schaue nach unten auf meine Arbeitskleidung, die jetzt überflüssig ist.

»Geht es um befristete Jobs?«

»Ja, das kann man so sagen.« Der Boss verschwindet lachend, ohne mir weitere Einzelheiten zu verraten, und lässt mich allein, damit ich mich umziehen kann.

ANGIE

Am Montagmorgen reißt mich der Wecker aus einem Traum von einer leidenschaftlichen Nacht, die ich vor einigen Monaten mit einem Italiener namens Fabio erlebt habe. Ich strecke träge den Arm über die Bettseite, stelle den Alarm ab und lasse mich wieder zurücksinken, um das noch andauernde Nachglühen zu genießen, das ich bei dem Gedanken an die Gymnastikübungen mit dem sagenhaft heißblütigen Italiener empfinde. Die Rückblende überwältigt mich – es ist erstaunlich, wie schnell man beim Anblick eines straffen Körpers nach achtzehn Jahren Ehe bereit ist, sich auf Experimente einzulassen!

Wir haben uns in einer besonders hektischen Phase nach meiner Trennung von Nick kennengelernt. Ich war dabei, alle für die Scheidung nötigen Papiere zusammenzutragen, mir die Kosten für den Unterhalt unseres Kindes auszurechnen und unser Bankguthaben nachzuweisen. Da tauchte, *bingo!*, Fabio auf einer Dating-Website auf, an der ich in den Wochen zuvor kein Interesse gehabt hatte. Es war reine Glückssache, wie immer beim Online-Dating, aber, Mannomann, er hat mich wirklich verwöhnt – mit seiner Zeit, seinen Berührungen und seiner sexuellen Erfahrung.

Kichernd ziehe ich mir die Bettdecke ans Kinn und grinse von einem Ohr zum anderen.

Der schöne Fabio hat mir Dinge über meinen Körper beigebracht, die nicht einmal ich wusste. Im Ernst, es ist verblüffend, was eine

Frau alles durch einen Partnerwechsel lernen kann, auch wenn sie mit dem Mann nur einige Wochen zusammen ist.

In Wahrheit hat Fabio sich nicht nur als talentierter Liebhaber, sondern auch als Lügner in allen anderen Bereichen erwiesen und ist deshalb nach einigen Wochen aus meinem Leben verschwunden. Nachdem er sich versehentlich verraten hatte, habe ich erfahren, dass er verheiratet ist und drei Kinder hat, als Anstreicher und Dekorateur arbeitet, sich jedoch auf der Website SinglesFun.com als ein für alles offener Junggeselle ausgibt.

»Wie schade«, murmle ich und werfe die Bettdecke zurück, um den Tag zu beginnen. Mit Fabio könnte jede Frau einen guten Start in den Tag haben. Tatsächlich kann ich mir vorstellen, dass mir ein kurzer Rückblick auf die Zeit mit ihm möglicherweise dabei hilft, über den zähen Montagmorgen zu kommen, falls sich die heutigen Gehaltsverhandlungen schwierig gestalten.

Ich dusche rasch, frühstücke und stehe bereits an der Wohnungstür, als mein Handy piept.

Entschuldige die frühe Störung.
Können wir heute Abend reden?
Ich habe nachgedacht. N

Beim Anblick seiner Nachricht bleibt mir beinahe das Herz stehen. Nick schreibt mir normalerweise nicht. In den elf Monaten seit unserer Trennung und Scheidung hat er mir keine einzige Nachricht geschickt. Nicht einmal an dem Tag, an dem ich meinen Koffer gepackt und die gemeinsame Wohnung verlassen habe, ohne zu wissen, wohin ich gehen soll.

Was zum Teufel soll das bedeuten?

Mist! Nicht nachdenken, Nick! Ernsthaft, nicht jetzt, wo ich meine Ansicht geändert habe, versuche, unsere Beziehung wiederzubeleben, und zu dir zurückkehren will, nachdem ich viele Monate lang deine Bitten zurückgewiesen habe.

Wie soll ich mich auf die Arbeit konzentrieren, wenn ich nicht weiß, wie es mit Nick und mir weitergehen wird?

Ich drücke auf eine Kurzwahltaste und warte ungeduldig auf den Klingelton.

»Hallo?«

»Nick?«

»Angie? Tut mir leid, ich hoffe, ich störe nicht, aber ...«

»Was, Nick?«

»Ich wollte sagen, dass ich mit dir in allem übereinstimme, was du am Samstagabend gesagt hast. Dass wir uns wahrscheinlich im Lauf der Jahre voneinander entfremdet haben. Und ja, ich verstehe, wie einiges, was ich getan habe, zu dieser Zeit auf dich gewirkt haben muss, aber ernsthaft ... Ich möchte, dass es zwischen uns wieder klappt.«

Ich atme langsam aus.

»Wenn du also bereit bist, diesen Abend zu vergessen – denn er war wahrscheinlich nicht so, wie du ihn dir vorgestellt hast –, könnten wir vielleicht irgendwann in dieser Woche oder am Wochenende ... Ich möchte deinen Arbeitsplan nicht durcheinanderbringen, aber wie wäre es, wenn wir uns noch mal zu einem richtigen ersten Date treffen?«

»Nick ...« Es gelingt mir nicht, den riesigen Kloß, der plötzlich in meinem Hals steckt, hinunterzuschlucken.

»Ja?« Er klingt so verletzlich und so offen für einen Neubeginn.

»O mein Gott, Nick ... Genau das habe ich versucht, dir zu sagen, aber du ... Oh, vergiss es. Was schlägst du vor? Und wo?«

»Das habe ich mir noch nicht überlegt. Aber ist das ein eindeutiges Ja? Starten wir noch einmal einen Versuch miteinander?«

»Ja, Nick.«

»Großartig. Ich wünsche dir einen schönen Tag und melde mich später noch mal mit Einzelheiten. Tschüs.«

»Bis dann.« Ich drücke auf die Taste, um das Gespräch zu beenden, und presse das Handy an meine Brust.

Ist das gerade tatsächlich geschehen? Er hat sich so positiv, so bereit für alles angehört. Verdammt, es könnte wirklich klappen. Wow, das wird vielleicht schließlich doch noch ein großartiges Weihnachtsfest.

HOLLY

Wie an allen Schultagen hole ich um kurz vor halb neun Demi ab.

»Sollen wir ab jetzt mit ihm rumhängen?«, fragt Demi, während sie den Riemen ihrer Tasche über die Schulter schlingt und die Ärmel ihres Blazers bis zu den Ellbogen hochschiebt, bevor wir uns auf den kurzen Weg zur Schule machen.

»Nein, so ernst ist die Sache nicht. Er hat mich gefragt, warum ich nie im Jugendclub bin, und dann vorgeschlagen, mich am nächsten Dienstag abzuholen.«

»Dann gehst du also mit ihm aus?«

Ich starre sie an. »Hast du mir nicht zugehört?«

»Doch, aber Alfie hat dich gefragt, ob er dich abholen darf, und in diesem Fall ... Selbst wenn das jetzt noch nichts Festes zwischen euch ist, dann auf jeden Fall am Dienstag nach dem Jugendclub, vor allem, wenn er dich nach Hause begleitet. O mein Gott, wenn er dir an der Bar im Jugendclub einen Zube Tube Drink spendiert, dann geht ihr miteinander!«

»Was ist ein ...?«

»Du lebst echt hinterm Mond. Wird Zeit, dass sich das ändert. Diese Drinks kosten ein Pfund, tatsächlich ein ganzes Pfund, deswegen kaufen dir die meisten Jungs keinen. Wenn dir Alfie diesen Dienstag einen ausgibt – und ich glaube, dass er das tun wird, denn warum hätte er dich sonst gefragt, ob er dich abholen darf? –, dann ... nun, dann meint er es ernst.«

»Und wenn er mir diesen Drink nicht kauft?«

»Das wird er bestimmt.«

Ich starre meine beste Freundin an. Mit einem Jungen auszugehen ist etwas vollkommen Neues für mich. Für Demi hingegen ist das ein alter Hut. Wir sind zwar erst sechzehn, aber Demi hat bereits mit der Hälfte der Jungs in unserer Klasse geknutscht. Ich noch mit niemandem. Ich habe nur einmal in einem Wendy's ein Küsschen von einem Fünfjährigen auf die Wange bekommen. Da war ich noch in der Grundschule.

»Wenn er mit dir knutschen will, lässt du ihn dann?«, will Demi wissen, während wir an Mr Philipps und Mrs O'Dwyer vorbeigehen, die zum Tordienst eingeteilt sind und am Schuleingang miteinander plaudern.

»Demi!«, fauche ich mit einem Blick auf die Lehrkräfte.

»Die hören uns nicht. Und, wirst du es tun?«

Ich werde rot. Es könnte schon sein, vorausgesetzt er benimmt sich an diesem Abend respektvoll, nervt nicht rum und versucht nicht, sein Glück herauszufordern. Auf keinen Fall werde ich auf eine billige Nummer reinfallen, so wie es Demi in der Vergangenheit passiert ist. Niemals.

»O Gott, du machst es! Aber nicht mit Zunge – das ist ziemlich eklig, wenn sich die Jungs vorher die Zähne nicht geputzt haben. Und wenn du deine Meinung über Alfie änderst, kannst du immer noch zu mir kommen. Wir haben einen neuen Platz gefunden, wo wir hingehen können, sobald es dunkel ist.«

Ich mustere Demi vorsichtig. Sie ist meine beste Freundin, aber manchmal fehlt ihr der gesunde Menschenverstand.

Sollte Alfie Woodward nach Colgate riechen, wenn er mich am Dienstag abholt, lasse ich mich vielleicht sogar auf einen Zungenkuss ein; falls nicht, hat er keine Chance!

NINA

Wir sitzen in einer Reihe an Boss Fieldings Schreibtisch, jeder hat einen Block mit weißem liniertem Papier vor sich, um sich Notizen zu machen. Bei mir endet das allerdings immer damit, dass ich irgendetwas auf die Seite kritzle. Gegenüber steht ein einzelner Stuhl mit hoher Lehne und ein sauberes Glas und eine Wasserkaraffe.

»Du hättest mich warnen können«, flüstere ich Zach zu, der rechts neben mir in der Mitte sitzt. Jackies leerer Stuhl steht auf der anderen Seite – sie ist unterwegs, um den ersten Kandidaten zu holen.

Zach grinst.

»Freu dich doch darüber. Es ist wesentlich besser, als einen Vormittag auf dem Hof zu schuften.«

Eigentlich hat er recht. Trotzdem – ist es nicht ein bisschen spät, Saisonarbeiter einzustellen? Die Mannschaft hier kommt gut zurecht, und die Neuen werden sich in drei Wochen wieder einen anderen Job suchen müssen. Ich hatte nie ein Einstellungsgespräch, nur eine Probezeit.

Die Tür der Hütte geht auf.

»Wenn Sie bitte ...«, sagt Jackie in ihrer wärmsten und vornehmsten Interviewstimme und hält dem Kandidaten die Tür auf. Sie sieht heute sehr schick und gepflegt aus und trägt mehrere luftige Schals. Normalerweise zieht sie die Aufmerksamkeit aller durch ihr kräftiges rotes Haar und die großen Ohrringe, die sich von unserer bestickten Uniform abheben, auf sich.

Er füllt den Türrahmen aus, als er mit dem hellroten Anzug, den schwarzen Stiefeln und dem beeindruckenden Bart hereinkommt. Mir fallen beinahe die Augen aus dem Kopf.

Zach wirft mir von der Seite einen Blick zu.

Soll das ein Witz sein?

»Wir wollen in diesem Jahr einen Weihnachtsmann anstellen«, flüstert Zach mir zu. »Dann kann Dad ihm genaue Anweisungen erteilen, und wir ersparen uns die Peinlichkeiten von letztem Jahr.« Ich habe davon gehört, dass der von einer Agentur geschickte Weihnachtsmann wohl an Heiligabend beschwipst war und ein Kind verhauen hat, weil es ihm auf seinen besten Bart gesabbert hatte. Boss Fielding musste den Eltern für den schlimmen Vorfall eine Entschädigung zahlen und hätte am liebsten den Weihnachtsmann verprügelt.

Ich beobachte den Weihnachtsmann, wie er mit schwerem Schritt zum Bewerberstuhl stampft und sich darauf niederlässt.

Am liebsten hätte ich laut gelacht. Boss Fielding hat zu Recht von einem befristeten Job gesprochen.

Jackie setzt sich auf ihren Platz, rückt ihren Notizblock zurecht und stellt das Gremium vor. Es gefällt mir, wie sie unser Rolle betont, so, als wären wir etwas Besonderes – dass sie mich als ein hochgeschätztes Mitglied der Verkaufsabteilung bezeichnet, ist allerdings ein bisschen übertrieben.

»Nun, lieber Weihnachtsmann, wir möchten Ihnen einige Fragen stellen. Diese Fragen sind für jeden Kandidaten gleich, und anschließend hat jeder noch Zeit, uns etwas über sich zu erzählen, was wir möglicherweise vor unserer Entscheidung wissen sollten«, erklärt Jackie.

Ich habe nicht gewusst, dass ich Fragen stellen soll, und mir fällt dazu im Moment überhaupt nichts ein. Verzweifelt starre ich Jackie an und hoffe, ihr mein Problem vermitteln zu können.

»Zuerst möchte ich Sie fragen, warum Sie bei uns auf der Weihnachtsbaumfarm den Weihnachtsmann spielen möchten.«

Der Kandidat streicht sich den langen weißen Bart glatt und legt seine großen Hände auf den gewölbten Bauch. Mit seinem breiten Körperbau und der Drahtgestellbrille wirkt er sehr überzeugend. Seine Antwort klingt vernünftig – er bezieht sich darauf, dass in unserem Betrieb eben alles auf Weihnachten ausgerichtet sei. Ich mache mir eine Notiz, weil ich das Gefühl habe, dass ich das tun sollte. Als er kurz Luft holt, wirft Zach eine Frage ein.

»Können Sie mir etwas über Ihre bisherige Tätigkeit als Weihnachtsmann erzählen?«

Während ich mich zurücklehne, ihm zuhöre und beobachte, wie sich der weiße Bart um seinen Mund herum bewegt, frage ich mich, ob ich als Kind vor ihm Angst gehabt hätte.

»Vielen Dank. Für die nächste Frage gebe ich weiter an Nina.«

Ich zucke auf meinem Stuhl zusammen. Seine Antwort ist mir entgangen, und nun soll ich eine aufschlussreiche Frage stellen.

»Es freut mich, Sie kennenzulernen, Weihnachtsmann ... Ich habe mich gefragt ... Dürfte ich Sie fragen, ob ... Haben Sie jemals ...?« Alle Augen sind auf mich gerichtet, und mir fällt nichts ein, was ich fragen könnte. Würde der Weihnachtsmann mich jetzt nach meinem Namen fragen, könnte ich ihm keine Antwort geben.

Doch plötzlich habe ich eine Idee.

»Was war das schönste Geschenk, was ein Kind sich von Ihnen zu Weihnachten gewünscht hat?«

«Lasagne.«

Das Gremium lacht leise.

»Im Ernst? Lasagne? Ich wette, dass sich die Eltern über diesen Wunsch gefreut haben.«

Der Weihnachtsmann erklärt, dass das die Lieblingsspeise des Mädchens gewesen sei und es sich nichts anderes habe wünschen wollen. Während er spricht, gratuliere ich mir zu diesem kreativen Einfall. Doch dann schrecke ich hoch, als er mir plötzlich eine Frage stellt.

»Und was würden Sie sich wünschen?«

»Ich?« Ich starre die anderen an, und bevor es mir bewusst wird, steigen mir Tränen in die Augen. »Ich feiere in diesem Jahr Weihnachten nicht«, bringe ich mühsam hervor. Ich will nicht näher darauf eingehen; falls er nur einen Funken magischer Kraft besitzt, kennt er sicher den Grund. Schließlich ignorieren nur Scrooge und Trauernde das Weihnachtsfest.

Der Weihnachtsmann schenkt mir ein sanftes Lächeln. Rasch notiere ich mir: Kandidat eins kommt gut mit einer unerwarteten Frage zurecht.

»Und weiter geht's«, sagt Jackie ungeduldig. »Wie viele Elfen brauchen Sie zur Unterstützung während einer Schicht?«

»Sind Sie allergisch gegen Rentiere?«, wirft Zach kurz darauf ein.

Viel zu schnell bin ich wieder an der Reihe.

Warum hat mich niemand rechtzeitig vor diesen Interviews gewarnt?

»Was antworten Sie, wenn Kinder sagen, dass sie nicht an den Weihnachtsmann glauben?«, frage ich und bin stolz, als ich bemerke, wie beeindruckt die anderen beiden von meinen Fragen sind.

»Ich bitte sie um einen Beweis, dass ich nicht echt bin. Den können sie nicht erbringen.« Seine blauen Augen funkeln, als er ein Lachen ausstößt, das tief aus dem Bauch kommt. Ich mag ihn; das ist ein Weihnachtsmann nach meinem Geschmack.

»Gibt es noch etwas, was Sie uns sagen möchten?«, erkundigt sich Jackie und zückt ihren Stift, um sich Einzelheiten aufzuschreiben.

Der Weihnachtsmann schüttelt den Kopf.

Autsch, das war nicht sehr geschickt – man sollte immer eine kleine Zusatzinformation geben, selbst wenn es nur darum geht, wie sehr man seinen Job mag.

»Dürfte ich noch eine letzte Frage stellen?«, bringe ich hervor und weiß selbst nicht so recht, woher mein plötzliches Selbstvertrauen kommt. »Können wir Ihr bestes ›Ho, ho, ho‹ hören?«

Jackie und Zach starren mich ungläubig an, bevor sie sich dem Kandidaten zuwenden.

»Natürlich«, erwidert der Weihnachtsmann und lacht noch einmal kehlig. Dann ertönt ein bellendes Gebrüll aus seinem Mund, bei dem sich seine rosigen Wangen so weit nach oben ziehen, dass seine Augen kaum mehr zu sehen sind. Dabei hält er mit den Händen seinen wackelnden Bauch fest.

Ich bin beeindruckt.

Im Nu schließt Jackie das Vorstellungsgespräch ab. Der Weihnachtsmann verabschiedet sich und wird aus der Hütte begleitet.

Uff, das erste Interview ist geschafft!

»Das ist irgendwie unwirklich«, sage ich mehr zu mir selbst als zu Zach. »Was sollte denn die Frage mit der Allergie?«

»Dad hat Nägel mit Köpfen gemacht und Rentiere für den Weihnachtsmann gemietet.«

»Das ist ein Scherz, oder?«

Zach schüttelt den Kopf.

»Nein. Dieses Jahr will er sich richtig reinhängen. Er möchte, dass es das schönste Weihnachten wird, das es auf der Farm jemals gegeben hat. Jackie hat vier Tage gebraucht, um eine passende Firma zu finden, die solche Tiere verleiht.«

Großartig. Noch mehr Fröhlichkeit. Genau das, was ich brauche.

»Ich bin wirklich nicht in der Stimmung für Spaß und Spiele, Zach.«

»Das erstaunt mich, denn deine Fragen waren sehr kreativ. Dad wird begeistert sein.«

»O nein, sag ihm das bloß nicht. Ich möchte mit Vorstellungsgesprächen nichts mehr zu tun haben.«

Die Eingangstür geht auf, und Jackie stellt uns den zweiten Kandidaten vor. Er trägt ebenso ein rotes Kostüm, füllt es jedoch nicht so aus wie sein rundlicher Vorgänger. Als er sich auf den Kandidatenstuhl setzt, weht ein Hauch von Whisky durch den Raum.

Der dritte Kandidat ist sehr unhöflich und erscheint einfach nicht. Kandidat Nummer vier ist dünn wie eine Bohnenstange, und sein Kostüm hängt von seinen knochigen Schultern. Der fünfte Kandidat gleicht dem ersten – er könnte ein Doppelgänger von ihm sein. Man hätte sie tatsächlich für Weihnachtsmann-Zwillinge halten können.

»Habt ihr eine Wahl getroffen?«, will Boss Fielding wissen, als wir Mittagspause machen. Er hat alle Kandidaten nach Hause geschickt und erwartet nun unsere Entscheidung.

»Es war nicht leicht, aber ja, wir haben einen Weihnachtsmann eingestellt.« Jackie lacht, ein wenig unsicher, wie sie ihrem Mann sagen soll, was wir tatsächlich getan haben.

Ich bin mit der Entscheidung zufrieden – sie schien offensichtlich zu sein.

»Nina, hat es dir Spaß gemacht?«, fragt der Boss, als ich sein Büro verlasse. »Bist du jetzt ein bisschen mehr in Festtagsstimmung?«

Ich schüttle den Kopf, doch mir wird bewusst, dass ich die Sache mehr genossen habe, als ich mir eingestehen will.

Vier

NINA

Dienstag, 11. Dezember

»Wie geht's?«, fragt Zach, als er das Haus betritt. Bram verschwindet im Wohnzimmer. Ich sehe, dass Zach einen Blick auf die Stiefel meines Dads wirft, die an der Fußbodenleiste stehen, und dann den Berg von Mänteln an den Garderobenhaken betrachtet.

Ich zucke mit den Schultern. Was soll ich sagen? Ich habe eine Nachricht verschickt und um Hilfe bei meiner Aufgabe gebeten, und obwohl heute ihr freier Tag ist, waren die beiden wie immer bereit und nach einer Stunde hier.

»Hier … zieh das an.«

Ich starre auf den blauen Overall, den Zach mir entgegenstreckt, und breche in Tränen aus.

»Komm her.« Zach legt seine Arme um meine Schultern. Als ich den Kopf an seine Brust lege, drückt er mich an sich.

Seit wann sind die Zwillinge so viel größer als ich?

»Danke. Ich habe das Gefühl, das waren heute noch nicht die letzten Tränen.«

»Ich habe jede Menge Umarmungen für dich auf Lager«, erwidert Zach.

Ich löse mich von ihm und mache mich auf den Weg ins Wohnzimmer.

»Was zum Teufel!«, ruft Bram aus.

»Schon gut, Bram, wir haben doch vermutet, dass es nicht gut aussieht«, murmelt Zach.

»Nicht gut? Machst du Witze?« Bram dreht sich zu mir um. »Nina, *so* wohnst du?«

»Bram!«

»Nein, Zach, sie muss endlich aufwachen und den Tatsachen ins Auge sehen. Schau dich doch hier mal um – das ist ein verdammter Saustall! Dein alter Herr würde bei diesem Anblick ausrasten. Ich war noch nie in einem Haus, das einen so unbewohnbaren Eindruck macht, Nina.«

Ich senke den Kopf und starre auf den schmutzigen Teppich. Dann bringe ich eine unzusammenhängende Erklärung hervor und murmle etwas darüber, dass ich die Vergangenheit festhalten und seine Sachen nicht hergeben wollte und dass ich es nicht wahrhaben und mir nicht eingestehen konnte, wie ich allein hier lebte.

»Schon gut, wir kümmern uns *heute* darum«, sagt Zach beruhigend, um die scharfen Worte seines Bruders abzumildern. »Du holst den Plastikbehälter vom Rücksitz des Lasters, ich besorge uns ein paar Putzlappen und du, Nina ...«

Als ich den Kopf hebe, schenkt er mir ein warmes Lächeln.

»Du stellst den Wasserkessel auf – wir brauchen Tee.«

Ich bin froh, eine Entschuldigung zu haben, das Wohnzimmer verlassen zu können. Brams Zorn hat ein Kribbeln auf meiner Haut verursacht. Ich bleibe hinter der Küchentür stehen und lausche auf ihre gedämpften Stimmen.

»Lass das bleiben. Nina braucht unsere Hilfe und keine verdammte Belehrung«, zischt Zach.

»Ach, hör auf. Schau dich doch mal um. Hätte ich gewusst, wie sie hier haust, hätten Dad und Jackie sie sofort bei uns aufgenommen.«

Ich beschäftige mich damit, Tee aufzubrühen.

»Hast du ein paar schwarze Müllsäcke?« Zach betritt die Küche, als ich gerade drei saubere Teebecher auf die Arbeitsplatte stelle.

»Ja, unter der Spüle.« Ich deute auf das Schränkchen.

Er rollt ein paar Tüten ab und legt den Rest neben die Teetassen.

»Die brauchen wir später noch, doch zuerst räume ich die Zeitungen und den anderen Kram weg. Da ist nichts dabei, was du behalten möchtest, oder?«

Ich schüttle den Kopf. Warum würde ich alte vergilbte Zeitungen vom letzten Jahr aufheben wollen?

»Nicht einmal ein oder zwei ausgefüllte Kreuzworträtsel?«

Meine Güte, er kennt uns wirklich gut.

Ein Lächeln huscht über meine bekümmerte Miene.

»Das wäre schön. Er hat morgens immer so gern ein Kreuzworträtsel gemacht.«

»Aber nur eins oder zwei.«

Ich gieße heißes Wasser auf die Teeblätter und begreife, welch großes Glück ich habe.

*

Um halb vier haben die Zwillinge den Flur vollständig ausgeräumt und nur die Treppe, den Wandspiegel und die Garderobenhaken verschont. Im Wohnzimmer sind sie ähnlich vorgegangen und haben dabei zehn schwarze Müllsäcke, ein gelbes Staubtuch und eine Dose Politur eingesetzt. Alle Oberflächen aus Holz und Glas und der Webteppich sehen wieder aus wie neu.

»Nina?« Bram schaut zu mir herunter, während ich die Fußbodenleisten schrubbe. »Alles in Ordnung?«

»Mir geht's gut. Ich frage mich nur, wie ich mit dieser Peinlichkeit fertigwerden soll. Und wie ich das bei euch jemals wiedergutmachen kann.«

»Das ist ganz einfach. Ich wäre mit einem Date am Freitagabend zufrieden«, erwidert Bram, und seine grauen Augen funkeln.

Zach steckt gerade einige Mäntel in einen schwarzen Müllsack. Er dreht sich um und lässt den Blick zwischen uns hin- und hergleiten.

Ich gebe Bram keine Antwort – das ist ziemlich dreist von ihm.

»Komm schon, was hältst du davon? Wir fahren mit dem Taxi ins Dorf und gönnen uns ein leckeres Essen, okay?«

Ich bleibe stumm, weil ich hin- und hergerissen bin. Was hält mich eigentlich davon ab, Ja zu sagen?

Bram nickt mir zu.

»Nun, das ist ein bemerkenswertes Ereignis – normalerweise lehnst du meine Vorschläge sehr wortreich ab. Also sagen wir acht Uhr.«

HOLLY

Um zehn vor sieben klopft es an der Vordertür. Ich wollte nicht im Flur warten, also stehe ich am oberen Treppenabsatz, vollständig angezogen und bereit, das Haus sofort zu verlassen. Hannah lehnt grinsend an der Tür zu unserem Schlafzimmer. Ich beuge mich über das Geländer und beobachte, wie meine Mutter die Haustür öffnet. Etwas, was sie schon unzählige Male getan hat, doch dieses Mal ist es trotzdem eine Premiere.

»Hallo, ist Holly zu Hause?«

Mein Magen macht einen Purzelbaum beim Klang von Alfies Stimme, und ich lächle. Er hat sehr höflich gefragt, das wird Mum gefallen.

Rasch weiche ich ein Stück vom Geländer zurück, damit man mich von unten nicht sehen kann.

»Oh ... hallo. Ja ... *Holly?*« Ich stelle mir vor, wie Mum neben der offenen Eingangstür steht, sich umdreht und die Treppe hinaufruft. Jetzt wäre ich gern eine Fliege an der Wand, um ihren Gesichtsausdruck zu sehen, ihr lächelndes, aber verblüfftes Gesicht, während sie viel zu laut nach mir ruft.

Ich warte kurz, bevor ich antworte – es soll schließlich nicht so aussehen, als wäre ich bereits auf dem Treppenabsatz. Hannah verdreht die Augen und kann offensichtlich nur schwer an sich halten, mich nicht zu verpetzen.

»Ja?« Ich bemühe mich, lässig zu klingen, was mir aber nicht so recht gelingen will.

»Hier ist ein ... Besucher für dich!«, ruft Mum. Ich zwinkere Hannah zu, und sie grinst wieder. Ein Besucher? Gut gemacht, Mum.

»Okay.« Ich springe die Treppe hinunter und nehme dabei zwei Stufen auf einmal. Unten erwarten mich zwei lächelnde Gesichter. Meine Mutter wirkt ein wenig vorsichtig, aber erfreut. Alfies erwartungsvolles Strahlen wird von der Außenbeleuchtung in der Auffahrt noch verstärkt. Mit der ausgebleichten Jeans und dem karierten Hemd sieht er aus wie ein Model. »Hi, Alfie. Mum, das ist Alfie. Wir gehen in den Jugendclub. In ein paar Stunden bin ich wieder zu Hause.« Ich trete rasch über die Türschwelle und stelle mich neben ihn auf die gepflasterte Auffahrt. Als die Lichterketten um unser Wohnzimmerfenster in wechselnden Farben aufblinken, zucke ich unwillkürlich zusammen.

»Dann bis später, ihr beiden«, erwidert Mum, während Hannah neben ihr auftaucht.

»Tschüs, Mum.«

»Auf Wiedersehen, Mrs Turner.«

Ich sehe, wie Mums »Detektor für nette Jungs« anspringt.

»Tschüs, Alfie. Hat mich gefreut, dich kennenzulernen.«

Wir eilen die Auffahrt hinunter, um dem Lichtstrahler zu entkommen, und sprechen kein Wort, bis wir die Straße erreicht haben. Ich weiß, dass Mum und Hannah immer noch an der geöffneten Haustür stehen.

»Danke«, sage ich, als wir die Straße überqueren und zur nächsten Straßenecke gehen.

»War mir ein Vergnügen. Deine Mum scheint sehr nett zu sein, aber sie war ein bisschen überrascht, als sie die Tür geöffnet hat.«

»Hm, na ja, ich habe ihr nichts davon gesagt«, gestehe ich und verziehe das Gesicht. »Wenn ich nach Hause komme, werde ich mir deswegen einiges anhören müssen, aber was soll's.«

»Ja, kein Problem, ich verstehe das.«

»Wird deine Mum dich auch ins Kreuzverhör nehmen?«

»O nein. Ich meine, ich bekomme eher zu hören, dass ich meiner Mutter nicht alles erzählen soll«, erklärt Alfie und zieht den Reißverschluss seiner Jacke zu. »Meine Mum wohnt zurzeit nicht bei uns. Sie ist im Januar ausgezogen, um ihr eigenes Leben zu leben.«

Beim letzten Satz höre ich, wie seine Stimme bricht.

»Tut mir leid, das ist sicher sehr schwer für dich. Mein Großvater ist kurz nach Neujahr gestorben, und meine Mum vermisst ihn immer noch – trotz ihres Alters.«

Alfie zuckt mit den Schultern.

»Komm.« Er nimmt meine Hand, und wir laufen an den anderen mit Lichterketten geschmackvoll verzierten Häusern und Vorgärten mit richtigen Weihnachtsbäumen vorbei. Dann flitzen wir an dem grünen Schulzaun entlang und steuern auf das Gemeindezentrum zu, das neben einem Spielplatz in einem Holzhaus untergebracht ist. Meine Hand passt genau in seine – ohne Lücken, ohne Öffnungen und ohne peinliche Gefühle. Es fühlt sich warm, sicher und natürlich an.

ANGIE

Um Punkt acht Uhr ertönt der Summer in meinem Apartment. Nick ist pünktlich.

Rasch schaue ich mich im Wohnzimmer um – alles sieht sauber und ordentlich aus –, bevor ich auf den Türöffner an der Wand drücke.

Er wird ein paar Minuten brauchen, um in den dritten Stock zu gelangen, also bleibe ich ganz gelassen mit einer Hand an der Klinke neben der Wohnungstür stehen.

Ich bin nach dem Büro nach Hause gehastet, habe geduscht, mich angezogen und meine Haare geföhnt und war mit allem um Viertel vor sieben fertig. Zur Beruhigung habe ich versucht, ein Magazin zu lesen, doch stattdessen habe ich dann Wohnzimmer, Küche und Bad geputzt, denn Nick wird heute Abend zum ersten Mal mein neues Zuhause sehen.

Ich fühle mich an unsere Studienzeit erinnert, als wir uns in meinem Zimmer im Studentenwohnheim zwanzig Minuten lang umkreisten und uns gegen verschiedene Möbelstücke und an die Wände lehnten. Bis Nick sich irgendwann auf die Bettkante setzte, während ich mich auf der einzigen anderen Sitzgelegenheit, dem Schreibtischstuhl, niederließ.

Plötzlich ist mir übel. Ich höre Nicks ganze Größe von eins zweiundneunzig die Treppe heraufkommen. Ich kenne diesen Mann so gut und trotzdem bin ich total nervös.

»Klopf, klopf.«

Ich halte einen Moment inne, obwohl meine Hand bereits auf der Türklinke liegt, und zähle rückwärts zehn, neun, acht, sieben, sechs ... Verdammt, länger kann ich nicht warten. Ich öffne die Tür.

»Hi«, sage ich lässig, doch es klingt unecht.

»Die sind für dich, Angie.« Nick ist sorgfältig rasiert, riecht nach Aftershave und trägt einen neuen Anzug. Wie ein Zauberkünstler zieht er einen in Zellophan verpackten Strauß weißer Lilien hinter sich hervor. Lilien, meine Lieblingsblumen. Sie sind von einem guten Blumenladen, nicht von der Tankstelle oder einem Supermarkt. Mein Magen schlägt einen Purzelbaum.

»Danke. Komm rein.« Ich trete zurück und atme den Duft der Blumen ein. Nick bückt sich, um seine Schuhe auszuziehen, so wie wir es bei ihm zu Hause immer gemacht haben.

»Das ist wirklich nicht nötig!« Eigentlich hatte ich damit gerechnet, dass wir uns nur kurz begrüßen und dann losgehen würden.

Ich schließe die Tür.

»Komm rein, ich stell rasch die Blumen ins Wasser.« Ich gehe vor und bin erleichtert, dass ich sowohl die Küche als auch das Wohnzimmer aufgeräumt habe; vorher wäre er sicher nicht beeindruckt gewesen.

»Hübsche Wohnung. Oh, wie ich sehe, hast du dir schon einen Baum besorgt.«

Sein überraschter Tonfall ist nicht zu überhören. Ich sollte ihm das erklären, aber ich habe keine Lust dazu.

»Ja, ich habe ihn am Sonntag an dem üblichen Ort gekauft ...«

»Eine Blautanne.«

»Ja, eine Blautanne.« Ich weiß, dass er die Bedeutung versteht. Ihm ist bewusst, wie lange ich darauf gewartet habe, meinen Willen durchzusetzen.

Wir starren beide auf den blaugrünen Riesen in der Ecke.

»Und du hast ihn noch nicht geschmückt?« Mit zwei großen Schritten durchquert er den Raum und berührt die ausgestreckten Zweige.

Das muss ich ihm erklären, sonst könnte er die Botschaft falsch verstehen.

»Mir ist am Sonntag die Zeit davongelaufen. Es hat mich viel Kraft gekostet, den Baum die Treppe hinaufzuschleppen, und gestern und heute musste ich arbeiten ... Ich habe ihn jeden Tag gewässert, so wie es in der Pflegeanleitung steht, aber geschmückt habe ich ihn noch nicht.«

»Du hättest mich anrufen sollen. Das hätte ich dir abnehmen können, Angie.«

»Ich weiß, aber ich hätte es nicht richtig gefunden, dich um Hilfe zu bitten. Und ich habe es dann ja doch geschafft.«

In seinen Augen liegt ein Ausdruck von Traurigkeit, als er mich ansieht.

»Wie auch immer, ich stelle die Blumen ins Wasser, dann können wir aufbrechen.« Rasch gehe ich zur Spüle hinüber und suche nach einer Vase.

»Wunderschön«, erkläre ich, während ich die Blumenvase zur Frühstückstheke trage und sie in der Mitte platziere.

Nick lächelt. Seine Traurigkeit scheint verschwunden zu sein.

»Deine Lieblingsblumen, glaube ich«, erwidert er.

HOLLY

Als wir uns dem Jugendclub nähern, stehen die Türen des Häuschens bereits weit offen, und etliche Kids haben sich trotz der Kälte in kleinen Grüppchen davor versammelt. Paris und ihre Busenfreundinnen sind auch da, kauen Kaugummi und schreiben Nachrichten auf ihren Handys.

Paris stupst eine ihrer Freundinnen an, während wir vorbeigehen. Sie drehen sich nach uns um und tuscheln miteinander, und dann bohren sich ihre bösen Blicke zuerst von vorne und von der Seite und schließlich von hinten in unsere Köpfe. Alfie scheint das nicht zu stören. Ich richte den Blick starr geradeaus. Alfie Woodward hält meine Hand; alles andere ist mir egal.

»Holly!« Beim Klang von Demis Stimme drehe ich mich um.

»Einen Moment, bitte«, sage ich zu Alfie, der sofort stehen bleibt und am Eingang wartet. »Demi?«

Demi bahnt sich den Weg durch die Menge und bleibt vor uns stehen. Sie lächelt ebenso strahlend wie ich, und ihre Augen funkeln wie meine – wenn nicht sogar noch ein wenig freudiger, als ich es bei mir zulasse.

»Alfie Woodward – was für eine Überraschung. Ihr seid also zusammen?«, fragt sie neckisch.

Alfie wirft mir einen Blick zu, bevor er antwortet, und lächelt schief. »Nun ja, kann man so sagen ...«

Den Rest seiner Unterhaltung mit Demi höre ich nicht mehr.

Mein Magen krampft sich zusammen, meine Knie werden weich, und ich kann nur noch daran denken, wie ich meiner Mum heute Abend mein Date beschreiben soll, wenn sie an der Türschwelle stehen und auf mich warten wird.

Ich komme wieder zu mir, als Alfie an meiner Hand zieht, um mich hineinzuführen. Der Jugendclub ist eine große Holzhütte mit einigen alten Sofas, riesigen dröhnenden Lautsprecherboxen und einer Menge Kids, die in Gruppen zusammenstehen. Er führt mich zur Bar und grüßt auf dem Weg dorthin alle, an denen wir vorbeikommen. Einige erkenne ich – sie sind aus unserem Jahrgang in der Schule –, andere kommen anscheinend aus einer Schule in einem benachbarten Stadtviertel. Unsere Hände sind immer noch ineinander verschlungen, und ich genieße es, mit Alfie Woodward auf diese Weise verbunden in der Öffentlichkeit gesehen zu werden.

»Was möchtest du trinken, Hols?«

Hols? Er nennt mich Hols. Es klingt so natürlich; es passt zu uns. Das gefällt mir.

Ich beuge mich vor und überfliege die Auswahl.

»Eine Cola light, bitte.«

Alfie runzelt die Stirn. »Willst du keinen Zube Tube?«

»Nein, danke. Eine Cola light wäre prima.«

»Du bist doch nicht eines von diesen Mädchen, oder?«

»Was?«

»Ich meine, du gehörst nicht zu denen, die ständig einen Kampf gegen Kalorien führen und nur Diätprodukte zu sich nehmen, weil sie sich zu dick fühlen, oder?«

»Nein. Warte nur, bis du mich in der Nähe einer Tafel Schokolade siehst. Glaub mir, du wirst über diese Frage lachen.«

Er grinst. »Gut. Ich kann mit diesem Gerede über Kalorien nichts anfangen.« Er beugt sich über den Tresen und winkt den Jungen dahinter zu sich heran. »Zwei Dosen Cola light und eine große Tüte Erdbeerschlangen, bitte.« Er zieht eine Fünfpfundnote aus der Tasche, und ich krame sofort ebenfalls mein Geld hervor. Rasch schüttelt er den Kopf. »Du kannst ein anderes Mal bezahlen. Heute hab ich dich eingeladen, also ist das schon okay.«

»Also gut, aber nur, wenn es dabei bleibt.«

»Natürlich. Wir könnten am Wochenende etwas unternehmen, ich meine, falls du Zeit hast.«

Ich nicke. Mir fehlen die Worte, als tief in mir vor Freude etwas zu explodieren scheint. Alfie Woodward, du hast keine Ahnung, was für ein wundervolles Ereignis du aus einem langweiligen Dienstagabend gemacht hat, indem du meine Hand gehalten, mir eine Cola light gekauft und meinen Namen abgekürzt hast.

ANGIE

»Madam?«

Ein festlicher Duft nach Zedernholz und Zimt erfüllt die Luft, als ich dem Oberkellner im Speisewagen des Zugs zu unserem Tisch an der rechten Seite des breiten Mittelgangs folge.

Ich bestaune die im Art déco gestaltete Umgebung, die Holzverkleidung, den Kristallleuchter über dem Tisch, die makellose weiße Tischdecke und die burgunderroten Sitzpolster. Der ideale Rahmen für ein erstklassiges Dinner. Das habe ich nicht erwartet, als wir am Bahnsteig von dem Gestank nach brennender Kohle begrüßt wurden.

»Nick?« Ich lasse mich atemlos auf meinen Platz sinken, bevor der Oberkellner die zu einer Skulptur gefaltete Serviette mit einer schnellen Handbewegung glättet und sie mir auf den Schoß legt.

»Sir?« Wie ein Matador wiederholt er die rasche Bewegung mit Nicks Serviette und breitet sie auf seinen Oberschenkeln aus.

»Die Speisekarte für Madam.« Die ledergebundene Karte fühlt sich schwer an; die goldumrandeten Seiten und die filigrane Schrift tragen dazu bei, meinen Appetit anzuregen. »Sir.« Mit einer Verbeugung eilt der Oberkellner davon, und wir sind allein und lächeln uns über den Rand der Speisekarten verlegen an.

»Nick, das ist fantastisch ... So etwas Aufwendiges habe ich bei unserem ersten Date nicht erwartet.« Ich versuche, mich weltgewandt zu geben, obwohl ich mich im Vergleich zu den anderen Gästen für den Anlass nicht passend angezogen fühle.

»Ein Kollege von mir hat vor einer Weile davon erzählt. Ich hatte schon lange vor, mit dir hierherzukommen, doch dann ... Na ja, du weißt schon.«

Ich nicke. Er muss mich nicht daran erinnern, dass ich ihn verlassen habe.

»Nun, das hier ist wirklich vom Feinsten. Wir sitzen in einem alten Dampfzug, richtig?«

Er nickt.

»Eine dreistündige Fahrt mit einem guten Abendessen. Wenn du möchtest, können wir später noch in die Cocktailbar gehen.«

»Ich komme mir vor wie im Orientexpress«, erwidere ich kichernd und versuche, meine Begeisterung zu verbergen.

»Nur ist das hier nicht ganz so teuer.« Nick lacht. Ich kenne mich nicht sehr gut mit Spielzeug für Jungen aus, aber als der Zug in den Bahnhof eingefahren ist, habe ich sofort die altmodische Form der Lokomotive bemerkt. »Ich wollte etwas Besonderes für uns aussuchen.«

Der Pfiff des Zugs ertönt und schallt hinaus in die dunkle Nacht, während sich der Wagen langsam in Bewegung setzt und auf den alten Schienen seinen Rhythmus findet.

Unser allererstes Date haben wir vor etwa zwanzig Jahren in der Bar der Studentenvereinigung an der Uni verbracht. Damals hatte ich mir etwas Glamouröseres erhofft, aber hey, er hatte wenig Geld und auch nicht so viele originelle Ideen, also ließen wir uns mit einigen Dosen Alkopops und einem Teller Käse-Pommes in einer Ecke nieder. Und ich habe mich großartig amüsiert. Ich habe den Abend damit verbracht, mich mit dem interessantesten Mann, den ich je kennengelernt hatte, zu unterhalten. Wir haben gelacht, ernsthafte Gespräche geführt und zur Musik der Jukebox ständig geknutscht. Nachdem er mich zu meinem Zimmer zurückbegleitet hatte, bewies er Anstand und ließ es nicht darauf ankommen, sondern verabschiedete sich nach einem Gutenachtkuss.

Das war Nick. Mein Nick, der alte Nick. Der Mann, in den ich mich Hals über Kopf und unsterblich verliebte. Der Mann, den ich unbedingt heiraten wollte. Der Mann, von dem ich, kaum trug ich den Ehering am Finger, schwanger wurde. Der jetzt Dreiundvierzigjährige, den ich an einem kalten, schrecklichen Abend im Januar verlassen habe. Was war ich nur für eine Närrin.

»Angie?«

Ich schrecke auf. Nick sieht mich besorgt an.

»Tut mir leid, ich habe nur diesen Moment genossen.« Ich blicke wieder auf meine Speisekarte. Die großartige Auswahl der Speisen ist umwerfend. Bretonischer Hummer, Salzwiesenlamm, Schmorbraten vom Wild und Weihnachtstruthahn. Das muss ihn ein Vermögen kosten, und er tut das alles für uns. Für mich und ihn. Zu unserem *zweiten* ersten Date. Ich kann mich kaum auf die Speisekarte konzentrieren, denn mein Gehirn scheint zu Brei geworden zu sein. Beinahe so wie in der Zeit, als ich mit Alfie schwanger war.

*

»Also, wie war das Jahr für dich?«, erkundigt sich Nick und säubert sich nach einem Gang frischer Muscheln die Fingerspitzen.

Ich tupfe mir die Lippen ab und vergewissere mich, dass keine Spuren von dem Toast Melba zurückbleiben.

»Ich habe viel gelernt. Viel über mich selbst. In Beziehungen habe ich anscheinend zu wenig emotionale Intelligenz, und …« Ich halte inne. Ich habe keine Ahnung, ob er bei unserem ersten Date so viel über meine Gefühle hören will, aber er hat mich gefragt, also sollte ich auch ehrlich antworten. »Ich habe Erfahrung mit modernem Dating gemacht – das hat mir die Augen geöffnet.«

»Tatsächlich?«

»O ja, es hat sich einiges geändert, seit wir …«, füge ich hinzu, bin mir aber nicht sicher, ob er mehr darüber erfahren möchte. Doch er hört mir aufmerksam zu, beugt sich vor, wirkt konzentriert und schweigt, also möchte er wahrscheinlich, dass ich weiterspreche. »Heutzutage dreht sich alles um Online-Profile, Swiping oder Ghosting.«

Nick runzelt die Stirn.

»Ich weiß, das klingt verwirrend. Es gibt eine Menge neuer Wörter im Fachjargon des Datings, und …« Soll ich aufrichtig sein oder mich lieber ein wenig bedeckt halten? Ich wage es. »Und Lügen. Tatsächlich betritt man ein Minenfeld, aber ich habe ein paar nette Verabredungen gehabt und einige interessante Leute kennengelernt.«

»Männer?«

Ich nicke und beobachte ihn, während er diese Information verdaut. Ja, Männer, Nick. Männer verschiedenen Alters. Manche älter, andere etwas jünger als ich. Mit verschiedenen Hintergründen, Lebenssituationen und Interessen.

Zwischen uns breitet sich Schweigen aus.

Dann belebt sich seine Miene wieder.

»Das ist gut, Angie. Hat es dir denn dabei geholfen, zu begreifen, dass …«

Ich nicke wieder.

Uff! Es ist gar nicht so leicht, ehrlich zu sein.

»Ja. Nicht, dass du jetzt denkst, ich hätte unzählige Dates gehabt. Es waren nur ein paar, und ja, sie haben mir dabei geholfen, mir darüber klar zu werden, was ich wirklich vom Leben will, und dass ich möglicherweise die Schuld an Fehlern in der Vergangenheit trage.«

Er nickt. Ich finde, für ein erstes Date habe ich genug verraten. Jetzt wäre mir ein Themawechsel lieb.

»Ist aus diesen Dates auch mal mehr geworden?«

Meine Güte, er will es genau wissen. Ehrlichkeit ist die beste Strategie. Zumindest könnte sie es sein. Hilfe!

Ich atme tief durch.

»Man könnte sagen, ich habe eine romantische Belebung erfahren, von der mir nicht bewusst war, dass sie mir gefehlt hat.«

Nicks Mund ist eine schmale Linie; er schweigt und wartet darauf, dass ich weiterspreche.

»Tut mir leid, war das verletzend?« Meine Stimme wird leiser, und meine Wangen brennen. »Ich wollte einfach nur ehrlich sein. Und du?« Ich spiele ihm den Ball zu.

»Ich habe mich eigentlich nicht verändert, seit wir ... Und nein, ich hatte keine Liebesbeziehung.«

»Seit Januar?«, frage ich neugierig, während der Kellner unsere leeren Teller abräumt.

»Seit Januar.«

»Kein Date?«

»Nein.«

»Nick?«

»Angie?«

»Ernsthaft: Es gab niemanden?« Ich lehne mich zurück und mustere ihn. Er hat sich gut gehalten, versteht sich darauf, sympathisch aufzutreten und ist trotzdem jeden Abend zu Hause geblieben? Ich bin davon ausgegangen, dass er sich nach der Scheidung anderweitig umsehen würde, doch anscheinend hat er das nicht getan.

Nicks Hüsteln reißt mich aus meinem inneren Monolog.

»Es tut mir leid, wenn ich dich damit verletzt habe. Vielleicht hätte ich nicht ganz so ehrlich sein sollen, aber du hast mich danach gefragt, Nick. Mittlerweile spreche ich viel offener und aufrichtiger über meine Gefühle ... und Bedürfnisse.«

Er nickt wieder. Mir ist klar, dass er nicht so recht weiß, was er darauf erwidern soll, denn er ist Nick und ich bin Angie. So hat unsere frühere Ehe achtzehn Jahre lang funktioniert.

Nick setzt sich zurecht, beugt sich vor und streckt eine Hand nach meiner aus.

»Schon gut so. Ehrlichkeit ist wichtig in einer Ehe.«

Damals war ich nicht offen und ehrlich. Und er war sich nicht sicher, was er sagen oder tun oder wie er sich verhalten sollte. Das führte am Ende zu einem Zusammenbruch und zu meinem Auszug. Beides habe natürlich ich herbeigeführt.

*

»Vielen Dank für diesen wunderschönen Abend, Nick.« Ich bin total hingerissen – noch einmal. Er war aufmerksam, interessiert und gewinnend. Ich war offen und ehrlich und ihm zugewandt. Nachdem ich mich bei ihm bedankt habe, hoffe ich, dass er sich zu mir vorbeugt.

Tatsächlich kommt er näher, legt mir auf beruhigende Weise eine Hand auf den Unterarm und drückt mir einen sanften Kuss auf die Stirn. In der Hoffnung auf mehr halte ich den Atem an. Das ist perfekt. Wir berühren uns kaum, und doch liegt große Bedeutung darin.

Ich lächle. Er tritt einen Schritt zurück und erwidert mein Lächeln.

»Gute Nacht«, flüstert er.

»Gute Nacht.« Ich könnte vor Freude platzen. Oh, Nick, du hast in den letzten elf Monaten so viel gelernt. Ich möchte ihn dazu beglückwünschen, aber ich schweige. Kann sich unsere Scheidung tatsächlich positiv auf unsere Beziehung auswirken?

Ich schließe die Haustür auf und lächle Nick noch einmal zufrieden an der Türschwelle an. Er tritt zurück, und ich schließe die Tür leise hinter mir.

Fünf

ANGIE

Mittwoch, 12. Dezember

»Meine Güte, mit wem hast du denn die letzte Nacht verbracht?«, fragt Jilly und schaut von ihrem mit Lametta geschmückten Bildschirm auf, während ich in unserem kleinen Büro in Turbogeschwindigkeit eine Aufgabe nach der anderen erledige.

»Mit niemandem!«, trällere ich, schnappe mir einen Stapel von Anfragen zu den Gehaltsabrechnungen aus dem Eingangsfach und fange schwungvoll an, sie zu sortieren.

»Himmel, doch nicht das Fach mit den Anfragen ... Bist du verrückt geworden?« Sie nimmt ihre Lesebrille ab, sodass diese an der daran befestigten Goldkette baumelt, und mustert mich irritiert.

»Nein, ich hab einfach nur gute Laune, sonst nichts.« Während meine Hände beschäftigt sind, kehren meine Gedanken zu dem wunderbaren Dinner am Abend zuvor zurück. Nick hat sich wie ein wahrer Gentleman verhalten. Er hat sich genauso gewandelt, wie ich es mir immer von ihm gewünscht habe. Es hat kein peinliches Schweigen zwischen uns gegeben, keinen Schlagabtausch, keine Rechthabereien. Kein Wort über Alfie. Nur wir beide bei einem köstlichen Essen in einer herrlichen Umgebung. Ein Date, an das man sich aus den richtigen Gründen gern erinnert.

»Wie heißt er?«, will Jilly wissen, schiebt ihre Tastatur zur Seite und unterbricht ihre Aufgabe, die Überstunden einzugeben.

Ich schenke ihr ein freundliches Lächeln.

»Willst du es mir tatsächlich nicht verraten?« Sie legt den Kopf mit dem ergrauenden Bob schief, ganz begierig auf meine Neuigkeiten.

Ich lächle noch strahlender.

»Verdammt, es muss richtig gut gewesen sein. In den letzten elf Monaten habe ich einiges über den feurigen Italiener, über Mr Tangaslip und über diesen unglaublich sexy Muskelprotz von der Baustelle gehört, aber jetzt sagst du kein Wort. Was ist los mit dir, Angie?«

»Willst du es wirklich wissen?«

»Ja, bitte! Meine Höhepunkte im Leben bestehen darin, mir einmal in der Woche Backshows wie *Bake Off* oder Tanzwettbewerbe wie *Strictly Come Dancing* im Fernsehen anzuschauen. Von meinem Chris ist keine Leidenschaft mehr zu erwarten, also erzähl schon!«

»Nein!«, erwidere ich heiter. Tatsächlich habe ich nicht vor, ihr dieses Mal Bericht zu erstatten. Sie hat recht: Ich habe ihr von Fabio und Mr Tangaslip erzählt, und was Matt, den jungen Bauarbeiter, betrifft, hätte ich alles am liebsten von den Dächern geschrien, aber das ... Das ist privat. Etwas Besonderes. Sensibles. Jilly kann sich zusammenreimen, was sie will, aber von mir erfährt sie kein Wort.

»Ihr hattet zum ersten Mal Sex, richtig?«, flüstert sie hinter der kitschigen kleinen Douglastanne hervor, die ihren winzigen Schreibtisch schmückt.

Ich schüttle den Kopf und beginne damit, die Anfragen nach Datum zu sortieren.

»Nein? Dann hattet ihr die ganze Nacht Sex?«

Ohne aufzuschauen, runzle ich die Stirn.

»Hattet ihr überhaupt Sex?« Jilly steht von ihrem Stuhl auf und kommt zu mir herüber.

»Hm … lass mich überlegen«, erwidere ich in meiner besten Schauspielermanier und lache schließlich. »Nein!«

»Und weshalb zum Teufel bist du dann heute Morgen so glücklich?«

»Ich freue mich über das Leben.«

»Pah, erzähl mir keinen Mist, Angie. Seit Anfang des Jahres hüpfst du von einem Bett ins nächste.«

»Von einem Date zum nächsten!«

»Das ist doch das Gleiche.«

»Ganz und gar nicht! Tatsächlich habe ich in diesem Jahr viel über mich selbst gelernt – wahrscheinlich mehr als in jedem anderen Jahr meines Lebens –, und in letzter Zeit habe ich begriffen, dass …« Ich halte inne. Das hört sich jetzt sicher an wie das Gerede einer amerikanischen Talkshow-Moderatorin, aber ich sage es trotzdem. »Ich glaube, ich habe zu mir selbst gefunden.«

Jilly setzt sich in ihrem Marks-&-Spencer-Rock auf die Kante meines Schreibtisches und schiebt meinen billigen fiberoptischen Weihnachtsbaum zur Seite, bevor sie in herzhaftes Gelächter ausbricht.

Ich beobachte, wie sie, den Kopf in den Nacken gelegt, mit weit geöffnetem Mund über meinen Moment der Offenbarung prustend lacht. Und warte darauf, dass sie die Augen öffnet und sieht, dass ich sie anstarre.

Schließlich ist es so weit. Sie schlägt die Augen auf, hört auf zu lachen, verschluckt sich beinahe und erwidert meinen Blick.

»Ist das dein Ernst?«

»Ja. Ich, Angie Woodward, vierzig Jahre alt, kann ehrlich sagen, dass ich zu wissen glaube, wer ich bin und was ich von meinem Leben will.«

»Das kannst du jemand anderem weismachen, aber das glaubt dir doch kein Mensch.«

»Es ist aber so!«

Jilly starrt mich an. Sie wartet auf meinen Ausbruch, meine emotionale Enthüllung, aber sie wird enttäuscht. Ich arbeite einfach weiter.

»Verdammt.« Sie rutscht von der Tischkante. »Warst du deswegen schon beim Arzt?«

»Nein. Und das habe ich auch nicht vor.«

Jilly geht langsam zu ihrem Arbeitsplatz zurück. Doch sie bleibt aufmerksam, für den Fall, dass ich ihr nur etwas vorgemacht habe, plötzlich etwas preisgebe und sie schnell wieder an meinen Schreibtisch zurückkehren muss. Sie lässt sich wieder vor ihrer Tastatur nieder und fährt mit der Eingabe der Überstunden fort, wobei sie mich jedoch nicht aus den Augen lässt.

»Wenn du es mir nicht verrätst, hat das Konsequenzen«, warnt sie mich und tut so, als würde sie an dem untersten Zweig ihres billigen Schmuckbäumchens ziehen.

»Von mir erfährst du nichts, Jilly.«

»Wie du willst!« Jilly zupft an ihrem Weihnachtsbaum, und sofort erwacht die kleine Douglastanne zum Leben. Die Augen treten hervor und die Lippen bewegen sich zu »Jingle Bell Rock«.

Ich grinse zufrieden. Die blecherne Musik kann ich ausblenden. Nichts auf dieser Welt kann mir etwas anhaben. So muss es sich anfühlen, wenn man glücklich ist. Das hatte ich beinahe schon vergessen.

HOLLY

»Und?«, erkundigt sich Demi auf dem Weg zur Schule. »Hat er?«

Ich frage sie nie nach Einzelheiten aus, aber sie will immer alles wissen.

»Zuerst mal habe ich Hausarrest«, erwidere ich und schlinge den Riemen meiner Schultasche über die Schulter. »Meine Mum war nicht gerade begeistert, als ich nach Hause gekommen bin.«

»Nicht dein Ernst!«

»Doch.«

Demi schüttelt den Kopf.

»Wir haben uns wegen Alfie gestritten – sie nannte mich eine Heimlichtuerin, und ich beharrte darauf, dass mir ein bisschen Privatsphäre zustehe. Mein Dad gab mir recht, aber meine Mum wollte nichts davon hören. Sie bildet sich ein, alles wissen zu müssen, was ich tue und denke. Ich bin bei meiner Antwort ziemlich laut geworden, und deshalb habe ich jetzt Hausarrest bis zum Wochenende.«

»Uff! Wenn ich jedes Mal Hausarrest bekäme, weil ich laut werde, würde ich bis zu meinem sechsundzwanzigsten Geburtstag in Einzelhaft sitzen.« Demi lacht. »Und Alfie?«

»Sie scheint sich nicht an ihm zu stören – es geht ihr darum, dass ich ihr nichts von ihm erzählt habe.«

»Sie will, dass ihr wie Freundinnen miteinander redet und Mutter-Tochter-Geheimnisse teilt, aber das funktioniert nicht, richtig?«

»Richtig! Aber ich glaube, er hat ihr gefallen.«

»Das wird sie dir gegenüber aber nicht zugeben. Noch nicht.« Demi hält kurz inne. »Also?«

»Meine Güte, Demi Walker … Ja, er hat mich geküsst. Bist du jetzt zufrieden?«

»Und …?« Demi bleibt stehen, dreht sich zu mir um und nähert ihr Gesicht meinem. Beinahe so wie Alfie am Abend zuvor.

Ich kichere.

»Mit Zunge, stimmt's?«

»Hör auf damit!« Ich laufe dunkelrot an.

»Holly und Alfie sitzen auf einem Baum und küssen sich wie im Traum«, trällert Demi, während wir eingehakt weitergehen.

Ich erzähle ihr, wie wir mit den Nasen zusammengestoßen sind, dass ich mich für meine Zahnspange geschämt habe und dass sein Atem nach Erdbeerschlangen gerochen hat.

»Hat er etwas über die Schule gesagt?«

»Er meinte, ich könne mich seiner Clique anschließen, aber … ich glaube nicht, dass ich das will.«

»Gut. Einen Moment lang habe ich schon gedacht, du willst mich nicht mehr als beste Freundin haben.«

»Aber natürlich will ich das noch, Demi.«

»Ich mein ja nur. Wie auch immer, wenn du Hausarrest hast, kannst du heute Abend leider nicht mitkommen. Wir werden wahrscheinlich zur Weihnachtsbaumfarm gehen und dort ein paar Dosen Cider trinken. Spud hat mich gestern nach Hause begleitet, nachdem wir uns drei Dosen geteilt hatten.«

Ich schüttle den Kopf. Mit einer Clique Jugendlicher irgendwo einzudringen und dort Cider zu trinken ist nicht nach meinem Geschmack. Außerdem wird meine Mum mich ohnehin nicht mehr vor die Tür lassen, sobald ich von der Schule nach Hause komme.

An der Schule angelangt, gehen wir durch das grüne Doppeltor. Auf der Auffahrt stehen Paris und ihre Freundinnen unter dem nächsten Baum; sie drehen sich alle gleichzeitig zu uns um und verfolgen uns mit ihren Blicken, als wir vorbeigehen.

Ich blicke starr geradeaus, aber Demi wendet sich noch einmal um und zeigt ihnen damit, dass wir ihr Interesse an uns bemerkt haben.

»Stachle sie nicht noch mehr an«, murmle ich.

»Verdammt, was ist denn an uns so spannend?« Demi lacht und dreht sich wieder nach vorn. »Vielleicht hat Paris ja ein Auge auf Alfie geworfen.«

Auf dem Pausenhof hören wir, wie die Clique der fiesen Mädchen uns rasch etwas Unverständliches nachruft.

»Ich habe später mit ihr Kochunterricht – wenn du willst, versalze ich ihren Kuchenteig.«

»Nein. Das wäre Energieverschwendung.«

»Und schade um das gute Salz«, fügt Demi hinzu.

NINA

Klopf, klopf, klopf. Ich höre, wie Zachs Fingerknöchel an die Milchglasscheibe schlagen und ihre Ankunft an Tag zwei ankündigen.

Eigentlich will ich nicht mehr, aber ich kann sie auch nicht ignorieren.

»Morgen«, murmle ich und öffne die Haustür.

»Gut zu sehen, dass du alles so aufgeräumt gelassen hast«, bemerkt Bram und späht ins Wohnzimmer. »Wenn auch nur über Nacht.«

»Wenn dir ein zweiter Tag Putzaktion zu viel ist, dann geh einfach eine Weile raus«, schlägt Zach vor. »Wir machen allein weiter.« Er hebt die Küchentür aus den Angeln. »Echt jetzt, das ist kein Problem für uns.«

Zwei besorgte Gesichter schauen mich an. Beide haben graue Augen, zeigen ein verhaltenes Lächeln und strahlen eine Wärme aus, die ich sonst von niemandem kenne.

Ich zucke mit den Schultern; ich bin sprachlos. Eine solche Freundschaft habe ich nicht verdient.

»Wir legen alles beiseite, was wertvoll sein könnte oder was du dir vielleicht noch mal anschauen möchtest«, fügt Bram hinzu und steckt die Scharnierstifte, die Zach ihm reicht, in die Tasche. Dann hebt er die Holztür hoch und lehnt sie im Flur gegen die Wand. »Wir werfen nicht einfach alles weg.«

»Was macht ihr da?«

»Ist dir noch nie aufgefallen, wie klein die Küche ist? Ohne die Tür haben wir mehr Platz«, erklärt Zach.

Gemeinsam schauen wir uns in der winzigen Küche um, und ich sehe sie plötzlich mit neuen Augen. Jede Keramikfliese, jede Herdplatte und jeder Griff am Küchenschrank sieht verkrustet und verschmiert aus. Ein Blick auf die Deckenlampen zeigt mir das ganze Ausmaß der Verschmutzung – selbst die Strahler sind von einer gelben Dreckschicht überzogen.

»Wie hast du es geschafft, hier nicht krank zu werden?« Bram lehnt sich gegen den Türpfosten und zögert, die Küche zu betreten. »Kochst du tatsächlich da drin?«

»Manchmal, aber in letzter Zeit habe ich mir vor allem Tiefkühlkost aufgewärmt«, murmle ich.

»Und wie war es, als dein Dad noch hier war?«, fährt er fort.

»Bram!«

»Was?«

»Lass das endlich!«, fordert Zach ihn auf.

Bram mustert mich, bevor er ihm antwortet. »Es geht ihr gut, Mann ... Ich rege sie nicht auf, also hör auf, an ihrer Stelle so empfindlich zu reagieren.«

Ich hoffe inständig, dass Bram das Date am Freitagabend nicht erwähnt. Wenn er mich heute wieder deswegen beschwatzt, könnte mir das den Rest geben.

»Schon gut, Zach, wirklich. Ich habe zwar immer noch jeden Tag schlimme Momente, aber meistens macht es mir nichts mehr aus, über Dad zu reden.«

Zach nickt und scheint ebenso wenig von meinen Worten überzeugt zu sein wie ich.

*

»Ich schlage vor, zwei putzen hier und einer fängt oben an«, sagt Zach und streift sich seine Handschuhe über.

»Ich gehe nach oben. Wenn jemand in ihr Schlafzimmer gehört, dann bin ich das«, erklärt Bram mit einem frechen Zwinkern. Zach und ich wechseln einen Blick, bevor wir beide Bram anstarren.

»Da täuschst du dich!«, erwidere ich scharf. »Zach, geh du nach oben, ich bleibe mit Casanova hier.«

»Okay, aber ich fange mit dem Badezimmer an, Bram. Hast du etwa vergessen, dass sich das auch im oberen Stockwerk befindet?«, sagt Zach.

»Im Ernst, Nina, ich hab nur Spaß gemacht – ich wollte dich nur ein bisschen aufheitern, das ist alles. Sei nicht sauer.«

»Bin ich nicht.«

Wir hören, wie Zach geräuschvoll die Treppe hinaufstapft.

Ich mache die Hintertür weit auf und stelle einen Stuhl davor, sodass ein Schwall der kalten Dezemberluft in die Küche dringt.

»Wir stellen alles raus, putzen und räumen dann wieder ein, richtig?«, erkundigt sich Bram.

»Ja, auch das Linoleum muss weg. Wir sollten es rausreißen – ich werde irgendwann ein neues legen.«

Ich bin überrascht, wie schnell mir Tränen in die Augen schießen, als Bram den Hängeschrank öffnet und mein Blick auf die weißen Pappschachteln mit Dads Medikamenten fällt. Ich durfte sie nie anrühren. Als ich klein war, stand dort unsere Keksdose, gefüllt mit Zitronen- und Erdbeerwaffeln. Später wanderten die Süßigkeiten zur sicheren Aufbewahrung in den Schrank in der Speisekammer, und an ihre Stelle traten die vielen verschiedenen Medikamente meines Vaters.

Von mir wurde erwartet, dass ich sie nicht beachtete und keine schwierigen Fragen stellte. Daran hielt ich mich fast fünf Jahre lang, bis es schließlich offenkundig wurde, dass ich viel eher hätte nachfragen sollen.

Es dauert eineinhalb Stunden, bis alle vergessenen Kochtöpfe, Dessertschälchen und Suppendosen aus dem Schrank geräumt sind.

Wie kann man nur so viele Dosen mit Tomatensuppe horten und nie auch nur eine davon essen?

Ich gebe Scheuermilch auf einen Lappen und verteile die zähe weiße Flüssigkeit auf den neu entdeckten roten Bodenfliesen.

*

»Soll ich das Gerümpel in der Kammer unter der Treppe herausholen?«, fragt Bram und öffnet die kleine Holztür.

»Nein!« Ich haste in den Flur und verletze mir die Hand, als ich rasch die winzige Tür zuschlage und seinen Arm wegschiebe. »Dort drin ist kein Gerümpel!«

Ich will nicht, dass jemand sich an den Sachen unter der Treppe zu schaffen macht. Sie sind wertvoll und dürfen nicht angefasst werden. Tränen verschleiern meinen starren Blick, als Bram mich verblüfft ansieht. Zum zweiten Mal in diesen zwei Tagen lehne ich mich an einen starken Mann und verberge mein Gesicht an seiner Brust, während er seine Arme um meine Schultern legt.

Ich bin sehr froh, dass die Zwillinge mir beim Saubermachen helfen, aber es ist alles zu viel und noch zu früh.

*

Dass ich ständig meine Entscheidungen rechtfertigen und mir dabei Lösungsvorschläge für meine derzeitige Situation anhören muss, gibt mir schließlich den Rest. Es ist nicht nur Brams Schuld; sein Vorschlag, einen Weihnachtsbaum aufzustellen, ist nur der Tropfen, der das Fass zum Überlaufen bringt. Und ich raste aus.

»Ich werde nie wieder einen Weihnachtsbaum aufstellen!«, brülle ich Bram an, dessen Miene erstarrt. »Hier wird es keine funkelnden Lichterketten und kein buntes Lametta mehr geben, nicht mal einen Stechpalmenkranz an der Tür. Nie wieder!«

»Schon gut, ich höre dich – du musst nicht schreien«, murmelt Bram und weicht von mir zurück. »Ich habe nur gesagt, das wäre vielleicht nett, das ist alles.«

Wenn man bedenkt, dass sein Vater traditionell jedem Mitarbeiter an Weihnachten einen Baum schenkt, war der Vorschlag nicht abwegig. Doch Boss Fielding wird sicher nicht überrascht oder beleidigt sein. Er und Jackie verstehen, dass ich nicht feiern möchte. Ist es nicht darum in unserem kurzen Gespräch am Sonntag gegangen?

Meine Stimmung bessert sich nicht, nachdem die beiden gegangen sind und alle Plastiksäcke mitgenommen haben, um sie auf dem Nachhauseweg bei einer Mülldeponie zu entsorgen. Vor dem Fernseher fühle ich mich einsam, undankbar und elend. Ich schaue zu Dads Platz hinüber, und zum ersten Mal, seit er nicht mehr da ist, kann ich mir nicht mehr vorstellen, dass er dort sitzt. Sein Platz ist leer. Ich bereue es, dass ich den Zwillingen erlaubt habe, die Wohnzimmermöbel umzustellen. Der Raum fühlt sich fremd an, in jeder Hinsicht und aus jedem Winkel betrachtet ungemütlich. Nicht so, wie mein Dad ihn in Erinnerung hat. Ich weiß, dass er nie wieder zurückkommen wird – er ist tot –, doch in meiner Fantasiewelt gibt es viele tröstliche Dinge. Jetzt beschleicht mich allerdings das Gefühl, ihn noch einmal verloren zu haben.

Um acht Uhr gehe ich ins Bett und weine.

ANGIE

»Alfie, hier ist Mum.« Ich warte auf seine Reaktion, um zu entscheiden, wie ich weitermachen soll.

»Hi.«

»Ich wollte mal hören, wann du Zeit hast ... Damit wir uns treffen und ein bisschen reden können.« Obwohl es erst halb fünf ist, plärrt im Hintergrund der Fernseher. Sollte er jetzt nicht an seinen Hausaufgaben sitzen?

»Dad muss länger arbeiten. Wir könnten vielleicht später Pizza essen gehen.«

Halleluja, eine Antwort! Rasch schaue ich mich im Büro um. Mein Schreibtisch ist aufgeräumt, der Ablagekorb ist leer. Jillys Computerbildschirm ist schwarz, also ist auch sie bereits mit den Aufgaben des Tages fertig. Ich könnte zusammenpacken und um Punkt fünf Uhr gehen.

»Gut. Wie wäre es, wenn ich dich in vierzig Minuten abhole?«

»Kannst du in einer Stunde oder so kommen? Ich habe noch einiges zu tun.«

Großartig! Jetzt nur nicht das Boot zum Kentern bringen.

»Prima, das klingt sehr gut. Wir fahren in die Stadt und essen Pizza, wenn du möchtest.«

»Super. Tschüs!«

»Alfie ... Ich ...« Die Leitung ist tot. Unglaublich – verabschiedet sich heute am Handy niemand mehr richtig? Allmählich nimmt das Formen an wie in den amerikanischen Seifenopern, wo jeder einfach auflegt und dem anderen das Wort abschneidet. »Bis dann, Mum, auf Wiedersehen, mein Junge, bis in einer Stunde«, sage ich sarkastisch zu mir selbst.

HOLLY

»Das war meine Mum«, erklärt Alfie und schiebt sein Handy in die Brusttasche seines Blazers. »Wann musst du zu Hause sein?«

Wir sind direkt nach der Schule zu Alfies Haus gegangen – er hat einen eigenen Schlüssel. Meine Mum hat mir jahrelang keinen eigenen Hausschüssel anvertraut, ich musste ziemlich darum kämpfen. Ich habe den Hund der Familie kennengelernt; Rolo sitzt jetzt vor mir und bettelt um Leckerlis. Ich habe versucht, mich auf den Hund zu konzentrieren, während Alfie mit seiner Mutter telefonierte.

»Um fünf, sonst bekomme ich Ärger mit meiner Mum – ich hab schließlich Hausarrest«, erwidere ich trübselig. Eigentlich will ich nicht nach Hause gehen. Hier ist es so friedlich. Viel lieber würde ich in Alfies Küche bleiben, heißen Johannisbeersaft trinken und Waffeln verdrücken.

»Ich geh gleich mit meiner Mum zum Pizzaessen. Peinlich, oder?«

»Macht ihr das nicht immer am Mittwoch?«

»Nein. Ich hab sie schon seit Monaten nicht mehr gesehen. Aber jetzt vor Weihnachten will sie wieder auf Schönwetter machen. Wahrscheinlich wird sie total aufgedreht sein und so tun, als hätten wir uns erst letzte Woche getroffen.« Er schaut mich nicht an, während er das sagt, und spielt an dem Henkel seiner Tasse herum.

Wir sitzen an der Frühstückstheke, und zwischen uns steht eine Obstschale mit Plastikteilchen, Schlüsseln und einer Leine darin.

Der Chromhocker ist so hoch, dass meine Füße in der Luft baumeln und der Faltenrock meiner Schuluniform gegen meine Knie stößt.

»Ich bin bei meinem Dad geblieben, worüber sich meine Mum schrecklich geärgert hat, aber hey, schließlich hat sie sich bei uns nicht mehr wohlgefühlt, nicht umgekehrt.«

Ich nicke. Auch wenn ich mich ständig über meine Mum beklage, könnte ich mir unser Zuhause ohne sie nicht vorstellen.

»Tut mir leid, das hört sich ziemlich furchtbar an«, erwidere ich. Mir fällt nichts Besseres ein, um mein Mitgefühl auszudrücken.

Alfie zuckt gleichgültig mit den Schultern.

»Es war *ihre* Entscheidung. Mein Dad und ich kommen ohne sie klar ... Sie versteht nicht, wie schwer es war, aber sie hat es schließlich auch nicht mitbekommen.«

»Aber sie ist deine Mum.«

»Genau. Eine Mum, die mich verlassen hat, weil ...« Er zögert kurz, bevor er fortfährt. »Dad vermutet, dass sie eine Affäre hatte. Mit jemandem von der Arbeit.«

Ich sehe Traurigkeit in seinen Augen aufflackern. Es ist schon merkwürdig – wenn man einen Klassenkameraden dabei beobachtet, wie er mit seinen Mitschülern im Unterricht lacht und rumalbert, kommt man gar nicht auf die Idee, dass er möglicherweise Kummer haben könnte. Sicher hat es Tage gegeben, an denen er nicht zur Schule gehen wollte, geschweige denn der beliebte Junge sein wollte, der immer einen witzigen Spruch auf den Lippen hat.

Sein unsteter Blick bleibt schließlich an mir hängen.

»Das werde ich wohl nie erfahren. Außer ich stelle sie zur Rede. Hat meine Mum einen gut aussehenden Boss mir vorgezogen?«

»Alfie, ich bin sicher, dass ...« Ich verstumme. Was Erwachsene betrifft, kann man sich über nichts auf dieser Welt sicher sein. Ich weiß nur, was bei uns im Haus vor sich geht, und kann nur inständig hoffen, dass meine Eltern auf Kurs bleiben und keine Affären mit ihren Vorgesetzten anfangen. Vor meinem geistigen Auge sehe ich die Chefs meiner Eltern und muss bei dieser lächerlichen Vorstellung ein Kichern unterdrücken. Der Boss meines Vaters in der Werkstatt ist Mr Evans, dessen graue buschige Augenbrauen ihm bis ins Gesicht hängen, und der Chef meiner Mutter in dem Café, in dem sie halbtags arbeitet, ist ein milchgesichtiger Schnösel.

»Kannst du dir vorstellen, so was zu tun?«

»Ich?«

»Es ist nicht schön, wenn man so was über Menschen erfährt, die man zu kennen geglaubt hat. Wahrscheinlich gehe ich jetzt davon aus, dass alle irgendwann mal einfach abhauen.« Er starrt mich an.

Ich runzle die Stirn. Offensichtlich hat ihn ihr Verhalten sehr verletzt, aber trotzdem …

»Tut mir leid, das war ein bisschen zu hart ausgedrückt, aber so empfinde ich im Moment. Ich bin vielleicht noch ein Teenager, aber sie hat die Art und Weise, wie ich über andere Menschen denke, komplett verändert.«

»Das verstehe ich, aber bitte glaub nicht, dass alle Mädchen – alle Frauen – so sind. Meine Mum ist meinem Dad noch nie von der Seite gewichen, und die beiden sind schon seit sechzehn Jahren verheiratet.«

»Meine Eltern seit achtzehn Jahren. Das hat sie nicht davon abgehalten, uns zu verlassen.« Eine Weile mustert er mich schweigend, und ich sehe ihm an, dass er nachrechnet.

»Ja, sie war bei der Hochzeit schon im achten Monat schwanger mit mir.«

»Das ist mir gerade klar geworden.« Er lacht. »Eltern! So klug, wie sie immer tun, sind sie gar nicht, oder?«

»Stimmt«, gebe ich ihm kichernd recht. »Meine Eltern halten mir ständig Vorträge darüber, was im Leben richtig und falsch ist, haben es selbst aber nicht geschafft, ein Kondom richtig zu benutzen.«

Alfie lächelt, streckt eine Hand aus und streicht mir sanft über die Wange.

»Ich bin froh, dass sie das vermasselt haben«, flüstert er, und eine leichte Röte überzieht sein Gesicht.

»Ich auch.«

ANGIE

Er ist tüchtig gewachsen, seit ich ihn das letzte Mal gesehen habe, und er hält sich anders. Sein Appetit hat sich allerdings nicht verändert. Alfie schlingt seine Pizza hinunter wie ein ausgehungerter Hund. Er nimmt sich nicht mal Zeit, um durchzuatmen, sondern inhaliert ein Stück nach dem anderen. Frankie und Benny's Pizza wurde in unserer Familie schon immer gern gegessen.

Sein Kinn sieht anders aus – der weiche Flaum ist verschwunden. Hat er etwa angefangen, sich zu rasieren? Nein, das kann nicht sein, er geht ja noch zur Schule.

»Was?«, fragt er zwischen zwei Bissen.

»Nichts.«

»Aber du starrst mich an, Mum.«

Ich schüttle den Kopf und gebe es nicht zu – die beste Verteidigung, wenn man beim Anstarren erwischt wird. Er stürzt sich wieder auf seine Pizza, während ich in den Spaghetti Carbonara auf meinem Teller herumstochere. Ich bringe es nicht einmal über mich, die sahnige Soße zu probieren, aber ich habe das Gericht bestellt, weil wir das immer so gemacht haben. Das war eine unserer festen Gewohnheiten, bevor ich das Familienidyll zerstört habe.

»Wie läuft's in der Schule?« Das ist normalerweise eine unverfängliche Frage.

Er beißt sich auf die Unterlippe. Das ist nicht mein Alfie. Üblicherweise antwortet er darauf mit einem fünfzehnminütigen Monolog über Geschichte, Physik und manchmal auch Mathe. Und wenn man ihn nach Sport fragt, dauert es noch länger.

»Tatsächlich? So gut also.« Ich zermartere mir das Hirn nach einem weiteren Thema. »Wie geht's Neil?«, erkundige ich mich. Die beiden sind seit den Zeiten auf dem Kinderspielplatz unzertrennlich.

»Er hat jetzt einen Job und sammelt am Wochenende in einer Kneipe die leeren Gläser ein, aber er hat angefangen, Gras zu rauchen, also ...«

»Meine Güte! Mit sechzehn? Weiß das seine Mutter?«

»Na klar, Mum, er hat es ihr zuallererst erzählt. Natürlich weiß sie es nicht.«

»Ich hätte gute Lust ...«

Alfie starrt mich an.

»Was?«

»Ich habe dich seit Monaten nicht mehr gesehen, und dir fällt nichts Besseres ein, als zu Neil nach Hause zu gehen und Jenny zu verraten, dass er kifft? Na toll!« Er legt sein Stück Pizza zurück auf den Teller. »Vielleicht hätte ich mich auf einen oder zwei Joints mit ihm treffen sollen.«

»Hey, lass den Quatsch! Es war deine Entscheidung, mich nicht zu sehen. Ich wollte ein Besuchsrecht an den Wochenenden.«

»Wann, Mum? Wann in den letzten sechs Monaten hast du mich sehen wollen, mit mir geredet oder so etwas mit mir unternommen?« Er deutet auf die Tischfläche zwischen uns.

Ich bin verblüfft. Seit wann argumentiert er wie sein Vater? Ganz logisch und faktisch.

»Alfie ...«

»Lass gut sein, ich will es nicht hören.« Er widmet sich wieder seiner Pizza.

Ich schiebe meinen noch vollen Teller zur Seite, erleichtert, dass ich jetzt eine Entschuldigung dafür habe.

»Alfie, ich habe ein Recht darauf, glücklich zu sein. Und ich war nicht mehr glücklich.«

»Sicher. Und ich habe ein Recht darauf, eine Mutter zu haben, auf die ich mich verlassen kann. Aber du hast beschlossen, dich nicht weiter um mich zu scheren, während du eine Affäre hattest.«

»Hat dir das dein Vater gesagt? Hat er sich so ausgedrückt?«

»Ich habe gehört, wie er es am Telefon gesagt hat.«

Am Telefon? Mit wem zum Teufel würde Nick darüber am Telefon sprechen?

»Zu Großmutter?«, hake ich nach.

Alfie verzieht das Gesicht. »Als ob sie über *dich* reden wollen würde.«

Bei dieser Bemerkung zucke ich zurück. Julia und ich hatten immer ein gutes Verhältnis. Sie hat doch sicher Verständnis für meine Beweggründe, oder?

Ich atme tief durch. So habe ich mir unser Essen nicht vorgestellt – ich habe das übliche Gelächter, fröhliches Geplauder und Scherze erwartet. Mein Sohn scheint erwachsener geworden zu sein und nun seine eigene Meinung zu haben. Oder er wiederholt, was andere ihm vorgekaut haben.

»Soll ich dir das erklären?«

»Nein.« Er wischt sich den Mund mit der grünen Serviette ab und trinkt einen Schluck von seiner Cola.

Beim Schlucken wippt sein Adamsapfel auf und ab. Seit wann ist das so deutlich zu sehen?

Ich schlage einen anderen Kurs ein. »Hat dein Vater seit dem letzten Wochenende mit dir geredet?«

»Nicht viel. Er arbeitet heute länger ...« Sein Blick huscht über mein Gesicht, bevor er weiterspricht. »Gestern habe ich ihn vorm Zubettgehen nicht gesehen, weil er ein Date hatte.«

Ja, mit mir. Warum hat Nick ihm das nicht erzählt?

Ich nicke und bin mir nicht sicher, wie ich jetzt weitermachen soll.

Alfie nimmt mir die Entscheidung ab. »Heute Morgen beim Frühstück hat er gesagt, dass er sie nett fand.«

»Ach ja?« Ich mustere ihn. Alfie verfolgt aufmerksam jede meiner Regungen. Spielt er mit mir oder versucht er, mir Informationen zu entlocken?

»Hast du sie kennengelernt?«

Er schüttelt heftig den Kopf. »Ich glaube, das war das erste Date.«

»Hatte dein Vater schon viele Dates?«

Alfie grinst. »Da müsste ich jetzt petzen.«

Ungläubig starre ich ihn an. Mein Sohn macht sich doch tatsächlich einen Spaß daraus, mich bei diesem Thema zu necken. Nick hat mir zwar erzählt, dass er sich mit niemandem verabredet hat, aber trotzdem ...

»Das freut mich. Es wurde auch Zeit, dass dein Vater sich wieder mit anderen Leuten trifft. Sein Leben weiterführt.«

Alfie nickt – ein wenig zu eifrig. Danke, jetzt weiß ich, auf welcher Seite er steht.

»Genau das habe ich auch gesagt. Er hat viel zu lange zu Hause Frust geschoben und darüber nachgedacht, wie es weitergehen soll. Doch heute beim Frühstück schien er glücklich zu sein. Er hat sogar wieder gepfiffen.«

Ich horche auf. »Tatsächlich?«

»Ja. Ich betrachte das als gutes Zeichen. Offensichtlich hatte er einen netten Abend. Allerdings hat er sie nicht auf einen Kaffee oder so mit nach Hause gebracht.«

»Möglicherweise ... Sie könnte sich schon aus dem Haus geschlichen haben, bevor du aufgewacht bist.«

»Nein. Ich war hellwach und habe auf ihn gewartet. Er war allein, als er zurückgekommen ist.«

Sollte es nicht andersherum sein?

»Hätte es dich gestört?«

»Wenn er jemanden mitgebracht hätte?«

Ich nicke. So, wer stellt jetzt wen auf die Probe?

»Eigentlich nicht. Ich nehme an, das erwarte ich sogar von ihm, wenn er jemanden kennenlernt. Du hast doch sicher nach einem Abendessen auch schon jemanden mit nach Hause genommen, oder?«

Ich versuche erfolglos, eine Antwort zu formulieren.

»Siehst du. Warum sollte das bei Dad anders sein?«

»Nachspeise?« Fluchtartig wechsle ich das Thema. Ich kann mich mit meinem Sohn nicht auf diese Weise unterhalten. Er hat noch nicht mal seinen Schulabschluss gemacht und scheint bereits genau über Beziehungen Bescheid zu wissen, auch wenn er selbst noch keine hatte.

Er schüttelt den Kopf. »Aber ich hätte gern einen Kaffee – wenn du auch einen trinkst.«

Seit wann verzichtet mein Sohn auf eine Nachspeise und will stattdessen einen Kaffee trinken? Ich versuche es noch einmal.

»Du magst doch den Schokoladenkuchen hier so gern ...«

Alfie schüttelt wieder den Kopf. »Zu süß.«

»Zu süß?« Ich lache ungläubig. »Du konntest gar nicht genug davon bekommen. Meine Güte, du hast dich wirklich verändert.«

Ich verstumme, und er mustert mich.

»Vieles hat sich verändert ...« Seine Stimme wird leiser. »Mehr, als du denkst.«

»Alfie, komm schon.« Ich greife nach seiner Hand. Er folgt mit dem Blick meiner Bewegung, und als ich versuche, seine steifen Finger in meine zu nehmen, starrt er mich so intensiv an, dass ich meinen Arm wieder zurückziehe.

Er ist ganz anders als der Junge, dem ich jeden Morgen an der Tür nachgewinkt habe. Die Pubertät ist auf vielerlei Weise schwierig. Ich nehme an, der Eintritt in eine neue Phase des Lebens verwirrt ihn. Er ist kein Kind mehr, aber mit Sicherheit auch noch kein Erwachsener.

Ich bitte um die Rechnung. Wir warten schweigend darauf, und es fühlt sich an wie eine Ewigkeit.

»Gibt es ein Mädchen, für das du dich interessierst?«, frage ich in der Hoffnung, unser Treffen zu einem guten Abschluss zu bringen.

Er mustert mich, bevor er antwortet.

»Nein!« Sein Blick ist so unstet, als würde er lügen.

»Tatsächlich? In deinem Alter schwärmen die meisten Jungs für irgendjemanden.«

»Falls das zu einem Gespräch über Bienen und Blumen führen soll, steige ich an dieser Stelle aus. Darüber habe ich schon mit Dad gesprochen.« Er sieht mir an, dass mich das neugierig macht. »Soviel ich weiß, warst du nie ein Junge, also hat es keinen Sinn, wenn du versuchst, mir bestimmte … Dinge zu erklären.«

Ich nicke zustimmend. Bin ich also auch in diesem Bereich nutzlos und überflüssig?

Die junge Kellnerin bringt uns die Mappe mit der Rechnung an den Tisch, und ich schlage sie auf, um einen Blick auf den Betrag zu werfen.

»Zahlen wir getrennt?«, erkundigt sich Alfie.

»Nein!«, erwidere ich entsetzt. Wie kommt mein Sohn auf eine solche Idee?

Ich reiche der Kellnerin meine Karte.

»Schau, Alfie, was auch immer geschehen ist, ändert nichts daran, dass ich deine Mutter bin. Du bist das Kind, und ich bin die ...« Ich lasse den Satz unvollendet.

»Nun, und da liegt das Problem. Du hättest dich weiterhin wie meine Mutter verhalten sollen, als das Leben plötzlich schwierig geworden ist, aber das hast du nicht getan. Du ... Du bist einfach abgehauen.«

Die Kellnerin weiß nicht, wohin sie den Blick richten soll, und mir geht es genauso.

*

»Danke, Mum.«

Bevor er vom Beifahrersitz meines Wagens flüchten kann, küsse ich ihn auf die Wange – sie ist ganz glatt, duftet zart und ist mit einem Rasierer für Männer abgeschabt worden.

Das Haus sieht leer aus; nur am Rand des Vorhangs im Wohnzimmer schimmert ein schwaches Licht. Ist Nick zu Hause oder nicht? Ist Alfie jetzt ein Schlüsselkind? Bin ich eine schlechte Mutter, weil ich eigene Gefühle habe? Oder ist Alfie noch sehr naiv, wenn es um Emotionen und Bedürfnisse geht? Ich beuge mich über den Beifahrersitz und erwarte, dass er sich am Tor umdreht und winkt. Vielleicht an der Türschwelle? Bevor er die Tür schließt? Nichts. Er ist verschwunden, und die Tür ist zu.

Ich fahre los, biege in die nächste Seitenstraße ein, parke dort vor einem fremden Haus und fange an zu schluchzen. Unkontrollierbar und herzzerreißend.

Ich habe meinen kleinen Jungen verloren.

Ein Mann geht mit seinem Hund an meinem Wagen vorbei. Er

bleibt kurz stehen, bückt sich und wirft einen Blick auf das Häufchen Elend auf dem Fahrersitz, das sich ans Lenkrad klammert und heult. Mit der verlaufenen Wimperntusche auf den Wangen sehe ich von draußen wahrscheinlich aus wie ein Pantomime ohne Handschuhe. Der Mann hastet weiter und zieht ungeduldig an der Hundeleine.

Ich lehne mich zurück, trockne mir die Augen und starre auf die Straße vor mir. Eine ruhige, saubere Straße, wie unsere ... wie *ihre*. Gepflegte Vorgärten, Ligusterhecken und rückwärts geparkte Autos, die auf die tägliche Routine am nächsten Morgen warten. Blicklos starre ich auf die zugezogenen schweren Vorhänge, hinter denen sich im Verborgenen Familienszenen abspielen. Glückliche, traurige, verzweifelte Familien schützen sich vor öffentlicher Blamage, indem sie den Nachbarn ein bestimmtes Bild von sich präsentieren. Jeden Tag ruft man sich ein fröhliches »Guten Morgen« über die gepflegten Rasenflächen zu und grüßt die wenigen Namenlosen mit einem Nicken. Wir, die Woodwards, waren auch eine dieser unbescholtenen Familien, bis ich allen Nachbarn gezeigt habe, dass bei uns einiges im Argen liegt, als ich meine zwei gepackten Koffer auf den Gehsteig gestellt habe. Mae von gegenüber hatte mit Sicherheit ein neues Thema beim Kaffeeklatsch mit den Damen vom Women's Institute.

Sechs

NINA

Donnerstag, 13. Dezember

»Wie ist es gelaufen?«, erkundigt sich Kitty, als wir uns in unserer Hütte für die Arbeit umziehen und auf einen weiteren kalten Morgen auf der Farm vorbereiten.

»Es war sehr emotional, aber auch befreiend«, erwidere ich. »Ich war überrascht, wie gut es sich anfühlte, als ich heute Morgen in einem sauberen Zuhause aufgewacht bin.« Ein Heim, in dem nun weniger Erinnerungen an allen Gegenständen hafteten.

»Dann war die Aktion erfolgreich?«

»Absolut. Wir haben einiges rausgetragen – siebenundzwanzig schwarze Säcke mit …« Ich bringe das Wort Müll nicht über die Lippen.

»Und?«, fährt Kitty fort und lächelt mich strahlend an. »Wie waren die Jungs?«

Ich versuche, eine gleichgültige Miene aufzusetzen, während ich einen weiteren Pullover anziehe, aber sie lässt mich nicht aus den Augen.

»Ich warte«, erklärt sie kichernd, und ihr blonder Pony hüpft auf und ab.

»Sie waren großartig und haben sich wunderbar um alles gekümmert …« Ich verstumme.

»Und?« Kitty stemmt die Hände in die Hüften; in ihrer Daunenjacke, der dick gefütterten Hose und den riesigen Stiefeln sieht sie ziemlich komisch aus.

»Bram war vorwitzig wie immer und hat mich um ein Date gebeten, aber Zach war großartig und hat mich jedes Mal getröstet, wenn ich die Fassung verloren habe.«

»Also?«, hakt sie nach.

»Sollte ich nicht etwas mehr empfinden?«

»Aber ja! Natürlich!«

»Das ist mein Problem – ich tue es nicht.«

»Nina!«, ruft Kitty. »Ich habe gedacht, dass du endlich …«

»Dass ich endlich Herzklopfen bekomme und mein Magen einen Purzelbaum schlägt?«

»Genau!«

»Nein.« Ich verziehe das Gesicht.

Kitty zieht ihre Augenbrauen so hoch, dass sie unter ihrem Pony verschwinden, und schüttelt den Kopf.

»Das ist nicht gut, Mädchen.«

»Das habe ich mir schon gedacht. Ich hab gehofft, das ganze Drum und Dran zu spüren, wenn mal der Richtige kommt, aber …«

»Ich kenne das Gefühl«, wirft Kitty ein und kann ein begeistertes Lächeln nicht unterdrücken. »Ah, meine Knie wurden total weich. In dem Moment, in dem ich Connor sah, wusste ich sofort, dass …« Sie unterbricht sich. Doch sie muss den Satz nicht beenden, denn ihre Miene spricht Bände. Kitty ist verliebt, bis über beide Ohren, total hingerissen. Wenn sie an Connor denkt, wird ihr Gesicht lebendig, beinahe so, als würde jemand in ihrem Inneren eine Glühbirne anknipsen. Er holt sie jeden Abend von der Arbeit ab. Sie kann es kaum erwarten, also läuft sie schnell zu seinem Auto hinüber, nachdem sie sich hastig von uns verabschiedet hat. Sie sind jetzt seit zwei Jahren zusammen, und der Zauber ist immer noch da. Genau das will ich auch. Jemanden, der meine Welt zum Leuchten bringt. Und ich seine.

Die Eingangstür fliegt auf, und Shazza stürmt nach Luft ringend herein.

»Der Boss springt im Dreieck vor Wut. Ihr seid beide zu spät dran, und er möchte, dass sich alle Mitarbeiter versammeln. Die Herde Rentiere ist eher angekommen als geplant«, stößt sie hervor.

»Wir kommen in einer Minute«, erwidert Kitty, die unbedingt unsere Unterhaltung fortsetzen möchte.

»Nein, sofort!«, entgegnet Shazza. »Er hat eine Stinklaune. Die Rentiere hätten erst morgen kommen sollen, und außerdem hat er eben entdeckt, dass diese Jugendlichen schon wieder ein Loch in den Zaun geschnitten und zwischen den Bäumen eine Art Wintergrillparty veranstaltet haben. Überall liegen Ciderdosen und Sprayflaschen rum.«

»Passiert das jetzt jeden Abend?«, frage ich und ziehe meine bestickte Jacke an.

»So gut wie«, antwortet Kitty. »Shazza, sag ihm, wir sind schon auf dem Weg.«

Shazza wirkt nicht überzeugt, verschwindet aber.

Kitty streicht über meinen Unterarm und sieht mich mit so einem Welpenblick an.

»Also, was soll ich jetzt tun?«, murmle ich.

HOLLY

Ich starre auf mein Handy: zehn Nachrichten von Alfie über das Pizzaessen mit seiner Mutter. Es klingt nicht so, als hätte ihm der Abend Spaß gemacht, und das kann ich sehr gut verstehen.

Es ist sieben Uhr morgens. Soll ich ihm antworten? Offensichtlich ist er erst vor drei Stunden eingeschlafen – wie wird er da die heutige Doppelstunde Physik überstehen?

Ich mache mich für die Schule fertig, schnappe mir meine Büchertasche und springe die Treppe zum Frühstücken hinunter. Mich erwartet das übliche Bild: Ein dicht gedrängter Haufen am Frühstückstisch, und alle schreien nach Cornflakes und teilen sich die immer weniger werdende Milch. Ich würde liebend gern in einem Haus wohnen, in dem immer ausreichend Milch vorhanden ist. Wir haben nie genug davon. Ich quetsche mich zwischen Hope und Hettie an den Tisch, obwohl ich Angst um meine Uniform habe – die beiden kleckern und werfen ihre Cornflakes durch die Gegend. Dad löffelt Milch aus einer Schale und versucht, gleichzeitig Orangensaft einzuschenken. Mum schmiert auf der mit Proviantdosen aus Plastik übersäten Anrichte hektisch Brote. Wenn ich mal älter bin, viel, viel älter, werde ich auf keinen Fall so viele Kinder haben. Ich schaue mich am Tisch um. Sechs Schwestern zu haben ist wahrscheinlich die wirksamste Verhütungsmethode, die ich mir wünschen kann. Ein Leben mit dieser Menge Pink ist möglicherweise wirkungsvoller als die Aufklärungsfilme über

Safer Sex in der Schule. Zwei Babys, vielleicht auch nur eines – das ist genug.

»Morgen, Holly«, sagt Dad endlich und schaut von seiner leeren Schüssel auf. »Trägst du etwa Make-up?« Er mustert mich und wirft dann einen Blick zu Mum hinüber, die alarmiert das Buttermesser in der Luft schweben lässt.

»Ein bisschen – nur Wimperntusche.«

»Hmpf«, schnaubt Mum und widmet sich wieder ihrer Aufgabe.

»Mum hat gesagt, er hat gute Manieren ...«, stichelt Dad und stellt seine Schüssel zu dem Berg von schmutzigem Geschirr auf dem Abtropfbrett.

Ich stutze. Eigentlich habe ich eine Standpauke erwartet. Und ein Verbot, einen Freund zu haben. Stattdessen ein solches Kompliment? Wow!

»Er kommt aus der Rowland's Way-Siedlung«, sage ich, als würde das alles erklären, was Dad wissen muss.

Meine Eltern tauschen einen Blick und verziehen das Gesicht.

»Dann trägt er wohl die Nase sehr hoch, was?«, fragt Dad, macht eine Runde um den Tisch und verteilt Küsschen, bevor er zur Arbeit in die Werkstatt aufbricht.

»Nein, er ist ziemlich bodenständig.« Ich ärgere mich über seine Bemerkung. Was hat denn das mit seinen guten Manieren zu tun? Das hört sich so an, als wäre Alfie ein eingebildeter Schnösel.

Dad kommt zu mir herüber und drückt mir einen Kuss auf die Stirn.

»Vielleicht willst du ihn mal zum Abendessen einladen. Seine Mum hat sicher nichts dagegen«, sagt er.

»Er lebt bei seinem Dad. Seine Mutter hat die Familie verlassen.«

Meine Mutter schaut stirnrunzelnd von den Pausenbroten hoch.

»Eine Familie mit nur einem Elternteil«, murmelt sie kopfschüttelnd.

»Das ist nicht seine Schuld, Liebling«, wirft Dad ein und streicht die Zeitung glatt, um sie mitzunehmen.

»Genau. Ich werde ihn fragen, Dad.«

»Was tut man nicht alles, um einen Jungen ins Haus zu bekommen«, sagt Hannah lachend, und Dad tut so, als wolle er ihr mit der Zeitung eins überbraten.

»Ha, ha. Wir könnten ihn vielleicht gegen dich eintauschen, junge Dame. Vielleicht hätte sein Dad gern eine Weile eine Tochter, bevor er dich zurückschickt.« Hannah schneidet eine Grimasse, während Dad Mum einen Abschiedskuss auf die Wange drückt. Mir gefällt es, dass sie sich ganz offen vor uns küssen. So soll es sein, wenn man verheiratet ist. Ich frage mich, ob Alfies Eltern irgendwann aufgehört haben, sich vor ihm zu küssen. Vielleicht ist das die Vorstufe zur Scheidung.

Zehn Minuten nachdem Dad gegangen ist, bin ich wieder im oberen Stockwerk und mühe mich damit ab, Heidi anzuziehen. Sie will ihre Wollstrumpfhose nicht tragen und sich nicht kämmen lassen, und ich bin allmählich zu spät dran, um Demi abzuholen.

»Hör auf herumzuzappeln und zieh dich endlich ordentlich an«, fauche ich. Ihre Augen weiten sich. Auch wenn sie noch sehr klein ist, spürt sie, dass ich normalerweise nicht so bin. »Tut mir leid.« Ohne Murren zieht sich Heidi an; sie erkennt, wann sie bei uns Größeren an ihre Grenzen stößt.

Mein Handy piept und lenkt mich von meinem schlechten Gewissen ab.

Es ist Alfie.

Gehen wir zusammen zur Schule?

Ich möchte meine beste Freundin nicht vernachlässigen, also antworte ich:

Was ist mit Demi?

Es dauert ewig, bis er sich wieder meldet. Ich starre auf das Display und versuche, ihn zu einer Antwort zu bewegen, während Heidi ihre Wollstrumpfhose über die verschorften Knie zieht.

Sie geht mit uns.

Richtige Antwort, Alfie. Ich bin begeistert. Es hat mir nie gefallen, wenn plötzlich Freundschaften nichts mehr zählten, nur weil zwei anfingen, sich zu verabreden. Demi ist sich dessen nicht bewusst. Sie hat das schon ein paarmal mit mir gemacht, und es war jedes Mal ein Schlag in die Magengrube. Und sobald die Sache passé war, hat sie mich wieder angerufen und gefragt, ob ich einen Stadtbummel mit ihr machen wollte. Ich habe mich immer sofort wieder mit ihr getroffen, wenn sie mich darum gebeten hat, obwohl ich tagelang einen stillen Groll gegen sie hegte. Rasch schicke ich ihm eine Antwort.

OK. ☺

»Na, komm schon, Wettlauf nach unten, du lahme Ente!« Heidi rast aus dem Schlafzimmer und hüpft die Treppe hinunter. Ich folge ihr und überlasse sie Hannahs fähigen Händen, schnappe mir meinen Mantel, küsse Mum und rufe an der offenen Haustür allen einen Gruß zu.

*

Alfie wartet an der Ecke Ravelo Drive. Er hat seinen frisch geschnittenen Pony zur Seite frisiert, seinen Rucksack über die Schulter geschlungen und kaut an einem Schinkenbrötchen aus dem Laden an der Ecke.

»Ist das dein Frühstück?«, frage ich und gehe auf ihn zu.

»Kostet nur ein Pfund«, erklärt er. Ich zögere. Begrüßen wir uns mit einem Küsschen in der Öffentlichkeit oder nur, wenn uns keiner sieht? »Wie geht's dir?«

»Gut, aber meine Schwester hat sich heute Morgen geweigert, sich anziehen zu lassen, also bin ich ziemlich genervt! Komm, sonst glaubt Demi noch, dass ich sie versetzt habe.«

Wir gehen im Gleichschritt nebeneinanderher – er am Straßenrand und ich auf der Innenseite des Gehsteigs. Mit seiner freien Hand greift er nach meiner, und meine Finger umschlingen seine wie ein Handschuh.

»Mein Dad hat gesagt, dass du desmnächst mal zum Abendessen zu uns kommen kannst, falls dein Dad damit einverstanden ist«, sage ich ein wenig unsicher, weil ich nicht weiß, wie er das aufnehmen wird. Ein Haushalt mit kreischenden Mädchen und Barbiepuppen im Vergleich zu einer ruhigen, friedlichen Umgebung mit Computerspielen.

»Cool, ich werde ihn gleich nach der Schule fragen. Nächste Woche wäre besser. Diese Woche kommt mein Dad immer früher von der Arbeit nach Hause.«

Mein Handy piept. Es ist Demi.

Wo zum Teufel steckst du?

Sofort überkommt mich das schlechte Gewissen. Ich habe getrödelt, deshalb bin ich noch nicht da.

»Komm, wir sind spät dran.«

Wir fallen in einen albernen Trab, als wir die Straße überqueren und uns auf den Weg zu Demis Haus machen.

*

»Ich verstehe. Einfach so, wie?« Demi schlägt die Verandatür hinter sich zu.

»Guten Morgen, Demi!«, ruft Alfie ihr fröhlich zu.

Demi wirft ihm einen prüfenden Blick zu.

»Was?«

»Hat Spud dir was erzählt?«, erkundigt sie sich, während sie zu uns auf den Gehsteig kommt.

Ich habe nicht gewusst, dass sie auf Spud steht.

»Jungs quatschen viel«, meint Alfie.

»Demi?«

»Hat sie es dir nicht erzählt?«, fragt Alfie spöttisch und lässt meine Hand los. »Na ja, Spud hat gesagt, dass ihr ...«

Ich mustere Demi und stelle fest, dass sie unter ihrer getönten Tagescreme knallrot geworden ist.

»Halt den Mund, Alfie Woodward. Du weißt gar nichts. Er lügt.«

Alfie sieht mich mit hochgezogenen Augenbrauen an.

»Jungs quatschen viel, richtig?«, frage ich frech.

»Ich nicht, wirklich nicht«, erklärt er hastig und nimmt wieder meine Hand. Gemeinsam schlendern wir zurück auf die Straße und in Richtung Schultor.

NINA

»Ich will gar nicht fragen, von wem die blöde Idee stammt«, brummt Old Bill, der älteste und leidgeprüfte Mitarbeiter für alles auf der Farm, während er die letzten Holzpaletten auf den Anhänger des Lasters lädt.

»Von mir«, gebe ich ein bisschen betreten zu. Mir ist klar, dass mein Vorschlag für einige Leute zusätzliche Arbeit bedeutet.

»Besten Dank, Nina ... Als ob ich hier nicht schon genug zu tun hätte.« Old Bill zieht rasch die Gurte an dem Palettenstapel fest und macht sich auf den Weg zum Fahrerhaus, wobei er seine ausgebeulte Cordhose nach oben zieht. Ich könnte mich auch beklagen und murren, aber das tue ich nicht. Schnell folge ich ihm und springe auf den Beifahrersitz.

Statt den Tag auf dem Verkaufshof zu verbringen, helfe ich Old Bill dabei, eine Weihnachtsattraktion aufzubauen.

»Bisher war jedes Jahr der hintere Teil der Scheune gut genug für die traditionelle Weihnachtswerkstatt, aber nein, nicht in diesem Jahr«, murmelt Old Bill. Er holt tief Luft und fängt wieder von vorne an. »Es nimmt kein Ende auf dieser verdammten Farm – ständig muss ich für irgendwelche blöden Projekte Zeug herbeischaffen und irgendwas aufbauen, verstehst du?«

Er fährt über den Verkaufshof und durch das Tor zu den nördlichen Anbaufeldern.

»Der Boss wünscht sich was Ansprechendes für seine Kunden.

Sie wollen nicht jedes Jahr die gleichen alten Sachen sehen, oder?«, erwidere ich.

»Der Boss will was Neues und gibt mir erst zwei Tage vor der Eröffnung Bescheid, dass ich es bauen soll. Und dann diese verdammten Rentiere. Hast du gesehen, wie groß die sind?« Während er spricht, wippt sein weißes, zu langes Haar heftig hin und her; jeder sieht sofort, wenn Old Bill schlechte Laune hat.

»Bill, du weißt doch, wie es hier kurz vor Weihnachten zugeht – es ist immer hektisch.«

»Im Ernst – ihr Mädchen mit euren schlauen Ideen. Damit werdet ihr euch keinen der Zwillinge angeln.«

»Hey!«, fahre ich ihn an. Damit hat er einen Nerv getroffen. »Du hast ja keine Ahnung, wovon du da redest. Außerdem haben wir alle viel zu tun. Ich wäre jetzt viel lieber auf dem Verkaufshof bei den Kunden und den Bäumen.«

»Pah! Warte, bis du den Rentierstall ausmisten musst, dann kannst du dich über zu viel Arbeit beklagen.«

»Wir haben wirklich viel zu tun! Jackie muss eine Hochzeit an Heiligabend organisieren, Shazza versucht, einen perfekten Weihnachtsgottesdienst mit Chor zusammenzustellen, und obwohl es meine tolle Idee war, hat man mich dazu verdonnert, dir beim Bau der neuen Weihnachtswerkstatt zu helfen.«

»Wer heiratet denn so kurz vor Weihnachten, frage ich dich«, entgegnet er verächtlich und steuert den Laster über den schlammigen Weg.

»Ich finde eine Hochzeit im Winter sehr romantisch«, erkläre ich und betrachte die Reihen der heranwachsenden Fichten durch die Windschutzscheibe.

»Als ob wir hier haufenweise Schnee hätten, um ihr ihre Träume vom Winterwunderland zu erfüllen«, brummt Old Bill.

»Stimmt. Wenn die Braut sich Schnee wünscht, hat sie sich offensichtlich das falsche Jahr ausgesucht«, antworte ich und lasse den Blick über die schlammige braune Erde und das smaragdgrüne Moos zwischen den Bäumen gleiten.

»Die Wettervorhersage stimmt nie. Lass dir das gesagt sein: Es wird dieses Jahr nicht schneien, egal, was der Boss sagt.«

»Jackie ist die beste Hochzeitsplanerin, die es gibt – sie wird dem Paar alle Wünsche erfüllen. Wie auch immer, mit Hochzeiten hast du doch nichts zu tun, also warum regst du dich darüber auf?«

Das Fahrerhaus schwankt hin und her, während die wuchtigen Reifen über den unebenen Boden holpern. Wir fahren nicht auf dem schmalen, gewundenen Pfad, auf dem die Kunden später zwischen den Bäumen zu der Weihnachtswerkstatt gehen werden, sondern auf einem breiteren Weg, auf dem wir das Rohmaterial für den Bau mit dem Laster anliefern können.

»Wirklich großartig. Ich arbeite jetzt seit siebenunddreißig Jahren hier, aber einen solchen Unsinn habe ich noch nie gehört. Und dieses blöde Weihnachtssingen. Wer hatte die bescheuerte Idee, den Gottesdienst nicht mehr wie üblich auf einer bestuhlten Fläche abzuhalten, sondern stattdessen einen Laternenumzug daraus zu machen?«

»Das wird sicher nett.«

»Pah! Alles nur verdammte Werbetricks, das ist meine Meinung! Die Kunden kennen die Hälfte der Weihnachtslieder ohnehin nicht. Ohne das Liedblatt, das man ihnen vor die Nase hält, kriegen die keinen Ton raus.«

»Bill, Dezember ist der Monat, in dem das Geschäft am besten läuft. Auch wenn es uns nicht gefällt – wir brauchen diese Veranstaltungen, um durchs Jahr zu kommen.«

»Pah!«

»Ohne die zusätzlichen Einnahmen hätten einige von uns keinen Job mehr.«

»Hm. Ich nehm an, damit meinst du auch diese hässlichen Baracken, die man unten am See mieten kann?«

»Das sind Blockhäuser, Bill, und ja, mir gefallen sie sehr.«

»Was für ein Unfug. Leute, die viel Geld dafür bezahlen, um in einem besseren Schuppen zu wohnen. Was ist falsch daran, in seinem eigenen Haus zu bleiben? Das sage ich dazu.«

Ich schweige.

»Zu meiner Zeit haben wir das Zelten genannt und uns tatsächlich ein Zelt aufgebaut. Doch heutzutage ist alles anders – deine Generation hält sich für mutig und abenteuerlustig, wenn sie in einer geheizten Hütte übernachtet.«

Ich bin mir sicher, dass er sich gleich wieder über die uns zugeteilte Aufgabe beschweren wird, und ich habe keine Lust, den ganzen Tag über diese meiner Meinung nach großartige Idee zu rechtfertigen. Außerdem kann ich es mir nicht leisten, Öl ins Feuer zu gießen, denn falls dieses Projekt schiefläuft, wird mir das ewig nachhängen.

Also bin ich froh, dass wir schweigend zwischen den Bäumen hindurch weiterfahren, bis wir unser Ziel erreicht haben.

ANGIE

Nick setzt den Blinker nach links, lenkt den Wagen auf die geschwungene Auffahrt und reiht sich in der langen Schlange von wartenden Autos ein. Warum ist der Zoo an einem Werktag im Dezember so gut besucht?

Ich habe mich in der Arbeit für einen Tag krankgemeldet. Nick hat sich den Tag freigenommen. Mich plagt das schlechte Gewissen, Nick nicht.

»Der Zoo?«

Er nickt eifrig. »In den letzten achtzehn Jahren haben wir nie den Twycross Zoo besucht, obwohl er nur eine Viertelstunde von unserem Haus entfernt liegt«, erklärt er.

»Wir haben uns nie Zeit dafür genommen. Es gab immer Wichtigeres zu tun. Was direkt vor der Haustür liegt, ist im Urlaub nicht interessant genug. Warum gerade jetzt?«

Nick fährt langsam ein Stück vorwärts und schließt an die hintere Stoßstange des Wagens vor uns an.

»Warum nicht?«

»Weil wir nicht einmal mit Alfie in diesem Zoo waren, er hat ihn in der Grundschule auf einem Tagesausflug besucht.«

»Nun, das war ein Fehler, Angie. Die Eltern sollten mit ihrem Sohn in den Zoo gehen, nicht die Lehrer. Es ist nicht ihr Job, unseren Jungen zu erziehen.«

Ich mustere ihn von der Seite; er starrt nach vorne und scheint sich in der Vergangenheit zu befinden. Bei mir drehte sich damals alles um Einstufungstests, Windpocken und unzählige Spielgruppen. Ist das der neue Nick oder ein verstecktes Überbleibsel des alten?

»Was?«

»Nichts, ich denke nur nach. Was sonst haben wir im Lauf der Jahre noch versäumt, Nick?«

»Vieles ... Ich glaube, wir haben irgendwann den falschen Weg eingeschlagen.«

Ich ziehe meinen Sicherheitsgurt über der Brust zurecht und starre durch die Windschutzscheibe. Stimmt das?

Nick steuert auf die winkende Hand zu, die an einem fluoreszierenden Pfahl befestigt ist und auf den grasbewachsenen Parkplatz deutet. Der angegebenen Richtung folgend fährt er weiter, parkt und zieht die Handbremse an, bevor er den Motor abstellt.

Wir gehen das kurze Stück zum Kassenhäuschen, und Nick kramt in seiner Hosentasche nach seiner Kreditkarte.

»Guten Morgen. Zwei Erwachsene, bitte.« Nick reicht der jungen Frau seine Karte.

»Kinder?«

Sie beugt sich vor und schaut über den Rand des Fensters auf den leeren Raum zwischen uns; offensichtlich erwartet sie, dort Kinder zu sehen.

»Nein.« Nick lacht.

Mit dieser Elternpflicht sind wir etwa zwölf Jahre zu spät dran. Nick tippt seine PIN in das Kartenlesegerät, während ich überlege, was wir sonst mit unserem Kleinkind unternommen haben. Wahrscheinlich haben wir auf dem Sofa gesessen und uns im Fernsehen irgendwelche dummen Zeichentrickfilme angeschaut. Schlechtes Gewissen überrollt mich flutartig und bleibt mir in der Kehle stecken. Wäre Alfie nachsichtiger, wenn wir öfter Familienausflüge gemacht hätten? War unsere Familie schon immer dazu bestimmt, irgendwann auseinanderzubrechen?

»Danke.« Nick nimmt die Quittung und einen Lageplan von der Kassenkraft entgegen, den er auf dem Weg zum Eingang entfaltet.

»Waren wir glücklich, als Alfie noch klein war?«

»Verdammt, Angie, natürlich waren wir das – aber das weißt du doch.« Seine Stimme klingt sanft, liebevoll und bestimmt.

Ich nicke, doch ich kann mich wirklich nicht mehr daran erinnern.

»Ich weiß nur noch, wie gehetzt wir ständig waren. Wir hatten keine Zeit für uns, waren mal hier, mal dort und überall, und trotzdem haben wir nie gemacht, was für ihn wichtig gewesen wäre … oder für uns. Und jetzt …« Ich verstumme.

»Angie, du kannst dir doch jetzt keine Vorwürfe für etwas machen, was vor sechzehn Jahren geschehen ist.«

»Nein?«

»Nein, Liebes, das kannst du nicht.« Er mustert meine verblüffte Miene. »Du solltest dich einfach auf das Hier und Jetzt konzentrieren.«

Er sieht mich eindringlich an.

Ich nicke; er hat recht.

Das Hier und Jetzt ist ohnehin alles, was wir haben, oder?

NINA

Wir brauchen vier Stunden, um die neue Weihnachtswerkstatt aufzubauen. In den Heimwerker-Sendungen im Fernsehen ist alles immer schon nach zehn Sekunden fertig. Im Laufe des Vormittags fühle ich mich immer wieder versucht, Old Bill zu fragen, ob er eine Nagelpistole genauso schnell abfeuern kann wie der Fernsehmoderator Tommy Walsh, aber ich nehme an, dass er mich dann nur fragen wird: »Wer?« Also helfe ich, wo ich kann, hole Werkzeug aus dem Laster oder halte Holzbretter im richtigen Winkel fest, wenn es nötig ist. Und ich schaue interessiert zu, wie er mit seinen wettergegerbten Händen das Puzzle zusammensetzt. Schließlich steht eine große Scheune aus dem Holz gebrauchter Paletten inmitten von Blautannen. Sie ist weiß angestrichen und hat ein hübsches Spitzdach. Old Bill fängt an, einen kleinen Zaun aus Pfosten und Seilen zu bauen, hinter dem die Kunden sich anstellen können, und ich dekoriere die beiden Räume, um die Scheune von innen aussehen zu lassen wie ein Iglu. Mit der Nagelpistole befestige ich an allen Wänden und an der Decke breite Bahnen Watte, in der Hoffnung, die Illusion von festem Schnee zu erzeugen. Hinter dem Stuhl des Weihnachtsmanns bringe ich funkelnde Lichterketten an und staple Geschenkschachteln auf. Für weiteren Effekt hänge ich auf dem Weg vom Eingangsbereich bis zum Thronzimmer des Weihnachtsmanns noch einige schimmernde, glitzernde Türschleifen auf; es gefällt mir, wie ihre Farben im Schein der Lichterketten glänzen.

»Das sieht großartig aus«, stelle ich leise fest, als wir einen Schritt zurücktreten und unser Werk bewundern.

»Bist du jetzt zufrieden?«, brummt Old Bill und sammelt sein Werkzeug vom Boden auf. »Ausreichend geschmückt für den Weihnachtsmann, um hier die Besucher zu empfangen. Sobald ich Zeit habe, bringe ich den Thron und besorge einen größeren Generator.«

»Ich bin zufrieden, und der Boss wird es mit Sicherheit auch sein«, erwidere ich und schiebe ihn hinaus. »Du hast noch bis Samstag Zeit, also mach dir keine Sorgen.«

»Gut, denn es hat viel länger als nötig gedauert, das Ding hier zu bauen, und ich muss dich wohl nicht daran erinnern, dass wir auf der Südseite der Farm eine zweite Scheune aufstellen müssen, die genauso aussieht.«

»Hm.«

»Tja, große Überraschung, es wird zwei Weihnachtswerkstätten geben.«

Als wir uns nicht einigen konnten, welchen der beiden beleibten Weihnachtsmänner wir nehmen sollten, habe ich eigentlich eher im Scherz diesen schlauen Vorschlag gemacht. Zwei Weihnachtsmänner würden mit Sicherheit die Wartezeit halbieren, was allen Familien mit aufgeregten Kindern zugutekommen würde. So würde der Besuch eine viel schönere Erinnerung hinterlassen als das übliche hektische Gedränge in den Weihnachtswerkstätten. Der einzige Nachteil besteht darin, dass jetzt eine Menge Elfen über die Farm hereinbrechen werden. Ich hoffe, dass mein Plan aufgeht, denn anderenfalls kann ich meinen Weihnachtsbonus abschreiben.

ANGIE

»Alfie hasst mich, Nick«, stöhne ich, als wir vor dem leeren Gehege der Gorillas stehen. Von dem majestätischen Silberrücken und seiner Gefährtin ist keine Spur zu sehen, nur Baumstämme und Kisten mit Plastikflaschen. Die beiden sind offensichtlich vernünftiger als wir und haben sich in ihren warmen Innenbereich zurückgezogen.

»Angie, er hasst dich nicht; er versucht nur, mit dem, was geschehen ist, klarzukommen. Was hast du von ihm erwartet? Dass er sich wie ein Dreijähriger in deine Arme wirft?«

»Ähm, ja – früher hat er das getan.«

»Früher hat er auch ins Bett gemacht, aber damit hat er vor vielen Jahren aufgehört.«

»Du hast ihm nicht mal gesagt, dass ich es war, mit der du vor ein paar Tagen zum Abendessen ausgegangen bist. Weißt du, wie peinlich es war, als mein eigener Sohn mir die Details von deiner mysteriösen Verabredung erzählt hat? Wobei ich natürlich wusste, dass es sich um mich handelte.«

»Angie?«

»Nick, er hat sich einen Spaß daraus gemacht und mir weismachen wollen, er fände es prima, wenn du abends jemanden mit nach Hause bringst.« Meine Stimme ist um drei Oktaven gestiegen, und ich bin froh, dass wir ganz allein vor dem verlassenen Gehege stehen. »Und dann ...«

»Hör auf damit, Angie.« Seine Stimme klingt kalt und gereizt. »Alfie hat seinen eigenen Kopf. Er sucht nach seinem eigenen Weg auf der Welt und testet seine Grenzen aus. Was soll ich deiner Meinung nach tun?«

»Rede mit ihm, Nick. Erklär ihm, was zwischen uns, zwischen dir und mir abläuft ...« Sofort fühle ich mich dumm, weil ich das Wort »uns« gebraucht habe. »Dass wir es noch mal miteinander versuchen wollen. Er muss sich die Gedanken über dich mit einer anderen Frau aus dem Kopf schlagen ... Nick?«

»Glaubst du nicht, dass wir die Sache damit etwas überstürzen würden? Schließlich ist das erst unser zweites Date.«

»Nick?«

»Ich halte es für das Beste, wenn wir die Dinge vorläufig so belassen, wie sie sind. Und erst einmal abwarten, wie wir klarkommen, bevor wir ihm sagen, dass wir uns entschlossen haben ...«

»Nick!« Ich bin fassungslos. Ich habe gedacht, dass er sich das gewünscht hat. Dass er sich das seit vielen Monaten erhofft hat. Und nun bin ich ein schmutziges Geheimnis, von dem mein eigener Sohn nichts erfahren soll.

»Was?« Er klingt nun wieder müde.

»Ich finde, dass ich für meine Entscheidung im Januar den Preis bereits gezahlt habe. Ich möchte, dass Alfie es erfährt.«

»Ich habe nicht gesagt, dass du deinen Preis nicht gezahlt hast, aber du warst nicht hier, Angie. Du hast nicht gesehen, was der Junge durchgemacht hat, und ich will keine Hoffnungen in ihm wecken, falls ... falls wir den zweiten Anlauf doch nicht schaffen sollten. Für mich kommt Alfie an erster Stelle, und so sollte es bei uns beiden sein.«

Ich bin wütend und wünschte, ich hätte mich nicht krankgemeldet, um den Tag mit ihm zu verbringen.

»Wir müssen uns auf uns konzentrieren, Angie. Wenn wir uns genügend Zeit nehmen, bis wir uns sicher sind, und es dann erst Alfie erzählen ... Es wird eine tolle Überraschung für ihn, und er wird es verstehen. Schließlich ist er kein Kind mehr.«

Offensichtlich nicht, wenn man seine lockere Einstellung zu möglichen Übernachtungsgästen seines Vaters in Betracht zieht.

HOLLY

»Ist es für dich in Ordnung, wenn dein Dad sich mit Frauen verabredet?«, frage ich Alfie, während er ein paar Tüten Chips aus dem Küchenschrank holt. Der Hund Rolo lässt ihn nicht aus den Augen – wahrscheinlich hofft er auf ein Leckerli.

»Klar. Er hat die Monate zuvor abends das Haus nicht mehr verlassen, und heute hat er unter der Dusche gesungen.«

»Ach, wie süß!«

»Ja, bei einem Mann mittleren Alters kann man das so sagen. Im Ernst, für mich ist das kein Problem, aber ich glaube, meine Mum wird durchdrehen.«

Ich runzle die Stirn. »Sie hat aber nichts mehr zu sagen, oder?«

»Glaubst du?« Er lacht und geht vor ins Wohnzimmer, das genauso sauber und aufgeräumt ist wie die Küche. »Setz dich.«

Ich betrachte die großen Ledersofas in warmen Cremetönen mit kontrastierenden mokkafarbenen Kissen und den Kaffeetisch aus Glas mit einer Ansammlung von Fernbedienungen.

Rolo folgt uns und lässt sich vor dem Kamin auf den Boden plumpsen; der Blick aus seinen großen braunen Augen folgt jeder unserer Bewegungen.

Wie schön, wenn man sich einen Sitzplatz aussuchen kann, von dem man keinen Haufen Plastikteile wegräumen muss: Babypuppen, Gummischuhe oder Bauklötzchen. Ich entscheide mich für das Sofa gegenüber dem großen Plasmafernseher und bin überrascht, wie tief ich in die Sitzkissen sinke. Alfie lässt sich neben mich auf die Couch fallen und bietet mir Chips in verschiedenen Geschmacksrichtungen an.

»Käse und Zwiebel oder Salz und Essig?« Er hält zwei Tüten in die Höhe.

Ich mag beides, aber ich möchte ihm den Vortritt lassen. »Was ist deine Lieblingsorte?«

»Käse, aber du kannst sie haben.«

»Nein, ich nehme die mit Salz und Essig, bitte.«

»Bist du sicher?«

Ich schnappe mir die Tüte und reiße sie auf, bevor er den galanten Gentleman spielen kann. Er lacht, ein Klang, den ich allmählich richtig gern höre. Wir kauen geräuschvoll unsere Chips, und ich nutze die Gelegenheit, um mich genauer im Wohnzimmer umzuschauen, während Alfie mit den verschiedenen Fernbedienungen spielt und durch die Sender zappt. Obwohl der Dezember schon zur Hälfte vorbei ist, ist das Zimmer noch nicht geschmückt, es gibt auch noch keinen Weihnachtsbaum.

Wir reden nicht, sondern mampfen schweigend unsere Chips. Selbst mit meinen Schwestern hätte ich jetzt ein ungutes Gefühl, so als müsste eine von uns was sagen oder einen Witz machen, um die Stille zu beenden, doch jetzt ist das anders. Es fühlt sich gut an, neben Alfie zu sitzen und kein Wort zu sagen.

Auf dem Kaminsims entdecke ich die Einladung zu einer Hochzeit, genau die gleiche Karte, die wir auch zu Hause haben.

»Seid ihr zu einer Hochzeit an Heiligabend eingeladen?«

»Ja. Der Vater der Braut war Dozent an der Uni meines Vaters – es klingt komisch, aber mein Dad war ein so guter Student, dass sie in Kontakt geblieben und Freunde geworden sind.«

»Wie bei uns! Isabella und Luca?«

Alfie nickt, runzelt aber die Stirn.

»Ich bin eine der Brautjungfern – vielleicht kannst du dich jetzt ein bisschen auf die Hochzeitsfeier freuen«, sage ich lachend.

»Darum geht's nicht. Wir sollen dort als Familie erscheinen, Mum eingeschlossen.«

Oh, ich verstehe. Schweigen breitet sich aus.

»Würde deine Mum zurückkommen, wenn sie die Möglichkeit hätte?«, frage ich schließlich, nicht sicher, ob die Unterhaltung darüber bereits beendet ist.

»Nein! Es war ihre Entscheidung zu gehen ... Sie wollte weg. Dad war am Boden zerstört, als sie uns verlassen hat. Er hätte sie zurückgenommen, hat aber dann vermutet, dass sie in der Arbeit einen Mann kennengelernt hat, mit dem sie zusammen war, bis ...« Er verstummt. Ich kann mir nicht vorstellen, wie man sich fühlt, wenn die Eltern getrennte Wege gehen. »Wahrscheinlich hat er ihr den Laufpass gegeben, nachdem er seinen Spaß mit ihr hatte.«

»Oh. Aber das weißt du nicht genau, oder?«

»Nein. Ich glaube, sie hat einen anderen Mann getroffen, doch als der sie dann fallen gelassen hat, musste sie das Gesicht wahren und ist deshalb dort geblieben, wo sie ist.«

»Und ist sie glücklich?«

»Nein. Als ich ihr vor Kurzem erzählt habe, dass Dad endlich den Mut aufgebracht hat und mit jemandem ausgegangen ist, hat sie mich entgeistert angestarrt. Dad hat ein paarmal versucht, sie zurückzugewinnen, aber sie hat ihn immer abgewiesen. Und ich habe abends oft im Bett gelegen und gewusst, dass er jetzt unten sitzt und seinen Kummer im Whisky ertränkt.«

Ich höre ihm schweigend zu. Seine Worte strömen einfach so aus ihm heraus, ohne dass er lange nachdenken oder sich bemühen muss.

»Etwa einen Monat nachdem sie uns verlassen hatte, wurde es richtig schlimm, aber dann hat er sich erholt. Doch als die Scheidungspapiere mit der Post kamen, fing alles wieder von vorne an. Sie hat keine Ahnung, was sie ihm angetan hat, keinen blassen Schimmer.«

»Vielleicht hat sie auch darunter gelitten?«

»Das bezweifle ich. Sie hat sich eine Ewigkeit, monatelang nicht bei mir gemeldet, und dann ruft sie mich plötzlich aus heiterem Himmel an und will ein Mutter-Sohn-Treffen mit mir vereinbaren. Sie hat erwartet, dass ich dafür alles andere stehen und liegen lasse, doch den Gefallen hab ich ihr nicht getan. Erst als sie dann noch mal angerufen und mich auf eine Pizza eingeladen hat, hab ich zugesagt.«

»Möglicherweise hat sie eingesehen, wie schlecht das bei dir angekommen ist.«

»Möglicherweise.« Alfie verstummt und starrt mich an. »Du hast da einen Krümel.« Er streicht mit dem Finger über meinen Mundwinkel.

Rasch schnipst er den Chipskrümel auf den Teppich und beugt sich zu mir vor. Ich halte den Atem an, als sein Gesicht näher kommt. In seinen blauen Augen schimmern winzige gelbe Punkte. So viel Weiß in den Augen, so große Pupillen ... Seine Lippen berühren meine. Ich schmecke Käse und Zwiebel und frage mich, ob er wohl Salz und Essig wahrnimmt. Er hebt den rechten Arm, legt ihn um meine Schultern und zieht mich zu sich heran, während unsere Lippen sich aneinanderschmiegen. Ich kann es kaum glauben – ich sitze in Alfie Woodwards Wohnzimmer und küsse ihn mitten am Nachmittag, obwohl ich eigentlich Hausarrest habe.

ANGIE

»Tut mir leid.« Das scheint das einzig Mögliche zu sein, was ich sagen kann, während Nick den Blinker setzt und sich kurz nach vier Uhr in den dichten Verkehr einreiht.

»Kein Problem. Wir hatten einen schönen Tag, auch wenn wir wegen des Wetterumschwungs nicht viele Tiere in den Außengehegen sehen konnten. Auf jeden Fall war es mal was anderes als The Rose.«

»Was kann man im Dezember schon erwarten? Die armen Tiere hatten mehr Verstand als wir.« Wir sind an allen Gehegen vorbeigegangen, doch fast alle waren leer; nur die Amurleoparden, zwei Elefantenkühe und ein kleiner verspielter Orang-Utan hatten sich dazu entschlossen, wie wir den Elementen zu trotzen.

»Mich macht das alles fertig ... Wirft es nicht einen Schatten auf unsere neue Beziehung, wenn wir uns hinter dem Rücken unseres Sohns treffen?«

Nick gibt mir mit einem Nicken recht.

»Ich habe geglaubt, wir wollten ganz ehrlich mit der Sache umgehen, Nick. Davon bin ich ausgegangen.«

»So ist es auch. Wir müssen beide aus den Fehlern der Vergangenheit lernen, aber wenn ich mich jetzt mit einer anderen Frau verabreden würde – was nicht der Fall ist –, dann hätte ich diese Frau Alfie auch nicht nach dem ersten oder zweiten Date vorgestellt. Oder macht man das heutzutage so? Man trifft sich, geht miteinander aus und stellt sie sofort der ganzen Familie vor?«

Will er das wirklich wissen? Oder war das eine hypothetische Frage?

»Angie?«

Oh, er meint es ernst.

»Nein, aber ich bin seine Mutter!«

»Das weiß ich. Deshalb versuchen wir es noch mal – nach einer Trennung, einer teuren Scheidung und vielen Monaten.«

Muss er das immer wieder erwähnen?

Ich lächle.

»Angie, schau mich nicht so an. Ich verstehe, dass das schwierig für dich ist, aber denk an Alfie. Wenn wir ihm jetzt sagen, dass wir wieder zusammen sind, dann wird er annehmen, dass du wieder ins Haus zurückziehst, und so haben wir das nicht geplant.«

Ich schüttle den Kopf und wage es nicht, etwas zu sagen, weil ich Angst habe, dann in Tränen auszubrechen.

»Es ist besser so, bis wir uns hundertprozentig sicher sind, dass wir die gleichen Dinge und das gleiche Leben wollen, die gleichen Ziele verfolgen und die gleichen ...«

»Hatten wir jemals so viele Gemeinsamkeiten?«, frage ich, ohne nachzudenken.

Nick zuckt mit den Schultern.

»Also warum ist das beim zweiten Anlauf so wichtig?«

»Weil wir beim ersten Mal beide eine Familie gründen, unser Studium beenden und eine feste Beziehung eingehen wollten. Beim zweiten Mal haben sich einige Dinge möglicherweise geändert, Angie.«

Ich betrachte ihn von der Seite, bevor ich die nächste Frage stelle.

»Was genau willst du, Nick?«

»Ich wünsche mir Zufriedenheit und Sicherheit mit einem Menschen, der mich liebt. Und ich möchte ein starkes Fundament haben, wenn ich den letzten Teil meines Lebens in Angriff nehme. In meinen späteren Jahren möchte ich nicht so unzufrieden sein wie im letzten Jahr, das steht fest.«

Gute Antwort.

»Und du?«

Ich atme tief durch. »Ich möchte, nein, ich *will* unabhängig sein, genug Raum haben, um meine Ziele im Leben zu verfolgen und ...« Ich zögere; plötzlich hat mich der Mut verlassen.

»Ja?«

»Ein besseres Sexleben, als ich während unserer Ehe hatte.«

»Du warst damit nicht zufrieden?«

»Mit dem, was ich kannte, war ich schon zufrieden, aber ... aber ...« Warum passiert mir das immer wieder? Ich habe genau im Kopf, was ich sagen will, doch sobald ich den Mund aufmache, sind alle Wörter verflogen.

»Aber?«, hakt Nick nach.

»Ich wollte dir das neulich schon sagen, aber ... Mir ist klar geworden, wie wenig ich über das Leben oder über Beziehungen weiß.« So, jetzt ist es raus. Nick kann damit anfangen, was er will.

Er nickt und schweigt. Schlaue Taktik. Solange man nichts sagt, kann man keinen falschen Zug machen oder ins Fettnäpfchen treten und alles ruinieren.

Seine Miene wird nachdenklicher, ich kann förmlich sehen, wie sich die Rädchen in seinem Kopf drehen.

»Es war niemand aus unserem Bekanntenkreis, oder?«, fragt er schließlich.

»Gütiger Himmel, nein!«, erwidere ich. »Nick, was denkst du denn von mir?«

»Ich frage ja nur. Mir kam es in den letzten Jahren so vor, als hätte Phil ein Auge auf dich geworfen.«

»Du meinst den Phil von Phil und Carol?«

Er nickt.

»Tatsächlich? Oh nein.«

Über sein angespanntes Gesicht huscht ein Lächeln.

»Hast du wirklich gedacht, dass Phil Clarke mit seinen Riesenpranken und den aus Bermudas ragenden O-Beinen der Typ von Mann ist, auf den ich stehe?«

Nick grinst.

»Also wirklich!« Vor meinem geistigen Auge taucht eine kleine Galerie von Männern auf – ich werde nicht alle Einzelheiten ausplaudern, aber Phil Clarke befindet sich nicht unter ihnen.

Sieben

NINA

Freitag, 14. Dezember

»Ich habe es ihm noch nicht gesagt«, flüstere ich Kitty zu, während wir uns für die Arbeit umziehen.

Kitty verzieht das Gesicht, sodass ich mich noch schlechter fühle. Ich hätte schon längst mit Bram sprechen und ihm für seine großartige Hilfe in meinem Häuschen danken sollen. Wir hätten uns jederzeit während der Woche unterhalten können, aber da ich mir über meine Gefühle nicht wirklich sicher bin, halte ich es für das Beste, solche Gespräche ganz zu vermeiden.

»Ich fühle mich schrecklich«, murmle ich und ziehe meinen Pullover an. »Ich will eigentlich nicht gehen, aber er holt mich um acht ab.«

»Nina, du musst aufhören, dir über Brams Gefühle Gedanken zu machen, und dich stattdessen um deine eigenen kümmern.«

»Aber, Kitty …«

»Kein ›aber, Kitty‹. Du hast das lange genug hinausgeschoben.«

Die Eingangstür fällt hinter ihr ins Schloss. Ich bin allein. Da ich von meiner Freundin keine »Sie kommen aus dem Gefängnis frei«-Karte erwarten kann, muss ich mich jetzt am Riemen reißen. Es sieht ganz so aus, als hätte ich heute Abend ein Date.

ANGIE

Sobald ich mich an meinen Schreibtisch gesetzt habe, dreht sich Jilly auf ihrem Stuhl um und starrt mich an.

»Und?«

»Es wird immer komplizierter. Bei jedem Date.«

Ich mache mir nicht die Mühe, so zu tun, als wäre ich seit gestern wieder genesen. Jilly weiß, dass ich den Tag vorher krankgefeiert habe. Sie wird sich auch einen Tag freinehmen, sowie das in ihr Familienleben passt.

Jilly schiebt mit den Füßen ihren Bürostuhl an und rollt mit ihrem Morgenkaffee in der Hand zu meinem Schreibtisch herüber.

»Erzähl mir mehr.«

Wir stecken die Köpfe hinter meinem kleinen fiberoptischen Christbaum zusammen, wo wir vor dem Rest des Büros verborgen sind, und ich bringe sie rasch auf den neusten Stand der Situation zwischen Nick und mir.

»Ihr seid also in einer Beziehung, aber du bist mit der Entwicklung der Dates nicht zufrieden?«

»Na ja, schon ... Wir sind aber bereits ein wenig weiter mit unseren Dates als bei unseren ursprünglichen Verabredungen.« Ich halte inne, da ich selbst höre, wie unsinnig das klingt. Glücklicherweise verzieht Jilly keine Miene, also fahre ich fort. »Im Grunde genommen verabreden wir uns, als wären wir Fremde, aber es fällt mir verdammt schwer, dabei die Einzelheiten über einen Mann zu vergessen, den ich bereits mein ganzes Erwachsenenleben lang kenne.«

»Verwirrend, oder?«

»Erst einmal streiten wir uns wegen Alfie, der natürlich bei unseren ersten Dates noch keine Rolle spielte.«

»Trotzdem, Angie ... Alfie wird in den nächsten Jahren das Nest verlassen. Bist du sicher, dass du dein künftiges Leben mit Nick verbringen möchtest?«

Ich nicke. Ja, ich bin sicher. Falls es uns gelingt, die guten Seiten unserer Beziehung zu erneuern und ein Fundament herzustellen, das es schon früher hätte geben sollen, dann können wir glücklich werden, das weiß ich.

»Ich hätte nach der Scheidung niemals zu meinem Mike zurückkehren können«, erklärt Jilly und spitzt die Lippen. »Mir war klar, dass es für immer vorbei war.«

»Und du hast es nie bereut?«

»Niemals. Selbst nicht, als unsere Nina sich weigerte, mit mir zu kommen. Ich wusste, dass ich nie wieder zurückgehen würde.«

»Es hat aber doch sicher wehgetan, oder?«

»Allerdings. Vor allem, als sie vor Gericht gefragt wurde, bei wem sie leben wollte, und sie sofort antwortete: ›Bei meinem Dad.‹ Das hat mich tief getroffen, aber es war ihre Entscheidung.«

»Wann danach hast du Chris kennengelernt?«

»Etwa vier, fünf Jahre später. Doch auch in dieser Zeit habe ich mich nie danach gesehnt, wieder nach Hause zurückzukehren.« Jilly beobachtet, wie ich auf ihre Worte reagiere.

»Bei mir kam das auch erst vor Kurzem«, erkläre ich.

»Vielleicht liegt es an der Jahreszeit. Die Weihnachtszeit bewirkt in manchen Menschen merkwürdige Dinge. In einigen erweckt sie Traurigkeit und Bedauern«, fügt Jilly hinzu.

Ihre Augen beginnen zu glänzen, einen Moment lang flackert etwas in ihnen auf, das aber sofort wieder verschwindet.

»Hast du nicht vor, dich mit ihr in Verbindung zu setzen?«, frage ich, obwohl ich mir nicht sicher bin, ob ich ihre Tochter erwähnen soll, von der sie selbst nur sehr selten spricht.

Jilly schüttelt den Kopf; die Falten um ihren Mund vertiefen sich.

»Ich weiß doch gar nichts über sie. Ich nehme an, sie wohnt immer noch in dem Häuschen. Sie ist alt genug, um ihre eigenen Entscheidungen zu treffen. Und sie weiß, wo sie mich finden kann.«

»Vielleicht fühlte sie sich hin- und hergerissen, als ihr Vater noch lebte – aus Loyalitätsgründen und so.« Wir haben nur selten darüber gesprochen, aber ich weiß, dass Jillys Ex-Mann mittlerweile gestorben ist.

»Wahrscheinlich hätte ich härter kämpfen und darauf bestehen sollen, dass sie mich an den Wochenenden besucht, aber die ständigen Reibereien waren deprimierend, haben alles ruiniert und schließlich dazu geführt, dass die Besuche aufhörten.«

»Das war mein Fehler. Ich habe die Zeit verstreichen lassen, die ich mit Alfie hätte verbringen können. Heute Abend hole ich ihn ab, aber in den letzten Monaten habe ich ihn im Stich gelassen.«

»Und dafür bezahlst du jetzt den Preis. Du musst dich um ihn bemühen, Angie. Das meine ich ernst, Schätzchen. Sonst wird es zwischen euch so enden wie bei Nina und mir.«

HOLLY

»Holly?«

»Ja, Sir«, melde ich mich anwesend, während ich mein Geschichtsbuch auspacke.

»Ja, Sir«, äfft mich eine weibliche Stimme aus der letzten Reihe nach. Ich drehe mich um, sehe aber nur eine Reihe unbewegter Gesichter, geschminkt mit Kajalstift und orangefarbenem Make-up, die mich anstarren. Natürlich ist Paris dabei.

Ich schaue wieder nach vorne, lausche aber auf jedes Wort aus der hintersten Reihe.

Mr Bennett beginnt damit, uns den heutigen Stoff zu erklären und zeichnet eine seiner verrückten und bunten Gedankenkarten an das Whiteboard. Ich schaue zwar hin, höre aber nicht zu, was sehr ungewöhnlich für mich ist.

Ping!

Etwas trifft meine linke Schulter. Ein kleines Stück von einem weißen Radiergummi fällt neben das Stuhlbein auf den Boden. Ich starre auf das zerkaute Gummiteilchen. Offensichtlich hat da jemand ein neues Spiel erfunden.

Innerhalb von fünf Minuten fliegen unzählige von Radiergummis gebissene Stücke in meine Richtung und landen neben meinem Stuhl. Nicht alle, aber die meisten habe ich zu spüren bekommen.

Ich hebe die Hand.

»Ja, Holly?«

»Kann ich mich bitte auf einen anderen Platz setzen, Sir?«

Mr Bennett schaut mich verblüfft an. »Warum?«

»Es gibt keinen besonderen Grund ... Ich möchte nur gern woanders sitzen.«

Der Lehrer schaut sich im Klassenzimmer um, als könnte er nachvollziehen, was sich ereignet hat, während er mit dem Rücken zur Klasse am Whiteboard stand.

Natürlich kann er das nicht, und ich werde ganz sicher nicht petzen.

Geduldig warte ich, während er die Klasse mustert. Er kennt mich gut genug, um zu wissen, dass ich nicht plötzlich eine Vorliebe dafür entwickelt habe, meinen Platz zu wechseln. Ich sehe, wie sich die Rädchen in seinem Kopf drehen. Er überlegt, ob mir die Jungs neben mir Probleme bereiten oder ob es an jemand anderem in der Klasse liegt.

»Sir, darf ich mir einfach einen anderen Platz suchen?«

Er nickt und lässt noch einmal den Blick misstrauisch durch den Raum gleiten. Die letzte Reihe hält den Atem an.

Ich stehe auf, packe meine Sachen zusammen und gehe nach vorne. Mr Bennett ist zwar verwirrt, hat aber keine Einwände. In der ersten Reihe werden mich ihre Geschosse nicht treffen, ob mit oder ohne Lineal.

*

»Holly?« Alfie steht an der Mauer des Pausenhofs, und seine Stimme klingt schroff, als er mich ruft. »Was war da heute in der Geschichtsstunde los? Ich hab gehört, jemand hat dich mit Radiergummis beschossen? Wer war das?«

»Vergiss es.« Irgendjemand hat offensichtlich in Rekordzeit geplaudert; es hat gerade erst zur Pause geklingelt.

»Nein, das ist nicht in Ordnung.«

»Alfie, das ist nur alberner Mädchenkram.«

Alfie legt seine Hand in meine, als wir an der Wand entlang und dann die Stufen zum unteren Pausenhof hinuntergehen.

»Bist du sicher?«

»Ja, klar. Wer hat es dir überhaupt erzählt?«

»Jordan.«

Jordan Haywood ist nicht gerade ein Fan von mir. In der Grundschule wurde ich einmal mit einem Brief nach Hause geschickt, in dem meine Eltern darüber informiert wurden, dass ich kleine Besucher hatte. Seitdem weigert er sich öfter, im Unterricht neben mir zu sitzen. Jordan hat das offensichtlich nicht vergessen, und ich bin mir sicher, dass auch Alfie bald die Läusegeschichte zu hören bekommen wird.

»Was hast du am Wochenende vor?«, erkundigt sich Alfie.

»Morgen Vormittag arbeite ich in der Drogerie und am Abend passe ich auf die Kleinen auf, damit meine Eltern auf eine Party bei Freunden gehen können. Was sind deine Pläne?«

»Ich werde auf der Weihnachtsbaumfarm auf Probe arbeiten – ich hoffe, dass ich dort einen Samstagsjob bekomme, um mir ein bisschen was zu verdienen.«

»Als wir letztes Wochenende dort unseren Baum gekauft haben, hatten sie alle Hände voll zu tun.«

»Ihr habt schon einen Weihnachtsbaum aufgestellt?«

»O ja. Meine kleinste Schwester hat ihn bereits zehnmal umgeworfen. Meine Mum ist nicht sehr glücklich darüber.«

Die Glocke ertönt wieder, verkündet das Ende der Pause und unterbricht unser Gespräch. Alfie begleitet mich zu dem Raum, in dem ich Englischunterricht habe, und drückt mir rasch einen Kuss auf die Wange, bevor er in seine Klasse geht. Meine Mitschüler, die sich vor dem Klassenzimmer versammelt haben, starren mich an, als Alfie davonschlendert. Ich weiß, was sie sich alle denken: Wie kann das sein?

Ich stelle mich hinten in der Schlange an und grinse zufrieden.

NINA

»Es hat nicht lange gedauert, den von den Eindringlingen hinterlassenen Müll wegzuräumen«, erzählt Bram. Zu Beginn der Mittagspause hat er sich auf einem der Sofas ausgestreckt. »Dad regt sich schrecklich über diese Kids auf, aber Jackie erklärt ihm immer wieder, dass Kinder nun mal so sind.«

»Die Polizei hat ihm geraten, sich ein paar Wachhunde anzuschaffen, aber das will er nicht«, fügt Zach hinzu und lässt sich auf einem Sessel neben dem Holzofen nieder.

»Er nimmt an, dass Shazza weiß, um wen es sich handelt«, sagt Bram und nimmt seinen Schal ab.

Ich werfe ihm einen fragenden Blick zu.

»Tatsächlich hat sie vorher eine Bemerkung darüber fallen lassen – etwas über ihren kleinen Bruder und seine Freunde.«

»Mir hat sie nie was darüber erzählt«, sage ich. Ich bin mir nicht sicher, ob es richtig ist, solche Anschuldigungen hinter Shazzas Rücken zu machen.

»Na, ist doch klar, oder?«, meint Bram. »Sie sollte ihn warnen, denn wenn Dad ihn und die anderen kleinen Schweine erwischt, können sie sich auf eine ordentliche Tracht Prügel gefasst machen.«

»Ach, hör auf. Dein Dad ist kein gewalttätiger Mensch.«

»Wenn es um seine Lebensgrundlage geht, dann schon. Diese Bäume sind ein verdammtes Vermögen wert. Und wenn man sich vorstellt, dass eine Gruppe kleiner Mistkerle mitten in der Nacht dort herumstreunt …«, wirft Zach ein.

»Bram, können wir uns unterhalten?«, frage ich und umklammere meinen Kaffeebecher.

»Worüber?«, will er wissen, wirft mir einen Blick zu und dreht dabei seinen Schal in den Händen.

»Ach nichts.« Ich mache einen Rückzieher. Dann muss ich eben einen anderen Zeitpunkt finden, um ihn zu enttäuschen, möglichst bevor Kitty wieder mit mir schimpft.

Bram verzieht das Gesicht. »Du bist schon etwas sonderbar, Nina.«

Ich zucke mit den Schultern. Er ist nicht der erste Mann, der mir das sagt. Und das erklärt auch, warum ich im Alter von fünfundzwanzig Jahren noch nie eine Beziehung hatte, die länger als ein paar Wochen dauerte.

Zach schaut zwischen uns beiden hin und her, bevor er sich seinem Lunchpaket und der Thermoskanne zuwendet.

Nach und nach kommen die Mitarbeiter zur Mittagspause herein. Es ist die einzige Zeit des Tages, in der das gesamte Team eine Pause einlegen kann. Ich sitze in der gemütlichen Ecke des Sofas und mustere die verschiedenen Grüppchen. Es ist faszinierend zu beobachten, wie die Dynamik zwischen der Mannschaft der Holzfäller, dem Verkaufsteam und den Hilfskräften funktioniert.

Ich halte mich von Kitty fern, da sie vielleicht unser kleines Gespräch von heute Morgen fortsetzen möchte. Und ich ignoriere Shazza für den Fall, dass sie mir ihr Wissen über die Eindringlinge anvertrauen will.

*

Wenn man ständig damit beschäftigt ist, allen anderen aus dem Weg zu gehen, rast die Zeit nur so dahin. Ich schleppe eine Menge in Netze verpackte Bäume über den Hof, sortiere sie nach Arten und Höhe, staple sie entsprechend und zeichne sie aus. Ich ordne sie so an, dass die Kunden einen guten Überblick haben. Für einen Freitagnachmittag ist es ziemlich ruhig, aber morgen wird zweifellos ein arbeitsreiches Wochenende beginnen.

Ich lasse die Uhr nicht aus den Augen und bin bereit, bei der ersten Gelegenheit Feierabend zu machen und sofort loszulaufen.

Auf dem Weg nach Hause möchte ich in dem Laden im Ort einige Kerzen kaufen, billig und bunt, um sie bei einem langen, entspannenden Schaumbad anzuzünden. Danach werde ich mich für meinen Abend außer Haus anziehen – so nenne ich jetzt die heutige Verabredung.

Und dann sehe ich ihn.

Er schaut mich von der anderen Seite des Verkaufshofs an. Zwei dunkelbraune Augen in einem olivfarbenen Gesicht. Ein brauner Lockenschopf und ordentlich gestutzte Koteletten. Er lehnt an der Fahrertür eines blauen Range Rover, trägt eine verwaschene Jeans und eine dicke Winterjacke, die offen steht und den Blick auf einen cremefarbenen Strickpullover freigibt. Die Szene wirkt beinahe zu perfekt – wie eine Aufnahme aus einem Katalog für Wintermode.

Mein Magen schlägt einen Purzelbaum. Ein starkes Gefühl wogt über mich hinweg und drückt mir das Herz in die Kehle.

Wie lange steht er schon dort?

Ich erröte und schaue weg, während ich eine einen Meter achtzig hohe Blautanne zu ihren Artgenossen schleife. Er rührt sich nicht vom Fleck, und ich spüre, dass er mich immer noch beobachtet. Ich kann nicht anders – ich muss einfach noch mal hinsehen, um mich zu vergewissern, dass sein Blick noch auf mich gerichtet ist. Ich hebe wieder den Kopf, und unsere Blicke treffen sich. Das ist die Bestätigung – er starrt mich immer noch an.

Meine Knie werden weich wie Gelee.

Schaut er tatsächlich mich an?

Rasch werfe ich einen Blick über die Schulter – es wäre sehr peinlich, wenn Shazza hinter mir stünde und das eigentliche Ziel seiner Aufmerksamkeit wäre. Doch von Shazza ist weit und breit nichts zu sehen. Von Kitty auch nicht. Ausnahmsweise befindet sich auf unserem sonst so betriebsamen Verkaufshof niemand in meiner Nähe. Plötzlich kommt mir der Hof unheimlich und leer vor – nur ich bin hier und schleppe einen Weihnachtsbaum durch die Gegend.

Warum passiert mir das zum ersten Mal in meinem Leben, wenn ich unzählige Schichten verschlissener Klamotten trage, darüber eine rote Weste und auf dem Kopf eine Pudelmütze aus unserer Hütte, weil ich meinen hübschen flauschigen Hut zu Hause vergessen habe? In diesem Moment würde sogar ich selbst mein Aussehen als ziemlich derb bezeichnen.

Und trotzdem beobachtet er mich immer noch.

Ich wage einen dritten Blick. Eins, zwei, drei ... und nun ganz schnell. Und dann sehe ich es – ein Lächeln umspielt seine Mundwinkel.

Wieder schlägt mein Magen wilde Purzelbäume. Ich habe das Gefühl, als würde mein Mittagessen gleich wieder hochkommen und vor meinen Füßen landen.

O mein Gott, das ist verrückt. Mein Herz rast.

Ich gehe zu dem ursprünglichen Stapel mit den Bäumen hinüber und suche mir den nächsten aus.

Kenne ich ihn? Ist er ein Freund der Zwillinge, den ich irgendwann einmal auf irgendeiner Party getroffen habe? Nicht, dass ich mit den Jungs auf vielen Partys gewesen wäre, zumindest nicht in letzter Zeit.

Verstohlen schaue ich noch mal zu ihm hinüber.

Ist er hier, um einen Baum zu kaufen? In diesem Fall wäre er ein Kunde, um den sich jemand kümmern muss. Da meine Knie immer noch zittern, wäre es besser, wenn das nicht an mir hängen bliebe.

Oder ist er hier, um einen Sonderauftrag abzuholen? Das muss es sein – deshalb auch der Range Rover. Einige Unternehmen bestellen Bäume in einer bestimmten Größe, um damit ihren Rezeptionsbereich oder die Konferenzräume zu schmücken. Anders als die übliche Kundschaft vereinbaren sie Abholtermine und lassen sich eine Rechnung an ihre Buchhaltung schicken. Aber warum ist er dann nicht direkt zum Kassenhäuschen gegangen und hat seine Auftragsnummer genannt? Warum ist noch niemand vom Lieferteam da und hilft ihm beim Aufladen des entsprechenden Baums? Meine Gedanken überschlagen sich und meine Füße beinahe ebenso, während ich den zigsten Weihnachtsbaum über den Hof schleife.

Plötzlich kommt mir ein Gedanke, und meine Stimmung sinkt – offensichtlich wartet er auf jemanden.

Wie aufs Stichwort kommt Jackie aus dem Kassenhäuschen, begleitet von einer attraktiven Frau in einer pelzbesetzten Steppjacke, verwaschenen Jeans und kniehohen schwarzen Stiefeln. Die Blondine springt die Holzstufen hinunter; zwei kleine Jungen in identischen Jacken und Handschuhen folgen ihr. Ich beobachte, wie sie sich herzlich voneinander verabschieden und sich Küsschen zuwerfen, bevor Jackie rasch wieder in ihrem Häuschen verschwindet.

Mein Herz plumpst hinunter bis in meine Stiefel. Instinktiv weiß ich, in welche Richtung die Frau gehen wird. In seine.

Er ist vergeben. Mist!

Ich beschäftige mich mit dem Stapel Bäume und spähe verstohlen hinüber. Sie tauschen ein Lächeln aus, während sie auf ihn zugeht, eine Hand ausstreckt und sie ihm auf den Arm legt. Dort lässt sie sie liegen, während sie ein paar Worte wechseln. Die beiden Jungen springen um ihn herum und ziehen sich gegenseitig die Kapuze vom Kopf, bis er eingreift und ihre Rangelei beendet.

Mein Herz rutscht noch tiefer. Am liebsten würde ich losheulen.

Ich drehe mich um und konzentriere mich auf den nächsten Baum, der sich nicht flach auf die anderen legen lässt, sondern nach oben ragt und damit den Stapel so instabil macht, dass ich keine neue Schicht darauf aufbauen kann.

Die Türen des Range Rover werden zugeschlagen, der Motor heult auf, und der Kies knirscht unter den Reifen, als der Wagen einen großen Bogen fährt, um neben mir zu wenden. Ich richte meine Aufmerksamkeit auf den störrischen Baum und versuche, ihn in die richtige Position zu bringen.

Nicht aufblicken. Nicht umdrehen. Einfach weitermachen.

Genau das tue ich, während das Fenster der Fahrerseite direkt neben mir auftaucht.

Der Blick aus seinen haselnussbraunen Augen richtet sich auf mich, und er lächelt auf eine Weise, die auch seine Augen erfasst.

Ich erstarre.

Er legt den ersten Gang ein und fährt davon.

Ich richte mich auf und starre auf das Nummernschild: BN68 … Die anderen Zahlen verschwimmen mir vor den Augen, als er beschleunigt. In wenigen Sekunden ist der Wagen verschwunden.

Während ich immer noch auf die inzwischen leere Auffahrt schaue, fallen die ersten Schneeflocken auf den Hof. Große flaumige, weiße Flocken schweben sanft nach unten und legen sich wie eine zarte Decke auf den Boden.

Ich lasse die Szene vor meinem inneren Auge noch einmal ablaufen.

Warum haben sie keinen Weihnachtsbaum gekauft? Wer verlässt unsere Farm ohne eine Tanne, wenn er mit einem Range Rover gekommen ist?

Ich schaue von der leeren Auffahrt hinüber zum Kassenhäuschen. Es schneit nun heftiger.

Ich habe gute Lust, Kitty zu fragen, was diese blonde Frau gekauft hat.

*

»Brr, es ist richtig kalt draußen«, stelle ich fest, als ich das Kassenhäuschen betrete. »Und es fängt gerade zu schneien an.«

Bevor man die Wärme des kleinen Gasofens in dem Raum richtig genießen kann, wird einem vom ausströmenden Gas schwindlig.

»Tatsächlich? Ich habe dir vorhin gesagt, du sollst dich gut einpacken. Hast du heute noch viel im Freien zu tun?«, fragt Kitty. Sie sitzt auf ihrem üblichen Bürostuhl und tippt Verkaufszahlen in ihre Rechenmaschine.

»Eigentlich nicht. Dort draußen ist irgendwie alles wie ausgestorben.«

»Ja, der Boss hat die meisten von der Mannschaft zu den Weihnachtswerkstätten geschickt, um nachzuschauen, ob für morgen alles bereit ist. Er hat Panik davor, dass die Eltern über einen Haufen Ciderdosen stolpern, wenn sie sich mit ihren Kindern anstellen.« Kitty lacht.

»Noch schlimmer wäre es sicher, wenn der Weihnachtsmann das Versteck mit dem Cider entdecken und sich das Fiasko vom letzten Jahr wiederholen würde«, füge ich hinzu, obwohl ich nicht genau weiß, was während meiner Abwesenheit tatsächlich passiert ist.

»Genau.«

Unbeholfen wechsle ich das Thema.

»Hat diese Frau eine Bestellung für ihre Firma abgeholt?«, frage ich und bemühe mich, so gleichgültig wie möglich zu klingen.

»Die Blonde?«

Ich nicke.

»Nein, sie hat Hochzeitsgirlanden in Auftrag gegeben – die Größe und die Anforderungen sind sehr speziell, deshalb wollte sie Jackie persönlich sprechen.«

»Oh.«

»Warum?«

»Ach nichts.«

»Kennst du sie?«

»Ich habe gedacht, ich hätte sie schon mal gesehen, das ist alles«, lüge ich.

Kitty nimmt das Clipboard mit den Auftragsformularen von dem Haken an der Wand und überfliegt die Details.

»Girlanden aus Stechpalmen mit extra langen, breiten Satinbändern, doppelt gebundenen Schleifen, auf denen jeweils ein Rotkehlchen sitzt. Das ist für die Hochzeit an Heiligabend.«

»Hm, sehr speziell«, murmle ich, beuge mich über die Tischplatte und versuche, Jackies auf dem Kopf stehenden handschriftlichen Notizen zu lesen. Rasch schaue ich auf das Feld mit dem Nachnamen: Romano. Das klingt ein bisschen italienisch. Ich denke an seine olivfarbene Haut und seine dunklen Augen – das passt.

Verflixt, das ist typisch.

»Hast du an dem Abend Dienst?«, erkundigt sich Kitty und hängt das Clipboard wieder an den Wandhaken.

Ich zucke mit den Schultern. Bisher bin ich noch nicht gefragt worden, ob ich an Weihnachten eine Doppelschicht arbeiten könnte. Wahrscheinlich traut sich Jackie nicht, mich darum zu bitten. Normalerweise organisiert sie das Personal für eine Hochzeit bereits weit im Voraus. Bei einer Doppelschicht müsste ich vom frühen Morgen bis Mittag im Verkauf arbeiten, dann zu Hause duschen, mich umziehen und wieder zur Farm zurückkehren, um dann gemeinsam mit der angeheuerten Catering-Mannschaft bis spät in die Nacht hinein bei der Hochzeitsfeier zu arbeiten.

»Hat sie dich nicht gefragt, ob du als Bedienung aushelfen könntest?«

Ich schüttle den Kopf. »Ich lege auch keinen Wert darauf. Schließlich bin ich Weihnachtsbaumverkäuferin und keine Tischkellnerin, außer wenn es gerade passt. Bist du dabei?«

Kitty nickt. Sie hilft Jackie immer beim Organisieren der aufwendigen Veranstaltungen. Meistens handelt es sich um einmalige Feste, oft um Betriebsfeiern von großen Unternehmen oder, wie dieses Mal, um eine pompöse Hochzeitsfeier in einem luxuriösen Festzelt inmitten unserer schönen Weihnachtsbäume. Das klingt märchenhaft, vor allem, wenn es weiter schneit.

»Jackie wird dich sicher noch fragen«, meint Kitty und versucht zu verbergen, wie peinlich es ihr ist, dass sie anscheinend in ein Wespennest gestochen hat.

»Mir wäre es lieber, sie würde nicht fragen – nicht, wenn es um diesen Tag geht.«

»Alles in Ordnung mit dir?«, erkundigt sich Kitty. »Du wirkst irgendwie … abwesend.«

»Ich bin nur ein bisschen durcheinander wegen der Verabredung heute Abend. Und wegen meines Dads … und wegen Weihnachten.« Ich hätte noch die Purzelbäume meines Magens von vorhin hinzufügen können, aber das behalte ich für mich.

Kitty neigt mitfühlend den Kopf, nachdem sie sich vorhin von den Einzelheiten zu der Hochzeit hat ablenken lassen.

»Ich habe nicht geglaubt, dass das Leben so kompliziert ist. Als Kind bin ich davon ausgegangen, dass man irgendwann erwachsen ist, Geld verdient und eine tolle Zeit hat. Tatsächlich stolpert man von einer schlechten Erfahrung zur nächsten, ohne dass hin und wieder ein Mehrwert dabei rausspringt.«

»Mehrwert? He, ein großes Wort aus deinem Mund.« Kitty zwinkert mir zu; sie weiß, wie man mich aufmuntert. »Und jetzt verschwinde von hier, bevor der Boss bemerkt, dass du dich verdrückt hast.«

»Bis später.« Ich rutsche vom Tresen und gehe zur Tür. Kurz davor bleibe ich stehen und drehe mich um.

»Was hast du gesagt, wie die Braut heißt?«

Kitty holt sich noch einmal das Clipboard und schaut nach.

»Luca und Isabella … Romano. Glaubst du immer noch, dass du sie kennst?«

»Ich bin mir nicht sicher, aber wahrscheinlich habe ich mich geirrt.« Rasch schließe ich die Tür hinter mir, während mir der Name Luca immer wieder durch den Kopf geht.

In einer ganz anderen Gemütsverfassung mache ich mich wieder an meine Arbeit, stecke Bäume in Netze, zeichne sie aus und schleppe sie über den Hof. Luca – das ist er mit Sicherheit. Ein heißblütiger Italiener, der dafür gesorgt hat, dass meine Knie weich wurden. Luca Romano – ein Mann mit italienisch klingendem Namen, einem glühenden Blick aus dunklen Augen, breiten Schultern und – ich halte in meinen Gedanken kurz inne – einer Verlobten.

ANGIE

Alfie, ich bin's, Mum. Ich stehe draußen.«

Ich höre ihn seufzen und kann mir sein Gesicht vorstellen – es sieht sicher ähnlich aus wie heute Morgen um halb neun, als ich ihn auf dem Weg zur Schule getroffen habe.

»Zwei Minuten.« Er legt auf, und ich warte im Wagen und schaue auf die Straße hinaus, während Schneeflocken sanft auf meine Windschutzscheibe fallen. Ich bin mir nicht ganz sicher, was Alfie sich von meiner Wohnung erwartet, aber ich habe für alle Fälle eine Menge Weihnachtsschmuck gekauft, mit dem wir meinen herrlichen Baum verzieren können.

Wo bleibt er denn nur?

Ich will nicht hupen, aber wenn ich noch länger warten muss, werden sämtliche Nachbarn auf mich aufmerksam, bevor Alfie aus dem Haus kommt. Was hält ihn bloß auf?

Die Haustür öffnet sich.

Endlich.

Nick taucht auf der Treppe auf und winkt.

Ich hebe eine Hand. Im Moment ist mir nicht nach Plaudern zumute; ich möchte einfach nur Alfie abholen und mit ihm losfahren.

Nick kommt die Auffahrt herunter auf mich zu.

Was ist jetzt los?

Er klopft an die Scheibe auf der Fahrerseite, und ich öffne das Fenster.

»Hi, Angie. Alfie ist sich ... nicht sicher.«

»Was?«

»Er ist nervös. Das verstehst du doch.«

»Nick?«

»Ich weiß, ich weiß, aber versuch es aus seiner Sicht zu sehen.«

»Sag ihm, er soll sich beeilen. Das ist doch Unfug. Er hat sich einverstanden erklärt, bei mir zu übernachten. Nur wir beide.«

»Ich sage es dir nur für den Fall, dass er sich dagegen entscheiden sollte.« Offensichtlich ist das für Nick nicht leicht. »Ich kann ihn schließlich nicht dazu zwingen, oder?«

»Doch, das kannst du.«

Nick stützt sich mit einem Arm auf das Autodach, beugt sich vor und nähert sein Gesicht meinem.

Ich habe alles geplant: Wir werden zum KFC fahren und uns eine große Portion Hähnchen samt Nachspeise holen. Dann geht es weiter zu meiner Wohnung, wo wir uns auf dem Sofa einen gemütlichen Abend vor dem Fernseher machen werden. Nur mein Sohn und ich.

»Kannst du ihn bitte holen? Ein solches Verhalten habe ich nicht von ihm erwartet.«

Es tut verdammt weh.

Nick richtet sich auf und geht zum Haus zurück. Das Licht aus dem Wohnzimmer fällt auf die Auffahrt, als er sich der Haustür nähert.

Warum ist alles so kompliziert? Normalerweise parken Eltern vor dem Haus, und ihre Kinder kommen mit einer kleinen Reisetasche in der Hand heraus und springen in den Wagen. Mein Kind tut das nicht. Bei ihm ist alles ein Drama.

Ich beobachte, wie sich die Tür schließt.

Allein. Schon wieder.

Ich starre auf den Anbau im ersten Stock des Nachbarhauses und frage mich, wozu er benutzt wird.

Dann fällt meine Aufmerksamkeit wieder auf Nicks Haustür. Alfie kommt mit einem kleinen Rucksack auf dem Rücken heraus, begleitet von Nick.

Na toll, er wurde dazu gezwungen, mit mir zu kommen.

*

»Ich verstehe dein Problem nicht.«

Wir sind erst seit einer Viertelstunde in meiner Wohnung, und sein Rucksack liegt immer noch im Flur.

»Im Ernst, Mum, diese Predigten langweilen mich.«

»Du bist ein kluger Junge, Alfie, du hast eine großartige Zukunft vor dir und kannst dir doch nicht wegen eines Mädchens ...«

»Holly. Ihr Name ist Holly.«

»Okay, dann eben Holly. Du sollst dir deine Zukunft nicht ruinieren lassen.«

Alfie schüttelt den Kopf und beißt sich auf die Unterlippe, als müsste er sich eine Erwiderung verkneifen.

»Schau, für mich ist das auch nicht leicht. Können wir nicht einfach einen schönen Abend miteinander verbringen und die Zeit genießen, die wir haben?«

Anscheinend sind meine Worte bei ihm angekommen, denn seine Augenlider zucken, und er senkt den Blick.

Schließlich nickt er. »Und mein Zimmer?«

Das ist ein ebenso guter Vorwand wie jeder andere, um das Thema zu wechseln.

»Hier entlang.« Rasch führe ich ihn von der Küche durch den Flur in sein Zimmer. »Ta-daaa!«

Das Zimmer ist schlicht und in Blautönen gehalten. Auf dem Bett liegen etliche Kissen und Decken. Da es eine Mietwohnung ist, kann ich es nicht individuell für ihn gestalten, aber ich habe für seinen Besuch neues Bettzeug und dazu passende Vorhänge gekauft. Sagen wir mal so, ich habe mich bemüht.

»Danke« ist das einzige Wort, das er hervorbringt, bevor er seinen Rucksack aufs Bett wirft.

»Ist nichts Großartiges, aber da ich nicht so genau weiß, was dir im Moment gefällt, habe ich etwas Modernes und nicht zu Kindliches ausgesucht.«

»Prima. Stört es dich, wenn ich jetzt auspacke?«

Ich lächle; ich bedränge ihn zu sehr, aber ich kann nicht anders. Seit Januar war ich nicht mehr mit meinem Sohn zusammen, und mir schwirren so viele Dinge durch den Kopf, die ich in unserer gemeinsamen Zeit mit ihm machen und besprechen möchte.

*

»Und Dad? Wie geht es ihm?«, frage ich so gelassen wie möglich und konzentriere mich dabei auf mein gebratenes Hähnchen.

»Gut, glaube ich.« Alfie hält kurz inne, um seine Pommes aufzuessen. »Seit er wieder öfter ausgeht, scheint er glücklicher zu sein.«

Ich schweige und wage es nicht, den Blick von meinem Teller zu heben.

»Und das ist gut, wenn man bedenkt, was er in den letzten Monaten durchmachen musste«, fügt er hinzu. Seine Stimmung löst sofort Ärger in mir aus. Soll ich es ihm sagen? Oder würde das Geständnis die Kluft zwischen uns noch weiter vertiefen?

Ich schweige weiter und lasse ihn reden.

»Ich habe keine Ahnung, wann er sie mir vorstellen wird, aber ...«

»Dann hast du also nichts dagegen?«

»Nein. Es liegt bei Dad. Wenn er dafür bereit ist, wird er es tun. Er tut nie etwas, ohne zuvor gründlich darüber nachgedacht zu haben.«

Alfie grinst.

»Was soll das heißen?« Meine Stimme klingt scharf, weil ich weiß, dass das eine Anspielung auf mich ist.

»Was?« Er schaut mir in die Augen, und mir ist klar, dass er meinen Schmerz sehen kann.

»Frag nicht so dumm! Das war eine Spitze gegen mich! Hör mir gut zu, Alfie, es wird noch eine Weile dauern, bis du erwachsen bist. Und falls du dich dann jemals in der gleichen Lage befinden solltest, in der ich war ...« Meine Stimme bricht, aber ich spreche trotzdem weiter. »Wenn du in einer verdammten Sackgasse feststeckst, nicht weißt, was du vom Leben willst, dir nicht sicher bist, ob das, was du hast – hattest –, der Weisheit letzter Schluss ist, dann solltest du daran denken, wie überaus witzig dir meine Situation vorkam. Vergiss das nicht!«

Alfie zuckt mit den Schultern. »*Ich* werde meine Kinder nicht alleinlassen ...«

»Es ging nicht nur um dich oder deinen Dad. Es ging um *mich*!«

Er beugt sich über den Tisch und holt sich noch ein Hähnchenteil.

»Erwachsen zu sein ist nicht immer so lustig, wie du dir das vorstellst«, sage ich.

»Versuch mal, in dieser Gegend ein Kind zu sein, dann wirst du sehr schnell feststellen, dass es nicht nur um dich geht.«

Ich lehne mich zurück und starre ihn an. Alfie isst weiter, als wäre alles in Ordnung.

Ich möchte schreien. Ich möchte all meine Ängste und Sorgen

und mein Bedauern hinausbrüllen, damit er sieht, dass das alles nicht so verdammt lustig ist. Doch das kann ich nicht machen, schließlich ist er noch ein Kind. Und wenn *ich* schon nicht verstehe, an welchem Punkt genau unsere Ehe schiefgelaufen ist, wie kann ich das von meinem Sohn erwarten?

»Was?« Er erwidert meinen Blick.

»Nichts.«

»Du hast aber gerade so ausgesehen, als wolltest du was sagen.«

Ich seufze. »Ich weiß, du bist noch ziemlich jung, aber hat dein Magen schon mal Purzelbäume geschlagen?«

»Ja.« Seine Antwort überrascht mich.

»Hast du es ignoriert oder dich drauf eingelassen?«

»Letzteres ... Warum?«

»Ich auch. Ich habe auch entsprechend darauf reagiert. Dieser eine Moment hat alles bestimmt und beeinflusst, was ich in meinem ganzen Erwachsenenleben getan, erreicht und mir gewünscht habe. Von diesem Moment an. Und dann habe ich mich letztes Jahr zum ersten Mal gefragt, was aus meinem Leben geworden wäre, wenn es diesen Moment nicht gegeben hätte. Das hat mich so stark beschäftigt, dass ich es nicht mehr länger ertragen konnte. Im Januar habe ich dann beschlossen, es herauszufinden.«

Er legt sein Hähnchenteil auf den Teller. »Und?«

»Es hat mir Angst eingejagt, dass ich all die Jahre verschwendet haben könnte, nur weil ich mein ganzes Leben auf ein zufälliges Treffen aufgebaut habe, bei dem mein Magen Purzelbäume schlug.«

Alfie nickt. »Und jetzt?«

Ich stehe auf, gehe zum Kühlschrank hinüber, hole die offene Weinflasche heraus und schenke mir ein großes Glas ein.

Er beobachtet jede meiner Bewegungen, wagt es aber nicht, noch etwas hinzuzufügen, sondern wartet schweigend auf meine Antwort.

Ich lehne mich gegen die Arbeitsfläche, trinke einen großen Schluck und schaue meinen Sohn an.

»Und jetzt ... Ich habe begriffen, dass dieser Moment wahrscheinlich der beste in meinem Leben war, denn alles, was mir lieb ist, ist daraus entstanden. So, als hätte ein Urinstinkt in mir reagiert, bevor mein Bewusstsein Zeit dazu hatte. Ich weiß jetzt, dass der vergangene Januar so ablaufen musste, damit ich begreifen konnte, was ich einmal gehabt habe.«

Alfie wendet den Blick von mir ab und starrt auf seinen Teller.

»Schade nur, dass wir die Leidtragenden sind«, murmelt er.

Ohne darauf einzugehen, spreche ich weiter.

»Ja, ich bin einfach gegangen, aber ich habe viel über mich selbst gelernt, Alfie. Und mir ist auch klar geworden, dass ein einzigartiger Moment nicht mehr wiederkommt, so wie ich gedacht habe.«

Seine schmale Gestalt scheint zu schwanken, als würde das Gewicht unserer Probleme zu schwer auf ihm lasten.

»Danke für deine Ehrlichkeit, Mum, aber ich hätte mir gewünscht, du hättest das für dich gelöst, ohne dabei unsere Familie zu zerstören«, erklärt er. »Ich gehe jetzt unter die Dusche, wenn das okay für dich ist«, fügt er hinzu.

Ich nicke und nippe an meinem Wein.

Alfie hat nicht ganz unrecht.

Acht

NINA

Samstag, 15. Dezember

»Ich komme damit nicht klar, Kitty. Im Ernst, gestern Abend hat sich gezeigt, dass ich noch nicht bereit dazu bin, mich zu verabreden.«

»Du bist also ausgegangen?« Kitty schüttelt den Kopf, während sie sich die üblichen Schichten Klamotten für die Arbeit überstreift.

Ich nicke. Bram ist um Punkt acht Uhr mit einem Taxi vorgefahren.

Wir schweigen, während ich mich ebenfalls anziehe. Ich brauche ihren Rat und möchte unbedingt ihre Meinung hören, aber mir ist bewusst, dass sie nicht zufrieden mit mir ist.

»Kitty?«

Sie schlüpft gerade in ihre Jacke, hält inne und schaut mich an. »Was soll ich denn dazu sagen?«

Ich zucke mit den Schultern. »Ich konnte die Verabredung mit Bram nicht absagen. Nicht, nachdem die beiden so gut zu mir waren.«

»Und Zach?«

»Ihm könnte ich auch keinen Korb geben, aber er fragt mich ja nie, das weißt du doch.«

Kitty seufzt, zieht ihre Jacke zurecht und schließt den Reißverschluss, ohne den Blick von mir abzuwenden. Ich weiß, dass sie sich Sorgen macht – um mich, um Bram und Zach.

»Wenn du meine kleine Schwester wärst, würde ich dir sagen, dass Zach der richtige Mann für dich ist …«

Ich öffne den Mund, um zu protestieren – so einfach ist das nicht.

»Hey, lass mich ausreden, Nina.«

»Also gut.« Ich lehne mich gegen die Kleiderhaken.

»Wir alle wissen, dass euch eine tiefe Freundschaft verbindet. Das verstehe ich sehr gut, aber du kannst dich nicht den Rest deines Lebens vor dieser Entscheidung drücken, die du treffen musst. Ob man im Leben glücklich oder unglücklich wird, hängt wahrscheinlich in neunzig Prozent aller Fälle von nur einer Entscheidung ab.«

»Ich weiß, was du sagen willst – Zach ist freundlich, liebevoll, zuverlässig. Aber soll ich mich mit dem zufriedengeben, was ich direkt vor der Nase habe?«

»Dich zufriedengeben? Er ist ein guter Mann, Nina. Wahrscheinlich ist er – sind *sie* – in deinen Augen immer noch kleine Jungs, doch das sind sie nicht. Sie sind beide dazu bereit, sich niederzulassen, ein eigenes Zuhause aufzubauen und sich fest zu binden.«

»Aber es ist nicht so, wie es mit dir und Connor war.«

»Ich wusste, dass du uns ins Spiel bringst.«

»Na ja, du sagst es doch immer wieder: Deine Knie wurden weich, und dein …«

»Stopp!« Sie hebt die Hand, um mich zum Schweigen zu bringen.

»Es stellt sich also die Frage, ob ich das nehmen soll, was ich bekommen kann, oder ob ich auf das warten soll, was du mit Connor hast.«

Kitty seufzt.

»Ich weiß, es ist frustrierend, Kitty, aber ich möchte das haben, was ihr habt. Wirklich. Und hätte einer der Zwillinge eine solche Wirkung auf mich, würde ich sofort zugreifen.«

»Aber so ist es nicht, stimmt's?« Sie streckt die Hand aus und streicht mir sanft über die Wange.

Ich schüttle langsam den Kopf. Ich würde ihr gern von gestern erzählen. Ihr sagen, was auf dem Verkaufshof geschehen ist, als dieser Mann mich angesehen hat, aber die Worte bleiben mir im Hals stecken. In ihren traurigen blauen Augen kann ich erkennen, wie sehr sie sich wünscht, dass aus Zach und mir ein Paar werden würde.

»Was hältst du davon, wenn wir demnächst mal am Abend auf einen oder zwei Cocktails in die Stadt fahren?«, fragt sie lächelnd, und ihre Augen leuchten auf. »Wir können Shazza fragen, ob sie uns begleiten möchte, falls dir das recht ist.«

Zum ersten Mal seit einer Ewigkeit fühle ich mich lebendig.

»Ja, das wäre toll!«

»Komm, lass uns gehen, bevor Boss Fielding uns beim Trödeln erwischt.« Sie lacht, zupft noch mal ihre Jacke zurecht und geht zur Tür.

»Kitty?«

»Ja?« Die Hand bereits an der Türklinke, dreht sie sich noch einmal um.

»Danke ... dafür, dass du für mich da bist«, sage ich und spüre, wie meine Augen feucht werden.

»Ist mir ein Vergnügen. Du kannst dich mit einem Espresso Martini revanchieren!«

Plötzlich habe ich große Lust auf einen Abend mit Cocktails – das ist genau das, was ich brauche.

»Geht in Ordnung!« Ich ziehe den Reißverschluss meiner bestickten Jacke hoch und folge ihr rasch.

ANGIE

Wir fahren schweigend durch die verschneiten Straßen zur Farm, wo er sich in seinen neuen Job flüchten kann und Weihnachtsbäume herumschleifen wird.

»Alfie, es tut mir leid.«

»Ich weiß. Ganz so habe ich mir das auch nicht vorgestellt.«

»Vielleicht können wir noch mal ein Wochenende miteinander verbringen, irgendwann in den Weihnachtsferien, wenn du nicht zur Schule musst. Und richtig Spaß haben, wie in den guten alten Zeiten.«

Er deutet ein Nicken an, scheint aber nicht überzeugt zu sein.

»Mir ist klar, dass ich es verpatzt habe; es ist nicht nötig, dass mein Sohn mir das unter die Nase reibt, Alfie. Ich brauche ein wenig Zeit, um dir zu zeigen, dass ich dich nach wie vor sehr lieb habe, trotz allem, was ich getan habe.«

Er wirft mir von der Seite einen Blick zu.

»Und ich brauche Zeit, um mein Vertrauen zu dir wieder aufzubauen.«

Den Blick starr auf die schneebedeckte Straße vor uns gerichtet, nicke ich. »Ich verstehe schon – ich habe dich im Stich gelassen. Doch du solltest wissen, dass ich mich auch selbst im Stich gelassen habe, indem ich mir nicht die nötige Zeit zum Erwachsenwerden genommen habe, bevor ich Ehefrau und Mutter geworden bin.«

Wir fahren schweigend weiter. Wie wechselt man das Thema und spricht über das Wetter, wenn es im Auto kälter ist als draußen?

Ich setze den Blinker und biege in den zerfurchten Pfad ein, der zur Farm führt. Eine dicke geschlossene Schneeschicht bedeckt die gesamte Auffahrt.

»Eigentlich habe ich damit gerechnet, dass dieser Bereich gestreut ist.«

Alfie gibt mir keine Antwort, sondern winkt immer wieder einigen Vorbeigehenden zu, die offensichtlich auf dem Weg zur Farm sind. Ich nehme an, das sind Teenager, die er von der Schule kennt und die ebenfalls als Aushilfen dort arbeiten.

Ich stelle den Wagen auf dem Parkplatz ab. Als Alfie die Tür öffnet, dringt Noddy Holders hohe Stimme an mein Ohr. Alfie schnappt sich seinen Rucksack vom Rücksitz und schaut mich an.

»Bis dann, Mum. Mach's gut.«

Kein Kuss, keine Umarmung.

»Wir sehen uns in ein paar Tagen wieder, Alfie.« Ich reiße mich zusammen, als er die Beifahrertür zuschlägt und zu einer der Blockhütten hinüberläuft.

Rasch wende ich den Wagen und fahre langsamer als üblich den Weg zurück, denn mir verschwimmt alles vor den Augen und meine Emotionen drohen mich zu überwältigen.

NINA

»Nina, warte!«, ertönt Zachs Stimme hinter mir, während ich mich auf den Weg zu der Netzmaschine mache, für die ich heute eingeteilt bin.

Ich trotte weiter durch den Schnee, denn mit seinen langen Beinen wird er mich ohnehin gleich eingeholt haben.

»Hey, Nina!«

»Hi, Zach. Geht's dir gut?«

»Und dir?«, murmelt er und sieht mich aus seinen grauen Augen durchdringend an. »Hast du mich nicht gehört?«

»Tut mir leid, ich war gerade mit den Gedanken woanders.« Ich lege mir das Netzmaterial und die Kabelbinder zurecht.

Zach bleibt stehen und schaut mir zu, während ich vorgebe, ganz in meine Aufgabe vertieft zu sein.

»Redest du nicht mehr mit mir?«

»O Mann!«

»Nina, hör auf!« Er packt mich am Arm und dreht mich zu sich herum. »Was ist los?«

»Nichts. Ich versuche nur, mir mit dem Job, für den dein Vater mich bezahlt, meinen Lebensunterhalt zu verdienen.« Ich bemühe mich um einen fröhlichen Tonfall, aber ich höre selbst, dass meine Stimme etwas gereizt klingt. Und er ist nicht dumm.

»Ach ja? Seit wann ist dir der Umsatz meines alten Herrn so wichtig?«

»Das war schon immer so.« Ich schüttle seine behandschuhte Hand ab. »Ich möchte meinen Job gut machen.«

»Nina?«

Ich lasse die Kabelbinder und die Zangen auf den Boden fallen. Wenn ich es mir aussuchen darf, was normalerweise nicht der Fall ist, werde ich auf dieser Seite die in Netze verpackten Bäume aus der Maschine ziehen – auf der anderen Seite ist es viel anstrengender, weil man dort ständig die Bäume von den Paletten wuchten muss. Kabelbinder anbringen und die Bäume nach unten werfen ist wesentlich schonender für den Rücken.

»Was?«, fauche ich, obwohl ich nicht weiß, warum ich meine schlechte Laune an Zach auslasse. Allerdings ist er eben Bram sehr ähnlich, und ihm bin ich heute Morgen noch nicht begegnet.

Zach mustert mich argwöhnisch. »Du willst dich nicht unterhalten, richtig?«

Ich deute ein Kopfschütteln an.

Obwohl er nickt, starrt er mich weiter an.

»Zach, ich bin heute einfach nicht gut drauf. Im Moment ist alles sehr schwer für mich, und ich fühle mich ...« Ich halte inne und beobachte, wie die lärmende Holzfällermannschaft näher kommt. Aus den Lautsprechern dröhnt »Santa Baby«, doch die Musik wird von dem unregelmäßigen Piepen übertönt, das der Laster beim Wenden und rückwärts Einrangieren neben die Netzmaschine von sich gibt.

»Tut mir leid«, forme ich mit den Lippen und schaue Zach dabei in seine grauen Augen.

Die Türen des Fahrerhauses fliegen auf, und das Team springt heraus.

»Nina, wo hast du dich denn versteckt?«, ruft Bram und zieht nach dem Sprung vom Laster seine Daunenjacke zurecht.

HOLLY

»Möchten Sie eine Tüte?«, frage ich, während ich den Drahtkorb ausräume.

Die Kundin lächelt, antwortet aber nicht.

»Sie würde fünf Pence kosten, falls Sie …«

»Nein.«

Ich drücke auf die Taste an der Kasse, die mir den Gesamtbetrag anzeigt.

»Neun Pfund und dreiunddreißig Pence, bitte.«

Sie schnippt mir mit einer schnellen Bewegung ihres Handgelenks eine Zehnpfundnote zu. Im Dienstleistungsgewerbe zu jobben ist am frühen Samstagmorgen keine wahre Freude, aber ich kann damit mein Taschengeld ein bisschen aufbessern.

Meine Kundin steckt ihre Einkäufe in die mitgebrachte Tasche und verlässt das Geschäft. Meinen Gruß ignoriert sie. Ich lächle und wende mich dem nächsten Kunden zu, und dann sehe ich sie. Die Gruppe der fiesen Mädchen steht am Ende des Gangs für Haarpflegemittel und Schönheitsprodukte und sieht zu mir herüber. Besser gesagt – die Mädchen glotzen mich an. Alle tragen enge Jeans und haben ihre großen Designer-Handtaschen bei sich. Ihre Haare sind gestylt und ihre Augen kunstvoll mit schwarzem Eyeliner geschminkt. Und sie gaffen, als würden sie ein Alien sehen. Na klar, mich, die Außerirdische in ihrem Klassenzimmer. Diejenige, die ihr eigenes Geld verdient, nur wenig Taschengeld von ihren Eltern erwarten kann und ständig von Mädchen wie ihnen schikaniert wird.

Sie machen auf dem Absatz kehrt und flüchten den Gang hinunter. Und ich bin froh darüber.

Ich kann jetzt schon vorhersagen, wie es bei ihnen nach dem sechzehnten Lebensjahr weitergehen wird: Abitur, Universität, wahrscheinlich eine erfolgreiche Karriere und dann Heirat und Familiengründung. Meine Reise wird sich voraussichtlich auf die letzten beiden Stationen beschränken, außer ich habe Glück.

Becca, die Kassenaufsicht, schleicht sich von der Seite an meine Kasse heran; bei jedem Schritt schwingt ihr dichter mahagonibrauner Pony hin und her.

»Kannst du von hier aus den Bildschirm mit den Aufnahmen der Überwachungskameras sehen, Holly?«

Ich nicke.

»Kannst du bitte mal Gang fünf überprüfen? Neben den Geschenkpackungen stehen ein paar Teenager, die sich irgendwie merkwürdig verhalten. Ich will keinen Ärger haben – nicht heute.«

Mein Herzschlag setzt kurz aus.

Ich schaue auf das unscharfe Bild des winzigen Monitors unter der Arbeitsfläche. Die Mädchen drängen sich zusammen wie ein Rugbyteam, ein Arm taucht aus der Masse der Körper auf, greift sich ein Produkt aus einem Regal und verschwindet damit schnell wieder in der Menge.

Die trauen sich ja was! Glauben sie tatsächlich, dass sie damit ungestraft davonkommen?

»Und?«, fragt Becca, bereit, sich als Kaufhausdetektivin zu betätigen.

Ich nicke.

Becca läuft sofort los. Sie saust um die Ecke des Gangs, und ich höre, wie sie nach Unterstützung ruft. Ich reagiere darauf lieber nicht – ich will mich auf keinen Fall in diese Sache hineinziehen lassen, nur weil ich die Mädchen kenne. Außerdem würde ich mir das in der Schule immer wieder anhören müssen.

Ich beobachte, wie der Filialleiter und sein Stellvertreter zu der verdächtigen Mädchengruppe laufen. Sechs mürrische Teenager werden nach hinten in das Büro des Filialleiters geführt. Ich bleibe an meiner Kasse stehen und mustere jedes einzelne trübsinnige Gesicht, als die Mädchen an mir vorbeigeschoben werden. Im Gegenzug blicken mich alle grimmig an, als wäre ich allein schuld an ihrer misslichen Lage.

Becca begleitet den gesamten Zug ins Büro. Ich kenne den Ablauf: Sie werden die Polizei anrufen, auf Unterstützung warten und dann die Eltern informieren.

Wie blamabel. Meine Eltern würden mich umbringen, wenn ich so eine Nummer abziehen würde. Diese Mädchen bekommen alle viel mehr Taschengeld als ich, und trotzdem klauen sie!

»Holly, kommst du bitte zu uns?«, ruft Becca an der Bürotür. Es stellt sich heraus, dass der Filialleiter noch etwas anderes zu tun hat, die Mädchengruppe aber bis zum Eintreffen der Polizei unter Aufsicht bleiben muss.

»Becca, ich kenne sie«, flüstere ich. Ich will damit nichts zu tun haben. »Sie gehen in meine Klasse.«

Becca schüttelt den Kopf. Das spielt für sie keine Rolle.

Ich muss im Büro des Filialleiters stehen bleiben, während sechs meiner Klassenkameradinnen beschuldigt werden, zwei Packungen Haartönung, drei Geschenksets von Dove und mehrere Fläschchen Nagellack gestohlen zu haben.

Die Polizisten sind unnachgiebig und nehmen alle sechs Mädchen mit aufs Revier, wo der Vorgang zu Protokoll genommen wird, bevor dann die Eltern informiert werden. Mir ist die Sache furchtbar peinlich, schon allein deswegen, weil ich ein Mädchen und genauso alt bin wie sie. Als sie hinausgeführt werden, senken alle den Kopf, bis auf Paris, die mir einen drohenden Blick zuwirft.

Ich kann es kaum erwarten, Alfie alles zu erzählen; er wird es kaum glauben.

NINA

»Nina!« Ein Schrei dringt aus dem Geräteschuppen. Ich lasse die Fichte fallen, die ich gerade auf den Stapel legen wollte, drehe mich um und renne durch den Schnee zur Scheune.

Zach steht mit dem Rücken an die Gitterstäbe gepresst im Eselstall. Auf seiner Stirn glitzern Schweißtropfen. Ich erfasse die Situation sofort, schnappe mir eine Karotte aus der Futterkiste am Eingang und eile auf die andere Seite des Stalls. Es geht nicht um Gertrude, sondern um Arthur. Mit gesenktem Kopf steht er da, die großen Hörner in Angriffsstellung.

»Arrrrthur!«, rufe ich beschwichtigend und versuche ihn abzulenken, während ich die Karotte auf seiner Augenhöhe durch die Gitterstäbe stecke.

»Beeil dich, er ist ziemlich wütend!«, stößt Zach mit weit aufgerissenen Augen hervor.

»Arthur, was ist los, alter Junge?« Ich wedle hektisch mit der Karotte. »Zach, du wirst vielleicht gleich losrennen müssen.«

»Was du nicht sagst! Auf diesen Gedanken wäre ich nicht gekommen. Halt die Karotte ein Stück höher, um ihn abzulenken. Wenn er sich weiter so benimmt, müssen wir ihm die Eier wegschneiden lassen.«

Arthur scharrt mit einem Vorderhuf im Stroh.

»Zach, komm da raus!«

Der Bock scharrt noch mal mit demselben Huf.

Angriffslustig stürmt er mit gezückten Waffen los. Zach gelingt es, in letzter Sekunde über das Gitter zu springen, bevor Arthur seinen linken Oberschenkel aufspießen kann. Er landet auf meiner Seite des Geheges, zieht seine Jacke zurecht und streicht sich das Haar zurück.

»Das war knapp.«

»Zu knapp«, erwidere ich und werfe Arthur die Karotte zu.

»Nun belohn ihn nicht auch noch für sein Verhalten. Kein Wunder, dass er sich so benimmt, wenn du ihn dann mit Karotten fütterst.«

Ich ignoriere seine Bemerkung. Arthur macht kehrt und stellt noch mal seine prächtigen Hörner zur Schau, bevor er die Karotte entdeckt.

»Wir müssen ihn zum Tierarzt bringen und kastrieren lassen – er wird allmählich verdammt gefährlich.«

»Wahrscheinlich bräuchte er nur eine Partnerin.«

»Tun wir das nicht alle?«

Auch diesen Kommentar ignoriere ich. Das ist nun schon das zweite Mal in wenigen Minuten.

»Warum lässt dein Dad den Tierarzt nicht einfach hierherkommen?«, frage ich ihn. »Es wird immer schlimmer mit ihm.«

»Männlicher Stolz, nehme ich an.« Zach lacht und zieht die Beine seiner Arbeitshose nach unten, bevor er sich wieder aufrichtet. »Du gehst mir aus dem Weg.«

»Im Moment steht mir nicht gerade der Sinn nach Sozialkontakten, Zach. Ich habe das Gefühl, dass für mich eine neue Phase beginnt.«

»Eine neue Phase des Trauerprozesses?«

Ich habe bereits die Phasen der Wut, der Isolation und der Verleugnung durchlaufen und auch die Opfer- und Täterrolle eingenommen, und nun stecke ich in der Phase der Schwermut fest, die eben hin und wieder auch eine gewisse Rastlosigkeit mit sich bringt.

»Und wann beginnt die glückliche Phase?« Zach verzieht das Gesicht.

»Ich mein's ernst, Zach.«

»Ich auch«, erwidert er. »Du bist selbst für dein Glück verantwortlich – nur du, sonst niemand.«

»Danke für diesen weisen Rat.«

In seinen grauen Augen spiegelt sich Mitgefühl.

Warum kann das Leben nicht einfacher sein? Wenn ich mir an Weihnachten etwas wünschen dürfte, hätte ich gerne mein friedliches Leben zurück, das Leben, wie es einmal war: ich, Dad und unser Häuschen. Dads Stimmungsschwankungen überschatteten unsere Erinnerungen, sein körperlicher Verfall machte alles sehr schwer, aber das Leben verlief in geregelten Bahnen. Ich habe meine Rolle als inoffizielle Pflegerin verdrängt und so getan, als gäbe es bei uns niemanden zu pflegen, und Dad kannte seine Rolle ebenfalls – wir machten einfach gemeinsam weiter.

»Wie wäre es morgen Abend mit einem Bier im The Rose?«, frage ich ihn.

»Ich dachte, du möchtest im Moment keine Sozialkontakte.«

»Ein Drink mit dir in aller Ruhe ist was anderes.«

»Und das Date gestern Abend mit Bram war …?«

»Schwierig und peinlich. Hat er dir das nicht erzählt?«

»Er erzählt mir nicht alles.«

»Aha, aber ich tue das schon?«

»Also gut, im The Rose. Um acht.«

»Abgemacht?«

»Abgemacht«, bestätigt er, bevor er die Scheune verlässt und in das Schneetreiben hinaustritt.

ANGIE

Ich hielt es für eine gute Idee, aber eine Stunde später weiß ich, dass Fabio immer noch sein Dating-Profil verwendet. Und wenn er kein altes Foto eingestellt hat, muss er eine Tonne abgenommen haben. Außerdem hat er vor Kurzem mit einer Frau, die seiner Ehefrau sehr ähnlich sieht, eine Urlaubsreise gemacht.

Also spielt er immer noch den Casanova bei den alleinstehenden Frauen in dieser Gegend.

Na toll.

Ich klappe den Laptop zu und wünschte, ich hätte mir das nicht angeschaut. Im Grunde genommen wollte ich mir ein paar Anregungen für ein interessantes Date holen, zu dem ich Nick einladen möchte. Und irgendwie habe ich mich dann ablenken lassen.

Eigentlich dürfte es nicht so einfach sein, Leute im Internet ausfindig zu machen und Informationen über sie zu bekommen. Und es sollte Verheirateten nicht erlaubt sein, sich auf Dating-Websites eine Affäre zu suchen.

Meine Kränkungen brechen wieder auf. Die Ränder ziehen sich langsam auseinander und geben eine klaffende, hässliche und rohe Wunde frei.

Ich brauche eine Aufgabe, die mich erfolgreich von Typen wie Fabio ablenkt. Fabio und seine Frauen. Fabio und seine Ehefrau. Fabio und seine unglaublichen Fertigkeiten beim Sex.

Ich zähle die verbleibenden Einkaufstage bis Weihnachten –

nicht genug. Doch ich habe keine Lust, mich unter die Massen zu begeben, nur um meinem vorlauten Sprössling eine Freude zu machen. Ist es schon zu spät, um alles online zu bestellen und rechtzeitig geliefert zu bekommen?

Ich könnte meine Blautanne schmücken. Ja, das werde ich tun. Schließlich steht sie schon seit einer Woche hier und ist immer noch nackt.

Eigentlich sollte der Baum ein besonderes Vergnügen für mich sein, aber bisher habe ich ihm keine sonderliche Beachtung geschenkt.

Rasch hole ich die Kiste mit dem neuen Weihnachtsschmuck hervor. Ich habe gehofft, dass ich ihn gemeinsam mit Alfie auspacken würde und dass wir als Mutter und Sohn damit einen glücklichen Familienabend verbringen würden. Aber das ist nicht geschehen.

Ich öffne jede einzelne Schachtel und hole die silbernen Kugeln, die Lamettagirlanden und die weißen Lichterketten heraus und lege alles auf den Boden im Wohnzimmer, bevor ich die einzelnen Gegenstände langsam und mit Bedacht auf die blauen Zweige hänge. Dann trete ich einen Schritt zurück, um die Kombination aus Silber und Blau zu bewundern – es sieht beeindruckend aus, doch meine ursprüngliche Begeisterung ist verflogen, weil ich alles allein machen musste. Ich habe mir in Gedanken ausgemalt, wie schön es werden würde, gemeinsam mit Alfie den Baum zu schmücken ... Das fühlt sich falsch und erbärmlich an. Wie konnte aus meiner prächtigen Blautanne ein Symbol für mitleiderregende Einsamkeit und Partnerlosigkeit werden? Wie bloß?

Das Bild von Fabios durchtrainiertem Oberkörper taucht vor meinem geistigen Auge auf. Und von seinen festen, kräftigen Oberschenkeln und der niedlichen Art, wie er seine Lippen spitzt.

Warum tue ich mir das an? Ich habe mich bewusst dafür entschieden, mich auf Nick zu konzentrieren. Meine Beziehung zu ihm wieder aufzubauen. Ich und Nick. Nick und ich. *Und* Alfie. Warum mache ich mir also die Mühe, im Netz nach ehemaligen Liebhabern zu schauen? Dabei kommt nie etwas Gutes heraus. Niemals.

Trotzdem lande ich in Gedanken immer wieder bei den gleichen Erinnerungen: Verabredungen, zu denen ich ausging, allerdings manchmal auch in Begleitung wieder nach Hause kam und dann einige heiße Nächte zwischen den Laken erlebte.

Hör auf damit, Angie! Lass das bleiben! Ich ärgere mich über mich selbst.

Ich muss stärker werden. Mich auf meine Zukunft mit Nick konzentrieren und nicht mehr zurückschauen. Was ich brauche, ist ein glückliches Weihnachtfest mit meiner Familie, traditionell und vergnüglich.

Ich schaue mir die Liste der zehn besten Ideen für ein Date aus dem Internet an: eine Sportveranstaltung, eine Yoga-Reise, Camping, ein Abenteuer-Freizeitpark, ein Pferderennen, eine Ausstellung, ein Konzert ... Eines davon werde ich mir aussuchen und einen perfekten Abend für uns planen. Für Nick und mich. Der Zoobesuch ist nicht so verlaufen, wie er ihn sich erhofft hatte, aber das Dinner in dem Dampfzug war fantastisch.

Wunderbare Abende mit Nick – das ist es, worauf ich mich konzentrieren muss. Und keine Gedanken mehr an Fabio.

Neun

NINA

Sonntag, 16. Dezember

Entsetzt starre ich nach meiner Ankunft auf das Schwarze Brett für das Personal. Ich habe mit einem arbeitsreichen Sonntag gerechnet, nicht nur beim Verkauf der Bäume, sondern auch bei den Weihnachtswerkstätten, die heute den zweiten Tag geöffnet haben. Warum also bin ich von meinen üblichen Aufgaben auf dem Verkaufshof befreit? Stattdessen habe ich die Ehre, Shazza beim Gestalten der Weihnachtskrippe zu helfen. Unter Spaß stelle ich mir was anderes vor. Da wäre es mir fast noch lieber, wenn ich einen Tag lang als Elf verkleidet in einer der Weihnachtswerkstätten arbeiten müsste.

Doch es kommt noch schlimmer: Ich soll dabei helfen, unsere Eselin Gertrude zu striegeln und zurechtzumachen, da sie während der Öffnungszeiten der Weihnachtskrippe ein neues Zuhause bekommen soll. Sofort tut mir Arthur leid; er wird sie sehr vermissen und seinen Unmut ohne Zweifel durch weiteres aggressives Verhalten zum Ausdruck bringen. Mir fällt keine Entschuldigung ein, mit der ich mich vor den mir zugeteilten Aufgaben drücken könnte, denn ich habe keine Eselallergie, kann gründlich putzen, auch wenn man mir das vor Kurzem nicht zugetraut hat, und schätze auch die weihnachtlichen Traditionen hier auf der Farm. Also hole ich mir die Schlüssel und mache mich auf den Weg zu der kleinen Scheune in der Ecke des Hofs, um mit Shazzas Hilfe eine Hütte in eine glaubhafte Weihnachtskrippe zu verwandeln.

*

»Ich hasse diesen Job«, stöhnt Shazza, während sie die leere Scheune fegt und von Spinnweben und Staub des letzten Jahres befreit. Der Schmutz, den sie hinausbefördert, färbt den Schnee vor dem Eingang der kleinen Hütte schwarz. Glücklicherweise hat es aufhört zu schneien – ein Pluspunkt an diesem Morgen.

»Meine Lieblingsbeschäftigung ist das auch nicht«, murmle ich und gehe mit einer Schaufel und einem Handbesen in die Hocke. »Ich würde viel lieber Bäume verkaufen.«

Innerhalb von zwanzig Minuten sind wir umgeben von mehreren Kübeln mit heißem Seifenwasser und einer Ansammlung von lebensgroßen Gipsfiguren.

»Was zum Teufel …?« Ich starre auf die Gesichter der Heiligen Drei Könige, der Jungfrau Maria und des Jesuskindes. Auf allen liegt eine dicke Schmutzschicht, die den Glanz des sorgfältig aufgetragenen Lacks verdeckt.

»Schnapp dir einen nassen Schwamm, gib einen Spritzer Reinigungsmittel darauf und los geht's«, befiehlt Shazza und macht es mir vor. Ich beobachte, wie die Scheuermilch auf den großen gelben Schwamm tropft. Shazza trägt sie rasch auf Balthasars Gesicht auf und lässt den Schwamm kreisen. »Siehst du?«

»Das riecht nach Zitrone«, sage ich lachend und komme mir albern dabei vor.

»Stimmt – das ist ein Badreiniger mit Zitronenduft.«

»Ach was!«

»Ja, tatsächlich. Ich hab ihn letztes Jahr schon benutzt, und er hat wunderbar funktioniert. Schau!«

Sie hat recht. Balthasars Gesicht ist sauber, und seine Wangen und Schläfen glänzen.

»Shazza, du erwartest doch nicht von mir, dass ich die Heilige Jungfrau Maria mit Badreiniger beschmiere, oder?«

»Na klar.«

»Das kann ich nicht.«

»Natürlich kannst du – das sind doch nur Figuren«, seufzt Shazza, während sie den kleinen Jesus abwischt.

»Vergib mir«, flüstere ich schuldbewusst dem engelsgleichen Gesicht zu. Ich mache den Schwamm nass und spritze Scheuermilch darauf, so wie Shazza es mir gezeigt hat. Mir kommt es vor, als würden mich die gemalten Augen anstarren.

Entsetzt trete ich einen Schritt zurück.

»Nein, das kann ich nicht.«

»Nina, stell dich doch nicht so an!«

»Shazza, ich bin nicht strenggläubig, aber trotzdem ... Mit Scheuermilch!«

»Also gut, dann nimm eben Spülmittel, wenn du dich dabei besser fühlst.«

»Nein, ohne mich!« Ich lasse den Blick über den gut besuchten Verkaufshof schweifen und suche fieberhaft nach einer Ausflucht. Natürlich ist das nicht richtig. Der Boss wird nicht begeistert sein und Jackie ganz sicher auch nicht. Eine Menge aufgeregter Familien drängt sich auf dem Hof; alle begutachten die Bäume und schätzen ihre Größe ab, und einige streiten auch über die richtige Wahl des perfekten Weihnachtsbaums. Das Personal läuft auf dem Hof hin und her, beantwortet Fragen, füllt Kassenzettel aus und verteilt Glühwein und warmen Früchtekuchen.

Wie in Trance beobachte ich das geschäftige Treiben auf dem Hof. Eigentlich ist das mein Arbeitsbereich – üblicherweise laufe *ich* zwischen den Kunden hin und her und helfe, wo ich kann. Warum hat man mich nicht dafür ausgesucht, grüne Strumpfhosen und einen spitzen Filzhut mit angeklebten Ohren zu tragen und die erwartungsvollen Kinder zum Weihnachtsmann zu bringen? Das würde mir mehr Spaß machen als dieser Job!

»Wenn du dich dabei so unwohl fühlst, kannst du anfangen, die Scheune einzurichten. Ich mache dann mit den Figuren weiter.«

Ich komme wieder zu mir, erleichtert über ihren Vorschlag.

»Bist du sicher? Mein Dad hat mich dazu erzogen, Respekt davor zu haben …« Ich deute auf die Figuren. »Deshalb kann ich das einfach nicht machen«, füge ich mit einem Blick auf die Reinigungsmittel hinzu.

»Schon gut«, murmelt sie, während ich hastig loslaufe, um Heuballen und eine Holzkiste für die Krippe zu holen.

Es dauert drei Stunden, bis wir die Scheune in eine Weihnachtskrippe verwandelt haben, und als wir fertig sind, stellen wir die Figuren in einem passenden Arrangement um die Holzkrippe. Es sieht gut aus, auch wenn alles nach Zitrone riecht.

»Ich muss Gertrude noch striegeln, dann bringe ich sie hierher«, erkläre ich.

»Du musst sie auf jeden Fall in ausreichender Entfernung von den Figuren anbinden, sonst macht sie sie alle kaputt.«

Shazza legt mir einen Arm um die Schultern, und wir treten einen Schritt zurück, um unser Werk zu bewundern.

»Wunderschön«, flüstert Shazza, den Blick auf die glitzernden Lichterketten, das Bett aus Stroh und den riesigen Stern an der Spitze gerichtet.

»Wir werden trotzdem in die Hölle kommen, weil wir die Heilige Familie mit Badreiniger geschrubbt haben.«

Shazza lacht. »Du vielleicht, ich nicht. Ich habe schon ein paar gute Taten vollbracht, die mir sicher einen Platz ganz oben garantieren.«

»Liebe Shazza, das wage ich zu bezweifeln«, entgegne ich, bevor ich Boss Fielding zu uns rufe, um ihm unser Werk zu zeigen.

*

Nach der Mittagspause habe ich eine Stunde damit verbracht, Gertrudes staubiges Fell zu striegeln und ihre Mähne zu schneiden, und nun versuche ich, sie quer über den verschneiten Hof in den festlich geschmückten Stall zu führen. Wir schlängeln uns durch die Menschenmenge. Einige Leute kaufen gerade einen Baum, andere genießen den kostenlosen Früchtekuchen und den Glühwein. Und etliche aufgeregte Familien freuen sich auf den Weihnachtsmann; vor den beiden Toren, durch die es zu den Weihnachtswerkstätten geht, bilden sich Schlangen.

Gertrude lässt sich bereitwillig aus ihrem Gehege führen und folgt mir über den schneebedeckten Hof, doch dann bleibt sie plötzlich stehen. Ihre Hufe scheinen wie angewurzelt, und ich zerre an ihrem Zügel, als würde mein Leben davon abhängen, aber das zeigt keine Wirkung. Anscheinend gefällt ihr die Schneedecke nicht.

Wie peinlich! Kunden bleiben stehen und beobachten meine Bemühungen und wie ich verzweifelt eine Karotte vor ihrer Nase schwenke.

»Ich besorge dir eine größere Karotte. Ich kraule dir den Bauch oder die Ohren, wenn du willst«, verspreche ich der Eselin, allerdings ohne Erfolg.

Ich schiebe sie von hinten an und ziehe vorne am Zügel. Nichts. Gertrude rührt sich nicht vom Fleck.

Mitten in meinem Dilemma biegt ein Range Rover auf den Hof ein und wirbelt mit den Reifen Schnee auf.

Ich muss zweimal hinschauen, bevor ich ihn erkenne: Es ist Luca, der Typ, der vor ein paar Tagen hier war. Rasch wende ich den Blick ab, als er den Wagen wendet und abstellt und dann aussteigt. Allein.

Bei seinem Anblick scheint etwas in mir zu schmelzen.

»Komm schon, Gertrude, das ist nicht der richtige Zeitpunkt, um mich zu blamieren«, zische ich.

Zwischen Gertrudes zuckenden Ohren hindurch sehe ich, dass er den Blick über den Hof und die Menschenmenge schweifen lässt, bevor er weitergeht. Anders als die blonde Frau steuert er jedoch nicht das Kassenhäuschen an, sondern kommt direkt auf mich und mein störrisches Viech zu. Der einzige Unterschied zum letzten Mal ist sein bunter Pullover; ansonsten sieht er wieder aus wie ein Werbemodel.

»Hi.« Seine Stimme ist erstaunlich tief.

»Hi.« Ich lächle schwach und füge hinzu: »Die Eselin will einfach nicht weitergehen.«

Er zieht die dunklen Augenbrauen nach oben und mustert das Tier.

»Ich hätte gerne mit jemandem gesprochen, der mir ein paar Informationen über die verschiedenen Arten der Bäume, die hier verkauft werden, geben kann.« Ich beobachte, wie sich bei jedem Wort seine geschwungene Unterlippe bewegt – sie sieht zum Anbeißen aus.

Mein Magen macht einen Satz nach oben.

Na toll – mein Fachgebiet, und ich muss mich mit Gertrude herumplagen. Es schmerzt mich, dass ich Shazza rufen muss, aber mir bleibt nichts anderes übrig. Ihre Aufgabe in der Weihnachtskrippe hat sie schon lange erledigt – es fehlt nur noch der Esel.

Shazza kommt sofort zu uns herüber und lächelt den Mann erwartungsvoll an; er wirft mir von der Seite einen Blick zu und zögert, bevor er Shazzas freundlicher Aufforderung nachkommt.

»Folgen Sie mir.«

»Danke«, sagt er zu mir. »Danke« dafür, dass ich ihm nicht geholfen habe? »Danke« dafür, dass ich ihn an meine Kollegin weitergereicht habe? »Danke« dafür, dass ich mich wie eine Idiotin benehme, indem ich einen Esel über den Hof schiebe? Oder einfach nur »Danke«?

Ich beobachte, wie sich Shazza übersprudelnd mit ihm unterhält, ihr Haar zurückwirft und kichert, während sie ihn zu den Paletten mit unseren gefällten Bäumen führt. Am liebsten würde ich ihr hinterherrufen: »Er ist vergeben!«, oder sogar: »Er ist der Bräutigam bei der Hochzeit an Heiligabend!«, doch ich halte mich zurück. Stattdessen krümme ich mich innerlich, als ich an den tollen Satz denke, den ich von mir gegeben habe: »Die Eselin will einfach nicht weitergehen.«

Während ich ihn noch beobachte, drückt mir Gertrude sanft ihre Nüstern in die Hand und trottet langsam vorwärts.

»Danke, Gertrude. Warum hast du das nicht vor fünf Minuten gemacht? Dann hätte ich mich Mr Magenpurzelbaum widmen können.«

Ich führe Gertrude durch die Menschenmenge zu ihrer neuen Unterkunft und binde sie an, ohne Shazzas Rat zu befolgen. Sofort fängt sie an, an dem Stroh in der Krippe zu knabbern, obwohl das gewickelte Kind bereits darin liegt.

»Bitte friss nicht alles auf, Gertrude.« Ich befestige ihre Leine an der nächstgelegenen geeigneten Stelle und schaue auf den Hof hinaus. Jetzt, da ich wieder verfügbar bin, könnte ich eigentlich Shazza bei ihrer Aufgabe ablösen – vorausgesetzt, ich bringe den Mut dazu auf. Ich sehe, dass Shazza auf verschiedene Bäume deutet und dabei eifrig deren Unterschiede erklärt. Luca hat die Hände tief in den Jackentaschen vergraben, hört aufmerksam zu und nickt.

Immer wieder gehen Familien vorbei und versperren mir die Sicht. Ich verrenke mir den Hals, um ihn nicht aus den Augen zu verlieren, und hoffe inständig, dass mich jetzt niemand anspricht und nach dem Unterschied zwischen einer Fichte und einer Tanne fragt.

Kurz darauf bedankt er sich bei Shazza und kommt mit großen Schritten so schnell auf mich zu, dass ich mir nicht mehr überlegen kann, was ich jetzt tun soll. Ohne die störrische Eselin lasse ich mich von der Menschenmenge in die Mitte des Hofs treiben und bleibe dort im Getümmel stehen, während Luca sich mir weiter nähert. Ich wünschte, es gäbe irgendetwas, womit ich mich beschäftigen könnte – ich würde gern so tun, als befände ich mich rein zufällig an der Stelle, an der er auf dem Weg zu seinem Wagen vorbeigehen muss.

Verstohlen hebe ich mehrmals kurz den Blick – er ist noch zwanzig Schritte entfernt, noch zehn, fünf, zwei.

»Bis dann, Nina«, sagt er, während er an mir vorbeieilt.

Er kennt meinen Namen! Woher weiß er, wie ich heiße?

»Bis dann.« Ich hebe die Hand und deute ein albernes Winken an. Warum zum Teufel habe ich das getan? Ich werde rot. Hat er etwa Shazza gefragt? Hat sie ihm etwas über mich erzählt? Das muss ich unbedingt herausfinden.

Und er ist fort. Einfach fort.

*

»Wollte der Typ keinen Baum kaufen, nachdem du ihm die verschiedenen Arten erklärt hast?«, frage ich Shazza in unserer Hütte, als wir uns nach der Arbeit umziehen. Die Frage liegt mir schon den ganzen Tag auf der Zunge, aber ich wollte keinen Verdacht erregen.

Wann habe ich mich schon jemals für die Unterhaltung mit einem bestimmten Kunden interessiert?

»Wer?«, fragt sie, während sie ihre Arbeitsklamotten auszieht und in ihren Plastikbehälter steckt.

Wer? Wie bitte? Als wäre er nicht aus allen Kunden, die sie heute bedient hat, unübersehbar herausgestochen!

»Der Mann mit den dunklen Locken. Ich hab dich doch gerufen, weil er mich um Infos gebeten hat, ich ihm aber nicht helfen konnte – ich war mit Gertrude beschäftigt, die sich nicht von der Stelle rühren wollte ...«

»Oh, *der*«, erwidert sie. »Er meinte, er müsse diese Infos zuerst weitergeben, bevor er einen Baum kaufen könne«, fügte sie hinzu.

Großartig. Wahrscheinlich will er vorher seine Verlobte fragen.

Shazza hängt ihre Jacke an den Haken. Auf dem Rücken ist ihr Name über dem Logo der Weihnachtsbaumfarm aufgestickt. Ich bin ein bisschen enttäuscht – *daher* kennt er meinen Namen.

»Hast du ihm auch alles über die Pflege nach dem Kauf gesagt?«, frage ich sie und versuche, meine Neugier zu verbergen. Ich weiß, dass Shazza das nur selten tut. Sie erzählt den Kunden zwar mit Freude alles über die verschiedenen Arten, aber die Käufer sollten ebenfalls wissen, wie sie den Baum zu Hause pflegen müssen.

»Ja, aber ich glaube nicht, dass er noch mal kommt. Wer besucht schon diese Farm, erkundigt sich nach Einzelheiten, kauft aber nichts, sondern verspricht, ein anderes Mal wiederzukommen?« Sie schüttelt heftig den Kopf. »Reine Zeitverschwendung.«

Das sehe ich anders. Warum war seine zukünftige Ehefrau nicht bei ihm? Warum denke ich überhaupt an einen Mann, der mir nur ein »Bis bald, Nina« zugeworfen hat, in einer ganz anderen Liga spielt und schon bald für immer vergeben sein wird?

Shazza starrt mich an.

»Was?«

»Nichts …« Rasch wendet sie den Blick ab und lächelt schief.

»Also was? Sag schon!«

»Vielleicht irre ich mich, aber ich könnte schwören, dass ich soeben etwas gesehen habe …« Sie lächelt wieder, bevor sie mich nachdenklich mustert.

Rasch drehe ich mich von ihr weg, nur für den Fall, dass sie es noch mal entdecken sollte.

HOLLY

»Sie bekommen eine Verwarnung, und der Vorfall wird von der Polizei in die Akten aufgenommen. Das war es doch echt nicht wert, oder? Für den Rest der elften Klasse haben sie den Ruf als Ladendiebe weg«, erklärt Alfie, während wir Hand in Hand die schneebedeckte Long Street entlangschlendern.

Das habe ich mir auch gedacht, und ich bin froh, dass Alfie es genauso sieht wie ich. Der Unterricht dauert nur noch bis nächsten Freitag – in dieser Zeit wird es mir hoffentlich gelingen, unangenehmen Situationen mit den fiesen Mädchen aus dem Weg zu gehen.

»Vergessen wir sie einfach.«

Wir gehen zu dem Parkplatz am Denkmal, wo Alfie mit seinen Freunden ein paar Tricks mit dem Skateboard üben möchte. Ich wische den Schnee von dem nächstgelegenen Poller, kauere mich darauf und schaue mir bewundernd an, welche schwierigen Kunststücke mein Freund beherrscht.

*

»Holly?« Mums Stimme auf meinem Handy klingt ungehalten.

»Ja.«

»Du musst sofort nach Hause kommen.«

»Warum?«

»Tu bitte einfach, was ich dir sage.«

»Mum, kann das nicht warten? Ich bin mit Alfie unterwegs.«

»Das hab ich mir schon gedacht. Nein, es kann nicht warten. Ich will dich in zehn Minuten hier sehen.«

Die Leitung ist tot.

»Alfie, ich muss nach Hause. Meine Mum will, dass ich sofort komme. Ich ruf dich später an, okay?« Ich verabschiede mich mit einem raschen Kuss und laufe los, beunruhigt, weil meine Mum sich so aufgebracht angehört hat.

Vor unserem Haus steht ein Polizeiauto, halb auf dem Gehsteig geparkt. Ich gehe die Auffahrt hinauf, die mein Dad sorgfältig geräumt und gestreut hat, und frage mich, was passiert sein könnte.

Sowie ich meinen Schlüssel ins Schloss stecke, öffnet meine Mum von innen den Riegel.

»Ins Wohnzimmer, junge Dame«, befiehlt sie zornig. Im Haus ist es ungewöhnlich ruhig – wo sind meine Schwestern?

Im Wohnzimmer sitzt eine Polizistin, ihr junger Kollege steht am Fenster. Mein Dad hat sich in seinem Lieblingssessel niedergelassen und schaukelt Hope auf den Knien.

»Holly, diese Dame würde sich gern mit dir unterhalten. Setz dich«, sagt mein Dad und deutet mit einer Kopfbewegung auf die Polizistin.

»Hallo, Holly, wie geht's?«

»Prima, danke.« Ich setze mich gegenüber von meinem Dad aufs Sofa.

»Gut, gut, wir möchten dir nur ein paar Fragen stellen, um eine Angelegenheit von öffentlichem Interesse aufzuklären. Ist das in Ordnung für dich?«

Meine Mutter stellt sich neben den Sessel meines Vaters. Ihre Fingerknöchel sind weiß, und sie scheint den Tränen nahe zu sein.

»Du arbeitest in der Drogerie an der Long Street?«

»Ja, samstags.«

»Gefällt dir dein Job?«

Ich nicke.

»Gestern ist dort etwas vorgefallen, richtig? Schildere mir, was du gesehen hast.«

Ich erzähle, dass die Mädchen alle zusammen dort waren und dass Becca einen Diebstahl vermutet hat. Dann berichte ich von den Kameraaufnahmen und davon, dass ich im Büro auf das Eintreffen der Polizei habe warten müssen.

Die Erwachsenen tauschen einige Blicke, während ich spreche.

»Holly, die Mädchen behaupten, du wärst an dem Diebstahl beteiligt gewesen.«

Ich starre die Polizistin verständnislos an.

»Gibt es etwas, was du uns sagen möchtest?«

»Was meinen Sie damit?«

»Haben die Mädchen recht? Gehörst du zu ihrer Gruppe?«

»Wie denn? Diese Mädchen können mich nicht leiden.«

»Holly, hast du es getan, weil du Angst vor ihnen hast? Haben sie dich gezwungen mitzumachen?«, fragt meine Mum.

»Mum!«

»Du musst es uns nur sagen, Schätzchen. Teenager machen manchmal dumme Sachen, nur um zu den coolen Kids zu gehören.«

Mein Gesicht brennt wie Feuer. Ich kann es nicht fassen, dass meine eigene Mutter mir eine solche Frage stellt und andeutet, ich würde mit den fiesen Mädchen abhängen wollen.

»Ganz ehrlich, ich weiß überhaupt nichts über ihre Pläne. Sie haben mich vorher eine Weile angestarrt, sonst nichts. Sie haben nicht mal mit mir gesprochen! Haben Sie sich die Aufnahmen der Überwachungskameras nicht angesehen?«

»Doch, das haben wir.«

»Dann wissen Sie ja, dass ich an der Kasse gearbeitet habe.«

»Die Kameraaufnahmen haben gezeigt, dass du den Mädchen zugenickt hast, als würdest du etwas bestätigen und vielleicht in eine bestimmte Richtung deuten ...« Sie legt eine bedeutsame Pause ein.

»Das habe ich nicht getan!« Ich wiederhole den Satz etliche Male, bis mir Tränen über die Wangen laufen. »Ich mag diese Mädchen nicht. Sie sind gemein zu jedem, sogar untereinander.«

Mein Dad springt aus seinem Sessel auf. »Es reicht. Sie haben Ihre Fragen gestellt, und sie hat sie beantwortet«, sagt er und klopft mir auf den Rücken.

»Steve!«, ruft meine Mutter. »Falls sie daran beteiligt war, muss sie die gleiche Strafe bekommen. Ich glaube, dass dieser Junge daran schuld ist!«

»Das soll wohl ein Witz sein! Alfie hat nichts damit zu tun. Die Mädchen lügen, um mich in die Sache mit reinzuziehen. Sie können mich nicht leiden, weil ich mit Alfie zusammen bin, aber ich habe nichts Falsches getan! Ich sehe nicht ein, warum ich für etwas bestraft werden soll, was ich nicht getan habe.«

In der nächsten Viertelstunde erzähle ich meine Geschichte immer wieder, aber mir ist klar, dass nur mein Dad mir glaubt.

Schließlich bedanken sich die beiden Polizeibeamten bei meinen Eltern – zu mir sagen sie nichts mehr. Ziemlich unhöflich, mich zuerst zu beschuldigen und sich dann nicht mal von mir zu verabschieden.

ANGIE

Nick verzieht das Gesicht, als ich Schlittschuhlaufen vorschlage. »Alles, nur das nicht«, lautet seine Antwort.»Ich kann auf den Dingern nicht mal stehen, also welchen Sinn hätte das, Angie? Ich würde den ganzen Abend auf meinem Hintern verbringen.«

»Versuch es, Nick. Du musst dir nur ein bisschen Mühe geben.«

»Mein Gleichgewichtssinn war noch nie sehr gut. Wenn du mich auf Schlittschuhe stellst, sind die Probleme vorprogrammiert.«

Immerhin habe *ich* mich hingestellt und mir trübsinnige Tiere im Zoo angeschaut – oder auch Gehege ohne Tiere.

Ihm bleiben kaum noch Argumente, denn wir befinden uns bereits vor der Eislaufhalle und haben schon beinahe das Drehkreuz am Eingang erreicht.

Wir leihen uns Schlittschuhe, geben unsere Schuhe zur Aufbewahrung ab, und dann kann der Spaß beginnen.

Ich fühle mich wie ein Kind, das sich nach sehr langer Zeit wieder aufs Eis begibt, aber bei Nick verhält es sich offensichtlich ganz anders.

Kalte Luft schlägt uns entgegen, als wir uns der Eislaufbahn nähern. Die Oberfläche glitzert unter den hellen Lichtern. Hand in Hand staksen wir vorsichtig zur Eisbahn, setzen uns auf eine Bank und verknoten die Schnürsenkel unserer Schlittschuhe.

Die Menge saust in einer Richtung an uns vorbei; viele rudern mit den Armen und verlieren die Kontrolle über ihre Füße, aber mittendrin schweben einige elegant übers Eis und zeigen beim Fahren vorwärts und rückwärts ihre Fähigkeiten.

Wir stehen an der Bande und warten auf eine Lücke im Verkehr, die uns groß genug erscheint, um uns einzureihen, ohne sofort zu stürzen. Wir starten einige Versuche, weichen aber in letzter Sekunde immer wieder zurück, um unser Leben nicht zu riskieren.

Schließlich nehmen wir all unseren Mut zusammen und fahren los.

Ich umklammere Nicks Hand. Wir strecken beide unsere Arme in alle Richtungen aus, sind aber immer durch unsere fest miteinander verschlungenen zehn Finger verbunden.

*

Innerhalb von fünfzehn Minuten habe ich einen nassen Hosenboden und mir klappern die Zähne, aber wir lachen – so sehr, dass meine Rippen schmerzen und meine Wangen wehtun. Unser Lachen ist von der Art, die zwei Menschen in Sekundenschnelle zusammenbringt.

»Das hat mir gefehlt«, murmelt Nick, als wir uns am Rand der Eisfläche aneinander festhalten.

»Eislaufen?« Ich verziehe das Gesicht und überlege, ob ich ihn jemals mit Schlittschuhen gesehen habe, seit ich ihn kenne.

»Nein. *Wir.*« Sein Gesicht ist nur wenige Zentimeter von meinem entfernt. Er schaut mir in die Augen, sein Atem wärmt meine Wangen.

Mein Magen schlägt Purzelbäume. Es ist erstaunlich, dass dieser eine Mann von allen Männern auf der Welt die Fähigkeit besitzt, mit nur einem Wort, einem Satz oder einfach einem Blick diese Reaktion in mir hervorzurufen.

»Mir auch.« Ich senke den Kopf, um meine Verlegenheit zu verbergen. Nick beugt sich zu mir vor. Ich spüre seinen Atem noch stärker auf meiner Haut. Wenn ich jetzt so verharre, könnte ich diesen Moment ruinieren. Nimm den Kopf hoch. Schau ihn an.

Rasch hebe ich den Blick.

Nick küsst mich. Leidenschaftlich. Vorbei sind das höfliche Geplänkel und die vorsichtigen Berührungen. Stattdessen spüre ich die Tiefe der Gefühle, die Leidenschaft, den Grund dafür, warum dieser Mann – und nur dieser Mann – meinen Magen dazu bringt, Purzelbäume zu schlagen.

Er hebt die rechte Hand und lässt sie über meinen Hals und über mein Ohrläppchen bis zu meinem Haaransatz gleiten, bevor er mein Gesicht sanft zu sich heranzieht. Sein Kuss ist hungrig. Die unterschwellige Begierde zeigt mir, dass er mich braucht und will. Normalerweise verhält Nick sich eher sanft und zärtlich. Nullachtfünfzehn habe ich es in Gedanken oft genannt, aber das ... Meine Lippen reagieren auf seine. Er soll wissen, dass ich nicht bloß aus einer vorübergehenden Laune heraus versuche, das Feuer zwischen uns wieder zu entfachen; dass ich mich nicht mit ihm über eine Enttäuschung hinwegtrösten will. Ich möchte meine Ehe zurückhaben, nein, ich korrigiere mich, ich möchte mich und Nick wiederhaben. Den Nick Woodward und die Angie Howard von früher, vor der Hochzeit, vor dem Haus und dem Baby. Das ist es, was ich will.

Nicks Lippen lösen sich langsam von meinen; er beißt mich sanft in die Unterlippe, bevor er sich zurückzieht.

Ich lächle ihn an, als sein ganzes Gesicht wieder vor meinen Augen erscheint.

Er erwidert mein Lächeln und lässt den Blick über die Menge um uns herum gleiten – lauter lachende Gesichter jeglichen Alters.

»Es ist nicht schwer, glücklich zu sein, wenn man von so vielen fröhlichen Menschen umgeben ist, nicht wahr?«

Ich nicke.

»Ich war nicht mehr glücklich, seit ...«

Rasch lege ich ihm einen Finger auf die Lippen, als könnte ich seine Gefühle verändern, indem ich ihn zum Schweigen bringe. »Ich weiß. Es tut mir leid.«

Er nickt. »Vielleicht fühlst du dich besser, wenn ich dir sage, dass auch ich in den letzten Jahren nicht immer glücklich war«, erklärt er.

Das ist mir neu.

»Sehr oft sogar. Es gab Momente, in denen ich mich fragte, ob es das alles wert war. Doch ich wollte nie ohne dich leben, also blieb mir nur das Eingeständnis, dass wir nicht glücklich waren.«

Mir verschlägt es die Sprache. Ich starre ihn an; auf seinem Gesicht liegt ein Ausdruck von tiefer Traurigkeit, die ich zum ersten Mal bei ihm wahrnehme, und ich will diesen Moment nicht zerstören. Ich will es wissen – ich möchte erfahren, ob er mich versteht und die gleichen Zweifel hatte wie ich.

Er hält inne, lächelt schwach und atmet tief ein. Es fällt Nick nicht leicht, so offen zu sprechen. Normalerweise ist er verschlossen wie eine Auster.

»Das hast du mir nie gesagt«, flüstere ich und hoffe, dass er weiterspricht.

»Wäre das denn meine Aufgabe gewesen? Mich über mein Schicksal zu beklagen? Oder war es nicht besser, einfach mein gewohntes Leben weiterzuführen?«

»Du hättest es mir schon erzählen sollen.«

Nick senkt den Kopf, starrt auf einen seiner Schlittschuhe und stößt mit der Kante gegen die Holzbande.

»Nick.«

Er schaut mir wieder in die Augen. Das ist zwar nicht der beste Ort für ein vertrauliches Gespräch, aber da wir in letzter Zeit schon über so viel dünnes Eis geschlittert sind, fühlt es sich richtig an.

»Sag es mir. *Bitte*.«

NINA

Wir sitzen an einem Ecktisch im gut besuchten Pub The Rose, vor uns ein Glas Glühwein, ein Pils und einige geöffnete Päckchen mit Erdnüssen. Aus den Lautsprechern über unseren Köpfen schallt Weihnachtsmusik, ähnlich wie auf der Farm.

»War es so schlimm?«, fragt Zach nach einem Schluck Bier.

»Schlimmer. Mir fiel kein Gesprächsthema ein, ich hab zu wenig Interesse gezeigt, und dann hab ich auch noch meinen Rotwein auf dem weißen Tischtuch verschüttet.«

»Na super. Und Bram?«

»Willst du wirklich mit mir darüber reden?«

»Natürlich – erzähl mir alles einfach so, als wärst du mit einem anderen Mann ausgegangen.«

Ich atme tief durch.

»Wir haben gut gegessen, er hat mir von dem Angelausflug erzählt, den er für nächstes Frühjahr plant, und wir haben über lustige Ereignisse auf der Farm gelacht.«

»Aber?«

»Es hat sich einfach nicht richtig angefühlt. Und als wir dann durch die Stadt spazierten, sind wir einem Obdachlosen begegnet …«

»An den Bänken bei der Bibliothek?«

»Genau. Als wir uns ihm näherten, schaute er auf und murmelte etwas. Bram hat eine Handvoll Kleingeld aus seiner Hosentasche gekramt, dem Mann ein Zweipencestück zugeworfen und zu mir gesagt: ›Da fühlt man sich gleich wie ein König, oder?‹«

»Da fühlt man sich wie ein König?«, wiederholt Zach leise und verzieht angewidert das Gesicht. »Das hat Bram gesagt, während er einem Obdachlosen eine Münze gegeben hat?«

»Zuerst hab ich gedacht, das sei ein Scherz gewesen, aber er ist einfach weitergegangen.«

»Wie hat der Mann reagiert?«

»Das war das Schlimmste an der Sache. Er saß ganz allein im Dunkeln und hat sich tatsächlich dafür bedankt, dass ihm eine Zweipencemünze vor die Füße geworfen wurde. Noch nie im Leben war mir etwas so peinlich. Und das, nachdem Bram eine Menge Geld für unser Abendessen ausgegeben hatte.«

»Was hast du gemacht?«

»Ich konnte einfach nicht an ihm vorbeigehen. Also habe ich aus meiner Geldbörse einen Schein gezogen und habe ihn ihm gegeben. Und ich habe mich mehrmals bei ihm entschuldigt. Bram ist nicht stehen geblieben. Nachher meinte er, das sei dumm von mir gewesen, denn der Obdachlose würde sich davon sicher nichts zu essen, sondern wahrscheinlich Drogen kaufen.«

»Ich hätte das Gleiche getan wie du. Und der Obdachlose?«

»Er hat sich für meine Spende bedankt. Anschließend konnte ich nur noch an ihn denken. Er hatte kein Zuhause, keinen richtigen Schlafsack und keine warme Mahlzeit im Bauch. Weihnachten ist das Fest der Liebe, aber die meisten Menschen sind trotzdem alles andere als wohltätig. Diese Seite von Bram war mir bisher fremd. Ich weiß, dass seine Bemerkungen manchmal taktlos sind und dass er sich hin und wieder sogar egoistisch verhält, aber das war richtig gemein.«

»Das passt eigentlich nicht zu Bram. Möglicherweise wollte er dich nur mit einem Scherz beeindrucken und hat danebengegriffen.«

»Mit ein paar Pfund hätte er mich tatsächlich beeindrucken können, doch so hat er mir den ganzen Abend verdorben, Zach.«

»Hat er dich dann nach Hause begleitet …?«

»Hi, Zach, wo ist Bram heute Abend?«, unterbricht uns eine Stimme an unserem Tisch.

Vor uns steht Selena Hall, schürzt ihre rot geschminkten Lippen zu einem Schmollmund und klimpert aufreizend mit ihren falschen Wimpern.

»Zu Hause, nehme ich an«, erwidert Zach, während ich ihr höfliches Lächeln erwidere und sie ebenso gründlich von Kopf bis Fuß mustere wie sie mich. Jedes ihrer Kleidungsstücke von der knappen Lederjacke bis zu dem eng anliegenden, mit Glitzersteinchen verzierten Top und den High Heels sieht, im Gegensatz zu meinen Klamotten, sehr teuer aus.

Als ich mich im Gastraum umschaue, entdecke ich an einem Tisch neben der Kaminecke eine Gruppe Frauen, die neugierig zu uns herüberschaut. Sie scheinen alle in festlicher Stimmung zu sein, passend zu den Girlanden, die an jedem der alten Holzbalken hängen.

»Erwartet ihr ihn noch?«, säuselt sie und fährt mit den Fingern über die Rückenlehne des freien Stuhls.

»Nein. Er hatte gestern ein Date, also bezweifle ich …«

»Ein Date?« Sie schnappt nach Luft. Ich wünsche mir ein Loch im Boden, in das ich versinken könnte. »Echt jetzt?«

Zach schüttelt den Kopf und nippt an seinem Bier.

Selena starrt uns an, wirft dann einen Blick auf den Tisch mit ihren Freundinnen und wendet sich wieder uns zu.

»Kaum zu glauben. Weißt du, mit wem?«, fragt sie betont gleichgültig.

Zach stellt sein Glas auf den Tisch zurück und zuckt mit den Schultern.

»Ich bin nicht der Babysitter meines Bruders, Selena.«

»Weißt du es?« Sie erwischt mich unvorbereitet. Selena Hall hat bisher noch nie mit mir gesprochen. Noch nie.

»Ich?«

Sie winkt herablassend ab. »Schon gut. Ich treffe ihn sicher später noch.«

Ich nicke wortlos.

»Sagt ihm auf jeden Fall einen schönen Gruß von mir«, fügt sie hinzu, bevor sie zu ihren Freundinnen zurückkehrt.

Ich werfe Zach einen Blick zu.

»Was? Sie hat sich am letzten Samstagabend praktisch auf ihn gestürzt. Falls er an ihr interessiert sein sollte, wird er schon wissen, was er tut, oder?«

»Trotzdem ...«

»Ach was! Im Moment hat Bram ohnehin nur Augen für dich. Allerdings stellt sich jetzt die Frage, ob er uns ein wahrscheinlich sehr schönes Weihnachtsfest verdorben hat.«

»Ich feiere Weihnachten nicht. Wie oft muss ich das noch sagen?«

»Nicht mal du kannst Weihnachten einfach absagen, Nina.«

»Doch, das kann ich, und ich werde es auch tun.«

»Hättest du nicht Lust, dich in diesem Jahr an Weihnachten wieder mit deiner Mum in Verbindung zu setzen?«, fragt Zach.

»Warum?«

»Weil ...«

»Weil sie abgehauen ist, sobald sie festgestellt hat, dass sie mit MS nicht umgehen kann?«, erwidere ich und nehme mir eine Handvoll Erdnüsse.

»Weil sie deine Mutter ist.«

»Pah! Das ist sie nicht. Wie sollten wir zu zweit mit dieser Krankheit fertigwerden, wenn sie es sich nicht mal zu dritt vorstellen konnte?«

»*Nina.*«

»Hör auf damit! Mein Dad und ich haben gemeinsam siebzehn Jahre lang mit MS gelebt. Jilly hat sich vor langer Zeit entschieden. Sie hat sich ein neues Leben aufgebaut – dabei kann sie auch bleiben.«

»Aber ...«

»Kein Aber. Schluss damit.«

Schweigend nippen wir an unseren Getränken und kauen Erdnüsse.

»Ist das jetzt besser als dein Date gestern Abend?«, fragt Zach schließlich nach zehn Minuten.

Ich schaue ihn unter meinem Stirnpony hindurch an. »Nein, aber zumindest kann ich in deiner Gegenwart ich selbst sein. Gestern Abend habe ich mich nicht wohlgefühlt, und deshalb möchte ich das nicht wiederholen.« Ich werfe einen Blick zu Selena hinüber, die neben dem Kaminfeuer mit ihren Freundinnen lacht. »Wahrscheinlich passt er besser zu solchen Mädchen als zu mir.«

»Vielleicht, aber er sieht das anders.«

»Und du?«

Zach schüttelt den Kopf.

»Siehst du, du antwortest nie auf direkte Fragen.«

Er seufzt tief. »Nina, ich glaube nicht, dass es darum geht, oder?«

Zehn

NINA

Montag, 17. Dezember

Alle im Dorf wussten, dass Dad krank war. Sie wussten nur nicht, woran er litt, sosehr sie sich auch bemühten, es herauszufinden. Jahrelang hatte er sich geweigert, sich mit ihnen darüber zu unterhalten. Typisch für einen Sturkopf wie ihn. Er glaubte, dass sie sich nicht weiter darum kümmern würden, wenn er sie im Unklaren ließ, doch da täuschte er sich. Die Leute haben schließlich Augen im Kopf. Die meisten Dorfbewohner ergingen sich in wilden Spekulationen und mischten sich so letztlich mehr ein, als ihm lieb war.

Nach der Reinigungsaktion in meinem Häuschen ging es mir ein paar Tage besser, also darf ich jetzt keinen Rückschritt machen. Man erwartet von mir, dass ich fröhlicher bin.

Es ist drei Uhr morgens; im Haus ist es ganz still – das ist die schlechteste Zeit der Nacht, um an die Vergangenheit zu denken.

»Ist es das Wort, das mit ›K‹ anfängt?«, hat mich ein Mitschüler einmal in der Pause gefragt. »Meine Mum glaubt das nämlich.«

Da ich darauf nicht antwortete, starrten mich die Leute im Dorf noch mehr an, nickten sich zu und flüsterten hinter meinem Rücken. In den Phasen, in denen es ihm scheinbar besser ging, wurde das Gerede noch schlimmer.

Es ist kaum überraschend, dass ich mich in den letzten zwölf Monaten wie eine verpuppte Larve vor der Welt versteckt habe, während sich in meinem Inneren einiges veränderte.

Am siebzehnten Dezember vor einem Jahr blieben uns nur noch acht Tage bis zu seinem Tod. Ich hatte eine arbeitsreiche Schicht auf der Farm hinter mich gebracht, ging nach Hause, um mich umzuziehen, und machte mich dann auf den Weg ins Hospiz. Haben wir ferngesehen? Geredet? Oder uns gestritten? Wir gerieten uns oft in die Haare, wenn wir uns auf die Nerven gingen. Ich kann mich nicht mehr daran erinnern. Ich bin keine Psychologin, aber ich glaube, das ist ein Bewältigungsmechanismus, der dazu dient, den Schmerz zu betäuben.

Bin ich nach einem Jahr wieder aufgetaucht?

Der dichte Nebel der Trauer hat sich noch nicht verzogen, also wahrscheinlich nicht.

Da ich ohnehin nicht mehr schlafen kann, stehe ich auf, koche Tee und suche nach der Keksdose, die jetzt wieder an ihrem angestammten Platz im oberen Regal steht.

*

Als ich um halb acht den Hof betrete, schallt »Last Christmas« aus den Lautsprechern. Gerade mich sollte man nicht dazu auffordern, in Erinnerungen an das letzte Weihnachtsfest zu schwelgen.

»Nina!«, ruft Zach vor der Hütte des Personals. »Schnell!«

»Der Boss hat eine Mitarbeiterversammlung einberufen«, fügt Kitty hinzu. Sie steht neben ihm und winkt mich heran. Ich sehe, dass einige der anderen sich schon auf den Weg gemacht haben, also haste ich rasch über den Schnee und folge ihnen. Allerdings bin ich nicht zu spät dran, also verstehe ich die Hektik nicht.

Wir zwängen uns in die Hütte und müssen alle mit einem Stehplatz vorliebnehmen. Ich lasse den Blick über die Gesichter schweifen – viele der Saisonarbeiter kenne ich nicht, beziehungsweise ich weiß nicht, wie sie heißen. Wo werden sie wohl alle nach dem Dezember hingehen?

»Wo ist Shazza?«, frage ich Kitty.

»Bram hat gesagt, sie hat sich krankgemeldet«, erwidert sie.

Wir tauschen alle fragende Blicke; bei uns finden sonst nie Mitarbeiterversammlungen statt. Boss Fielding steht neben Jackie am anderen Ende der Hütte und bittet um unsere Aufmerksamkeit. Für die beiden ist das ebenfalls ungewöhnlich, denn sie wenden sich sonst nie an die versammelte Belegschaft.

»Tut mir leid, dass wir euch so unerwartet zusammentrommeln mussten, aber ich möchte euch über die aktuelle Situation informieren ...«

Wir verlieren unseren Job. Wir werden alle gefeuert. Weihnachten ist gestrichen! Juchhu! Alle möglichen merkwürdigen Gedanken schießen mir durch den Kopf.

»Wie ihr alle wisst, dringen abends einige Jugendliche aus der Gegend in unser Gelände ein, und das macht uns Sorgen. Gestern Abend haben sie schon wieder den Zaun aufgeschnitten, und wir haben auf der Lichtung im Süden eine Ansammlung von Ciderdosen und Reste von Feuerwerkskörpern gefunden. Wir möchten, dass ihr alle die Ohren offen haltet, um die Namen der Übeltäter herauszufinden. Das muss aufhören. Irgendwann wird jemand verletzt, und dann müssen wir beweisen, dass die Schuld nicht bei uns liegt. Später werden wir uns mit einem Sicherheitsteam treffen und die Möglichkeiten besprechen, wie wir das Gelände abends und nachts bestmöglich überwachen können. Wenn ihr also von den Leuten im Ort irgendwas hört, dann gebt uns bitte Bescheid. Wenn wir der Polizei Namen nennen können, werden, so ist es vereinbart, Beamte mit diesen Teenagern sprechen und sie vor den Gefahren warnen.«

Alle nicken, bevor wir entlassen werden, um uns auf den Tag vorzubereiten.

»Das klingt ziemlich ernst«, flüstere ich Kitty leise zu, während der Boss an den Versammelten vorbeigeht und die Hütte verlässt.

»In der heutigen Klagekultur wird er sofort in die Schusslinie geraten, wenn jemand ernsthaft verletzt wird.«

»Ich frage mich, warum Shazza heute fehlt«, sage ich. »Ich möchte nicht hinter ihrem Rücken über sie reden, aber die Zwillinge sind davon überzeugt, dass sie mehr über die Sache weiß.«

Kitty verzieht ungläubig das Gesicht.

»Wir sollten einfach Augen und Ohren offen halten«, erwidert sie und macht sich auf den Weg zum Kassenhäuschen.

»Nina!«, ruft Boss Fielding an der Tür unserer Hütte. »Kann ich dich bitte einen Moment sprechen?«

*

»Guten Morgen«, sage ich so fröhlich wie möglich, um mir meine Niedergeschlagenheit nicht anmerken zu lassen. Boss Fielding fegt gerade den frisch gefallenen Schnee von den Stufen vor seinem Büro weg.

»Es gibt eine Änderung bei den an der schwarzen Tafel angeschlagenen Aufgaben. Wie du weißt, hat Shazza sich krankgemeldet, also …« Er geht in sein Büro, kommt mit einer Plastikbox wieder heraus und reicht sie mir. In dem Behälter befindet sich ein Haufen grüner Synthetikstoff. Ich schaue von dem Stoff zu Boss Fielding und wieder zurück, bis er weiterspricht. »Könntest du ein paar Stunden in der Weihnachtswerkstatt einen Elf spielen? Viel wird nicht los sein, da die Schulferien noch nicht angefangen haben, aber es kommen zwei Kleinbusse vom örtlichen Kindergarten; sie machen einen Weihnachtsausflug.«

Ich starre meinen Boss entgeistert an. »Ich soll einen Elf spielen?« Dann dämmert es mir. »Einen Elf!«

Der Boss dreht sich um und will in sein Büro zurückkehren.

Mit einem Mal überfällt mich Panik. »O nein, nein, das kann ich nicht. Ehrlich, Boss ... bitte nicht. Nicht heute«, protestiere ich und strecke ihm die Plastikbox entgegen.

Er wendet sich mir rasch wieder zu und runzelt die Stirn.

»Nina, du hast erst gestern gesagt, es wäre dir lieber, wenn ...«

Ich weiß, was ich gesagt habe, daran muss er mich nicht erinnern.

Ich schaue betrübt zu ihm auf.

»Du wechselst bitte zwischen den beiden Weihnachtswerkstätten und sorgst dafür, dass die Kinder einen schönen Tag haben. Und jetzt beeil dich, zack, zack.« Sanft schiebt er mir die Box wieder in die Hände.

Wie soll ich die Kraft aufbringen, kleine Kinder zu bespaßen, wenn es für mich schon sehr schwer ist, jeden Morgen aus dem Bett zu kriechen, mich anzuziehen und zur Arbeit zu gehen?

HOLLY

»Mir gefällt das gar nicht, Holly«, erklärt Mum beim Frühstück. »Ein schulfreier Tag wird deinen Noten nicht schaden, und diese Mädchen werden ihre gerechte Strafe bekommen.«

Mir fällt die Kinnlade runter. Sie erlaubt uns nie, zu Hause zu bleiben. Selbst wenn wir Schneefrei bekommen, findet sie es falsch.

»Auf keinen Fall. Wenn ich heute nicht zur Schule gehe, werden alle in meiner Jahrgangsstufe denken, dass ich an der Sache beteiligt war. Wenn ich dort bin, kann ich zumindest falsche Behauptungen richtigstellen. Andernfalls werden sie sich das Maul über mich zerreißen und mir meinen Ruf ruinieren. Nein, Mum, ich gehe zur Schule«, erkläre ich über die Cornflakes hinweg.

»Pah, als ob du heute von dem Klatsch irgendwas mitbekommen würdest ... Sie werden ihre spitzen Bemerkungen hinter deinem Rücken machen und auf dem Klo miteinander tratschen«, meint Hannah und grinst wissend.

Hannah hat nicht ganz unrecht. Die Sache wird sich nicht einfach in Wohlgefallen auflösen. Trotzdem muss ich das Gesicht wahren, meinen Anklägern entgegentreten und zur Schule gehen.

*

Demis Miene zeigt mir, dass ich sie nicht auf den neuesten Stand bringen muss.

»Es heißt, die haben dich dabei erwischt, wie du mit Paris und ihren Freundinnen gemeinsame Sache gemacht hast …«

»Und seit wann glauben wir, was die Leute sagen?«, frage ich gereizt.

Demi zuckt mit den Schultern. »Hast du Hausarrest?«

»So ähnlich. Meine Mum glaubt, Alfie hätte was damit zu tun. Ich habe ihr x-mal gesagt, dass es nicht stimmt, aber hey, du kennst ja meine Mum.«

»Deine Mum weiß immer alles«, murmelt Demi und kickt beim Gehen den Schnee in die Luft.

»Das glaubt sie zumindest!«

Wir müssen beide lachen. Demi weiß, was ich meine.

ANGIE

»›Sag es mir bitte‹ – das hast du von ihm gefordert? Das hättest du nicht tun sollen, Angie. Damit kommen nur weitere Probleme ans Tageslicht, mit denen du nichts zu tun haben willst«, murmelt Jilly, als ich ihr von unserem Treffen im Eislaufstadion berichte. Sofort bereue ich, dass ich ihr das erzählt habe.

Wann werde ich endlich schlauer? Warum kann ich nicht der starke, verschwiegene, unabhängige Typ Frau sein, bei dem die innere Göttin alle kostbaren Geheimnisse bewacht? Aber nein, ich muss immer alles ausposaunen, und wenn ich dann kritisiert werde, bin ich verletzt. Und fühle mich dumm, weil ich mich jemandem anvertraut habe.

»Und?«, hakt Jilly nach, neugierig auf die Einzelheiten.

Ich zögere. Kann ich meiner inneren Göttin noch die Verantwortung übergeben, oder ist der Zug längst abgefahren?

»Angie?«

»Jilly, vielleicht sollte ich lieber nicht ... Du weißt schon, manche Dinge sind privat. Ich hätte dir das nicht erzählen sollen.«

Jilly wirft mir einen Blick zu und kichert. »Das sagt die Frau, die mir vor einiger Ewigkeit mal alles über Nicks unersättliches Verlangen nach ...«

Die Bürotür fliegt auf und Troy, unser neuer Praktikant, kommt herein. Sein sorgfältig gestutzter Bart verbirgt, dass er noch das Gesicht eines Teenagers hat.

Ich atme erleichtert auf. Was zum Teufel hat Jilly sagen wollen? Seide? Massagen? Eiswürfel? Oder ... Ich schlucke heftig und erröte. Ja, jetzt erinnere ich mich daran, dass ich bei einer Dessous-Party im Haus von irgendjemandem nach ein paar Gläsern Wein zu viel einige ziemlich intime Details ausgeplaudert habe. Aber was soll's – vor langer Zeit standen wir mal auf Handschellen und Schokoladensoße, aber das tut doch sicher jeder irgendwann mal, oder?

Ich werfe einen Blick zu Jilly hinüber, die sich von Troy einige Unterlagen geben lässt. Sie muss ein Gedächtnis wie ein Elefant haben, wenn sie sich nach so langer Zeit noch an diese Kleinigkeit erinnern kann.

Sogar ich hatte dieses kleine Detail vergessen.

Jilly flirtet mit dem Jungen, bevor er aus dem Büro flüchtet, um ihr zu entkommen.

»Was?«, fragt sie ein wenig verlegen.

»Suchst du einen Toy Boy?«

Jilly runzelt die Stirn. »Ich bin alt genug, um seine Mutter zu sein. Mindestens.« Sie zwinkert mir keck zu, bevor sie fortfährt. »Ach ja, wo waren wir stehen geblieben? Ah, richtig – bei deinem Nick.«

»Schluss damit, die Arbeit wartet.« Während ich mich beschäftige, lasse ich in Gedanken die Geschehnisse von gestern Abend noch einmal Revue passieren. Das hält mich hoffentlich davon ab, Jilly quer durch das Büro mit Einzelheiten zu versorgen.

Tatsächlich muss ich erst mal begreifen, was gestern Abend geschehen ist. Ich habe Jilly nicht die ganze Geschichte erzählt. Nick hat mich wirklich überrascht.

»Erinnerst du dich an die Zeit, als Alfie etwa sechs Jahre alt war und wir eine schwere Phase durchmachten, weil unsere ganzen eingefahrenen Gewohnheiten über den Haufen geworfen wurden? Wir haben uns jedes Wochenende gezofft.«

Ich nickte. Wie könnte ich das vergessen? Damals war ich die neue stressgeplagte Mum am Schultor; die Haare zu einem schlampigen Pferdeschwanz zusammengebunden und ohne Make-up, trug ich jeden Morgen zur Erheiterung der anderen bei.

»In dieser Zeit habe ich über eine Trennung nachgedacht.« Seine Stimme klang traurig und zögernd, aber trotzdem liebevoll.

Ich nickte wieder und versuchte, diese Offenbarung zu verarbeiten.

»Du hast damals geglaubt, es gehe nur um dich, aber in Wahrheit ...« Er atmete tief ein. »Ich hatte jemanden in der Arbeit kennengelernt ...«

Habe ich gerade richtig gehört?

»Sie hat im Erdgeschoss im Entwurfsbüro angefangen, und wir kamen ins Gespräch. Und schon bald haben wir uns nicht mehr nur einen guten Morgen gewünscht, sondern in jeder Kaffeepause miteinander geplaudert. Und bevor ich mich's versah, war ich dabei, mich in sie zu verlieben.« Er schaute mir in die Augen. »Hast du mich verstanden?«

Sprachlos nickte ich. Meine Gedanken kehrten in diese schreckliche Zeit zurück. Ich hatte ein kleines, umtriebiges Kind, von dem ich überzeugt war, dass es an einer Form von Hyperaktivität litt. Außerdem schlief es kaum, war geradezu todessüchtig und hegte eine Vorliebe für die Notaufnahme im Krankenhaus. Alles außer Alfies Tagesablauf wurde unwichtig für mich – ich kümmerte mich nicht mehr um meine Gesundheit, mein gesellschaftliches Leben oder meinen Mann. Ich kapselte mich ab, war nur noch für Alfie da und für alle anderen unzugänglich.

»Es ist nichts passiert, das möchte ich klarstellen, aber es hätte sehr leicht etwas geschehen können. Ich habe mich damals ...«

Wage es nicht, das zu sagen, dachte ich mir.

»Ich habe mich sehr einsam und unverstanden gefühlt.«

Verdammt, nun hat er es doch gesagt! Ich kochte innerlich vor Zorn. Wie unverstanden konnte sich denn ein Mann fühlen, der jeden Morgen um acht Uhr das Haus verließ und um sechs Uhr wieder zurückkam, heim zu frisch gewaschenen Hemden, einer warmen Mahlzeit und einem eben erst gesaugten Wohnzimmer? Wenn jemand zu dieser Zeit wirklich unverstanden und einsam war, dann war ich das. Den ganzen Tag ans Haus gefesselt, wartete ich darauf, dass mein Kind heimkam, damit ich es trotz meiner Erschöpfung beschäftigen, erziehen und fördern konnte. Oft vergingen Monate, in denen ich das Haus nur verließ, um Alfie zur Schule zu bringen oder Lebensmittel einzukaufen.

»Wie auch immer. Ich habe irgendwann vorgeschlagen, dass wir uns nicht mehr in den Kaffeepausen treffen, bevor wir andere verletzen. Kurz darauf hat sie die Firma verlassen.«

Benimm dich erwachsen, sprich mit ihm darüber, lass jetzt nicht los, nicht, wenn er auf diese Stufe des Spiels gelangt ist. Hör ihm zu. Antworte ruhig.

»Und du hast sie seitdem nie wiedergesehen?«

»Nein. Nie mehr.«

»Und an sie gedacht?«

»Manchmal, aber niemals auf eine Weise, wie du vielleicht jetzt denkst.«

Verdammt, wie ehrlich ist er? Ich hätte nicht mal die Hälfte davon zugeben können, und ich habe einiges getan, was viel schlimmer war. Liegt es an mir, oder kocht das Blut in meinen Adern heute Morgen noch stärker als gestern Abend, wenn ich an Nicks Geständnis denke?

»Angie, willst du eine Tasse Kaffee oder nicht?« Jilly winkt mir über die Schreibtische hinweg zu.

»O ja, bitte.« Ich schaue Jilly nach, als sie unsere Abteilung verlässt, und nehme mir fest vor, am Arbeitsplatz nie wieder mein Privatleben auszubreiten. Es ist ohnehin schon schwer genug, mit den Enthüllungen fertigzuwerden.

NINA

Ich stecke von Kopf bis Fuß in grünem Lycra und trage einen spitzen Hut mit Elfenohren. Und ich friere mir in Gesellschaft von vierundzwanzig Kindern im Alter von vier Jahren und darunter den Hintern ab. Ich möchte sterben. Das Schreien, Kreischen und Heulen hat in etwa die sanfte Lautstärke eines Presslufthammers. Sechs Kindergärtnerinnen stehen beieinander und plaudern, unbeirrt von dem Tohuwabohu, das sich um ihre Knie herum abspielt. Mir hingegen dringt jede einzelne Stimme ins Ohr. Und mir ist bewusst, dass sich meine Unterwäsche unter dem gedehnten Synthetikstoff abzeichnet und bei jeder Bewegung sichtbar wird. Obwohl das Team in der Weihnachtswerkstatt – alles schlanke Schönheiten, die bereits seit Samstag als Elfen arbeiten und daher die richtige Unterwäsche tragen – den Blick höflich abwendet, ist mir klar, dass meine spitzenbesetzte rote Unterwäsche von Marks & Spencer *das* Gesprächsthema ist. Wer hätte geahnt, dass sogar kleine Kinder begreifen, dass man »die Unterwäsche der Frau« eigentlich nicht sehen dürfte? Trotzdem deuten sie mit dem Finger darauf und flüstern miteinander. Ich habe mein Bestes gegeben, gute Laune zu verbreiten, und pausenlos gelächelt, aber viel länger halte ich das nicht mehr durch.

Die erste Gruppe habe ich zur Freude von Boss Fielding durch die Weihnachtswerkstatt geführt und mich bemüht, ihnen schöne bleibende Erinnerungen zu bescheren.

Die zweite Gruppe scheint jedoch noch lauter und aufgeregter zu sein, falls das überhaupt möglich ist.

»Hallo und willkommen zur Weihnachtswerkstatt!«, rufe ich und zeige so viel Begeisterung, wie ich aufbringen kann. »Wer möchte den Weihnachtsmann treffen?«

Ohrenbetäubendes Geschrei hallt über den Verkaufshof. Wie können so kleine Körper einen solchen Lärm veranstalten?

Im Gänsemarsch führe ich die Kinder auf dem Pfad zur Weihnachtswerkstatt; mit großen Augen und ein wenig eingeschüchtert bestaunen sie die hoch aufragenden Bäume, das dämmrige Licht und die von uns aufgescheuchten Vögel, die unerwartet emporflattern. Alle erschrecken beinahe zu Tode, als das Holzfällerteam in der Ferne plötzlich die Kreissägen anwirft.

Als wir uns der schneebedeckten Hütte nähern, verlangsame ich das Tempo.

»Hört zu, Jungs und Mädchen, wenn wir jetzt zur Weihnachtswerkstatt gehen, müsst ihr so still sein wie Elfen«, flüstere ich effektvoll. »Der Weihnachtsmann freut sich, wenn er leise Schritte im Schnee hört.« Die Kinder kichern und lächeln, begierig, dem Elf mit der roten Unterhose zu gefallen. Ich gebe mir Mühe, denn ich weiß, dass die Vorfreude auf ein Ereignis manchmal den größten und bedeutendsten Teil einer Kindheitserinnerung einnimmt.

Die Kinder reißen ihre kleinen Augen weit auf, als sie die glitzernden Lichterketten und die bunt verpackten, neben dem Eingang gestapelten, allerdings leeren Pakete sehen. Old Bill und ich haben eine jedem Weihnachtsmann angemessene Winterkulisse geschaffen, und Mutter Natur war so freundlich, jede Nacht ausreichend frischen Schnee auf das Häuschen fallen zu lassen und es mit einem Zuckerguss zu verzieren.

Alles scheint perfekt zu laufen.

Ich stelle mich an den Eingang und schleuse, wie geplant, jeweils zwei Kinder in die Hütte, wo ein Team von weiteren Elfen die Kinder nach ihren Vornamen fragt. Sie geben die Informationen heimlich an den Weihnachtsmann weiter, der dann bei dem Treffen auf magische Weise die Namen der Kinder kennt, ohne sie danach fragen zu müssen. Freudenschreie werden laut, als zwei der Kinder von ihren Betreuerinnen um die Ecke zu dem großen Thron des Weihnachtsmanns geführt werden. Die anderen Elfen lösen sich dabei ab, Fotos mit Digitalkameras zu schießen, um den Moment festzuhalten und die Aufnahmen später per Mail an den Kindergarten zu schicken.

Ich wünsche mir jedoch, irgendwo anders zu sein, nur nicht hier.

Denn plötzlich kommt ein Mann auf mich zu. Seine dichten braunen Locken wippen, sein offener Wintermantel weht im Wind. Es ist Luca, der Typ mit dem Range Rover. Schlimmer noch: An jeder Hand hält er einen Jungen – es sind die beiden, die beim letzten Mal miteinander gerauft haben.

Ich bete nur selten, aber jetzt scheint mir die richtige Gelegenheit dafür gekommen zu sein.

Bitte, lieber Gott, mach, dass sich die Erde auftut und mich verschluckt. Jetzt. Jetzt, bitte! Sofort!

Nichts passiert.

Meine Wangen brennen, als er näher kommt. Er lächelt mich automatisch an, bevor er stutzt und sich mir noch einmal zuwendet. Er mustert mich von oben bis unten, schaut auf meine an den Zehen nach oben gebogenen Elfenschuhe und lässt den Blick langsam wieder nach oben gleiten. Entsetzt beobachte ich, wie seine Mundwinkel unkontrollierbar zittern und er sich große Mühe gibt, dagegen anzukämpfen.

Kann mich nicht jemand erschießen, bitte!

»Hi und willkommen in der Weihnachtswerkstatt«, sage ich mit meiner fröhlichsten Elfenstimme. »Bitte kommt herein. Meine Elfenfreunde werden euch dann zum Weihnachtsmann bringen.« Ich spreche direkt an seinem linken Ohr vorbei. Irgendwo rechts neben mir befinden sich seine dunklen Augen, aus denen er mich unverwandt ansieht. Rasch richte ich meine Aufmerksamkeit auf die beiden Jungen, die etwa fünf und sieben Jahre alt sind, und lächle sie freundlich an. Der ältere streckt mir die Zunge raus, aber sein Vater sieht es nicht oder weist ihn zumindest nicht zurecht; er starrt mich – und wahrscheinlich meine rote Unterwäsche – immer noch an.

Jetzt käme mir eine lange Besucherschlange gelegen. Dann könnte ich zur nächsten Familie eilen und ihr meinen eingeübten Spruch vortragen. Aber heute, an einem Schultag um fünf nach drei, ist sonst niemand hier.

Ich bleibe stehen und schaue an den dreien vorbei, die eigentlich meinen Anweisungen folgen und in den Vorraum der Hütte gehen sollten. Hinter dem Trio ist immer noch niemand zu sehen, den ich begrüßen könnte. Schade.

»Wie ich sehe, sind Sie ein Multitalent«, bemerkt er, den Blick immer noch auf mich gerichtet.

»Ich helfe, wo ich kann«, erwidere ich und vermeide es, ihm in die Augen zu schauen. Schon wieder.

»Der Weihnachtsmann ist Ihnen sicher sehr dankbar.« Er neigt den Kopf, um sich in meine Blickrichtung zu begeben.

»Mhm.« Ich spüre, wie meine Wangen immer heißer werden. Warum kann ich nicht so cool sein wie die schlanken Schönheiten in der Weihnachtswerkstatt? Ich wette, sie werden nie nervös, wenn sie mit einem attraktiven Mann sprechen. Ich hingegen bin dann total verlegen und völlig neben der Spur.

Noch einmal deute ich mit einer Bewegung der rechten Hand an, dass sie jetzt die Hütte betreten können. Luca ignoriert die Geste, und die beiden Jungen zerren an seinen Händen, sodass er hin und her schwankt.

»An einem Tag Eselflüsterin, am nächsten Tag Weihnachtsbaumexpertin und nun das hier ... Wow, was werde ich wohl vorfinden, wenn ich morgen herkomme?« Ich weiß, er versucht nur, nette Konversation zu machen. Doch obwohl mir das bewusst ist, scheint dieser Mann aus mir unbekannten Gründen der Auslöser für unerwartete Reaktionen in meinem Inneren zu sein; ich fühle mich einfach überfordert. Er ist absolut tabu für mich, vergeben an die hübsche Blondine. Warum also fühle ich mich so stark zu ihm hingezogen, und das, obwohl ich gar nichts von ihm weiß?

»Hoffentlich werde ich einen Tag in London genießen können, weit weg von der Weihnachtswerkstatt«, erwidere ich, doch sobald ich das ausgesprochen habe, ist es mir peinlich, denn es hat sich ein wenig patzig angehört.

»Dann viel Spaß an Ihrem freien Tag, Elf Nina – das haben Sie ganz sicher verdient. Kommt, Jungs, wir gehen jetzt rein.« Er schenkt mir ein warmes Lächeln, bevor er die beiden Jungen an der Hand in die richtige Richtung führt.

Ich seufze erleichtert auf, als er an mir vorbeigeht. Der Zitrusduft seines Rasierwassers steigt mir in die Nase, und mir läuft ein Schauer über den Rücken. *Davidoff's Cool Water*, wenn ich mich nicht täusche.

Ist das nicht lächerlich? Ein absolut Fremder, und mir zittern die Knie wie einem Teenager beim Anblick der neuesten Boyband. Noch schlimmer ist, dass er das offensichtlich zu spüren scheint und sich Mühe gibt, mit mir ins Gespräch zu kommen. Vielleicht sind das seine letzten Tricks vor dem großen Tag? Seine letzte

Chance, um noch einmal seine Wirkung auf Frauen zu sehen, bevor er ein verheirateter Mann ist?

Ich will weg von hier.

Ein Blick auf meine Armbanduhr sagt mir, dass es erst Viertel nach drei ist.

Ich spähe am Eingang in die Weihnachtswerkstatt hinein. Luca verschwindet soeben durch die silbrig schimmernden Bänder an der Tür in den Raum, in dem ihn der Weihnachtsmann freundlich begrüßen wird. Rasch lenke ich die Aufmerksamkeit der hübschen Elfe, die gemeinsam mit zwei Futter kauenden Rentieren den Vorraum ziert, auf mich.

»Ich bin mal kurz auf dem Klo«, forme ich lautlos mit den Lippen.

Sie nickt. Und hat keine Ahnung, dass ich nicht vorhabe zurückzukommen.

Ich fliehe von meinem Posten vor der Hütte und laufe so schnell ich kann über den Schnee und auf dem nördlichen Pfad Richtung Verkaufshof. Hastig öffne ich das Tor und knalle es von der anderen Seite zu, bevor ich den Riegel vorschiebe.

»Oh, Nina! Deine Unterwäsche gefällt mir!«, ruft Bram, unterbricht seine Arbeit an der Netzmaschine und stupst seinen Kollegen an. »Ganz bezaubernd.«

Bei seiner Bemerkung verziehe ich das Gesicht. Bram bestätigt nur das Offensichtliche: Heute haben alle meine Unterwäsche gesehen. Das bedeutet eine unfassbare Menge von achtundvierzig Kindergartenkindern, sechs Kindergärtnerinnen, fünf anmutigen Elfen, zwei Weihnachtsmännern, zwei kleinen Jungen, einem ganzen Hof voller Kolleginnen und Kollegen ... oh, und Luca. *Einfach großartig!*

Ich renne zur Personalhütte, stapfe die Stufen hinauf und stürme in den Raum, den Kitty und Zach gerade mit Lametta und Girlanden aus Stechpalmenzweigen schmücken.

»Hi, Nina. Wir versuchen, unsere Hütte ein wenig aufzumöbeln ... W-weißt du, dass man da durchsehen kann und deine ...«, stottert Kitty und ist offensichtlich peinlich berührt.

»Ach, wirklich? Das ist mir noch gar nicht aufgefallen. Gut, dass du es mir gesagt hast«, erwidere ich und mache mich auf den Weg zu den Personaltoiletten.

»Verdammt, Nina, das ist wirklich nicht zu übersehen.« Zach lacht und schüttelt den Kopf, als es ihm misslingt, mit einer Hand eines der schweren Sofas beiseitezuschieben.

Ich schlage die Klotür hinter mir zu, schiebe den Riegel vor und lehne mich gegen die Tür. Das ist also aus meinem Leben geworden. Ein täglicher Kampf, mich anzuziehen und weiterhin ein- und auszuatmen, während ich die Massen bespaße und meinen Kummer verberge?

Ich schaue mich in der Kabine um. Die Seitenwand neben der weißen Porzellanschüssel ist mit unzähligen Graffiti verschmiert; es ist trostlos hier drin, aber trotzdem kann ich zum ersten Mal an diesem Tag durchatmen.

Bumm! Bumm!

»Nina! Können wir uns über neulich Abend unterhalten?«, ruft Bram.

HOLLY

»Holly!«, brüllt mein Vater kurz nach fünf die Treppe hinauf.

»Ja!«

»Telefon!«

Ich laufe die Treppe hinunter, nehme dabei zwei Stufen auf einmal. Wer ruft mich auf dem Festnetz und nicht auf meinem Handy an?

»Hallo?«

»Hallo, Holly. Hier ist Mr Fairbright von der Drogerie ...«

Nach dem Gespräch von zehn Sekunden, bei dem ich nur ein paarmal »Ja« sage, legt er auf.

Ich gehe in die Küche, wo wie immer Chaos herrscht.

»Alles in Ordnung, Holly?«, fragt Dad und schaut von dem Tisch auf, den Mum gerade fürs Abendbrot deckt.

Ich lasse mich auf einen Stuhl fallen, bevor ich antworte.

»Ich bin gerade gefeuert worden.«

»Was?«

»Das soll wohl ein Scherz sein«, wirft Mum ein, während sie Karotten durch ein Sieb in einen Topf streicht.

»Nein, das war Mr Fairbright. Er sagte, sie hätten noch einmal gründlich über den Vorfall am Wochenende nachgedacht und sähen keine andere Möglichkeit, als sich von mir zu trennen.« Ich wiederhole seine Worte so genau wie möglich.

»Oh, Schätzchen«, sagt Mum mitfühlend, stellt den Topf auf den

Herd zurück und streicht mir übers Haar. »Es tut mir leid – offensichtlich hat er voreilig falsche Schlüsse gezogen, genau wie ich.«

»Das ist ja lächerlich! Hat er dich beschuldigt, etwas gestohlen zu haben?«, fragt mein Vater empört.

»Nein, er hat gesagt, dass die Polizei die Anschuldigung der Mädchen erwähnt habe, er mir aber glaube. Trotzdem ...«

»Trotzdem hat er dich gefeuert.«

Ich schaue am Tisch von einem zum anderen. »Ich habe nichts Falsches getan.«

»Das wissen wir, Schätzchen, aber solche Dinge passieren nun mal, und ...«

»Ich hätte gute Lust, in die Drogerie zu gehen und ein Wörtchen mit ihm zu reden«, erklärt Dad zornig.

»Steve, bitte.«

»Im Ernst – er stellt sich auf die Seite dieser kleinen Biester? Dabei kennt er Holly gut genug, um zu wissen, dass sie sich niemals dafür hergeben würde, etwas zu stehlen.«

Meine Mum nickt beruhigend.

»Wie soll ich mir jetzt was dazuverdienen?«

»Ganz ruhig, das ist nicht deine Schuld. Wir essen jetzt zu Abend und anschließend überlegen wir uns, wo du dich bewerben könntest.«

ANGIE

Ich mache es mir auf dem Sofa gemütlich und höre zum zehnten Mal an diesem Tag Nicks Nachricht auf meinem Telefon ab.

»Hi, Angie, was hast du heute Abend vor? Vielleicht ... Wenn du Zeit hast, könnten wir uns später im The Rose auf einen Drink treffen. Gib mir Bescheid. Hier ist übrigens Nick.«

Als ob ich das nicht wüsste.

Ich bringe es nicht fertig, die Nachricht zu ignorieren und zu löschen. Das wäre kindisch. Allerdings täte mir ein freier Abend sehr gut. Ich werfe einen Blick auf die Uhr. Acht. Ich habe noch zwei Stunden Zeit, mich zu entscheiden. Zwei Stunden, in denen ich mir die Nachricht noch ein paarmal anhören kann, bevor ich dann ... absage? Zusage? Ich verhalte mich im Moment ziemlich unreif.

Ich höre mir die Nachricht noch mal an. Er klingt nervös, zögernd. Befürchtet er etwa, dass mich sein Geständnis verärgert hat?

Während ich mein Handy in der Hand halte, beginnt es zu klingeln. Ich werfe einen Blick auf das Display. Nick.

Mist. Ich kämpfe gegen den Drang an, den Anruf anzunehmen und warte stattdessen.

Das winzige Display leuchtet auf und zeigt eine weitere Nachricht an.

Rasch lausche ich seiner müden Stimme. »Angie, Nick hier ... Ruf mich an.«

Kurz und bündig. Ich höre sie mir ein zweites Mal an.

Wie selbstgerecht bin ich eigentlich? Ich kann doch seine Fehler akzeptieren, oder etwa nicht?

Ich drücke auf die Rückruftaste.

*

»Sag mir, warum du geblieben bist«, bitte ich ihn, während er den zweiten Wodka mit Cranberrysaft vor mich auf den Tisch stellt. Endlich habe ich den Mut aufgebracht, ihn danach zu fragen.

»Damit habe ich gerechnet ... Hat es dich gestört, dass ich gestern Abend so offen war?«

Ich schüttele den Kopf, aber das ist gelogen.

Nick lässt sich neben mir in die Nische mit Blick auf die Pub-Besucher nieder.

»Ich hatte Verpflichtungen, richtig? Irgendwann kommt der Tag, an dem man erwachsen werden muss.«

»Ich habe geglaubt, das wäre der Tag gewesen, an dem Alfie zur Welt kam.«

»Ja, so hätte es sein sollen, aber leider war das nicht der Fall. Es war der Tag, an dem ich eine Einladung ausgeschlagen habe, die meiner jungen Frau und meinem Kind Kummer bereitet hätte. Das war die erste erwachsene Entscheidung, die ich getroffen habe.«

Ich nippe an meinem Drink, um meine Zunge im Zaum zu halten. Ein Schmerz schießt durch meinen Brustkorb. Dieses Geständnis tut weh. Er hat für eine andere Frau Gefühle empfunden. Und ich hatte keine Ahnung davon.

»Danke.«

»Wofür?«, fragt er und schaut von seinem Bier auf.

»Dafür, dass du bei uns geblieben bist. Du hast mehr für uns getan als ich.«

Er nickt. »Ich glaube, du hast dich einfach nur gelangweilt, Angie – das war alles.«

»Aber ich bin nicht irgendeiner Versuchung gefolgt.« Ich bin einfach losgelaufen und habe meinen Mann und mein Kind allein gelassen. Und nun lässt mich mein Sohn dafür büßen. »Wie geht's Alfie?«

»Verliebt bis über beide Ohren.«

Ich richte mich auf. Diese Antwort habe ich nicht erwartet.

»Hat er das nicht erwähnt?«

»Nicht, dass es sich um etwas Ernstes handelt.«

»Er geht immer noch mit dieser Holly aus der Siedlung ... Scheint ernst zu sein, wenn du mich fragst.«

»Mit sechzehn?«

»Ja, mit sechzehn, Angie. Du weißt doch, wie es bei einer Jugendliebe ist – alles oder nichts.«

Ich denke zurück, soweit es mir gelingt, aber ich kann mich nicht mehr genau daran erinnern, wie meine erste Jugendliebe war. Peinlich, ja. Verwirrend, ja. Wahre, ernsthafte Liebe, nein. Ganz offensichtlich nicht.

»Er verbringt den halben Tag in seinem Zimmer, um ihr Nachrichten zu schicken, oder im Bad, um seine Haare zu stylen, weil er sie später trifft. Praktisch dreht sich der ganze Tag um Holly.«

»Dann solltest du mit ihm darüber reden. Das ist nicht gut für ihn.«

»Ich habe mich in seinem Alter genauso verhalten.«

»Das heißt nicht, dass es gut ist! Er muss sich auf die Schule konzentrieren, sich einen Studienplatz sichern – das darf er nicht in den Sand setzen, nur weil er einem Mädchen hinterherläuft.«

»Einem Mädchen hinterherläuft? Angie?«

»Ich meine es ernst, Nick. Bevor wir es uns versehen, kommt sie vielleicht auf irgendwelche Ideen.«

»Wie zum Beispiel?«

»Diese Mädchen heutzutage ...«

»Mach dich doch nicht lächerlich, Angie!«

»Du solltest ihn daran erinnern, dass er sich schützen muss, falls sie ... sollten sie ...« Die Worte hängen in der Luft wie ein schmutziges Geheimnis. »Du weißt schon.«

Nick schüttelt den Kopf.

»Nick, er muss sich auf seine Ausbildung konzentrieren und nicht auf irgendein Mädchen.«

»Holly. Ihr Name ist Holly, und ich habe den Eindruck, dass sie ein sehr vernünftiges Mädchen ist.«

»Das ist mir egal. Wenn es wirklich eine ernste Sache ist, dann wird sie auf ihn warten.«

Nick nippt wieder an seinem Guinness und ignoriert meine Reaktion.

»Ach übrigens, hast du morgen Abend schon was vor? Alfie übernachtet bei einem Freund, also könnte ich dir etwas kochen, wenn du willst.«

Das wäre schön. Ich habe mich immer darüber geärgert, dass Nick mir nie im Haushalt geholfen hat. Natürlich hatte er viel zu tun, und mir war auch bewusst, dass er durch seine Erziehung einige Aufgaben für reine Frauensache hielt, aber trotzdem ... Wenigstens beim Kochen hätte er mir helfen können.

»Das wäre prima. Gibt es etwas Besonderes?«

»Nein, nichts Ausgefallenes – nur einfache Hausmannskost.« Das klingt großartig. »Ich könnte vorher auch mit Alfie reden – über uns.«

Elf

NINA

Dienstag, 18. Dezember

»Guten Morgen, Nina«, ruft Boss Fielding fröhlich über die Schulter hinweg, als ich vor der Personalhütte verschlafen in den alten Kleinbus der Farm einsteige.

»Morgen«, murmle ich, wobei ich mir nicht sicher bin, ob fünf Uhr morgens nicht eher mitten in der Nacht liegt. Eigentlich bin ich davon überzeugt. »Gut zu wissen, um welche Uhrzeit man hier der Weihnachtsmusik entgehen kann.«

Ich zerre an dem Sicherheitsgurt, bevor ich Bram und Zach wahrnehme. Noch länger dauert es, bis ich sehe, dass einige der Sitze ausgebaut wurden und an ihrer Stelle nun etliche Leitern und Werkzeugkisten stehen. Sofort aufgefallen ist mir hingegen die in ein Plastiknetz verpackte sechs Meter hohe Nordmanntanne, die mit Transportbändern auf dem Bus befestigt ist.

»Ein bisschen früh für dich, richtig?«, spöttelt Bram. Offensichtlich ist er hellwach.

»Kann man so sagen. Darf ich noch eine Runde schlafen, oder wäre das sehr unhöflich von mir?«

Ich bekomme ein Durcheinander von »sehr unhöflich« und »Klar, wie du willst« als Antwort von den drei Männern zu hören. Dafür bin ich dankbar.

Ich bin immer noch dabei, Brams Erklärung von gestern zu verarbeiten. »Das war ein Scherz, Nina«, und »Du weißt doch, dass ich mehr Mitgefühl für Bedürftige aufbringe«. Er wirkte schuldbewusst, während ich ihm zuhörte. Aber sagen Taten nicht mehr als Worte?

»Ehrlich gesagt kann ich mich nicht daran erinnern, mich freiwillig für diesen Ausflug gemeldet zu haben«, erkläre ich und rolle meine Jacke zu einem Kopfkissen zusammen.

»Das hast du auch nicht. Wir haben dich auserwählt, mit uns nach London zu fahren. Schließlich hat man nicht jeden Tag die Möglichkeit, sich nach einer persönlichen Einladung das Heim des Premierministers anzuschauen.« Zach berührt meine Hand. »Und ebenso haben wir dich auserwählt, am kommenden Wochenende das neue Mädchen einzuarbeiten.«

»Welches neue Mädchen?«

»Dad ist der Meinung, das würde dich in festliche Stimmung versetzen«, wirft Bram ein und deutet auf seinen Vater. »Gestern hat Alfie gefragt, ob seine Freundin über Weihnachten ein paar Stunden arbeiten könnte.«

»Na toll! Anscheinend hat er einen bleibenden Eindruck bei euch hinterlassen, aber ich bin wirklich nicht in der Stimmung, Teenager für einen Halbtagsjob anzulernen, Boss«, murre ich und lehne mich gegen das Fenster, um zu schlafen.

Boss Fielding zuckt mit den Schultern und fährt weiter durch die Dorfstraßen, die uns zur Autobahn bringen.

»Eine weitere junge Aushilfskraft auf dem Hof könnte dem Verkaufspersonal einige Arbeit abnehmen«, meint Zach.

»Das sehe ich anders, aber ich weiß den guten Willen zu schätzen.« Ich gähne. »Weckt mich auf, wenn wir in London sind.«

Zum ersten Mal seit langer Zeit umfängt mich wohlige Wärme, und ich schlafe ein beim Klang der Stimmen der Fielding-Männer, die miteinander herumalbern.

*

Einen solchen Sicherheitscheck habe ich noch nie erlebt.

Als unser Kleinbus vor den schwarzen Toren zur Downing Street hält, kreisen uns die stämmigen Wachmänner mit riesigen Maschinengewehren ein und wollen unsere Ausweispapiere sehen.

»Wir werden erwartet«, erklärt Boss Fielding und zeigt seine Unterlagen vor. »Wir liefern den diesjährigen Weihnachtsbaum.« Klar, im vergangenen Oktober haben wir von der Vereinigung der britischen Weihnachtsbaumzüchter den Preis »Züchter des Jahres – bester Weihnachtsbaum« verliehen bekommen. Die Auszeichnung berechtigt den Gewinner, dem Premierminister einen Weihnachtsbaum zu schenken und vor seiner Haustür anzuliefern.

Wir warten, bis die Sicherheitskontrollen abgeschlossen sind und die schwarzen Tore für uns geöffnet werden, und fahren auf die von Schnee geräumte Straße. Man kommt sich vor wie an einem Filmset und kann sich nur schwer vorstellen, dass hinter jeder dieser polierten Türen tatsächlich wichtige Staatsentscheidungen von hochrangigen Politikern getroffen und abgesegnet werden. Die Zäune sind blitzblank, die Türklopfer glänzen, und die Kutscherlampe vor der Hausnummer zehn strahlt wie ein Leuchtturm.

»*Wir* sind in der Downing Street«, verkündet Bram vom Beifahrersitz.

»Man sieht das Haus so oft auf *Sky News*, und nun schaut euch an, wie winzig es ist«, sage ich und starre auf die Ansammlung der Fotografen, die sich auf einer Seite in drei Reihen vor dem Haus drängen.

»Die Sicherheitsbeamten sind alles andere als klein«, erwidert Zach lachend. »Mit denen sollte man sich lieber nicht anlegen.«

Wir werden zum Ende der Straße gewunken, wo man uns einen Platz zum Parken zuweist.

»Alle raus!«, ruft der Boss und hievt sich vom Fahrersitz.

Nach einer kurzen Einweisung von einem Beamten in einem schicken Anzug erhalten wir die Erlaubnis, den Weihnachtsbaum abzuladen. Die drei Männer übernehmen das, und ich stehe daneben, tue so, als würde ich alles überwachen und warte darauf, dass sie die Nordmanntanne aufrichten, die Wurzeln gründlich befeuchten und den Baum vorsichtig in den passenden Ständer stellen. Als Larry, der offizielle Kater der Downing Street, auftaucht und zu dem Baum hinüberspaziert, um ihn zu beschnuppern, geht ein Blitzlichtgewitter los.

»Der Baum gehört dir, Nina«, ruft der Boss mir zu und öffnet einige Schachteln mit Weihnachtsdekoration, die das Personal der Downing Street herausgebracht hat.

»Mir?«

»Verdammt, Mädchen, du hast doch ein Talent fürs Kreative, also mach dich an die Arbeit. Wir müssen uns beeilen, wenn wir auf der M40 nicht im Stau stehen wollen«, fügt er hinzu.

Großartig! Ich drehe mich um und werfe einen Blick auf die Journalisten, die sich auf dem Gehsteig versammelt haben und das Geschehen beobachten. Auf dem Verkaufshof kreativ zu sein ist eine Sache, hier vor Publikum eine ganz andere.

»Zack, zack«, formt er lautlos mit den Lippen und nickt heftig. »Wenn du den Baum geschmückt hast, lassen wir uns alle fotografieren.«

Zach hält die Leiter fest, während Bram die Schachteln holt und mir den Schmuck reicht – ein geradezu symbolisches Bild unserer Freundschaft: Zach bietet mir immer seine Unterstützung an, und Bram bemüht sich immer wieder um Glanz und Glamour.

»Gut zu wissen, dass selbst der Premierminister und Konsorten so einen grässlichen Dekokram besitzen, der schon seit Ewigkeiten in den Schachteln vor sich hin gammelt«, meint Bram und hält ein armseliges Exemplar einer Girlande in die Höhe.

»Beeil dich, Junge. Hör auf herumzutrödeln«, stöhnt sein Vater, während er das Dekorieren des Baums überwacht.

ANGIE

Ich parke meinen Wagen zwei Straßen von Nicks Haus entfernt in einer kleinen Sackgasse und gehe den vertrauten Weg zurück zu dem Heim, das jetzt ihres ist und einmal unseres war. Der Schnee auf der Straße ist festgetrampelt und schmutzig und verwandelt sich allmählich in gelben Matsch.

Anderswo zu parken fühlt sich merkwürdig an, aber ich halte es für notwendig. Ich möchte Nicks Nachbarn keinen Anlass zum Klatsch liefern, wenn sie mein Auto sehen. Sie haben keinen Grund, sich einzumischen, aber man weiß ja, wie Nachbarn manchmal sind – bei einem Kaffee am Morgen und ein paar Keksen dazu glauben viele, dass alles sie etwas angeht.

Während ich auf das Haus zugehe, zieht sich mein Magen zusammen. Ich habe mir die Beine rasiert und eingecremt; heute könnte ein ganz besonderer Abend sein, da mache ich mir nichts vor. Ich habe sogar Kondome dabei, falls Nick keine im Haus hat.

Ich stelle fest, dass die Winterheide unter dem Wohnzimmerfenster ein gutes Stück gewachsen ist, seit ich sie im letzten Herbst dort eingepflanzt habe. Eine gute Wahl, aber wer hätte gedacht, dass sie schon im ersten Jahr nach meinem Auszug so beeindruckend aussehen würde?

Er öffnet die Haustür und wirkt fahrig und verlegen. Unser alter brauner Labrador Rolo schwänzelt um Nicks Knie herum.

»Was ist los?«, frage ich. Die Vorfreude auf die heutige Verabredung zum Dinner hat meine Sinne geschärft. »Hi, alter Junge.« Ich bücke mich, um den Hund zu streicheln, aber Nick zieht mich kurzerhand ins Haus.

»Alfie ... Er ist zu spät dran. Seine Freundin und er sind noch hier«, erklärt Nick und wirft einen nervösen Blick über die Schulter die Treppe hinauf.

Na toll! Dann scheint das ehrliche Vater-Sohn-Gespräch wohl großartig gelaufen zu sein.

»Hast du nicht gesagt, er wollte bei einem Freund übernachten?«

»Ja, aber das hat nicht geklappt, und dann hat er stattdessen seine Freundin eingeladen. Er hat gesagt, dass sie in ein paar Minuten ins Kino gehen wollen.« Nick führt mich ins Wohnzimmer und von dort aus hastig in die Küche, in der es herrlich nach Essen duftet. Ich hinterlasse eine Spur aus Schneematsch, weil ich keine Zeit hatte, mir an der Haustür die Füße richtig abzutreten. Rolo bleibt uns dicht auf den Fersen. Nick schließt die Küchentür hinter uns und atmet tief aus.

Das wird ja immer schöner!

»Nick, lass das!«

Ich schaue mich in der Küche um; ich habe sechs Wochen gebraucht, um sie mir in einem Ausstellungsraum auszusuchen, und wir haben die Raten dafür in zwei Jahren abbezahlt. Mein Blick fällt auf die Frühstückstheke, auf der ich meinen »Lieber Nick«-Brief hinterlassen habe.

»Du hast doch mit Alfie gesprochen? Und es ihm gesagt?« Ich entferne mich von der Tür, aber Nick steht Wache und umklammert mit der Hand die Türklinke, falls Alfie versuchen sollte, hereinzukommen.

Er gibt mir keine Antwort.

Der Hund schaut zwischen uns hin und her und beginnt zu hecheln.

Verdammt.

»Nein ... Ich hatte es vor, wirklich, doch dann haben wir uns unterhalten, und ...«

»Du hast dich davor gedrückt. Verdammt, Nick – auf diese Weise sollte er nicht erfahren, was zwischen uns läuft.« Ich versuche zwar, leise zu sprechen, aber ich möchte, dass er weiß, wie verärgert ich bin.

»Tut mir leid, es ist einfach schiefgelaufen.«

»Inwiefern?«

Nick lehnt sich mit der Schulter an die Küchentür, um sie mit seinem Gewicht noch stärker abzusichern.

Seine Miene verrät, wie unangenehm berührt er ist.

»Ich habe ihm erzählt, dass ich mich mit jemandem treffe und dass es mir gefällt, wie nahe wir uns gekommen sind, und ...«

»Dann hat er mich erwähnt, stimmt's?«

Er nickt langsam.

»Du kannst es mir ruhig sagen.«

»Bevor ich weitersprechen konnte, fiel er mir ins Wort und meinte: ›Das wird Mum sicher zur Weißglut bringen.‹«

»Ist das dein Ernst?« Ich weiß nicht, ob ich lachen oder weinen soll. Das von meinem eigenen Sohn!

»Wie hätte ich da mit meiner vorbereiteten Rede fortfahren sollen? Er hat mich völlig aus dem Konzept gebracht, und ich konnte die Unterhaltung nicht mehr in eine andere Richtung lenken.«

»Erzähl weiter.«

»Er sagte immer wieder, du würdest es niemals glauben können, dass ich das große Glück hatte, mich in eine andere Frau zu verlieben als in dich, und ...«

»Das hat unser Sohn gesagt?« Ich hätte gute Lust, die Tür aufzureißen, zu Alfies Schlafzimmer hinaufzumarschieren und ihm zu zeigen, was ich davon halte, wenn sein Vater sich verliebt. Verdammte Teenager – er hat gerade mal seit zehn Minuten eine Freundin und glaubt, jetzt wüsste er Bescheid. Bei einem unerwarteten Besuch von mir würde ihm das Grinsen rasch vergehen.

Es klopft laut an der Tür.

»Dad!«

Wir erstarren beide. Nick stemmt sich immer noch mit der Schulter gegen die Tür.

»Ja, Alfie?«, ruft er scheinbar unbekümmert und hebt rasch eine Hand in meine Richtung.

Nicht zu fassen.

»Dad, wir gehen jetzt. Ich komme nicht spät zurück. Der Film ist um Viertel vor zehn aus, dann bringe ich Holly nach Hause, aber ... lass dir das Abendessen schmecken ... mit deiner Freundin.« Ich höre, wie sich Alfies Ton bei dem Wort »Freundin« verändert, und kann mir gut vorstellen, wie die beiden Kids auf der anderen Seite der Tür unterdrückt kichern. Wenn sie nach zwanzig Jahren das Gleiche durchgemacht haben wie wir, wird ihnen nicht mehr nach Lachen zumute sein. Sie werden verdammt dankbar für eine zweite Chance sein, ungeachtet dessen, was ihre Kinder darüber denken.

»Tschüs, Alfie, Holly. Passt auf euch auf!«, ruft Nick und lächelt erleichtert, als wir hören, wie sich die beiden von der Tür entfernen.

»Freundin?« Ich bin erbost. »Von wegen Freundin!«

Nick zuckt mit den Schultern. »Das ist doch keine schlechte Bezeichnung.«

»Doch, das ist es. Meine Arbeitskollegin Jilly ist meine Freundin. Phil und Carol sind unsere Freunde ... *Wir* sind keine Freunde.«

»Er hat das falsche Wort gewählt – er weiß eben nicht, wie er die Frau nennen soll, die sich mit seinem Dad trifft.«

»Ähm, *Mum!*«, erwidere ich gereizt. Ich fühle mich durch Alfies oberflächliche Ausdrucksweise und Nicks Bereitschaft, sie zu tolerieren, herabgesetzt.

»Waren wir während unserer Ehe nicht die besten Freunde?«

»Nein«, erwidere ich scharf. »Mann und Frau, Liebhaber, Partner, aber keine Freunde, Nick. Auch wenn andere Leute das behaupten. Wer will schon, dass sein Ehepartner sein Liebhaber *und* bester Freund ist?

Wir hören die Tür ins Schloss fallen. Sie sind weg.

»Wein?«

Der Übergang gelingt ihm mühelos. Ich stimme zu, aber ich weiß genau, dass ich mich noch die nächsten zwei Stunden darüber ärgern werde, wie unser Abend begonnen hat. Ich wollte als Gast kommen, doch stattdessen verstecke ich mich hinter einer Tür vor meinem eigenen Sohn. Und ich trage immer noch meinen Mantel!

Nick schenkt uns Wein ein, während ich meinen Mantel ausziehe.

Ich bin im Begriff zu fragen, wo ich ihn aufhängen kann, doch angesichts unserer Vorgeschichte gehe ich einfach in den Flur zurück. Eine Freundin oder ein Date zum Dinner würde vielleicht nicht wissen, wo man in diesem Haus die Mäntel aufhängt, aber mir ist das durchaus bekannt.

Als ich zurückkomme, stehen zwei große Gläser mit Wein und einige Schalen mit Knabbereien auf der Frühstückstheke. Nick trägt Topfhandschuhe, beugt sich vor in den Ofen und löffelt etwas in eine Kasserolle.

»Coq au Vin«, erklärt er, setzt den Deckel wieder auf den Topf, schließt die Ofentür und zieht die Topfhandschuhe aus.

»Tatsächlich?« Ich verkneife mir ein Lachen.

»Ja, wirklich. Hier.« Er reicht mir eines der Weingläser. Es ist ziemlich voll. Eindeutig voller als üblich. Geht Nick etwa davon aus, dass ich heute nicht mehr fahren muss?

»Auf uns«, sagt er und stößt mit mir an.

»Auf uns«, murmle ich, trinke einen großen Schluck und setze mich auf einen der hohen Hocker.

»Du kannst ins Wohnzimmer gehen, wenn du möchtest. Ich muss das Essen nicht im Auge behalten.«

Ich schüttle den Kopf. Mir gefällt es hier. In meiner alten Küche zu sitzen und meinen Ex-Mann dabei zu beobachten, wie er sich in der Küche ums Abendessen kümmert, habe ich mir gewünscht. Als wir noch verheiratet waren, hätte ich dafür meinen rechten Arm gegeben. Vielleicht habe ich sogar meine Ehe dafür gegeben, um das einmal erleben zu können. Eine Welle der Traurigkeit überrollt mich. Meine Ehe, unsere Ehe. Dank des Gerichts war sie sehr schnell beendet. Ich hatte viel Zeit, um darüber nachzudenken, umzudenken und meine Meinung zu ändern. Doch habe ich tief in meinem Inneren gewusst, dass das geschehen würde?

»Du siehst betrübt aus«, meint Nick und lehnt sich mit seinem Glas in der Hand über die Theke zu mir herüber.

»Hab ich alles für uns alle verdorben?«

Nick schüttelt den Kopf. »Das lässt sich wiedergutmachen, mit der Zeit.«

»Aber wie sollst du mir jemals wieder vertrauen können?«

Nick zuckt mit den Schultern, nippt an seinem Wein und schaut mir in die Augen. Sein Schweigen zeigt mir, dass er innerlich heftig mit sich ringt.

Ich nicke. »Und Alfie?«

Nick neigt den Kopf und verzieht das Gesicht. »Der Junge hat sich verändert, Angie. Du hast ihn, was Beziehungen betrifft, auf den Boden der Tatsachen geholt, bevor er eine Chance hatte, die schönen Seiten und den Kitzel in der Teenagerzeit zu erleben. Er macht sich keine Illusionen mehr.«

»Sie heißt Holly, richtig?«

»Ja, Holly. Sie scheint ein nettes Mädchen zu sein. Auf jeden Fall bringt sie ihn zum Lachen.«

Die Eifersucht versetzt mir einen Stich. Wie kann jemand anderer meinen Sohn zum Lachen bringen?

»Wohnt sie in der Nähe?«

»Auf der anderen Seite der Stadt. Sie ist die älteste von sieben Mädchen, wenn ich das richtig verstanden habe.«

»Haben die Leute keinen Fernseher?« Ich lache und schüttle entsetzt den Kopf.

»Sie ist nett. Anständige Familie, bodenständige Leute, wie Alfie sagt. Ich habe sie allerdings noch nicht kennengelernt.«

»Sag bloß! Natürlich nicht.«

»Ihre Eltern haben mich vor ein paar Tagen eingeladen. Wir sollten an einem Sonntag zum Mittagessen kommen. Mir war das noch ein bisschen zu früh, aber Alfie scheint das gut zu finden.«

»Natürlich findet er das gut – er macht gerade seine ersten körperlichen Erfahrungen. Meine Güte, Nick.« Zorn steigt wie aus dem Nichts in mir auf. »Alle Jungs in diesem Alter sind scharf darauf ...«

»Angie ... Er benimmt sich ihr gegenüber sehr respektvoll.«

»Mir musst du nicht sagen, worauf es Jungs im Teenageralter abgesehen haben.«

Wir verstummen beide, und ich denke über meine eigenen aufregenden Erlebnisse in dieser Zeit nach – an die Sommerabende hinter dem Supermarkt mit einer Plastikflasche Cider und einer Zehnerpackung Zigaretten.

»Wie auch immer, wir sollten uns weniger mit Alfie beschäftigen«, murmelt Nick und streichelt mir die Wange. »Und mehr mit uns.«

Ich schaue in seine großen blauen Augen und entdecke den Schmerz, den ich ihm zugefügt habe. Würde ich mir an Nicks Stelle vertrauen? Meine Antwort gefällt mir nicht, aber ich schwöre mir, dass ich, wenn er es zulässt, bei ihm und Alfie alles wiedergutmachen werde. Obwohl das bei Alfie sicher eine große Herausforderung wird.

Als die Schaltuhr am Herd klingelt, zucken wir beide zusammen.

»Geh schon mal ins Esszimmer und zünd die Kerzen an. Ich bin in zwei Minuten bei dir.«

Ich bin dankbar für diese Aufgabe; auf diese Weise kann ich meine Hände beschäftigen und nippe nicht ständig an meinem Wein.

*

Wir liegen aneinandergeschmiegt bei gedämpftem Licht auf dem Sofa und schauen uns eine Wiederholung von *Stirb langsam* an. Die Weinflasche ist leer, die beiden Gläser liegen umgestürzt neben dem Sofa und Nick streichelt mir sanft den Nacken, während er auf den Bildschirm schaut. Ich betrachte aus dem Augenwinkel sein Profil.

»Wie spät ist es?«

»Neun.«

»Oh.«

Eine Weile starren wir weiter auf den Bildschirm.

»Musst du morgen zur Arbeit?«

»Ja. Ich nehme den Zug um acht Uhr zweiundzwanzig nach Birmingham«, murmelt Nick, ohne den Blick vom Fernseher abzuwenden. Er streicht mir immer noch mit dem Zeigefinger über den Nacken.

»Hast du Kondome?«

»Was?« Er klingt entsetzt.

»Kondome. Gummis. Wie auch immer du so was nennen magst.«

»Angie, wir waren achtzehn Jahre verheiratet. Habe ich jemals ein ...?« Ich beobachte, wie schwer es ihm fällt, das Wort auszusprechen, geschweige denn, sich vorzustellen, eines zu benutzen.

»Tut mir leid, aber in den letzten Monaten hat sich einiges geändert. Um ehrlich zu sein – falls wir einen Schritt weitergehen wollen, brauchen wir Kondome.«

Nick löst sich rasch von mir, setzt sich aufrecht hin und greift nach der Fernbedienung, um Bruce Willis den Ton abzudrehen.

»Willst du damit sagen ...? Hast du etwa seit unserer Scheidung bereits mit jemand anderem geschlafen?«

Ich nicke. Das habe ich doch bereits erwähnt. Ich scheue mich nicht davor, es zuzugeben – das gehört zu meinem neuen Ich. Zu meinem ehrlichen, aufrichtigen Ich. Angie Woodward, durch und durch ehrlich.

»Im Ernst, Nick, wir müssen darüber reden. Die Welt hat sich verändert, seit wir beide noch fast Kinder waren und gebumst haben ... Na ja, so nennen sie das heutzutage nicht mehr, aber wie auch immer, Paare müssen sich über Sex unterhalten, bevor sie beschließen ...«

Nick starrt mich wortlos an.

Ich habe ihn offensichtlich total überrumpelt. Was zum Teufel hat er denn gedacht, was passieren würde, wenn wir nach einer Flasche Wein auf dem Sofa liegen und das ganze Haus für uns haben? Nichts? O ja, so war es in der guten alten Zeit unserer achtzehn Jahre dauernden Ehe, aber das sollte doch eine ganz neue

Zwei-Punkt-Null-Erfahrung sein. Und, um ehrlich zu sein, ich habe einen neuen Mann erwartet.

»Wie viele waren es?«

Ich schüttle den Kopf. Das geht ihn nichts an.

»Wichtig für dich ist nur zu wissen, dass ich mich immer geschützt habe. Und wenn ich mich nun auch bei dir an die gleichen Regeln halte, bist du ebenfalls auf keinen Fall gefährdet.«

»Gefährdet? Meinst du das ernst?« Er ist inzwischen ein Stück von mir weggerutscht ans Ende des Sofas und sieht aus wie eine verängstigte Jungfrau auf einem Junggesellenabschied.

Ich setze mich auf. Offensichtlich hat er mit so etwas nicht gerechnet.

»Fairerweise muss ich sagen, dass ich mir ein bisschen Spaß gegönnt habe, Nick.« So, nun ist es raus.

Nicks Augen weiten sich. »Was soll das heißen?«

»Na ja …« Ich schnalze mit der Zunge und zwinkere ihm zu.

Nick wirkt aufrichtig verblüfft. Beinahe so, als hätte er in unserer Unterhaltung den Faden verloren. Ich bin nicht sicher, aber in dem gedämpften Licht sieht er plötzlich blass aus.

*

Ich nehme rasch meine Ohrringe ab, während er mich hastig die Treppe hinaufführt. Sie haben in der Stadt ein Vermögen gekostet, und wenn ich einen verliere, ist der zweite auch nichts mehr wert. Er hat es eilig, als wir oben angelangt sind, und öffnet rasch die zweite Tür auf der rechten Seite, die zum zweitgrößten Schlafzimmer führt. Ich zögere, denn das ist nicht das Zimmer, mit dem ich gerechnet habe.

»Ich bin umgezogen«, murmelt er, schiebt die Tür weit auf und betritt den Raum. Er schaltet das Licht nicht an, und dafür bin ich ihm dankbar.

»Nick?«, flüstere ich, als er meine Hand loslässt und mir in der Dunkelheit gegenübersteht.

»Angie.«

»Willst du das wirklich?«

Ich kann mir den Ausdruck der Überraschung auf seinem Gesicht vorstellen.

»Verdammt ... *ja!*«

Ich erinnere mich nicht daran, wie wir uns ausgezogen haben – im Handumdrehen liegen wir auf dem Bett. Auf *unserem* Bett. Das hat er offensichtlich nicht ausgewechselt. Unsere Hände greifen nach einander, wir berühren die nackte Haut des anderen, während wir uns mit den Lippen leidenschaftlich im Gesicht und am Hals liebkosen.

Das ist nicht der Nick, den ich kenne.

Der Nick von früher war zärtlicher, nicht so hastig und viel sanfter. Dieser Nick fällt über mich her wie in unserer Hochzeitsnacht vor achtzehn Jahren.

HOLLY

»Alles in Ordnung?«, frage ich nach dem Kino, als wir uns auf den Heimweg machen.

Alfie zuckt mit den Schultern. Er hat die Hände tief in den Jackentaschen vergraben, wobei seine linke Hand meine rechte umfasst.

»Geht's um deinen Dad?«

»Eher um meine Mum.«

Ich warte. Alfie muss man nicht drängen – wenn er bereit ist, wird er weiterreden.

Die Straßen sind leer, und es schneit bereits seit Stunden. Ich wollte den Bus für die kurze Strecke nehmen, aber Alfie wollte lieber zu Fuß gehen. Ich betrachte die orangefarbenen Lichtkreise um die Straßenlampen und den Mond dahinter, während wir auf dem Gehsteig dahinschlendern.

»Eigentlich glaubt man, dass man sich auf seine Eltern verlassen kann, oder?«

Ich nicke. Ich kann meinen vertrauen.

»Und wenn man klein ist, glaubt man, sie könnten alles reparieren, was kaputtgeht ... Als bei meinem Action Man einmal der Arm abgebrochen ist, hat mein Dad ihn sofort wieder angeklebt. In wenigen Sekunden, zack, war er so gut wie neu.«

Ich weiß, was er meint. Als Kind habe ich einmal einen Teller zerbrochen und meinem Vater die etwa zwanzig Teile gebracht –

er sollte sie wieder zusammensetzen, bevor meine Mum etwas davon erfuhr. In diesem Fall hat der Zauber nicht funktioniert, aber ich verstehe, worauf Alfie hinauswill.

»Das ist eine einzige große Illusion.«

Das ist mir bei der Sache mit dem Teller auch klar geworden.

»Das ist alles nur ein Märchen, ebenso wie die Zahnfee, der Weihnachtsmann und der Osterhase. Sie haben keinen blassen Schimmer, was sie tun sollen, nicht mehr Ahnung als wir, aber sie tun so, als ob.«

»Ich nehme an, das ist es, was Erwachsene ausmacht – sie tun so, als wüssten sie Bescheid, obwohl sie unsicher sind, und hoffen, dass man ihnen das nicht ansieht.«

Alfie bleibt abrupt stehen und reißt dabei meine Hand in seiner Jackentasche nach hinten.

»Warum machen sie uns dann das Leben so schwer?« Er geht weiter.

»Alfie, so sind Eltern eben. Sie dürfen uns nicht wissen lassen, wie beunruhigt sie sind. Schau dir meine Eltern an – wenn du kommst, lächeln sie dich an und fragen freundlich: ›Hi, Alfie, wie geht's?‹, doch sobald du zur Tür raus bist, bekomme ich einen ewig langen Vortrag über ›nette Jungs‹ zu hören. Dann heißt es: ›Komm nicht auf die schiefe Bahn‹ und ›Du kannst über alles mit uns reden, wenn du irgendwelche Sorgen hast‹ und so weiter. Sie mögen dich wirklich, aber trotzdem ...«

»Du bist eben ein Mädchen. Bei ihren Töchtern verhalten sich Eltern immer überbehütend, aber ...«

»Blödsinn!«, erwidere ich gereizt. Ich bin mir nicht sicher, ob Jungs einfach immer versuchen, den Ton anzugeben, oder ob wir Mädchen viel zu oft den Mund halten und sie deshalb gar nicht bemerken, wie überheblich sie sich benehmen.

»Tut mir leid, aber du weißt doch, was ich meine.«

»Schon, aber dein Dad macht sich genauso viele Sorgen um dich wie meine Eltern um mich, also sag so was nicht.«

»Hm, du hast recht, das tut er wirklich.«

Ich warte. Er steht kurz davor, noch was zu sagen, das spüre ich.

»Sie wird ausrasten, wenn sie erfährt, dass Dad eine Freundin hat. Ehrlich, sie will alles auf einmal haben. Ich möchte keine Fliege an der Wand sein, wenn sie ihn zur Rede stellt. Natürlich werde ich kein negatives Wort zu ihm über diese neue Beziehung sagen, das steht fest.«

»Sie kann doch nicht von ihm erwarten, für den Rest seines Lebens allein zu bleiben.«

»Ich glaube, genau das tut sie.«

Der gesunde Menschenverstand sagt einem, dass Mr Woodward früher oder später eine nette Frau kennenlernen und den Mut aufbringen wird, sie zum Abendessen einzuladen. Von dem, was Alfie erzählt hat, weiß ich, dass er ohnehin nach der Scheidung lange Zeit brauchte, um überhaupt das Haus mal wieder zu verlassen.

Alfie zieht die rechte Hand aus der Jackentasche und wirft einen Blick auf seine Armbanduhr.

»Kurz vor zehn. Glaubst du, sie tun es jetzt?«

»Alfie!«, rufe ich aus; ich weiß nicht so recht, was ich darauf antworten soll. »Keine Ahnung. Außerdem möchte ich mir nicht vorstellen, wie es zwei alte Leute miteinander tun, danke.«

»Ich auch nicht, selbst wenn der eine mein alter Herr ist ... Aber ich wette, sie tun es.«

Wir brechen in Gekicher aus. Es scheint das Normalste von der Welt zu sein, so mit Alfie zu reden. Nähern wir uns etwa dem nächsten Schritt?

»Wenn ich nach Hause komme und sie splitterfasernackt in der Küche rumhüpfen, dann gehe ich wieder zu euch zurück und frage deine Eltern, ob ich auf dem Sofa übernachten darf. Abgemacht?«

»Abgemacht!«

»Komm, es ist schon spät«, sagt Alfie, und wir laufen schnell die Straße zu unserem Haus hinunter.

Als wir näher herankommen, sehe ich, dass der erste Stock im Dunkeln liegt. Nur das Licht am Treppenabsatz brennt, falls die Kleinen schlecht träumen. Das Wohnzimmerfenster ist von den blinkenden Lichterketten hell erleuchtet; Mum hat darauf bestanden, sie aufzuhängen, sobald der Christbaum im Haus war. Ich winde mich innerlich – sie sehen furchtbar kitschig aus, aber Mum ist begeistert davon. Die Halogenlampen der Außenbeleuchtung blenden uns, als wir die Auffahrt betreten. Ich will mich nicht schon wieder darüber beklagen und beschleunige nur meinen Schritt, um aus dem grellen Licht zu kommen.

An der Haustür bleiben wir stehen. Ich weiß, dass meine Eltern noch auf sind, aber ich behalte den Schlüssel noch in der Hand, bis wir uns einen Gutenachtkuss gegeben haben. Das haben wir uns zur Gewohnheit gemacht. Bei unserem ersten Kuss habe ich den Schlüssel vorher ins Schloss gesteckt, und als wir uns dann küssten, riss meine Mum die Haustür weit auf, weil sie glaubte, ich hätte Probleme mit dem Schloss. Als sie sah, dass Alfies Hand auf meinem Po lag, war sie nicht mehr so begeistert von seinen Manieren.

Seine Lippen sind feucht und warm. Die Beschwerden über seine Mutter sind vergessen; stattdessen legt er die Arme um meine Schultern, und ich winde meine Arme um seine. Ich spüre, wie seine Jacke gegen meine reibt. Er ist ein bisschen größer als ich, was mir gut gefällt – es vermittelt mir das Gefühl, von ihm beschützt zu werden, während wir uns im Dunkeln küssen. Wir scheinen uns eine Ewigkeit zu küssen, aber das stimmt natürlich nicht. Als ich zurückweiche, folgt Alfie mir mit seinem Mund, bevor er mich loslässt. Er will mehr, das ist mir klar, aber nein. Ich habe meine eigenen Vorstellungen davon, was sich gehört. Es ist nicht nötig, dass meine Eltern mir immer wieder einschärfen, dass ich nicht den gleichen Fehler machen soll wie sie. Ich kann es nicht leiden, wenn sie dieses Wort verwenden; ich komme mir dann immer vor, als wäre ich damit gemeint. Mir ist klar, dass sie mich nicht als Fehler bezeichnen, aber es fühlt sich so an. Sie meinen natürlich, dass sie so früh heiraten mussten und keine große Hochzeit mit allem Drum und Dran hatten. Sie konnten auch keine Ferien mit Freunden verbringen, sich kein Auto und keinen teuren Schnickschnack leisten. Stattdessen haben sie für einen Kinderwagen, Hochstühle und einen Fläschchensterilisator gespart. Ich habe meine eigenen Pläne. Ferien, Führerschein, Vollzeitjob und Ersparnisse für die Zukunft …

»Gute Nacht«, murmle ich – meine Eltern schauen sicher bereits auf die Uhr.

»Noch einen?«

»Oooh«, necke ich ihn, obwohl ich natürlich gerne nachgebe. Wir umarmen uns noch mal und geben uns einen Abschiedskuss. Ich löse mich von ihm, und dieses Mal hält Alfie mich nicht zurück. Er kennt die Regeln. Während ich den Schlüssel ins Schloss stecke, bleibt er noch stehen und wartet darauf, dass ich ihm von der Schwelle aus zuwinke, hineingehe und die Tür hinter mir schließe. Wenn ich dann, so wie heute Abend, ganz schnell die Tür noch einmal aufmache, kann ich ihm nachschauen, wie er die Auffahrt hinunterläuft und sich auf den Weg von meiner Siedlung zu seiner macht.

Leise lachend schließe ich die Tür. Ich hoffe wirklich, dass er seinen Vater nicht in der Küche in einer peinlichen Situation vorfindet, aber andererseits würde er dann sofort umkehren und zu mir zurückkommen.

NINA

Wir sind erst zur Farm zurückgekommen, als sie bereits geschlossen war. Auf der M40 sind wir in einen Stau geraten, und der Schneesturm hat die Fahrt noch zusätzlich erschwert. Ich bin heilfroh, als ich mich endlich auf mein Sofa fallen lassen kann, aber meine Gedanken lassen sich nicht einfach abschalten. Der Tag war zauberhaft, und zum ersten Mal war ich in festlicher Stimmung – dabei war ich mir sicher gewesen, dieses Gefühl nie wieder zu empfinden. Nun wird ein Weihnachtsbaum von unserer Farm den Rest des Monats das Haus Nummer zehn in der Downing Street schmücken. Wow!

In unserem Häuschen war die Weihnachtszeit immer wunderschön. Wir haben auf nichts verzichtet: Es gab einen Baum, Lichterketten und einen Berg zu essen, nur für uns beide. Viele Jahre haben wir noch im Januar Früchtekuchen gegessen, und bis Februar gab es Julscheit aus dem Eisfach. Und jedes Jahr gaben wir viel zu viel Geld aus.

Letztes Jahr habe ich den Weihnachtsmorgen im Hospiz St. Giles verbracht, wo mir das Personal Unmengen von heißem gesüßtem Tee servierte. Das unausgepackte Geschenk für ihn habe ich wieder mit nach Hause genommen und in den Abstellraum unter der Treppe gelegt. Was soll ich mit einem ungeöffneten Päckchen tun, in dem sich ein neuer Frotteebademantel befindet? Mein Dad hätte ihn vielleicht nicht getragen, aber trotzdem ...

»Soll ich mir Weihnachten etwas vornehmen? Oder so tun, als wäre es ein Tag wie jeder andere?«, frage ich laut.

Ich werfe einen Blick auf das andere Endes des Sofas. Leer.

Niemand da, der mir zuhört.

Klopf, klopf.

Vorsichtig öffne ich die Haustür und frage mich, wer um zehn Uhr abends noch zu mir will.

»Überraschung!«, ruft Kitty. Sie hat sich in Schale geworfen und drängt sich an mir vorbei – ich bin bereits im Schlafanzug –, dicht gefolgt von Shazza, die sich ebenfalls schick gemacht hat. »Keine Widerrede, du ziehst das jetzt an, und das auch. Shazza hat ihre Zauberkiste für Haare und Make-up mitgebracht.«

»Was?«, kreische ich, als Kitty ein glitzerndes Kleid und ein Paar hochhackige Schuhe hochhebt und dann auf Shazzas Kosmetikkoffer deutet.

»Aber ...«

»Sie meint es ernst, Nina. Du hast ihr einen Espresso Martini versprochen, und den möchte sie jetzt haben.« Shazza lacht, schließt die Tür hinter sich und schiebt mich zur Treppe.

»Los geht's«, befiehlt Kitty und drückt mir die Sachen in die Hände. »Connor wartet draußen, um uns zum The Edge zu bringen. Zurück fahren wir mit dem Taxi.«

»Ein Nachtclub an einem Dienstagabend? Ist das dein Ernst?«

»Ja, sie meint es ernst, und jetzt geh endlich!«, ruft Shazza und zupft ihre blonden Locken vor meinem vor Kurzem geputzten Spiegel im Flur zurecht.

ANGIE

»Alfie, bist du das?« Bei Nicks Stimme schrecke ich auf. Ich habe keine Ahnung, wie spät es ist. Immer noch in seine Armbeuge geschmiegt, verkrieche ich mich noch tiefer unter die Bettdecke.

»Pst, Nick, bitte nicht ...«, murmle ich.

Er nickt und ruft noch einmal.

»Ja, Dad, ich bin wieder da. Ich habe Holly nach Hause gebracht.«

»Sehr gut. Alles okay?«

»Ja.« Seine Stimme scheint näher an die Schlafzimmertür zu kommen. »Hattest du einen schönen Abend?«

»Ja, danke, mein Junge. Gehst du jetzt ins Bett?«

»Ja.«

»Dann bis morgen früh.«

»Gute Nacht, Dad«, ruft Alfie, bevor er wiederholt: »Nacht.«

Nick lächelt. Er freut sich ungemein über die Beziehung zu Alfie, das ist unübersehbar. Aber warum hat Alfie das Wort »Nacht« wiederholt?

»War der zweite Gutenachtgruß an mich gerichtet?«, flüstere ich.

Nick schüttelt den Kopf.

»Sagt er immer ›Nacht, Dad, Nacht‹?«

»Nein, aber ...«

»Er weiß, dass du nicht allein bist.«

»Angie, pst.«

»Aber Nick ... Er hat dir eine gute Nacht gewünscht und dann nachträglich auch mir!«

»Und?«

»Und? Dein Sohn im Teenageralter weiß, dass du Sex hattest! Heute Abend. Mit deiner Freundin.«

»Korrigiere mich, wenn ich falschliege, aber mein Sohn, unser Sohn, weiß mit Sicherheit, dass ich auch schon früher Sex hatte.«

Mit dieser Situation komme ich nicht klar. Ich hätte nicht so lang bleiben sollen. Oder ich hätte mich nach dem Essen verabschieden sollen. Auch wenn ich mir für alle Fälle die Beine rasiert habe.

Ich winde mich aus Nicks Armbeuge.

»Wo willst du hin?«, fragt Nick und setzt sich auf.

»Nach Hause.«

Er verzieht das Gesicht und greift nach meinem Handgelenk. »Wozu die Mühe? Jetzt bist du hier, und er ist ins Bett gegangen. Du kannst also ruhig über Nacht bleiben und morgen ganz früh das Haus verlassen.« Er zwinkert mir zu.

Mein gesunder Menschenverstand sagt mir, dass ich besser gehen sollte. Doch ich ignoriere den guten Rat, krieche wieder unter die warme Bettdecke und hoffe, dass mein Sohn immer noch einen tiefen Schlaf hat.

HOLLY

Mein Handy vibriert unter meinem Kopfkissen. Rasch ziehe ich es hervor und lese seine Nachricht.

> Dads Date ist immer noch hier.
> Sie ist mit ihm in seinem Zimmer. ☹

Ich erröte in unserem dunklen Schlafzimmer. Es ist sicher merkwürdig, wenn man von seinem Sohn dabei erwischt wird, wie man sich mit seinem Date vergnügt.

> Hoffe, sie halten dich nicht wach.

Ich schicke meine Antwort ab, bevor mir klar wird, dass sie offensichtlich genau das im Moment tun.

»Warum kicherst du?«, fragt Hannah verschlafen, dreht sich um und starrt auf mein beleuchtetes Gesicht.

»Alfies Dad hat einen Übernachtungsgast«, murmle ich.

»Echt jetzt? In seinem Alter?«

»Klar!«

»Oh! Würg! Armer Alfie.«

»Du sagst es.«

»Das ist einfach nicht richtig.«

»Erwachsene Leute tun das, Hannah.«

Sie wendet sich mir zu, und im verschwindenden Licht des Displays wirkt ihr Gesicht gespensterhaft.

»Sag bloß nicht, dass du das auch vorhast«, flüstert sie.

»Hannah?«

»Holly, im Ernst ... Warte.«

»Du hast mir nicht zu sagen, was ich tun soll, danke.«

Hannah stützt sich auf den Ellbogen und starrt mich an. »Ich werde dieses Zimmer nicht mit einem weiteren Baby teilen, falls du Mist baust.«

»Wer sagt denn was von Mist bauen?«

Hannah schnaubt und dreht sich wieder um. »Ich wette, das haben Mum und Dad auch gesagt – eine Stunde, bevor du gezeugt worden bist«, murmelt sie.

Ich starre auf ihren Hinterkopf. Es gibt Momente, in denen hasse ich meine Schwester sogar mehr als die Tatsache, dass meine Eltern es tatsächlich vermasselt haben. Das ist ein solcher Moment.

NINA

»Prost!«, ruft Shazza laut, um die Musik zu übertönen, und hält ihr Glas mit einem Mudslide-Cocktail in die Höhe.

Unsere drei Cocktailgläser klirren, als wir anstoßen und unsere Unterhaltung unterbrechen, um einen Schluck zu trinken.

Ich erkenne mich in dem Spiegel hinter der Bar kaum wieder; Lebewohl, Nina im Flanellpyjama, hallo, Glamourgirl mit einem Manhattan in der Hand – wahrscheinlich handelt es sich um ein neues Ich, allerdings demnächst ohne Kittys Schuhe, die beim Gehen ziemlich drücken.

»Ich bin davon ausgegangen, dass mein Dienstagabend ziemlich tragisch verlaufen wird, doch es ist verblüffend, wie sehr golden bemalte Statuen, wabernder Kunstnebel und Goldlamé die Stimmung heben können«, erwidere ich nach einem weiteren Schluck von meinem Manhattan.

»Bei mir wirkt das Wunder«, erklärt Shazza, tanzt auf der Stelle und nippt dabei an ihrem Drink.

»Bei mir auch, vor allem nach diesem Tag«, stimmt Kitty ihr zu und nimmt ihren Espresso Martini in die Hand. »Während du einen netten Ausflug zur Downing Street gemacht hast.«

»War es so schlimm?«, frage ich.

»Sagen wir mal so – wir haben dich und die Zwillinge auf dem Verkaufshof sehr vermisst«, erklärt Shazza. »Rate mal, wer noch mal aufgetaucht ist.«

Ich zucke mit den Schultern, nicht sicher, worauf sie hinauswill.

»Der Typ mit den Locken, der vor Kurzem schon da war. Und stell dir vor, er hat wieder keinen Baum gekauft.«

»Oh«, bringe ich mühsam hervor.

»Du hast gesagt, mit dem Mann verschwendet man nur seine Zeit, stimmt's, Shazza?« Kitty spielt mit ihrem Strohhalm.

Sofort habe ich das Bedürfnis, ihn zu verteidigen, aber das bringe ich nicht über mich.

»Er hat sich alle Bäume angeschaut, Jackie eine Frage zum Nadeln gestellt und ist dann in seinem schicken Wagen wieder davongebraust. Allmählich glaube ich, er hat irgendeinen seltsamen Hang zu Weihnachtsbäumen.« Shazza lacht.

»Oder zu unserer Weihnachtsmusik«, fügt Kitty hinzu.

Shazza hört augenblicklich auf zu lachen. »Wenn ich mir noch ein einziges Mal ›Rockin' Around the Christmas Tree‹ von Kim Wilde und Mel Smith anhören muss, dann drehe ich durch, das schwöre ich euch«, erklärt sie und zerbricht ihr Cocktailschirmchen in zwei Teile.

»Mir geht es so bei Maria Careys ›All I Want for Christmas Is You‹. Und was ist es bei dir, Nina?«, fragt Kitty. Die beiden schauen mich erwartungsvoll an. Mir fällt gerade nichts dazu ein; ich denke immer noch darüber nach, warum Luca schon wieder auf der Farm war, und bei dem Gedanken an ihn macht mein Magen schon wieder einen Satz.

»Mir ist das egal«, lüge ich, nur um das Gesicht zu wahren.

»Ist das dein Ernst? Du bist es doch, die sich sonst über die Musik beklagt!«, erwidert Shazza und wirft das zerbrochene Schirmchen auf die Bartheke.

»Genau. Erzähl uns keine Märchen, sonst singe ich ›Jingle Bells‹«, fügt Kitty hinzu und bricht in Gelächter aus. Ich beobachte, wie sich die beiden vor Lachen biegen und mit den Händen durch die Luft wedeln, um sich wieder zu beruhigen.

So sollte mein Leben sein – mehr Lachen und weniger Tränen. Sie haben mich wirklich aufgeheitert, und nicht nur, weil sie Luca erwähnt haben.

*

Wir bewundern eine Gruppe Männer, die an uns vorbeistolziert – breite Schultern, muskulöse Arme, umgeben von einer Wolke Aftershave.

»Jetzt erzähl mal – wie steht es mit den Zwillingen?«, fragt Shazza. Sie hat den linken Arm um meine Schultern gelegt und schwenkt in der rechten Hand ihren dritten Cocktail.

Kitty beugt sich vor, um Shazzas Frage besser zu verstehen.

»Ich weiß es nicht. Als ich noch jünger war, habe ich geglaubt, ich würde es sofort wissen, wenn ›der Richtige‹ vor mir steht. Jetzt bin ich mir da nicht mehr sicher. Es ist, als müsste ich mich ständig bewusst zwischen zwei Optionen entscheiden – zwischen zwei Männern. Manchmal fühlt sich das richtig an, doch dann schrecke ich wieder davor zurück.« Ich widme mich rasch meinem Drink, da mich beide anstarren.

»Aber um welchen Zwilling geht es?«, fragt Shazza.

»Das ist doch das Problem – sie weiß es nicht«, wirft Kitty ein und schüttelt den Kopf.

»Ich bin mir sicher, dass Bram und ich nicht von Natur aus gut zusammenpassen. Vor allem nach dem Abend vor Kurzem«, erkläre ich. »Bei Zach bin ich mir unschlüssig.« Shazza reißt ihren Arm von meinen Schultern und richtet sich auf, als hätte ich sie verbrannt. »Was? Ich kann's nicht ändern.«

»Nichts. Du weißt gar nicht, wie gut du es hast, das ist alles. Zwei attraktive Männer, die hinter dir her sind – du Arme.« Sie lacht, bevor sie einen großen Schluck von ihrem Cocktail trinkt.

»Langsam, Shaz – dir wird sonst noch schlecht«, warnt Kitty und zieht ihr das fast leere Glas von den Lippen weg.

»Was kann schlimmstenfalls passieren? Möglicherweise komme ich zu spät zur Arbeit, aber das ist ja nichts Neues, weil mein Bruder Spud fast jeden Morgen stundenlang das Badezimmer in Beschlag nimmt.«

Kitty und ich tauschen einen Blick.

»Jedes Mal, wenn unser Spud zu spät nach Hause kommt, könnte ich vor Scham sterben. Ich weiß, dass er dann wieder mit seiner Gang auf der Farm rumgeschlichen ist. Ich hab ihm gesagt, dass sie richtig Ärger kriegen, aber davon will er nichts hören. Ich hab ein schlechtes Gewissen, weil unser Boss doch zu uns Angestellten immer so nett ist.«

»Spud muss endlich auf dich hören, denn Boss Fielding ist ziemlich sauer wegen der Angelegenheit«, sagt Kitty.

»Schon klar. Aber wo bin ich stehen geblieben? Ach ja, ich habe Nina nach den Zwillingen gefragt. Also, welcher ist es?«

»Ich weiß es nicht. Eigentlich habe ich immer geglaubt, eine ernsthafte Beziehung sollte mit einer Freundschaft beginnen, in der man Nähe entwickelt und schließlich durch ein unsichtbares Band miteinander verbunden ist. Doch das kommt mir inzwischen sehr kalt und berechnend vor. Ich weiß nur, dass ich so was haben möchte, was Kitty und Connor haben ...«

»Verdammt, wir sehnen uns alle nach wahrer Liebe, aber Amors Pfeil trifft eben nicht jeden Menschen«, erwidert Shazza. »Für zwitschernde Paradiesvögel, Engelchen und Schmetterlinge im Bauch gibt es keine Garantie – außer in Disney-Filmen.«

»Vielleicht sollte ich auf einen solchen Moment warten«, meine ich verschämt.

»Gütiger Himmel, bis dahin könntest du bereits fünfzig sein, und dein Leben ist längst gelaufen. Nein, triff eine Entscheidung und steh dazu.« Shazza trinkt ihr Glas aus.

»Das kann ich eben nicht.«

»Vielleicht stellt sich eher die Frage, ob du den Rest deines Lebens zwischen Weihnachtsbäumen verbringen willst? Denn so wird die Zukunft bei beiden aussehen«, wirft Kitty ein.

»Will ich in zwanzig Jahren Jackie sein?«, frage ich laut.

»Ich wäre gern in zwanzig Jahren Jackie – das ist keine schlechte Aussicht«, sagt Shazza undeutlich mehr zu sich selbst als zu Kitty und mir, während wir sie verdutzt ansehen.

*

Um halb zwei Uhr morgens wanken wir Arm in Arm aus dem Nachtclub The Edge und hinein in ein weiteres Schneegestöber. Ich kann in Kittys Schuhen kaum laufen, aber ich bringe es nicht über mich, barfuß im Schnee weiterzugehen.

Als wir an ihm vorbei sind, bleiben wir alle gleichzeitig stehen, drehen uns um und schauen zurück auf den jungen Mann, der in einen Schlafsack gehüllt auf dem Randstein sitzt.

Wortlos ziehen Kitty und ich unsere Geldbörsen hervor und kehren zu seinem Platz zurück. Shazza folgt uns.

Es ist die Jahreszeit des guten Willens, aber davon allein hat man noch keine warme Mahlzeit im Magen, oder?

»Frohe Weihnachten!«, ruft er uns nach und hält drei Geldscheine in seinen kalten Fingern, während wir zufrieden zum nächsten Taxistand schlendern.

Zwölf

ANGIE

Mittwoch, 19. Dezember

Es klopft an der Tür, und ich schrecke hoch. Wo bin ich?

Ich bin mir sicher, dass ich etwas gehört habe.

Dann fällt mir die letzte Nacht ein.

»Nick«, flüstere ich.

»Ja. Was ist?«, erwidert er träge.

Wieder klopft es an der Tür.

»Dad!«

Nick springt mit einem Satz aus dem Bett und stellt sich in all seiner nackten Herrlichkeit hinter die Tür. Rasch vergrabe ich den Kopf mit dem Gesicht nach unten im Kissen.

»Ja, Alfie?«

»Ich … ich habe euch beiden Tee gemacht.«

Als ich den Kopf hebe, sehe ich Nicks entsetzten Gesichtsausdruck.

»Nun, das ist … sehr nett von dir.«

»Ich stelle das Tablett vor die Tür, okay?«

Was zum Teufel geht hier vor sich? Mein eigener Sohn hat seinem Vater und dessen ihm unbekannten Date am Morgen Tee gekocht?

»Danke. Gehst du jetzt zur Schule?«

»Noch nicht. Ich muss erst noch duschen.«

»Nick.« Ich gebe ihm vom Bett aus ein Zeichen. »Mach die Tür nicht auf! Bitte nicht!«

Ich flehe ihn praktisch an. Was letzte Nacht geschehen ist, löst Schuldgefühle in mir aus, und diese liebenswürdige Geste von einem Jugendlichen bringt mich total aus der Fassung.

»Ich habe Zucker und Milch für deine Freundin dazugestellt.«

Ich drücke wieder mein Gesicht ins Kissen. Kann es noch ärger kommen? Mein Ex-Mann steht nackt an der Tür, spricht mit unserem Sohn auf der anderen Seite, und ich wünschte mir, dass mich das Bett komplett verschlingen würde.

»Ich hoffe, ihr habt euch geschützt«, ruft Alfie, während er den Flur entlang zum Badezimmer geht.

»He!«, ruft Nick.

Ich höre, wie die Badezimmertür zugeschlagen wird.

Noch bevor Nick Zeit findet, vorsichtig die Tür zu öffnen und sich zu vergewissern, dass die Luft rein ist, bin ich bereits dabei, meine Kleidungsstücke zusammenzusuchen.

Rock. Slip, BH. Ich raffe alles zusammen und hake sie dabei von meiner mentalen Liste ab. Bluse?

Verflixt.

Meine Gedanken rasen. Nimm dein Zeug und geh! Verschwinde von hier! Ich halte abrupt inne. Nick holt das Tablett herein, als hätten wir den Zimmerservice bestellt.

»Was tust du da?«, frage ich scharf und bin mir nicht sicher, ob ich lachen oder heulen soll.

»Er hat uns Tee gekocht«, erwidert er, und auf seinem Gesicht zeichnet sich Stolz ab. Ich würde gern diesen Moment des elterlichen Erfolgserlebnisses mit ihm teilen, wirklich, aber was zum Teufel soll ich jetzt machen? Wieder unter die Decke kriechen, neben meinem Ex-Mann süßen Tee trinken und mich über das großzügige oder unverschämte Verhalten meines Sohns freuen, je nachdem, wie man es sieht?

»Angie, er ist im Bad und duscht – er kann dich nicht sehen.«

»Aber er weiß, dass ich noch hier bin.«

»Ja, aber er weiß nicht, dass *du* es bist.«

Ich finde es ein wenig beunruhigend, dass mein Sohn so bereitwillig eine andere Frau im Bett seines Vaters akzeptiert.

Nick stellt das Tablett auf die Decke und klettert wieder ins Bett.

»Mach, was du willst, aber ich trinke jetzt den Tee, solange er noch heiß ist.« Mit meiner zusammengeknüllten Kleidung im Arm bleibe ich stehen und sehe zu, wie er Zucker in den Tee gibt und sich ins Kissen zurücklehnt.

Was habe ich eben gemacht, bevor Nick mich unterbrochen hat? Ach ja, meine Bluse! Ich suche sie unter dem Bett, neben dem samtbezogenen Polsterhocker und beim Kleiderschrank. Nichts.

»Hier.« Nick gießt Milch in den schwarzen Tee und gibt einen Löffel Zucker hinein, bevor er mir den Becher reicht.

»Nick, wo ist meine ...?« Und dann fällt es mir plötzlich ein. Die Erinnerung an eine Situation im Wohnzimmer gestern Abend trifft mich wie ein Blitz. Warum sind wir nur so lange unten geblieben, bevor wir dann die Treppe hinaufgelaufen sind?

Wir haben beide gewusst, dass wir wahrscheinlich Sex haben würden – wir hätten vorsichtiger sein müssen.

»Was ist los?« Nick starrt von dem Teebecher auf mein entsetztes Gesicht.

»Sie liegt neben der Sofalehne.«

»Was?« Er stellt den ignorierten Becher auf das Tablett zurück.

»Meine Bluse!«

In Sekundenschnelle lasse ich meine Kleidungsstücke fallen und laufe zur Tür. Ich komme mir vor wie eine Spezialagentin. Allerdings stelle ich mein schwabbelndes Fleisch zur Schau, während ich aus einer Schlafzimmertür auf einen leeren Flur spähe.

»Angie, warte ...«

Zu spät. Ich schlüpfe zur Tür hinaus und versuche, meine Nacktheit so gut wie möglich zu verdecken, was bei meinen Kurven ziemlich schwierig ist. Die Badezimmertür ist fest geschlossen. Auf Zehenspitzen schleiche ich mich zur Treppe. In meinem Kopf höre ich die Titelmelodie von *Mission Impossible*. Ich schaffe das. Hin und zurück in drei Sekunden. Das kann ich genauso gut wie Tom Cruise. Ich sause die Treppe hinunter, ducke mich, als ich an der Milchglasscheibe in der Haustür vorbeilaufe und bin schon im Wohnzimmer. Rasch haste ich zu dem Dreisitzersofa und schaue mich gründlich auf dem Boden um. Nichts. Doch ich weiß, dass die Bluse hier irgendwo sein muss. Ich erinnere mich daran, wie Nick sie aufgeknöpft hat, sie über meine Schultern gestreift und auf den Boden geworfen hat. Ich bücke mich und taste unter dem Sofa danach, falls sie versehentlich dort hingeschoben wurde. Nichts. Schließlich krieche ich auf allen vieren, um unter das Sofa zu spähen. Ich biete sicher einen schrecklichen Anblick! Nichts. Meine Gedanken rasen, während ich mich auf die Fersen setze. Was zum Teufel habe ich damit gemacht?

Plötzlich höre ich ein Geräusch von oben und erstarre. O nein! Das darf nicht passieren! Das geht einfach nicht!

Die Treppe knarrt.

Langsam erhebe ich mich aus der Hocke und fange zu beten an. Bitte lass nicht zu, dass mein Sohn mich nackt im Wohnzimmer findet – das wird ihm für den Rest seines Lebens jegliche Lust auf Frauen nehmen!

Die Wohnzimmertür bewegt sich ein Stück. Ich kann nicht atmen. Nicht denken. Nicht hinsehen.

Der Hund kommt herein und schaut mich an. Und aus seinem Maul hängt meine Bluse!

Ich habe das Gefühl, gleich in Ohnmacht zu fallen.

»Rolo, komm her«, befehle ich ihm verärgert, aber mit gedämpfter Stimme, und greife nach meinem Kleidungsstück. Der Hund wirft mir einen empörten Blick zu und tapst in die Küche. Ich husche in den Flur, haste geduckt an der Milchglastür vorbei und laufe die Treppe hinauf, um mich in Sicherheit zu bringen.

Als ich die Hälfte hinter mich gebracht habe, verklingt die Titelmelodie von *Mission Impossible* in meinem Kopf allmählich, doch dann höre ich, wie im Bad der Riegel zurückgeschoben wird. Und da kommt er, mein Sohn, ein Handtuch um die Hüfte geschlungen. Mit einem zweiten Handtuch rubbelt er sich die Haare trocken, während er das dampfende Bad verlässt.

Ich ducke mich neben das Treppengeländer, erstarre und halte den Atem an. Mit einer Hand drücke ich mir die vermisste Bluse an die Brust. Er fährt sich immer noch kräftig mit dem Handtuch über die Haare und kurz übers Gesicht, bevor er weitergeht.

Ich wage es nicht auszuatmen.

Der Hund kommt hinter mir her und schiebt mich zur Seite, um zu Alfie zu gelangen.

»Rolo-Baby!«, sagt Alfie lachend und geht über den Gang zu seinem Zimmer. Ich höre, wie er die Tür hinter sich schließt, und kurz darauf ertönt Thrash-Musik.

Hastig laufe ich weiter nach oben und spähe durch das Geländer, bevor ich mich in Nicks Schlafzimmer flüchte.

Hinter der Tür bleibe ich stehen; mein Herz rast wie nach einem Olympia-Sprint. Mission vollbracht, nichts ist unmöglich!

»Hast du sie?«, erkundigt sich Nick und nippt an seinem Tee.

Ich schwenke die Bluse in seine Richtung, fühle ich mich aber schlagartig ziemlich erbärmlich wegen meines kindischen Verhaltens.

NINA

Heute gibt es hier kein Geplauder und kein Herumbummeln. Ich beschwere mich auch nicht über die Weihnachtsmusik, die uns permanent beschallt. Nach all den Cocktails brummt mir der Schädel, und meine Niedergeschlagenheit ist zurückgekehrt, aber zumindest bin ich zur Arbeit erschienen – im Gegensatz zu Shazza.

Mit gesenktem Kopf arbeite ich den ganzen Vormittag durch, obwohl es heftig schneit und der Hof immer wieder geräumt werden muss. Ich schirre Gertrude an und führe sie problemlos in den Stall mit der Krippe, füttere sie und Arthur, ohne von ihm attackiert zu werden. Mit der Etikettierpistole zeichne ich eine Ladung in Netzen verpackte Frasertannen aus und staple sie ordentlich auf, sodass die Kunden sie sich genau anschauen können. Ich will es auf keinen Fall riskieren, dass der Boss mich ein zweites Mal zum Dienst als Elf verdonnert, denn heute bringe ich beim besten Willen keine erzwungene Heiterkeit auf. Zwischen meinen anderen Aufgaben auf dem Hof gelingt es mir, drei Nordmanntannen, eine Blautanne und zwei Fichten zu verkaufen.

Während ich einen ein Meter achtzig hohen Baum über den Hof schleife, lenkt mich das Knirschen von Autoreifen auf dem Schnee ab. Normalerweise klingt das leiser, aber der Range Rover ist nicht zu überhören.

Das Herz schlägt mir bis zum Hals. Ausgerechnet heute?

Rasch schaue ich mich auf dem Hof um – einige meiner Kollegen sind verfügbar, aber heute werde ich mich um ihn kümmern. Ich fülle die Etikettierpistole nach, während er parkt und direkt auf mich zukommt. Als ich den Kopf hebe, lächelt er mich an, seine Augen funkeln, und an seinen Schläfen bilden sich feine Fältchen. In dem geparkten Wagen hinter ihm zeichnet sich auf dem Beifahrersitz eine Silhouette ab. Wow, der Mann hat Nerven!

»Hallo ... Nina«, begrüßt er mich leicht zögernd.

»Hallo. Kann ich Ihnen helfen?« Was für eine lächerliche Frage, doch diese Standardfloskel hilft mir, meine Nervosität zu verbergen. Ich darf jetzt auf keinen Fall den Fehler machen, ihn bei seinem Namen zu nennen. Das geht gar nicht.

Er kommt mir ein wenig näher, als ich erwartet habe. Der frische Zitrusduft seines Aftershaves hüllt mich ein. Ich muss tatsächlich das Kinn heben, um ihm ins Gesicht zu schauen. Er hat eine starke Präsenz, stärker als viele andere Männer. Soll ich einen Schritt zurücktreten? Oder müsste er das tun?

»Als ich neulich hier war, hat mir eine junge Dame einiges über die Bäume erzählt ...« Er wirft einen Blick zu dem Bereich, wo die Bäume aufgeschichtet werden und wo jetzt vier ordentliche Stapel für die Kunden bereitliegen. »Was sie mir über die verschiedenen Arten gesagt hat, war ein wenig verwirrend für mich ...« Er hält inne und schaut zu seinem Wagen hinüber, bevor er sich mir wieder zuwendet und das Gesicht verzieht. »*Sie* möchte einen Baum mit traditionellem Duft.«

Na toll – nun hat er seine zukünftige Frau erwähnt. Allerdings bekommt er dafür die volle Punktzahl für Ehrlichkeit und Pflichtbewusstsein. Nur um meiner selbst willen tue ich so, als gäbe es sie nicht. Ich schnappe mir jede kleine Freude, die ich bekommen kann, und angesichts meiner miesen Stimmung heute könnten das für mich die schönsten fünf Minuten des Tages sein.

»Dann ist sicher die Fichte der richtige Baum für Sie. Die Nadeln verströmen den traditionellen Duft, wie Sie es genannt haben – den Geruch, den die meisten Menschen mit Weihnachten verbinden«, erkläre ich, führe ihn zu der großen Auswahl an Fichten und erläutere ihm die Details auf unseren Infotafeln. Mein Herz rast, und meine Kehle ist trocken, aber ich mache so weiter, als wäre alles ganz normal. Doch das stimmt nicht. Ich habe das Gefühl, als hätte sich das gesamte Sonnensystem wegen unseres Gesprächs wohlwollend neu ausgerichtet. »Sie brauchen nicht viel Pflege, haben eine hübsche Form und dünne Nadeln, die wochenlang halten sollten, wenn der Baum täglich gewässert wird. Er wird sehr oft gekauft …« Er hört mir aufmerksam zu, aber sein Blick gleitet dabei über mein Gesicht, als wollte er meine Züge ganz genau mustern. »Das ist der traditionelle Weihnachtsbaum, der von Prinz Albert in den königlichen Haushalt eingeführt wurde.«

Über seine ernste Miene huscht ein zurückhaltendes Lächeln. »Kennen Sie etwa die Geschichte jeder Spezies?«

»O ja, ich arbeite hier schon lange genug, um Einzelheiten darüber zu erzählen, falls ein Kunde das wünscht. Die Geschichten sind sehr unterschiedlich.« Ich lache. »Das gehört zu meinem Job.«

»Nun ja, aber die andere junge Dame …«

»Shazza.«

Er nickt.

»Sie hat mir nur die vier Arten gezeigt und mir gesagt, alle seien verschieden, aber da fehlten mir die …«

»Die Details?«, frage ich. »Ja, so ist Shazza manchmal. Tatsächlich sind alle vier Arten sehr unterschiedlich. Wir haben eine Fichtenart und drei Tannen im Angebot. Und sie unterscheiden sich …« Als ich innehalte, zieht er die Augenbrauen hoch, als wollte er mich auffordern weiterzusprechen. »Nun, das zum Beispiel ist eine Blautanne. Die einzelnen Nadeln sind scharf und spitz.« Ich hebe einen Zweig der Tanne hoch, um ihm die Beschaffenheit der Nadeln zu zeigen, und gehe dann ein paar Schritte weiter zu einer Frasertanne. »Die Frasertanne hingegen hat flache und weiche Nadeln. Der Unterschied ist gut erkennbar. Das war eines der ersten Dinge, die mir aufgefallen sind, als ich hier zu arbeiten begonnen habe. Die Kunden bemerken so was meistens gar nicht.«

»Ich hab das auch nicht gewusst«, sagt er lachend und schaut von einem Baum zum anderen. »Die Fichte ist also der Baum mit den scharfen, spitzen Nadeln?«

»O ja. Und sie verströmt den typischen Weihnachtsduft.«

»Dann nehme ich die.«

»Und wie hoch soll sie sein?«, frage ich und gehe wieder zu den Fichten zurück. »Wir verkaufen unsere Bäume nach Metern.«

»Verstehe. Ich würde sagen ...« Er schaut sich auf dem Hof um und vergleicht die verschieden großen Bäume miteinander. »Ungefähr so wie der Baum dort drüben.«

»Einen Meter fünfzig. Das ist eine gute Größe. Der Baum ist nicht so hoch, dass er den Raum beherrscht, aber auch nicht so klein, dass er in einem großen Zimmer verschwindet, falls Sie verstehen, was ich meine.«

Er lächelt; um seine Augen bilden sich wieder kleine Fältchen, und er schiebt seine Unterlippe leicht nach vorne.

»Man muss einiges in Betracht ziehen, wenn man sich einen Weihnachtsbaum besorgen möchte.«

»Das war mir nicht bewusst.«

»Haben Sie denn noch nie einen echten Weihnachtsbaum gekauft?«

Er schüttelt langsam den Kopf, sodass seine Locken auf und ab wippen.

Mir zieht sich alles zusammen. Warum ist er so attraktiv? Und warum heiratet er die hübsche Blondine? Warum sind wir uns nicht begegnet, bevor er Hochzeitspläne geschmiedet oder Kinder bekommen oder sich ein Leben mit einer anderen Frau aufgebaut hat?

»Die Art, die Größe, das Zimmer, das der Baum schmücken soll, der Ort, an dem er stehen soll, die ihn umgebende Heizungsluft und das Licht … Ist der Ständer der richtige für den Baum? Kann er genügend Wasser aufnehmen oder muss man den Baum mehrmals am Tag wässern? Und …« Ich zögere, als ich einen belustigten Ausdruck auf seinem Gesicht wahrnehme. Bin ich in meinem Enthusiasmus zu weit gegangen oder sind die Details lediglich ein Vorwand dafür, ihn noch länger festzuhalten? Wie auch immer – es kommt ihm sicher sehr ulkig vor. »Nun, das sind alles Faktoren, die Sie vor dem Kauf eines Weihnachtsbaums berücksichtigen sollten.«

»Tja, ich kann vielleicht einige, aber nicht alle dieser Fragen beantworten«, murmelt er und wirft einen Blick zu seinem geparkten Wagen hinüber.

Wow, sie geht ihm wohl nie aus dem Kopf. Wie schön muss es sein, wenn man sich mit einem anderen Menschen so verbunden fühlt. Wie wunderbar, wenn man für jemanden der Mittelpunkt der Welt ist und weiß, dass alle anderen nicht wichtig sind – sogar beim Kauf eines Weihnachtsbaums.

»Hätten Sie etwas dagegen, wenn ich …?« Er deutet auf das Auto.

»N-natürlich nicht«, stammle ich, verblüfft, dass er es für notwendig hält, mich zu fragen. Schließlich geht es um *ihren* Baum.

Ich schaue ihm nach, als er Richtung Wagen geht; seine breiten Schultern verjüngen sich zu einer schmalen Taille. Seine langen

Beine bewegen sich geschmeidig und rhythmisch – er läuft wie ein Panther. Wenn er nur nicht schon vergeben wäre. Wenn er doch noch Single wäre. Ich weiß nicht, was ich dann gesagt oder getan hätte, aber vielleicht hätte ich die Chance ergriffen und mit ihm geflirtet. Mit den Wimpern geklimpert und versucht, sein Interesse einzuschätzen. Doch es wäre einfach falsch, einem Mann, der in wenigen Tagen heiraten wird, zu zeigen, wie sehr ich mich von ihm angezogen fühle.

Ach, das Leben ist nicht fair.

Ich beobachte, wie er die Beifahrertür öffnet und etwas sagt, während er auf unsere Musterbäume zeigt.

Wäre er Single, dann hätte ich mich vielleicht sogar versucht gefühlt, ihn auf einen Drink einzuladen. Schnell verdränge ich derartige Ideen; ich bin schockiert, dass ich eine solche Annäherung überhaupt in Betracht gezogen habe, wo ich doch grundsätzlich von Männern erwarte, dass sie den ersten Schritt machen. Doch dieser Mann ist so anders als die Männer, die ich bisher kennengelernt habe – vor allem, weil er nicht mehr zu haben ist. Verdammt!

Er tritt einen Schritt zurück, öffnet die Beifahrertür weiter als nötig und streckt ihr eine Hand entgegen. Was für großartige Manieren! Verblüfft beobachte ich, wie eine ältere Dame etwas unbeholfen aus dem hohen Range Rover steigt. Zuerst sehe ich nur ihren blauen, an der Taille zusammengebundenen Regenmantel, bis sie ihre braunen Stiefeletten auf den schneebedeckten Boden setzt.

Rasch wende ich den Blick ab. Das ist nicht die blonde Frau, seine Zukünftige.

Ich beschäftige mich damit, eine einen Meter fünfzig hohe Fichte von dem Stapel zu ziehen und aufzurichten, damit die Kunden trotz des Netzes sehen können, was für ein schöner und gesunder Baum das ist.

Er nimmt den Arm der Frau und führt sie vorsichtig über den Schnee zu mir herüber.

»Nina, das ist meine Mutter. Sie soll lieber selbst sagen, was sie möchte, dann muss ich nicht den Dolmetscher spielen. Mum, das ist Nina ...« Den Zusatz höre ich nicht mehr. Doch dann lausche ich bewundernd, wie er ihr alles über die vier verschiedenen Arten erklärt, so wie ich es vor ein paar Minuten gemacht habe. Wow, er hat mir tatsächlich zugehört. Seine Mutter wirkt zerbrechlich, wie eine Frau, die nicht durch die Jahre, sondern durch eine angegriffene Gesundheit schnell gealtert ist. Sie hängt bei allem, was er sagt, an seinen Lippen. Wie liebenswert. »Also scheinen wir einiges in Betracht ziehen zu müssen.«

Ich nicke lächelnd, während sie mich neugierig mustert. Als beide den Blick über die Bäume schweifen lassen, sehe ich, dass sie die gleichen Augen haben.

»Der Baum soll im Wohnzimmer stehen, richtig?«, fragt er sie.

»Ja, in der üblichen Ecke, aber auf dem Boden, nicht auf einem Tisch«, erklärt sie und schaut zu ihm hoch. »Ich möchte einen richtigen Weihnachtsbaum, nicht das alte Plastikding, das ständig umfällt.«

»Ja, ich weiß ... Such dir aus, was du möchtest.«

»Und dieser hat einen angenehmen Geruch?«, fragt sie und wendet sich plötzlich mir zu.

»O ja.« Ich ziehe einen Zweig aus dem Netz und zerdrücke die Nadeln, bevor ich ihr meine Handfläche hinhalte, damit sie daran riechen kann.

»Ja ... Das ist ein richtiger Baum.« Ihre Miene erhellt sich vor Freude. »Ja, ich möchte einen von diesen.«

»Bist du sicher?«, fragt er sie.

Sie nickt kurz und entschieden.

»Er kostet fünfunddreißig Pfund«, werfe ich ein, damit sie alle Informationen haben, bevor sie sich entscheiden.

»Das ist in Ordnung«, erwidert er rasch und wendet sich wieder seiner Mutter zu. »Ich bringe dich zum Wagen zurück und kümmere mich dann um die Bezahlung.«

Ich sehe mich rasch auf dem Hof um und rufe Zach zu mir.

»Zach, kannst du bitte diesen Baum hinüberbringen, damit ...« Ich zögere. Beinahe hätte ich seinen Namen ausgesprochen, doch ich kann mich gerade noch zurückhalten. »Damit dieser Herr der Dame zum Wagen zurückhelfen kann?«

Zach kommt zu uns, schultert den Baum im Netz und folgt dem Paar zum Range Rover.

Ich gehe zum Kassenhäuschen hinüber, weil ich weiß, dass er dort gleich seine Rechnung bezahlen wird. Auf den unteren Stufen bleibe ich stehen und beobachte, wie er die Beifahrertür zuschlägt, sobald seine Mutter Platz genommen hat.

Wie nett. Wie fürsorglich und aufmerksam.

Ich denke an meine Reaktion. Wie konnte ich nur auf diese alte Dame eifersüchtig sein? Ich muss mich wirklich zusammenreißen.

Zach hilft ihm, den Baum hinten im Wagen zu verstauen und den Kofferraumdeckel zu schließen. Nachdem sich alle bedankt haben, kehrt Zach an seine Aufgaben auf dem Hof zurück, und Luca kommt auf mich zu und kramt dabei in der Jackentasche nach seinem Geldbeutel.

»Alles erledigt?«, frage ich leichthin, während wir die Stufen hinaufsteigen.

»Sie ist überglücklich – sie hat sich schon seit Jahren einen echten Weihnachtsbaum gewünscht, und nun freut sie sich riesig«, sagt er lächelnd.

»Prima.«

Ich begleite die Kunden nur selten zum Kassenhäuschen, aber heute mache ich eine Ausnahme. Kitty schaut von ihren Unterlagen auf und lächelt erst ihn und dann mich an.

»Könntest du bitte eine eins fünfzig große Fichte abrechnen, Kitty?«, sage ich, als könnte er ihr das nicht selbst mitteilen.

Ich schaue zu, wie er mit seinen langen Fingern den Geldbeutel öffnet und einige knisternde Geldscheine herauszieht. Mir fällt auf, dass sich hinter dem kleinen Plastikfenster kein Foto befindet, stattdessen stecken in den Lederfächern etliche Plastikkarten.

Ein paar Sekunden später hält er eine Quittung in der Hand, und Kitty bedankt sich.

Ist es wirklich nötig, dass ich immer noch dabeistehe und ihn anstarre?

»Vielen Dank, Nina. Sie waren eine große Hilfe«, sagt er und tritt vom Tresen zurück.

»War mir ein Vergnügen«, erwidere ich strahlend.

Kitty zieht die Augenbrauen hoch und unterdrückt ein Grinsen.

Ich verlasse vor ihm das Kassenhäuschen und bleibe auf der Holztreppe stehen.

»Vergessen Sie nicht, den Baum auf das Haus vorzubereiten. Lassen Sie ihn am besten einen Tag auf der Terrasse oder in der Garage stehen, damit er sich an den Temperaturwechsel gewöhnen kann. Stellen Sie ihn ins Wasser, damit er während dieser Zeit genügend Feuchtigkeit hat. Dann wird er bis zum Dreikönigstag frisch bleiben.«

Er nickt.

Ich nicke auch.

Zwischen uns breitet sich Schweigen aus. Ich verlagere mein Gewicht von einem Bein aufs andere. Er tut es mir nach.

»Also noch mal danke ... Sie haben mir wirklich sehr geholfen.«

»Danke.«

Er macht sich auf den Weg, und ich bleibe einfach stehen und tue so, als würde ich ihm nicht nachschauen. Das warme Gefühl in meinem Inneren verschwindet schnell mit jedem seiner Schritte. Warum kann ich nicht einen Mann wie diesen finden?

Er bleibt plötzlich stehen, dreht sich um und schaut mich an. Dann nickt er mir zu, lächelt und geht weiter.

Mist!

War das sechster Sinn, Telepathie oder was? Wie auch immer – jetzt weiß er, dass ich ihn beobachtet habe. Am liebsten würde ich im Erdboden versinken. Aber das ist wahrscheinlich ohnehin das letzte Mal vor seiner Hochzeit, dass ich ihn sehe. Dann weiß er eben, dass ich ihm bei seinem letzten Besuch nachgeschaut habe. Und seinen einzigartigen, zielstrebigen Gang bewundert habe, der mich an einen Panther erinnert.

*

»Irgendwelche Ideen, Nina?«, fragt Jackie, als wir in der Mittagspause in unserer Hütte sitzen.

Ich bin in meine eigene Welt versunken, doch Kitty, Zach und Bram starren mich unumwunden an.

»Tut mir leid, ich habe nicht richtig zugehört.«

»Ich habe nach Ideen gefragt, die unseren Verkauf fördern könnten.«

»Oh.« Mein Gehirn ist wie leer gefegt.

»Wir haben die Weihnachtswerkstätten, Rentiere, in ein paar Tagen findet der Umzug mit dem Weihnachtssingen statt, und ab morgen kommt die Floristin jeden Tag, um Weihnachtskränze herzustellen, auf die die Kunden warten können, aber ...« Sie hält inne. »Wir brauchen noch etwas ... Besonderes.«

»Sind die Weihnachtsbäume nicht genug?«, frage ich. Es stört mich, dass sie bei ihrer Überlegung unsere wunderschönen Bäume nicht genügend würdigt. »Schließlich hat die Farm von der Vereinigung der britischen Weihnachtsbaumzüchter einen Preis verliehen bekommen – das kommt doch bei den Kunden sicher gut an.«

»Ja, schon, aber heutzutage erwarten die Leute mehr als eine Auszeichnung oder einen guten Ruf, nicht wahr?«, erwidert Jackie.

»Sie wünschen sich neue Konzepte, die ihnen Freude bereiten. Und das fehlt uns hier«, stimmt Kitty ihr zu. »Wir machen unsere Sache sehr gut, aber es ist eben jedes Jahr die alte Leier.«

Zach und Bram nicken bedächtig. Verstehe ich das richtig? Sehen sie alle den Zauber dieses Ortes nicht? Die Schönheit von Weihnachten umgibt sie, und trotzdem wollen sie noch mehr!

»Also, Nina, fällt dir dazu was ein?«, fragt Bram.

»Du hast doch eine kreative Ader. Ich wette, dir fällt was richtig Tolles ein, so wie deine Fragen bei dem Vorstellungsgespräch für den Weihnachtsmann«, fügt Zach hinzu. »Was würde dir hier auf unserer Weihnachtsbaumfarm gefallen?«

»Was würde ich mir mehr wünschen als alles andere auf der Welt?«, überlege ich laut. Zuerst möchte ich gern über die Weihnachtsferien in einer der Blockhütten wohnen, und zweitens würde ich gern meinem Dad das ungeöffnete Weihnachtsgeschenk schicken.

»Da gibt es zwei Dinge, aber ihr werdet das erste ablehnen und über das zweite lachen.«

»Nein, das werden wir nicht. Sag's uns«, fordert Jackie mich auf und beugt sich auf dem gegenüberliegenden Sofa zu mir vor.

Also sage ich es ihnen.

HOLLY

»Holly?«

Als ich aufschaue, entdecke ich einen besorgten Ausdruck in seinen Augen. »Geht's dir gut?«

»Ich weiß, dass es passieren wird, aber es ist wirklich ein großer Schritt ...«

»Wir haben keine Eile.«

»Schon klar, aber trotzdem ...«

Alfie legt einen Arm um meine Schultern und drückt mich an sich. Er ist tatsächlich sehr reif für sein Alter. Wir haben uns noch nicht darüber unterhalten, wo und wann, aber der nächste Schritt wird mit Sicherheit bald auf uns zukommen.

»Wir haben vereinbart, dass wir uns keinen Druck machen. Und wir werden uns auch nicht erwischen lassen wie deine Freundin Demi.«

»Woher weißt du das?« Ich bin überrascht, dass er sie erwähnt. Und ein wenig schockiert, denn Demi hat mir erst vor ein paar Tagen von ihrem Erlebnis erzählt.

»Spud kann nichts für sich behalten! Er hat in der Sportstunde damit geprahlt. Anscheinend waren sie beide ziemlich betrunken – sie konnte kaum mehr reden.«

»Alfie!« Ich winde mich aus seiner Umarmung, um ihm ins Gesicht schauen zu können. »Ist das wahr?«

»Ja. Er hat erzählt, dass sie sturzbetrunken war.«

Mir kommen beinahe die Tränen bei dem Gedanken, dass solche Details über sie jetzt auf dem Schulhof die Runde machen. Eine schreckliche Sache, aber was kann sie anderes erwarten, wenn sie es so darauf anlegt, den Jungs zu gefallen? Ich finde es tröstlich, dass man über mich sicher nicht auf diese Weise in der Schule reden wird – Alfie ist nicht so.

»Erinnerst du dich noch an die Unterrichtsstunde, in

der wir ein Kondom über eine Banane ziehen mussten?«, frage ich und werde bei der Erinnerung daran rot.

»Ich sollte das mit Sally Brown zusammen machen, aber sie hat sich geweigert, das Kondom anzufassen, geschweige denn es über die Banane zu streifen.«

Für mich war das auch nicht toll. Bei der Aussicht darauf krümmte ich mich innerlich und wich zuerst zurück, doch dann kapierte ich zumindest, wie man es richtig macht. Im Gegensatz zu vielen anderen, die die Kondome aufbliesen oder sie im Klassenzimmer umherwarfen.

»Alfie?«

»Was?«

»Das Gleiche gilt für auch dich. Ich meine, falls du dich unsicher fühlst ...«

»Dann werde ich es dir sagen. Unsicher bin ich nur, weil es vielleicht peinlich werden könnte.«

»Es geht um Sex – da ist Peinlichkeit vorprogrammiert«, erwidere ich spöttisch.

Alfie lacht. »Ich bin nur ehrlich«, erwidert er.

»Das weiß ich.« Falls ich in den kommenden Wochen diesen nächsten Schritt wagen werde, dann nur mit jemandem, der so einfühlsam ist wie Alfie. Ich wünschte nur, Demi hätte auf jemanden gewartet, dem wirklich etwas an ihr liegt.

Dreizehn

NINA

Donnerstag, 20. Dezember

Der Verkaufshof ist leer, aus den Lautsprechern scheppert »Step into Christmas«, als ich durch den tiefen Schnee zu unserer Hütte stapfe. Noch bevor ich einen Blick auf das Schwarze Brett geworfen oder die Anweisungen gehört habe, weiß ich, was heute auf dem Programm steht. Alle Mitarbeiter werden zum Verkauf eingeteilt. Selbst die Baumfäller müssen mitarbeiten, denn das kommende Wochenende kann entscheidend für die Verkaufszahlen der gesamten Saison sein. Außerdem müssen wir noch den Umzug mit dem Weihnachtssingen organisieren, der am Freitagabend stattfinden soll.

»Guten Morgen, Kitty.«

»Morgen. Bist du bereit für alles?«

»Nein, aber das ist ja nichts Neues.« Ich lache und hole mir die Kiste mit meiner Arbeitskleidung. »Falls es ähnlich wird wie letztes Jahr, laufen wir uns bis zum Feierabend die Hacken ab und sind dann fix und fertig.«

»Ach ja, die Freuden des letzten Jahres! Daran erinnere ich mich noch sehr gut«, erwidert Kitty lachend.

Der Vorbereitungstag für das Weihnachtssingen im vergangenen Jahr war ein Albtraum. The Dell, eine Lichtung zwischen den Bäumen, auf der es traditionell stattfand, war planiert worden, damit dort ein Holzboden verlegt werden konnte. Zum großen Ärger von Boss Fielding erschienen die damit beauftragten Männer jedoch erst am nächsten Morgen, als die Veranstaltung schon vorbei war. Also hatten wir einen behelfsmäßigen Boden verlegen, Sitzplattformen aufbauen und, mit Old Bills sachkundiger Hilfe, Kabel verlegen müssen.

»Weißt du, dass Shazza wieder da ist?«, flüstert Kitty mir zu.

»Sie hat mir eine Nachricht geschickt, dass sie heute wahrscheinlich wieder kommt. Wie geht's ihr?«

Kitty schüttelt den Kopf.

»Nicht gut. Sie hat das Gefühl, dass sie das Team im Stich gelassen hat, und all das Gerede darüber, dass ihr Bruder die Bande, die nachts hier einbricht, anführt, macht sie fertig. Ich glaube, das alles ist ihr sehr peinlich.«

»Das ist verständlich, aber da darf sie sich nicht unterkriegen lassen, falls sie wirklich nichts darüber weiß. Irgendwann hören auch die Spekulationen auf.«

»Guten Morgen, meine Damen«, ruft Bram, als er hereinstürmt. »Wie geht's, wie steht's?«

»Bei dem Gedanken an letztes Jahr graut uns vor dem heutigen Tag«, erwidere ich und schlüpfe in ein zweites Paar Leggings.

Bram verzieht das Gesicht.

»Wartet nur, bis ihr den Einsatzplan seht, den Dad für heute entworfen hat. Da könnte noch nicht mal die NASA mit ihren Weltraummissionen mithalten.«

»Machst du Witze?«, fragt Kitty, während sie ihre blonden Locken zu einem Pferdeschwanz zusammenbindet.

»Das ist mein voller Ernst.«

»Muss man denn für einen Umzug mehr Vorkehrungen treffen als für eine Veranstaltung, bei der alle sitzen?«, werfe ich ein.

»Wegen des Schnees gibt es viel mehr Sicherheitsvorschriften zu beachten. Wir müssen dafür sorgen, dass unsere Besucher nicht stolpern, ausrutschen und sich was brechen.«

»Na großartig, das fehlt uns gerade noch«, seufze ich.

»Und im Verkauf sollen wir auch arbeiten?«, erkundigt sich Kitty und zieht ihre bestickte Jacke an.

»Ja, auch im Verkauf. Tut mir leid, meine Damen. Mein alter Herr ist ein strenger Arbeitgeber, aber das solltet ihr inzwischen ja wissen. Aber eines Tages …«

»Ach, du lieber Himmel! Bis du oder Zach hier mal die Leitung übernehmt, bin ich schon lange weg«, sagt Kitty lachend.

»Hm, ich werde das wahrscheinlich leider noch erleben«, sage ich.

»Seid nicht so frech, ihr zwei!«, mault Bram. »Wenn ich mal an der Reihe bin, werde ich der beste Boss sein, den ihr zwei jemals gesehen habt.«

»Tatsächlich? Ich kann's kaum erwarten.« Ich schließe die Druckknöpfe an meiner Weste und hole meine Handschuhe. »Kitty, versprich mir, dass wir von hier abhauen, wenn das passiert.«

ANGIE

Wir sitzen in der Aula und schauen auf die vielen Lehrer, die sich mit den Eltern unterhalten, während die Teenager daneben entweder gelangweilt dreinblicken oder stolz grinsen.

Alfie hat neben Nick Platz genommen, weit rechts von mir; er ist nicht sonderlich begeistert von meiner Anwesenheit.

»Ich verstehe nicht, was der ganze Wirbel soll«, habe ich auf dem Beifahrersitz in Nicks Wagen bemerkt.

Alfies Antwort vom Rücksitz war ein Schnauben.

Nick warf mir nur einen kurzen Blick zu und schüttelte den Kopf.

»Schließlich bin ich deine Mutter – sollte ich nicht wissen, wie es um deine schulischen Leistungen bestellt ist?«

»Na klar, das ist der richtige Zeitpunkt, sich dafür zu interessieren – am vorletzten Tag des Halbjahres.«

Allmählich wurde es langweilig. Jedes Mal, wenn Alfie etwas nicht passte, fing er wieder mit der alten Geschichte an.

Ich betrachte die vielen Lehrer, die sich angeregt unterhalten: junge, alte, erfahrene und einige Neuzugänge, wenn ich mich nicht irre. Ich beobachte, wie Miss Hibbins, Alfies Englischlehrerin, bereitwillig ein neues Benotungssystem erklärt. Alfie hat mir einmal gesagt, dass die Noten jetzt alle aus Zahlen und nicht mehr aus Buchstaben bestünden – zu der Zeit hat er sich noch gern mit mir unterhalten. Miss Hibbins lächelt bei ihrer Ausführung fröhlich, während die Eltern entsetzt dreinschauen. Vielleicht geht es uns in zehn Minuten genauso.

Ich gehe an den Reihen der Tische entlang; viele Lehrer kenne ich nicht. Dann entdecke ich Miss Read mit ihrem roten Haar und ihrer übersprudelnden Art, die auf eine besorgte Mutter einspricht.

»Alfie, ist Miss Read hier Lehrerin?«

»Nein, sie arbeitet im Betreuungsteam – sie hilft, wenn es Probleme gibt.«

»Irgendwelche Dramen und so?«

»Manchmal. Hauptsächlich geht es um Alltagsprobleme.« Er lehnt sich an seinem Dad vorbei nach vorne, um einen Blick auf den Tisch an der Ecke zu werfen, der in einiger Entfernung zu den anderen steht, um ein wenig Privatsphäre zu bieten. »Das ist Melody Beale – sie hat einiges Zeug im Internet gepostet.«

»Alfie!«, zischt Nick.

»Alle wissen das – nur ihre Mum nicht.«

Ich beobachte, wie die beiden Frauen miteinander reden, und bemerke, dass Miss Read warmherzig Hilfe und Unterstützung sowohl für die Mutter als auch für die Schülerin anbietet.

»Du hast es ihnen doch nicht erzählt, oder?«, frage ich Nick, als mir plötzlich bewusst wird, dass ich gar nicht weiß, welche Geschichten über uns bekannt sind.

Nick zieht eine Augenbraue hoch.

»Hast du?«

Als er den Kopf schüttelt, bin ich erleichtert. An dieser Schule ist man sehr fürsorglich, aber ich möchte nicht, dass sie über uns Bescheid wissen. Schlimm genug, dass die Nachbarn über mich tratschen. Würde Alfie unter der Scheidung leiden, wäre das etwas anderes, aber das tut er nicht. Das hat er nie getan, trotz allem, was Nick dazu sagt.

Ich lasse den Blick über die Reihen schweifen und entdecke Mr Klym, Alfies Mathelehrer. Als ich diese Schule besuchte, hatte er als Berufsanfänger gerade hier angefangen. Das weckt natürlich Erinnerungen an meine Schulzeit.

»Erzählt Mr Klym immer noch den Witz von dem aufblasbaren Jungen in der aufblasbaren Schule, der von dem aufblasbaren Direktor getadelt wird, weil er eine Reißzwecke benutzt hat?«, frage ich und lächle bei dem Gedanken daran, wie unser Mathelehrer immer über seinen eigenen Witz gelacht hat.

»Meinst du den? ›Du hast mich plattgemacht und dich selbst plattgemacht, aber vor allem hast du die ganze Schule im Stich gelassen.‹« Alfie lacht, und das Grinsen auf seinem Gesicht ist echt.

Ich habe die Pointe mitgesprochen, als Alfie sie zitiert hat, und nun lachen wir gemeinsam. Nach der kürzlichen Spannung zwischen uns ist es herrlich, auf diese Weise miteinander verbunden zu sein. Nick schaut uns verwirrt an – er hat die St. Gabriel-Schule in der angrenzenden Stadt besucht.

»Mr Woodward!« Ich schaue auf, als Miss Hibbins uns zu sich winkt. Wir gehen als Trio zu ihr. Nick übernimmt die Führung, und Alfie setzt sich auf den Stuhl in der Mitte gegenüber von seiner Lehrerin.

»Hallo, wie geht es Ihnen?«, fragt sie fröhlich und ordnet den Papierstapel, der vor ihr liegt.

Wir antworten beide nicht, in der Hoffnung, dass der andere etwas sagen wird.

»Es geht ihnen gut«, erklärt schließlich Alfie in unserem Namen.

Plötzlich bin ich nervös.

»Gut, gut«, erwidert sie. »Nun, ich kann mich nur lobend über diesen jungen Mann hier äußern.«

Bei diesem Eröffnungssatz atme ich erleichtert aus.

»Er macht sich also gut?«, fragt Nick und patscht Alfie leicht aufs Knie.

»Mehr als das, nicht wahr, Alfie? In der letzten Beurteilung bekam er die Note ›Sechs‹, was auf gute Ergebnisse in den Prüfungen im März hoffen lässt.«

»Eine Sechs?« Ach, du meine Güte, ich kann mich nicht mehr erinnern, was Alfie mir über die einzelnen Noten in diesem System gesagt hat.

»Früher wäre das ein gutes B gewesen«, erklärt Miss Hibbins lachend. Ich lächle erfreut, und Nick neben mir nickt. Alfie grinst. »Wir gehen davon aus, dass Alfie ...«

Meine Gedanken schweifen ab, und ich höre nicht mehr zu. Ich schaue auf ihr freundliches Gesicht und ihre strahlenden Augen und frage mich, wie oft sie diesen Satz heute schon gesagt hat. Wie schwer fällt es ihr, wenn sie Eltern sagen muss, dass ihr Kind es nicht schaffen wird? Sie war immer ehrlich zu uns. Und als er in der siebten Klasse ständig seine Hausaufgaben zu spät abgab, war sie sehr fair zu ihm.

»Angie?«

Ich zucke zusammen und setze rasch ein Lächeln auf.

»Hast du noch Fragen?«, erkundigt sich Nick und starrt mich an.

»Wie stehen die Chancen, dass er es bis Mai auf eine Acht schafft?«

»Meine Güte, Mum, reicht dir denn eine Sieben nicht?«, wirft Alfie schmollend ein.

Miss Hibbins lächelt höflich.

»Alfie, ich habe doch nur gefragt.«

»Er arbeitet sehr gut mit, wie man an seinen Leistungen sieht. Jeder sollte das Beste aus sich herausholen, aber wir wollen auch niemanden überfordern. Eine Sieben ist erstrebenswert, und wenn man bedenkt ...« Sie hält einen Moment inne, bevor sie fortfährt. »Wie auch immer, er hat dieses Schuljahr sehr gut gemeistert.«

»Vielen Dank, das hört man gern. Danke für Ihre Unterstützung.« Nick steht auf und schüttelt ihr die Hand, und ich schließe mich ihm an. Miss Hibbins schaut mir nicht direkt in die Augen. Sie hat sich sehr höflich verhalten, doch sie scheint über unsere Ehe Bescheid zu wissen.

Wir entfernen uns von den drei Stühlen und gehen in die Wartezone für unseren nächsten Termin mit der Geschichtslehrerin Miss Patrickson.

Es kommt mir vor wie ein Déjà-vu, als wir uns wieder hinsetzen, um zu warten.

»Bin gleich wieder da«, verkündet Alfie, springt auf und läuft los, bevor wir eine Chance haben, etwas zu erwidern.

Nick und ich schauen ihm nach, als er durch die Aula rennt und ein schlankes junges Mädchen umarmt. Er strahlt übers ganze Gesicht, und sie erwidert sein Lächeln und zeigt dabei eine Zahnspange.

»Wer ist das?«

»Holly.« Nick lächelt, während er sie beobachtet.

»Bringt er sie nicht zu uns herüber, damit wir uns mit ihr unterhalten können?«

»Das bezweifle ich.«

Ich werfe Nick einen Seitenblick zu. »Warum denn nicht? Das gehört sich doch so, oder?«

»Also ehrlich, möchtest du, dass sich deine Mutter und deine Freundin zum ersten Mal begegnen, wenn alle deine Lehrer dabei sind?«

»Es geht doch um nichts Ernstes – das sind noch Kinder.« Ich kann meinen Blick nicht abwenden. Wie gelähmt starre ich auf diesen jungen Mann, den ich nicht als mein eigen Fleisch und Blut wiedererkenne. Er berührt ihren Arm, beugt sich zu ihr vor, lacht, lächelt ... Was zum Teufel? Noch vor zehn Minuten saß er neben mir und wollte nicht mal zwei Worte mit mir wechseln, und nun ... Sieh mal an! Sie ist hübsch. Sehr schlank. Ich hoffe, sie gehört nicht zu diesen magersüchtigen Teenagern – so etwas muss unser Alfie in seinen jungen Jahren nicht erleben. Sie wirft immer wieder ihr langes blondes Haar über die Schulter. Und er rückt immer näher an sie heran, während sie sich unterhalten.

»Wo ist ihre Familie?«, frage ich Nick und bin ein wenig verstimmt, weil sie seine ganze Aufmerksamkeit auf sich zieht.

»Siehst du das Paar mit der Gruppe von ...?«

Er hat den Satz noch nicht beendet, als ich zu ihm herumwirble und ihn anstarre.

»Nein!« Ich werfe einen Blick auf die vielen Kinder. Lauter Mädchen. »Nick, ich habe gedacht, das soll ein Witz sein!«

»Sie ist sehr nett, Angie. Du machst dir zu viele Gedanken.«

»Um Himmels willen, Nick, wenn er sich daran ein Beispiel nimmt, wird er Vater sein, bevor er den Führerschein machen kann.«

»Angie, das ist gemein.«

»Nein. Tut mir leid. Ich werde nicht zulassen, dass sich mein Sohn von einem jungen Mädchen einfangen lässt, das in dem Glauben aufgewachsen ist, sie wäre nichts anderes als eine Gebärmaschine.«

»Angie, sprich etwas leiser, bitte.«

»Geh und hol ihn.«

»Nein. Lass ihn in Ruhe.«

»Nick.«

»Verstehst du jetzt, warum er sie nicht hierhergebracht hat?«

Ich lehne mich auf meinem Stuhl zurück. Warum begreift Nick nicht, welchen Einfluss dieses junge Mädchen auf unseren Sohn haben könnte? Ich beobachte die Erwachsenen in der Gruppe. Sie nehmen kaum Notiz von dem jungen Pärchen, werfen ihnen zwar einen kurzen Blick zu, kümmern sich aber nicht weiter darum. Ich versuche, das Alter der anderen Mädchen zu schätzen. Sie stehen da wie die Orgelpfeifen – offensichtlich sind sie alle direkt nacheinander auf die Welt gekommen. Wie kann man sich nur so viele Kinder wünschen? Sie sehen sauber und ordentlich aus, aber der Schein trügt oft. Bei so vielen Kindern sind die Eltern sicher froh, wenn die ersten erwachsen werden. Unser Alfie muss die Oberstufe schaffen und an der Uni studieren, bevor er sein Leben beginnen kann. Ich möchte nicht, dass seine Zukunft durch eine Teenager-Liebelei beeinträchtigt wird.

»Hast du ihm von uns erzählt?«, frage ich, obwohl ich mir sicher bin, dass er es nicht getan hat.

»Angie?«

»Das kann ich wohl als Nein verstehen.«

»Wir werden noch vor der Hochzeit am Montag darüber reden, okay? Warum sollten wir ihm die nächsten Tage verderben, wenn ich ohnehin weiß, dass sich alles zum Guten wenden wird?«

Ich habe nicht damit gerechnet, dass Nick sich so beschützend vor ihn stellen würde. Wir sind Alfies Eltern – natürlich wird er sich freuen, dass wir wieder zusammen sind. Ich kann es kaum erwarten, bis der Montag da ist, wir wieder eine richtige Familie sind.

Wir werden einen schönen Tag mit Nicks Freunden verbringen und die Hochzeit ihrer Tochter feiern. Und dann können wir ein ruhiges Weihnachtsfest miteinander in ihrem Haus verleben. Ich werde den teuren Fresskorb mitbringen, den ich bereits bestellt habe. Nick kann sich um das Wesentliche kümmern, und ich bringe die festliche Stimmung ins Haus. Wir werden ein Weihnachtsfest gestalten, das keiner von uns vergessen wird.

»Angie, Alfie kommt zurück«, flüstert Nick.

Alfie läuft zu uns herüber und setzt sich wieder neben Nick. Als ich ihn anschaue, vermeidet er den Blickkontakt.

»Wie geht es ihr? Läuft der Elternabend gut für sie?«, fragt Nick freundlich. Ich verstehe nicht, wie er diese Sache noch fördern kann.

»Eigentlich schon, aber ihre Mum ist nicht begeistert von ihrer Geschichtsnote. Offensichtlich hat sie sich seit Oktober um eine Note verschlechtert, also wird sie in den Nachhilfeunterricht gehen müssen.«

Sein Vater nickt, als würde ihn das interessieren. Ich persönlich glaube, dass sie ihren Weg gehen wird, solange sie begreift, dass Babys nicht das A und O im Leben sind.

»Ist das ihre Familie?«, frage ich.

»Mum.«

»Alfie, du hast sie mir nicht mal vorgestellt. Was soll ich denn davon halten? Das macht keinen guten Eindruck auf mich.«

Alfie und Nick tauschen einen Blick, und ich verstehe die Botschaft. Es wundert mich nicht, dass sie meinen Standpunkt in dieser Sache nicht begreifen. Männer tun das nur selten, genau das ist das Problem.

Während wir warten, setze ich meinen inneren Monolog fort.

*

»Eine Sieben ist erstrebenswert, und wenn man bedenkt …« Miss Hibbins Worte gehen mir immer wieder durch den Kopf, als Nick uns zu sich nach Hause fährt, damit ich meinen Wagen holen kann.

»Miss Hibbins weiß Bescheid, oder?«, frage ich Alfie und werfe einen Blick über die Schulter.

»Über was soll sie Bescheid wissen?« Alfie schiebt den Kopf zwischen die beiden vorderen Kopfstützen, nachdem er seinen Sicherheitsgurt ein Stück herausgezogen hat.

»Dass ich gegangen bin.«

Alfie lehnt sich wieder zurück. »Ach das. Ja. Ich hab es mal in einem Englischaufsatz erwähnt.«

Nick starrt wortlos nach vorne.

»Na, vielen Dank. Ich wette, du hast ihn als Helden und mich als Verbrecherin dargestellt.«

Wir fahren schweigend weiter. Ich fühle mich, als hätte ich meine Prüfung im Fach »hingebungsvolle Mutter« mit Note »Eins« abgeschlossen.

NINA

Nach einem arbeitsreichen Tag im Verkauf hat sich die gesamte Mannschaft der Farm um halb sechs in einem Halbkreis aufgestellt und schaut auf Boss Fielding, der mit den Vorbereitungen für das morgige Weihnachtssingen beginnen will. Weil sie ein paar Tage gefehlt hat, ist Shazza nicht mehr die Hauptorganisatorin, sondern eine von uns. Ich schaue mich um – etwa dreißig Erwachsene warten auf Anweisungen.

»Hört gut zu. Ich brauche Freiwillige auf dem ganzen Areal. Wenn sich jedes Team auf eine Aufgabe konzentriert, sind wir in zwei Stunden fertig. Habt ihr mich verstanden?«

Das obligatorische Gemurmel des erschöpften Personals ist kaum hörbar.

»Ich habe gefragt, ob ihr mich verstanden habt!«, brüllt Boss Fielding. Es klingt beinahe wie ein Schlachtruf.

»Ja!«, schreien einige Männer. Ich wiederhole mein leises Ja. Es ist mir egal, dass er mir für diese Extraschicht das Doppelte bezahlt – ich will nach Hause.

»Nina!« Zach packt mich am Arm und zieht mich zum Schwarzen Brett hinüber, wo sein Vater die Jobeinteilung aufgehängt hat. »Ich habe mich bereits um unsere Aufgaben gekümmert.«

Ich halte mich hinten an seiner Jacke fest, während wir uns durch die Menge drängen.

»Schau, hier ...« Er zieht ein zusammengefaltetes Stück Papier aus der Tasche und zeigt mir den Dienstplan für das Weihnachtssingen. »Wir begleiten den Umzug auf der Auffahrt, und anschließend kümmern wir uns drin um die heißen Getränke und die Leckereien für die Pause.«

»Dann nehme ich also nicht am Laternenumzug teil?«

»Nein.«

»Na toll. Da wird einmal eine Veranstaltung so umorganisiert, dass sie mir auch gefallen könnte, und dann muss ich mit der Verpflegungsmannschaft Glühwein und Früchtekuchen servieren, was ich ohnehin jedes Wochenende in der Hauptsaison auf dem gut besuchten Verkaufshof mache!« Der geplante Umzug soll durch die ausgewachsenen Bäume im Süden der Farm stattfinden. Ich kann es kaum erwarten, die Lichterprozession zwischen den hoch aufragenden Bäumen zu sehen, den Bäumen, die von dem früheren Farmer Fielding gepflanzt wurden, als unser Boss noch ein Kind war.

»Meine Güte, ich dachte, du würdest dich freuen.«

»Nein. Nach diesem schrecklichen Jahr wollte ich ausnahmsweise einmal dabei sein und an einer festlichen Veranstaltung teilnehmen, doch nun bin ich dazu verdammt, Bedienung zu spielen.«

Zach faltet das Blatt Papier rasch wieder zusammen und lässt es in seiner Jackentasche verschwinden.

»Dir kann man zurzeit einfach keine Freude machen, oder? Ich weiß gar nicht, warum ich mich immer wieder bemühe.« Ich sehe ihm nach, als er zum Geräteschuppen stapft. Sicher wird er sich bei Gertrude und Arthur ein wenig beruhigen. Später werde ich mich bei ihm entschuldigen und ihm alles erklären.

Ich kehre zurück zu den anderen und mische mich unter die Arbeitsgruppen, die alle mit einer speziellen Aufgabe betraut in verschiedene Gebiete ausrücken sollen. Ein Team soll die Strecke abgehen und mögliche Stolperfallen und Hindernisse beseitigen – keine leichte Aufgabe in der Dunkelheit, wenn man nur eine Stirnlampe zur Verfügung hat. Ich schließe mich begeistert dem Team an, das damit beauftragt ist, den Ablauf der Veranstaltung zu gestalten und die Weihnachtslieder auszusuchen. Ich gebe es nur ungern zu, aber Old Bill hatte recht, als er sich darüber beklagte, dass die Anwesenden die Lieder nur mitsingen könnten, wenn sie den Text vor sich hätten. Also brauchen wir genügend Liedblätter.

Kitty und Shazza haben sich bereit erklärt, die Laternen und Kerzen zu organisieren; sie haben Jackie versprochen, dass nur Erwachsene die Stangen mit den daran befestigten Lampions in die Hand bekommen. Es überrascht mich, dass Jackie nicht darauf besteht, dass die Laternen nur vom Personal getragen werden dürfen, aber hey, sie hat die Regeln aufgestellt, die alle einhalten müssen.

Ich helfe im Büro von Boss Fielding dabei, einen großen Stapel an Karten mit dem Ablauf der Feierlichkeit zu erstellen, auszudrucken und zu falten, und darf ausnahmsweise im Warmen bleiben.

Während ich am Schreibtisch des Bosses die ausgedruckten Karten zusammenlege, saust etwas am Fenster vorbei. Ich spähe hinaus und sehe Zach mit erhobenen Armen und schreiend aus dem Geräteschuppen rennen.

Rasch springe ich auf und gehe an den anderen Helfern vorbei zur Tür.

»Was ist mit Zach los?«, rufe ich Bram zu, der aus unserer Hütte kommt.

»Ich habe keinen blassen Schimmer, aber hier kommt er …« Er deutet mit einer Kopfbewegung auf seinen Bruder. »Was ist los?«

»Dieser verdammt Arthur! Er ist aus seinem Stall ausgebrochen und zu den südlichen Feldern gelaufen, weil irgendjemand das Tor offen gelassen hat«, stöhnt er. »Dad wird einen Anfall bekommen, wenn ich ihm das sage.«

»Zach!«, brüllt Bram. »Du verdammter Idiot!«

»Hast du versucht, ihn einzufangen?«, frage ich.

Zach dreht sich um und verzieht zornig das Gesicht.

»Daran habe ich natürlich keinen Gedanken verschwendet! Ich bin einfach stehen geblieben, um mich von seinen spitzen Hörnern durchbohren zu lassen. Was denkst du denn, Nina?«

»Schon gut, kein Grund, so schnippisch zu werden. Wenn wir ihn mit einem Eimer Karotten oder anderen Lieblingsleckereien anlocken, kommt er vielleicht durchs Tor zurück.«

»Was wir morgen bei dem Laternenumzug auf keinen Fall brauchen können, ist ein wild gewordener Ziegenbock«, erklärt Bram.

Zach stampft in Richtung des Geräteschuppens davon.

»Ich werde zu Dad gehen und es ihm sagen, okay?«, ruft Bram seinem Bruder hinterher.

»Mach, was du willst«, erwidert Zach und verschwindet im Schuppen. »So wie sonst auch immer.«

*

»Zach?« Als ich den Schuppen betrete, lehnt Zach an der Einzäunung des Stalls. »Was ist los?«

Er starrt mich aus seinen grauen Augen an, während ich mich ebenfalls auf den Zaun stütze.

»Wirst du es ihm jemals sagen?«, fragt er.

Ich schüttle langsam den Kopf. »Zach ... zwischen mir und Bram wird niemals etwas sein.«

Er dreht sich zu mir um. »Ist das dein Ernst?«

Es wäre nicht richtig, ihm jetzt von meinem Erlebnis mit dem Mann in dem Range Rover zu erzählen.

Wortlos bleiben wir stehen und schauen auf die einsame Gertrude.

»Hat dein Magen jemals Purzelbäume geschlagen, als du jemanden kennengelernt hast?«, breche ich schließlich das lange Schweigen.

»Ja.«

Ich nicke verständnisvoll. »Mir ist das erst vor Kurzem passiert, und jetzt weiß ich, dass es das ist, wonach ich gesucht habe.«

Er wirft mir von der Seite einen Blick zu und nickt ebenfalls. »Wer?«

»Das ist nicht wichtig; es ist niemand, den du kennst«, murmle ich. »Und bei dir?«

»Musst du das wirklich fragen?«, erwidert er leise.

HOLLY

»Soll ich dich abholen?«, fragt Demi mich am Telefon kurz nach meiner Rückkehr vom Elternabend.

»Nein. Ich hab Hausarrest, bis meine Note in Geschichte wieder besser ist. Warum, wohin willst du?«

»Zur Weihnachtsbaumfarm.«

»Demi, nein!«

»Doch! Wir haben dort immer eine Menge Spaß. Spud bringt ein paar Dosen mit, und ein paar seiner Freunde haben Wein dabei. Du weißt gar nicht, was du verpasst. Paris und ihre Clique waren neulich auch da, und sogar mit ihnen hatten wir Spaß. In dieser Woche waren wir fast jeden Abend dort und haben uns köstlich amüsiert. Gestern Abend haben wir uns zusammengesetzt und uns Spukgeschichten erzählt. Und dann haben wir immer wieder ein merkwürdiges Geräusch gehört und uns alle gegruselt. Ich hätte mir vor Angst beinahe in die Hose gemacht.«

Ihre Stimme klingt aufgeregt. Ich verstehe, dass ihr das alles gut gefällt, aber ich mache mir Sorgen, dass sie sich mit den falschen Leuten abgibt und mit ihnen auf Abwege gerät. Spuds Freunde sind wahrscheinlich alle so wie er. Was sagt mein Dad immer? Gleich und Gleich gesellt sich gern. Und was Paris und ihre Clique betrifft – wer will denn mit denen was zu tun haben?

»Holly, bist du noch dran?«

»Ja, aber ich komme nicht mit. Alfie sagt, der Boss weiß, was ihr da tut. Und das Personal hat erzählt, dass er eure leeren Dosen, die Feuerwerkskörper und die Reste von euren Lagerfeuern entdeckt hat.«

»Na und? Wir haben nur ein bisschen Spaß.«

»Er denkt darüber nach, sich Wachhunde anzuschaffen.«

Demi schweigt. Ich hoffe, dass sie auf mich hört, aber tief in meinem Inneren weiß ich, dass meine Hoffnung vergeblich ist.

»Wachhunde sind Geldverschwendung – Spud vermutet, dass sie ihren wilden Ziegenbock darauf abgerichtet haben, die Gegend zu bewachen.«

»Demi, geh nicht. Komm doch zu mir und hilf mir beim Lernen.«

»Nein! Bis bald. Mit dir möchte ich jetzt echt nicht tauschen«, trällert Demi.

»Das beruht auf Gegenseitigkeit«, sage ich, dann ist die Leitung tot. Alfie hat netterweise gefragt, ob ich am Wochenende ein paar Stunden arbeiten kann, und nach dem, was er mir erzählt hat, möchte ich nicht in Demis Haut stecken, wenn der Boss sie erwischt. Wenn es um seine Farm geht, ist nicht mit ihm zu spaßen.

Vierzehn

NINA

Freitag, 21. Dezember

Es fühlt sich merkwürdig an, als ich beim örtlichen Radiosender durch die große Glasscheibe im Studio von allen Mitarbeitern des Produktionsteams angestarrt werde. Vor zehn Minuten wurde ich für ein Interview hierhergebracht, und es ist mir unangenehm, im Mittelpunkt der Aufmerksamkeit zu stehen.

»Nina, du musst uns deine Gedanken erläutern, damit wir das Projekt sofort starten können«, erklärt Jackie, während sie mich zum Studio fährt. »Es ist nur ein einfaches Interview, Schätzchen. Kein Grund zur Aufregung. Vergiss einfach, dass dir ein paar Leute zuhören.«

Doch so einfach lässt sich das nicht ignorieren, wenn man riesige Kopfhörer trägt und ein großes Mikrofon direkt vor dem Mund hat. Ganz zu schweigen von dem überdrehten Radiomoderator Jimmy Diamond, der mir um acht Uhr morgens gegenübersitzt – ich bin total nervös.

»Guten Morgen, hier ist Jimmy Diamond von Radio Raveloe. Ich begrüße Sie an diesem frischen Dezembermorgen. Bei mir ist heute eine junge Dame von der Weihnachtsbaumfarm, die uns ein ganz spezielles Projekt vorstellen wird, das sie ins Leben rufen möchte. Es heißt ›Geschenke für den Himmel‹. Also, Nina, können Sie uns sagen, wie Sie auf diese Idee gekommen sind?«, fragt der Moderator forsch-fröhlich.

Seit Mittwoch haben sich die Ereignisse überschlagen. Jackie hat mir eine Frage gestellt, und Zach und Bram haben mir mit offenem Mund zugehört, als ich den Schmerz, die Einsamkeit und die harte Realität der Trauer geschildert habe.

»Mein Vater ist letztes Jahr an Weihnachten gestorben und konnte mein Geschenk für ihn nicht mehr öffnen ... Also würde ich jetzt gern die Gelegenheit ergreifen und sein Geschenk irgendwohin schicken. Einfach irgendwohin. Eigentlich will ich es ihm schicken, aber das kann ich leider nicht.«

»Und Sie haben das Gefühl, dass andere Menschen, die sich in einer ähnlichen Situation befinden, es tröstlich finden würden, das Gleiche zu tun?«, fährt Jimmy Diamond fort.

»O ja. Ich weiß, dass die Geschenke nicht im Himmel landen werden, aber das ist nicht entscheidend. Allein der Akt des Verschickens wird den Hinterbliebenen Trost spenden. Als ich ein Kind war, hat mein Dad mich immer dazu ermutigt, Briefe an den Weihnachtsmann zu schreiben – in meiner schönsten Handschrift. Das Kuvert wurde frankiert und nach Lappland geschickt. Das ist das gleiche Prinzip, an das ich beim Verschicken von Geschenken gedacht habe. Nur ist es für diejenigen vorgesehen, die einen geliebten Menschen verloren haben. Es könnte ihnen Trost und Hoffnung spenden und vielleicht die Liebe für die Verstorbenen aufrechterhalten.«

»Das klingt wunderbar, Nina. Aber warum die Farm?«

»Ich arbeite auf der Farm, und dort spürt man den Zauber dieser Jahreszeit. Wir pflegen die Bäume das ganze Jahr über, bis sie dann geschlagen und verkauft werden, damit andere Menschen sich an ihrer Schönheit erfreuen und mit ihnen unvergessliche Momente im Kreis der Familie erleben können. Ich glaube, dass unzählige Familien aus dieser Gegend viel Freude an ihrem jährlichen Ausflug zu unserer Farm haben. Ihr Besuch hat ebenso Tradition für sie wie das Backen des Weihnachtskuchens, das Aufhängen der Strümpfe und die Karotte, die man am Weihnachtsabend für Rudolph, das Rentier vor die Tür legt.«

»Und was soll mit den Geschenken geschehen, die an die Farm geliefert werden?«

»Wir möchten, dass jedes Päckchen einen Aufkleber mit genauer Angabe des Inhalts hat, und nach Weihnachten werden die Besitzer der Farm für jedes Geschenk einen Empfänger in unserer Gemeinde finden. Das Geschenk darf so aufwendig verpackt sein, wie die Schenkenden möchten, so wie es ihren Familienangehörigen gefallen hätte. Wichtig ist jedoch der Aufkleber, der uns die Weitergabe erleichtern soll.«

»Also, liebe Zuhörerinnen und Zuhörer, wenn Sie an diesem Projekt teilnehmen wollen, dann besuchen Sie die Website der Weihnachtsbaumfarm – dort finden Sie weitere Details zu ›Geschenke für den Himmel‹. Bringen Sie am kommenden Wochenende Ihr verpacktes Geschenk zur Weihnachtsbaumfarm. Ich möchte mich ganz herzlich bei Nina für ihren heutigen Besuch bei uns bedanken und ihr bei dieser Gelegenheit frohe Weihnachten wünschen.«

»Danke.« Dass ich Weihnachten nicht feiern werde, lasse ich lieber unerwähnt.

Geschafft.

Ich habe mich nicht so oft verhaspelt, wie ich befürchtet hatte, und nun, nur knapp achtundvierzig Stunden nachdem diese Idee in unserer Hütte entstanden ist, gibt es dieses Weihnachtsprojekt tatsächlich.

Ich beobachte den Moderator dabei, wie er den nächsten Musiktitel abfährt, bevor er sich mir zuwendet.

»Das haben Sie gut gemacht. Ich hoffe, es war nicht so schrecklich, wie Sie es sich vorgestellt haben.«

»Danke. Nein, das war es nicht. Ich werde mich jetzt noch in der Stadt mit ein oder zwei Reportern von der Lokalpresse unterhalten, also noch mal vielen Dank.«

»Danke für Ihren Besuch – ich wünsche Ihnen alles Gute. Das Projekt klingt fantastisch.«

Wenige Minuten später sitze ich in Jackies Wagen und werde quer durch die Stadt zum Büro des *The Tamworth Herald* gefahren, um ein ähnliches Interview zu geben und Fotos machen zu lassen.

HOLLY

»Geht's bitte ein bisschen schneller?«, ruft Mum, als wir älteren Mädchen uns in ihr Auto zwängen. Es fühlt sich verboten an, dass wir an einem Schultag nicht zur Schule unterwegs sind.

Allerdings glaube ich nicht, dass ich viel versäumen werde, vor allem, da es ohnehin nur um einen halben Tag geht. Wir fahren in die Stadt, um uns dort mit Isabella zu treffen und unsere Brautjungfernkleider anzuprobieren, die für die Hochzeit am Montag fertig sein müssen. Meine jüngeren Schwestern bleiben mit Dad zu Hause – da sie noch keine Taille, keinen Busen und keine Hüften haben, ist eine weitere Anprobe unnötig. »Anschnallen!«, befiehlt Mum. Wir winken Dad wie wild zu, der sich jetzt mit den Kleinen allein herumschlagen muss.

»Holly, schau, da ist Demi!«, ruft Hannah und schiebt vom Rücksitz aus ihren Arm zum Beifahrersitz nach vorne und an meiner Nase vorbei.

Sie hat recht; Demi schlendert in einer Gruppe von anderen Mädchen in ihren Schuluniformen die Straße entlang. Als wir vorbeifahren, drehe ich rasch den Kopf, um zu sehen, mit wem sie unterwegs ist: Das sind Paris und die fiesen Mädchen! Na toll. Kaum habe ich mal keine Zeit, schließt sie sich dieser Clique an. Und sie ist sogar schon früher unterwegs als zu unserer üblicherweise vereinbarten Zeit.

»Sie hängt mit ihnen auf der Weihnachtsbaumfarm herum«, beantworte ich Hannahs unausgesprochene Frage. »Seit einiger Zeit scheint sie es lustig zu finden, mit ihnen Cider zu trinken und Lagerfeuer anzuzünden.«

»Sie wird Ärger bekommen, wenn sie nicht damit aufhört«, wirft Mum ein.

Ausnahmsweise bin ich mit ihr einer Meinung. Ich habe keine Lust, mich der Clique anzuschließen, aber es trifft mich hart, dass ich nach zehn Jahren Freundschaft so leicht ersetzt werden kann. In meinem Kopf schrillen die Alarmglocken: Ich sollte Demi wohl besser nichts mehr über Alfie und mich anvertrauen, denn wahrscheinlich wird sie alles sofort ihren neuen Freundinnen weitererzählen.

»Holly, kannst du mal die Website von der Weihnachtsbaumfarm aufrufen und die Einzelheiten über das Projekt ›Geschenke für den Himmel‹, das im Radio vorgestellt wurde, heraussuchen?«, bittet Mum mich. Froh über die Ablenkung hole ich mein Handy hervor und tue ihr den Gefallen.

Die Frau auf Radio Raveloe hat sich großartig angehört. Ich wäre viel zu nervös gewesen, um so frei zu sprechen. Alfie sagt, Nina ist schon viel älter als ich, also wird sie sich bei meiner ersten Schicht um mich kümmern. Als Dad das Radio anstellte, wusste ich sofort, dass Mum die Ohren spitzen würde. Nach dem Tod ihres Vaters hat sie ein Jahr lang sehr darunter gelitten. Und obwohl sie ständig an uns rummeckert, hat sie ein weiches Herz.

»Also gut, dann halten wir die Augen nach einem hübschen Geschenk auf, das wir Großvater gekauft hätten«, sagt Mum. Sie hat den Blick auf die Straße gerichtet, ist aber in Gedanken ganz woanders. Ich zähle ihr die Möglichkeiten auf: ein warmer Pullover, eine große Menge rosa und weiße Marshmallows oder eine neue Schirmmütze. Kein Wunder, dass die Farm um eine eindeutige Beschriftung bittet, denn würde eine ältere Dame eine Schirmmütze bekommen, wäre das sicher keine große Freude für sie.

»Wenn mir mein Kleid bei der Anprobe nicht gefällt, muss ich es dann trotzdem tragen?«, erkundigt sich Hayley vom Rücksitz aus.

»Natürlich. Du kannst froh sein, dass du gebeten wurdest, Brautjungfer zu sein«, fährt Mum meine aufmüpfige Schwester an.

»Und wenn mir darin kalt ist?«, nörgelt Hayley.

»Dann hast du Pech gehabt. Die Kleider haben ein Vermögen gekostet, und das ist ein wichtiger Tag für deine Cousine Isabella«, erwidert Mum schroff. »Sie hat lange genug auf diese Hochzeit gewartet und keine Kosten und Mühen gescheut, also wirst du tun, was man dir sagt«, fügt sie hinzu.

»Wir bekommen weiße Boleros dazu, erinnerst du dich?«, werfe ich ein. Mum nennt Isabella zwar eine Cousine, aber ich weiß, dass sie nur entfernt mit uns verwandt ist.

»Und alles andere ist aus reinem Satin, was wirklich ausgesprochen toll wärmt.« Hayley stößt Hannah auf dem Rücksitz den Ellbogen in die Rippen.

Mir ist es egal, ob ich friere; ein neues und maßgeschneidertes Kleid geschenkt zu bekommen, ist für mich der Höhepunkt des Jahres. Und dass Alfie bei der Hochzeitsfeier dabei sein wird und wir den ganzen Tag gemeinsam genießen können, ist wie ein wahr gewordener Traum. Allerdings ist mir klar, dass wir zu den entfernten Verwandten gehören, während seine Familie eng mit den Eltern der Braut befreundet ist. Also muss ich in erster Linie meine Pflichten als Brautjungfer erfüllen. Wie Mum sagte: Es wurden keine Kosten und Mühen gescheut.

ANGIE

»Kerzenlicht ist eine so einfache Dekoration und trotzdem wunderschön«, erkläre ich, als wir mit dem Auto an Hunderten Flammenlichtern neben dem Weg auf der Farm entlangfahren. »Wie kann etwas so Schlichtes wie eine winzige Flamme so einladend und anziehend wirken?«

Nick gibt keine Antwort, sondern nickt nur.

In meinem Bauch flattern Schmetterlinge. Ich fühle mich ein wenig an die *Bonfire Night* erinnert; Fremde, die dem Wetter entsprechend Wollmützen, Gummistiefel und Handschuhe tragen. Das ruft das Kind in uns allen wach. Unser heutiges Date wird etwas ganz Besonderes, davon bin ich überzeugt. Die Weihnachtsbaumfarm hat uns über die Jahre hinweg sehr viele kostbare Erinnerungen geschenkt, und ich hoffe, dass heute eine weitere dazukommen wird. Nur für uns beide.

Einige Helfer in Leuchtwesten weisen uns einen Parkplatz zu. Als wir im Schnee zum Treffpunkt gehen, hake ich mich bei Nick unter. Meine Hand auf seinem Unterarm fühlt sich gut und genau richtig an.

»Es überrascht mich, dass du ein Weihnachtssingen ausgewählt hast ... bei deiner Stimme.«

»Frechheit! Ich kann sehr wohl singen, wenn ich mich bemühe!«

»Allerdings triffst du die Töne nicht«, erwidert Nick lachend. »Doch ich bin sicher, dass dir das niemand übel nimmt.«

»Das mache ich nur, damit die anderen sich besser fühlen«, witzle ich. Das ist ein guter Anfang – ein Abend mit gemeinsamem Lachen und Spaß wird uns dabei helfen, unsere Verbindung noch ein bisschen mehr zu stärken.

»Tatsächlich? Dann hast du also bei Alfies erster Weihnachtsfeier in der Schule nur so hemmungslos geschluchzt, weil du anderen damit helfen wolltest?«

»Ja! Keine Mutter will die Erste sein, die in der Aula zu heulen anfängt, also habe ich den Anfang gemacht.«

Nick wirft mir einen wissenden Blick zu; er stand direkt neben mir, als ich in der Öffentlichkeit haltlos geschnieft und Tränen vergossen habe.

Es scheint schon unendlich lange her zu sein, dass Alfie die Grundschule besucht hat. Aber so gern ich Alfie dabeihätte – heute Abend geht es um uns als Paar, und ich möchte meine Zeit mit Nick so gut wie möglich nutzen.

Weitere Mitarbeiter in Leuchtwesten winken uns durch das Eingangstor und kontrollieren unsere Karten. Ich habe die Tickets ganz zeitgemäß im Internet gekauft und selbst ausgedruckt, was ich sonst selten tue.

»Guten Abend und willkommen auf der Weihnachtsbaumfarm«, begrüßt uns eine junge blonde Frau. »Möchten Sie eine Laterne tragen?«

Nick stimmt zu, also gehen wir mit einer an einem Stab baumelnden Glaslaterne samt einer großen Kirchenkerze darin durch das Tor. Ich nehme von der jungen Frau zusätzlich ein Liedblatt entgegen, weil ich mir die Texte von Weihnachtsliedern nicht merken kann.

Eine Blaskapelle stimmt die beschwingten Töne von »Stille Nacht, heilige Nacht« an, während die wachsende Menge am Eingang ihre

Tickets vorzeigt und die Erwachsenen in strategischer Reihenfolge mit Laternen ausgestattet werden. Etliche Rentiere in Ledergeschirr mit kleinen Glöckchen stehen ungeduldig neben ihren Betreuern. Auch der Esel der Farm wartet angeleint. Ich nehme an, die Tiere werden den Umzug anführen. Eine Schar kleiner Kinder, mit Geschirrtüchern und Bettlaken verkleidet, scheint sich für eine Krippenszene versammelt zu haben – ich entschuldige mich in Gedanken bei den kleinen Engeln, für den Fall, dass sich die Geschichte wiederholt und ich ihre zarten Stimmchen mit meinem Gesang übertöne.

»Angie?«, flüstert er.

Als er meinen Namen sagt, wende ich mich ihm zu. »Ja?«

»Das fühlt sich richtig an.« Er zieht mich mit seinem freien Arm fester an sich und legt seine Stirn sanft gegen meine. »Nachdem wir so viel Zeit ohneeinander verbracht haben, fühlt sich das richtig an.«

Mir kommen beinahe die Tränen. Aufrichtiger hätte Nick das nicht formulieren können. Normalerweise ist er sehr verschlossen, wenn es um seine Gefühle geht – ganz im Gegensatz zu mir.

»Das sehe ich ganz genauso wie du. Ich bin froh, dass wir uns die Zeit genommen haben, heute hierherzukommen.«

Ich stehe inmitten einer immer größer werdenden Menschenmenge, habe mich bei dem einzigen Mann, den ich jemals wirklich geliebt habe, eingehakt und platze beinahe vor Stolz. Falls er jetzt vorschlagen würde, nach Hause zu gehen, wäre ich sofort dabei. Mit diesen wenigen Sätzen hat er mir genau das gesagt, was ich hören wollte. Wir sind auf der gleichen Wellenlänge und haben die gleiche Richtung eingeschlagen. Was will ich mehr im Leben?

Wie durch einen Zauber fängt es sanft zu schneien an; die Menge blickt nach oben, und man hört begeisterte Ahs und Ohs.

»Meine Damen und Herren, liebe Kinder klein und groß«, dröhnt eine Männerstimme aus den Lautsprechern. »Willkommen zum jährlichen Weihnachtssingen auf unserer Weihnachtsbaumfarm. Falls etwas nicht Ihren Wünschen entspricht oder Sie Hilfe benötigen, wenden Sie sich bitte an unser Personal. Und nun möchte ich Ihnen ohne weitere Umschweife frohe Weihnachten und ein glückliches neues Jahr wünschen.«

Applaus wird laut, während die Blaskapelle losmarschiert, »The Holly and The Ivy« anstimmt und uns auf dem geräumten Weg zwischen den verschneiten Bäumen begleitet. Angeführt wird der Zug von Rentieren, einem Esel und einer Kinderschar.

Als ich auf meine eigene schöne Weise zu singen beginne, wirft Nick mir von der Seite einen Blick zu und lächelt. Wenn das alles ist, was ich tun muss, um meinen Mann zum Lächeln zu bringen, soll mir das recht sein. Dann werde ich gern den Rest meines Lebens singen – laut, stolz und total falsch.

Um uns herum sammeln sich die Besucher – viele Familien unterschiedlichen Alters schwenken vorsichtig ihre Laternen, und unsere Stimmen vereinen sich, als wir der Blaskapelle folgen. Eine gewisse Ruhe umgibt mich. Kann das Leben noch einfacher und besser sein? Ich könnte Hunderte Gelegenheiten aufzählen, bei denen ich aufwendige Vorkehrungen getroffen und versucht habe, alle zu beeindrucken. Ich habe mir ein Bein ausgerissen, um einen wundervollen Geburtstag zu organisieren und mich dabei völlig verausgabt, um alles perfekt zu machen, doch was ich hier und jetzt erlebe, ist tatsächlich perfekt. Es hat mich nur zwei Eintrittskarten zu je fünf Pfund und einen freien Abend gekostet, um den Alltag zu vergessen und mich darauf zu konzentrieren, bei Nick untergehakt zu sein. *Mein* Nick. Rasch korrigiere ich mich; habe ich meine Vorbehalte schneller aufgegeben, als es gut für mich ist? Ich sollte mich noch keinen allzu großen Erwartungen hingeben. Zuerst muss ich mir sicher sein, dass er auf dieser Reise zurück zu einem Wir wirklich an meiner Seite steht, zu einem neuen und besseren Wir, einem glücklichen, gesunden und ehrlichen Wir.

HOLLY

Das Haus ist leer; Alfies Dad ist heute Abend verabredet und ausgegangen.

Alfie stützt seine Stirn auf meine Schulter und bleibt still stehen. Ich spüre seinen warmen Atem an meinem Schlüsselbein. Eine beruhigende Wärme, eine beständige Anwesenheit, und das Prickeln an meinem Rücken verrät mir, dass da noch mehr kommt. Er umfasst meine Taille und lässt die Hände ein Stück nach unten gleiten.

Die Zeit scheint anzuhalten, und wir bleiben regungslos stehen wie eine Statue, die allmählich Moos ansetzt. Wir sagen beide kein Wort, und doch weiß ich es.

Jeder seiner Atemzüge ist mir bewusst, und ich kann jede Berührung, jeden Satz, jedes Wort, das vor uns liegt, beinahe sehen, wie in einem Drehbuch oder auf einer Landkarte, der wir folgen werden. Unsere Karte. Unser Weg.

Innerhalb von zehn Minuten küssen wir uns so leidenschaftlich wie nie zuvor. Es gibt kein Zurück und kein Halten mehr. Ich will ihn ebenso sehr wie er mich. In unseren Küssen liegt so viel Begehren, als würde die Welt davon abhängen.

Zärtlich streicht er mir über den Rücken, fährt mit einem Finger sanft über meine Haut. Unter seiner Berührung wird sie heiß und beginnt zu prickeln. Das kann doch nicht das sein, worum es sich handelt, oder? In der Schule haben sie davon nie geredet.

Während wir uns wieder küssen, konzentriere ich mich auf seine Hand, die sich jetzt langsam unter mein T-Shirt schiebt und meinen Rücken streichelt.

Ich höre auf, darüber nachzudenken. Jetzt zählen nur noch unsere Berührungen.

Irgendwie schaffen wir es, uns von der Frühstückstheke wegzubewegen, durch das Wohnzimmer zu gehen und die Treppe hinaufzulaufen, ohne uns voneinander zu lösen. Wir ignorieren Rolo, der nur kurz den Blick aus seinen dunklen Augen auf uns richtet und sofort wieder senkt. Ich spüre ein leichtes Zögern bei Alfie. Wäre ich gekränkt, wenn er sich entscheiden würde, nicht weiterzumachen?

Im ersten Stock führt er mich in sein Zimmer, wo man sofort sieht, dass er auf Fußball steht und Golf-Zeitschriften sammelt. Ich betrete sein Zimmer nicht zum ersten Mal, aber nun bin ich zum ersten Mal wirklich drin. Wir schließen die Tür fest hinter uns und lehnen uns dagegen, als wollten wir uns vor den abwesenden Erwachsenen verbarrikadieren. Sie sind im Moment nicht erwünscht. Im Augenblick zählt nichts außer Alfie.

Unsere Lippen und Arme sind immer noch miteinander verbunden, als wir uns aufs Bett fallen lassen.

Er zieht mein T-Shirt hoch. Ich greife nach seiner Gürtelschnalle.

Das. Ist. Es.

ANGIE

Das Weihnachtssingen ist wunderbar. Alle meine Lieblingslieder werden gesungen: »Hark! The Herald Angels Sing«, »Away in a Manger« und »O Little Town of Bethlehem«.

»Ist Alfie heute Abend zu Hause?«, frage ich und wärme mir die Hände an einem Becher mit Glühwein.

»Nein, er ist mit Holly ins Kino gegangen. Sie schauen sich irgendeinen neuen Film an, von dem alle Kids schwärmen.«

»Hat er irgendwas dazu gesagt, dass du letzten Freitag einen Übernachtungsgast hattest?«

»Nein. Hätte er?«

Ich zucke mit den Schultern. »Ich habe mich noch nie so unwohl gefühlt. Er hat klar zum Ausdruck gebracht, dass er es gut findet, wenn du dich mit anderen Frauen triffst.«

»Autsch!«

»Genau. Was wollte ich noch sagen? Er findet es gut, dass wir getrennt sind, und er kann es kaum erwarten, dass du endlich ein neues Leben beginnst.«

»Keine Sorge, wir werden ein Gespräch führen, Angie.«

»Aber wann?« Ich schaue zu, wie er einen großen Schluck von seinem Glühwein trinkt. »Die Hochzeit findet bereits in ein paar Tagen statt – er wird vielleicht ein wenig Zeit brauchen, um das alles zu begreifen.«

»Möglicherweise ist er begeistert.«

»Das bezweifle ich, Nick. Es hat ihm noch nicht mal gefallen, dass ich beim Elternabend dabei war.«

Nick legt mir seinen freien Arm um die Schultern.

»Du machst dir zu viele Gedanken, Angie. Der Junge muss uns zusammen sehen, um zu verstehen, dass wir bei diesem erneuten Versuch glücklich sind, dann wird er es auch sein.«

»Hm.« Ich drehe mich zur Seite, als meine Augen feucht werden. Aus seinem Mund hört sich das so einfach an. Ein simples Gespräch mit unserem Sohn am Esstisch und alles wird sich zum Guten wenden. Ich bin mir da nicht so sicher.

Ein lautes Knattern wie Schüsse aus einem Maschinengewehr reißt mich aus meinen Gedanken. Die Leute auf der rechten Seite drängen nach vorn, und die Menge teilt sich wie das Rote Meer, als ein großer Ziegenbock mit gewaltigen Hörnern durch die Mitte prescht. Grellweiße Lichter flammen auf, als die mit Bändern an seinem Hinterteil befestigten Feuerwerkskörper explodieren und die hustende Menschenmenge in eine Wolke weißen Rauchs hüllen.

»Was zum Teufel?« Ich klammere mich an Nicks Jacke fest.

»Böller«, stellt Nick fest und reckt den Hals, um besser sehen zu können. »Irgendwelche verdammten Idioten haben sie dem armen Tier umgebunden.«

Wir beobachten, wie einige Angestellte in Leuchtjacken hinter dem rasenden Bock herrennen, während einige Eltern versuchen, ihre weinenden Kinder und ihre älteren Angehörigen zu beruhigen.

»Gleich fängt jemand Feuer«, flüstere ich und schaue weg, um mir einen solchen schrecklichen Anblick zu ersparen. »Nick, wie lange dauert das noch?«

»Kommt darauf an, wie viele Böller sie ihm umgebunden haben.«

Logisch wie immer.

Die Menge schiebt sich nun in unsere Richtung, einige Leute stoßen bei dem Versuch, den herumfliegenden Funken und dem beißenden Rauch auszuweichen, aneinander. Plötzlich steigt Panik in mir auf. Die vielen Menschen vor mir erscheinen mir wie eine bedrohliche Wand. Ich habe das Gefühl, in der Falle zu sitzen. Mir wird heiß, und ich habe Angst.

»Nick, das gefällt mir nicht«, murmle ich, als ich gegen ihn gedrückt werde.

»Es wird in ein paar Minuten vorbei sein. Niemand ist verletzt«, beruhigt er mich und richtet den Blick aus seinen blauen Augen auf mein angsterfülltes Gesicht. »Alles wird gut, glaub mir.«

Ich atme tief durch und warte. Ich möchte ihm glauben – in so vielen Belangen.

HOLLY

Sein Körper berührt meinen vom Brustkorb bis zu den Füßen. Die Stellen, an denen ich weich bin, sind bei ihm muskulös und treten dort hervor, wo bei mir Kuhlen sind.

Zärtlich streichelt er meine Wange, sein heißer Atem trifft auf meine Schläfe, während ich an die Decke starre. Zutiefst beschämt. Das ausgepackte, aber unbenutzte Kondom liegt neben dem Bett auf dem Teppich.

»Alfie ...«, beginne ich, halte aber sofort wieder inne. Ich komme mir furchtbar dumm vor. Wie kann man jemanden so sehr begehren und, wenn es dann so weit ist, tief in seinem Herzen wissen, dass der richtige Moment noch nicht gekommen ist?

»Sch, mach dir keine Gedanken«, flüstert er und berührt mit seinen Lippen sanft meine Wange.

»Es ist nicht, weil ich ...«

»Ich weiß.«

Ich wende mich ihm zu und schaue ihn nach zehn langen Minuten des Schweigens zum ersten Mal an.

Er erwidert meinen Blick aus klaren Augen. Er ist so ehrlich, vertrauenswürdig und liebenswert, trotzdem konnte ich es einfach nicht tun. Ich hätte schon gewollt, aber es ging einfach nicht.

»Du bist noch nicht bereit dafür, ich versteh schon.«

»Aber ich wollte es.«

Er nickt.

»Danke.«

Er verzieht das Gesicht.

»Manche Jungs hätten mit Sicherheit nicht so nett reagiert.«

»Na ja, ich bin eben nicht so wie die meisten anderen Jungs.«

»Nein, glücklicherweise nicht!« Ich lächle ihn an.

»Hols, es wird geschehen, wenn es geschehen soll. Es ist schön, einfach nur mit dir zusammen zu sein und ...« Er unterbricht sich – offensichtlich lenkt ihn irgendetwas ab.

»Was?«

»Mist. Ich glaube, mein Vater ist eher zurückgekommen. Was will er denn jetzt schon zu Hause?«

Wie schießen so schnell aus dem Bett, wie wir uns haben hineinfallen lassen. Ich greife nach meinem Slip, und Alfie zieht sich rasch an und lässt dabei seine Unterwäsche weg. Noch vor dreißig Sekunden war das Leben ganz entspannt, und nun ist Hektik ausgebrochen. Mein Herz rast. Auf keinen Fall sollten wir zusammen in Alfies Zimmer erwischt werden. Mr Woodward wird sofort Bescheid wissen. Erwachsene durchschauen so was immer.

»Schnell! Hier ist dein Haargummi.« Alfie hebt ihn vom Boden auf. Wir grinsen uns an. Vielleicht ist es gut, dass ich ihn gebeten habe aufzuhören, sobald wir nackt waren. Wie ich schon geahnt hatte, war ich wirklich noch nicht bereit dafür, außerdem hätte uns Mr Woodward dabei überrascht, und so hatte ich mir das erste Mal mit Alfie nicht vorgestellt.

»Alfie!«, ruft Mr Woodward die Treppe hinauf.

»Ja!«

»Ich hab Pommes mitgebracht, falls du und Holly was essen wollt.«

Alfie schaut mich fragend an. Ja, gegen Pommes habe ich trotz allem nichts einzuwenden.

Aus Angst vor neugierigen Fragen machen wir rasch das Bett und streichen die Decke glatt.

»Holly, komm her.« Alfie zieht mich noch mal an sich, bevor wir auf den Flur gehen.

»Ich möchte nichts tun, womit du dich nicht wohlfühlst, okay?«

Ich nicke. Sprechen kann ich nicht. Ich finde es wundervoll, wie reif er sich verhält. Die Art und Weise, wie ihm meine Bedürfnisse am Herzen liegen. Ehrlich gesagt liebe ich Alfie Woodward heute Abend noch ein bisschen mehr als am Morgen, denn er hat bewiesen, dass er es wert ist, mein Freund zu sein.

Fünfzehn

NINA

Samstag, 22. Dezember

Die langen Autoschlangen schieben sich auf dem Fahrweg durch die Farm und weiter auf die anliegenden Straßen, während es immer noch schneit. Boss Fielding ist so gut gelaunt wie nie zuvor, und die Stimmung auf der Weihnachtsbaumfarm ist bei Weitem fröhlicher als in den vorherigen Jahren. In einer Ecke des Verkaufshofes spricht die in einen pinkfarbenen Regenmantel gehüllte Nachrichtenreporterin vom Lokalfernsehen Kim Botterill hastig ihren Bericht über das neue Projekt in die Kamera. Er soll am Abend im Regionalfernsehen ausgestrahlt werden. Wer hätte gedacht, dass sich die lokale Nachrichtenredaktion für unser Projekt interessieren würde?

»Kaum zu glauben, oder?«, fragt Zach. Wir stehen auf den Stufen vor dem Kassenhäuschen und lassen den Blick über das Gelände schweifen. »All das nur wegen deiner Idee.«

»Ich weiß. Verrückt, oder? Der Boss hat mir scherzhaft eine Gehaltserhöhung versprochen, wenn es ›Geschenke für den Himmel‹ in die landesweite Berichterstattung schafft.«

»Nein, Nina, das ist ganz und gar nicht verrückt. Es zeigt, dass Familien gern dazu bereit sind, einen zusätzlichen Ausflug für einen geliebten Menschen zu machen. Du solltest stolz auf dich sein.«

»Wer weiß, wie viele Autofahrer sich im Augenblick beklagen, weil sie so lange auf einen Parkplatz warten müssen«, sage ich lachend.

»Pah! In diesem Fall sollten sie sich ein wenig auf Weihnachten besinnen.«

Wir schauen zu, wie die meisten Autos am Parkplatz vorbei zu der gestern noch rasch eingerichteten Haltezone fahren, wo einer unserer Mitarbeiter die Geschenke entgegennimmt. Das riesige Transparent mit der Aufschrift »Geschenke für den Himmel« knattert und schlägt im Wind.

Boss Fielding sagt, fürs nächste Jahr wird er ein professionell bedrucktes Werbebanner machen lassen, aber in diesem Jahr muss unser Provisorium genügen. Familien verschiedenen Alters bringen hübsch verpackte, mit Schleifen und gekräuselten Bändern verzierte Geschenke. Eigentlich habe ich damit gerechnet, viele Tränen zu sehen, aber nur einige wenige Besucher wirken traurig; wie ich auch scheinen sie erleichtert zu sein, ihre verstorbenen Verwandten auf diese einfache Weise in der Weihnachtszeit mit einzubeziehen und sich an sie zu erinnern.

Eine Gruppe Farmarbeiter befördert die Päckchen zu einem alten Holzwagen, der jahrelang ungenutzt im Geräteschuppen stand. Er ist an den Seiten mit Stechpalmenzweigen geschmückt, auf dem Boden liegt eine dicke Plastikfolie – eine hübsch anzusehende Sammelstelle. Zwei Teenager stehen auf dem Wagen und stapeln die Geschenke zu hohen Türmen. Meines war das allererste.

Zach legt mir den Arm um die Schultern. »Alles in Ordnung?«

Ich nicke und genieße seine tröstliche Umarmung.

»Jackie hat mir erzählt, dass du später in eine der Blockhütten ziehst.«

»Ja. Dein Dad hat mir erlaubt, kostenlos in der Weihnachtszeit dort zu wohnen, da nur zwei der Hütten vermietet sind. Das habe ich mir gewünscht.«

»Wenn du dich nach Gesellschaft sehnst, dann komm einfach

zu uns ins Haus ... Du bist jederzeit willkommen, an unserer Weihnachtsfeier teilzunehmen.«

»Das weiß ich, aber ich komm schon klar.« Das hoffe ich zumindest. Ich habe einen großen Koffer mit einer Menge Lebensmitteln und vielen Büchern gepackt, um mich in der stillen Zeit beschäftigen zu können. Auch wenn ich Weihnachten nicht abschaffen kann, kann ich es so verbringen, wie ich es mir wünsche.

»Ich habe deinen Koffer in der Personalhütte gesehen. Hast du ihn heute Morgen im Schnee hierhergeschleppt?«

»Ja. Ich bin mir ziemlich blöd vorgekommen, zu einer so unchristlichen Zeit quer durch den Ort zu laufen.« Mein einziger Beobachter war mein Rotkehlchen, das ein paar Meter vor mir von Ast zu Ast hüpfte und mich neugierig beäugte. Trotz der Plastikräder kommt mir der Koffer schwerer vor, als er aussieht, vor allem, weil sich darin die sorgfältig verpackten wertvollen Sachen aus dem Schrank unter der Treppe befinden. Es fühlt sich respektlos an, aber ich war bisher einfach noch nicht bereit dafür. Doch jetzt fühle ich mich in der Lage, das zu tun, was getan werden muss.

HOLLY

»Und dann?«, frage ich, als Alfie sich in meiner ersten Teepause in der Personalhütte neben mich setzt.

»Dann hat er gesagt, und ich zitiere: ›Deine Mum und ich daten uns.‹«

»Nein!«

»Doch! Er hat tatsächlich ›daten‹ gesagt!«

Das überfordert mich – ich habe keine Ahnung, was ich darauf erwidern soll. Schließlich will ich nicht ins Fettnäpfchen treten, aber wahrscheinlich wird genau das passieren.

»Und wie fühlst du dich dabei?«

Alfie starrt mich an. Oh, nun ist der peinliche Moment da. Ganz eindeutig.

»Hast du mir denn nicht zugehört, was ich dir über meine Eltern erzählt habe?« Alfie runzelt die Stirn, seine blauen Augen blitzen zornig auf.

»Ähm ... na ja, ich wollte nur fragen ... Du hättest deine Meinung nach eurem Vater-Sohn-Gespräch schließlich auch ändern können.«

»Holly, ich habe meine Meinung nicht geändert. Ich halte es für idiotisch, dass er sie wieder zurücknimmt.«

Ich nicke. Jetzt hab ich's begriffen: Er hat seine Meinung nicht geändert.

»Also, was bedeutet das jetzt für dich?«, frage ich trotzdem.

»Nachdem wir dich nach Hause gefahren hatten, haben wir bis ein Uhr morgens zusammengesessen und immer wieder die gleichen Sachen durchgekaut. Sie hat ihn total um den Finger gewickelt.«

»Wie auch immer, ich hätte wohl lieber nicht gefragt. Können wir das Thema wechseln?«, erwidere ich.

Alfie stürzt seinen Kaffee hinunter und starrt in die Tasse.

»Wie war dein Vormittag bisher?«, erkundigt er sich.

»Prima. Ich habe dabei geholfen, eine Ladung Blautannen einzunetzen und die frisch geschlagenen Nordmanntannen auszuzeichnen. Und ich habe Zach dabei unterstützt, den vermissten Ziegenbock zu suchen. Bei den gefährlichen Hörnern bin ich eigentlich froh, dass wir ihn nicht gefunden haben. Und wie war's bei dir?«

»Super, außer dass ich beim Helfen mit den ›Geschenken für den Himmel‹ auf dem Holzwagen ein bisschen traurig wurde. Ich habe versucht, es mir nicht anmerken zu lassen, als ein älterer Mann mir ein Geschenk für ›Elsie‹ überreichte. Wie sich herausstellte, handelte es sich um einen Kupferdruck von einem Dutzend roter Rosen, den er selbst gemacht hat. Ist das nicht wunderschön?«

Ich stimme ihm zu.

»Ich hab damit gerechnet, dass mir die Tränen kommen, wenn ich das Geschenk von meiner Mum für meinen Großvater abgebe, aber dann ich habe mich geehrt gefühlt, es spenden zu dürfen«, erkläre ich und denke an die goldene Schleife und an das Geschenkpapier mit dem Aufkleber »Kaminuhr«.

»Du bist doch schon ganz gerührt gewesen, als ich dir das mit den Rosen erzählt habe«, sagt er und stupst mit dem Knie gegen meins.

»Stimmt. Wie wunderschön, wenn jemandem ein Mensch so viel bedeutet, dass er sich nach dessen Tod die Mühe macht, etwas für ihn herzustellen, was ihm Freude bereitet hätte.«

»Da hast du recht. Andererseits gibt es Menschen, die sich so wenig um jemanden scheren, dass sie einfach abhauen, sich scheiden lassen und dann zurückkommen wollen, weil sie nichts Besseres in ihrem Leben gefunden haben. Das muss man sich mal vorstellen!«

»Alfie ... nicht.« Ich runzle die Stirn. »Du klingst verbittert.«

»Das würde dir genauso gehen, wenn du erlebt hättest, was mein Dad und ich im letzten Jahr durchgemacht haben. Im Ernst, das war das schlimmste Jahr meines Lebens ... bis du aufgetaucht bist.«

»Ach, hör auf, das sagst du doch bloß so!«

Er schüttelt langsam den Kopf. »Nein, Hols, das stimmt wirklich.«

Wir schauen uns eine Weile schweigend an – dazu muss nichts mehr gesagt werden. Die Momente der Zärtlichkeit am Abend zuvor waren viel schöner, als wenn wir den ganzen Weg gegangen wären. Ich habe gehört, wie meine Mutter unsere Beziehung als Verknalltheit und bestenfalls als Teenagerschwärmerei bezeichnet hat, aber zwischen uns besteht viel mehr – etwas, was man mit Worten nicht beschreiben kann.

»Geht's dir gut?«, fragt Alfie und macht sich bereit, um wieder zur Arbeit zurückzukehren. »Du siehst ein bisschen ...«

»Mir geht's großartig. Ich kann es nur kaum mehr erwarten, dass wir die Weihnachtszeit miteinander verbringen können, ohne ständig zur Schule gehen und Hausaufgaben machen zu müssen.«

»Geht mir auch so. Und sollte meine Mum jetzt ständig auf der Matte stehen, komme ich öfter zu euch.«

Ich lächle. Er ist jederzeit bei uns willkommen; vor allem bei meinem Dad.

*

Den Rest des Tages helfe ich der Floristin an dem Stand, den sie neben dem Parkplatz aufgestellt hat, mit ihren Kränzen. Sie verkauft Mistelzweige und fertigt Kränze aus Stechpalmenzweigen auf Bestellung an, auf die die Kunden warten können. Ich nehme das Geld entgegen; da sie als unabhängige Händlerin nichts mit der Farm zu tun hat, können die Kunden ihre Waren nicht am Kassenhäuschen bezahlen. Und ich schreibe die Einzelheiten wie die gewünschte Größe und die Farbe der Schleife auf, und voilà, mit ihren geschickten Händen bindet sie in wenigen Minuten einen neuen Kranz. Falls die Kunden einen Standardkranz oder ein kleines Kreuz haben wollen, zeige ich ihnen eine Auswahl an vorgefertigten Waren, mit denen man eine Haustür oder einen Grabstein wunderbar schmücken kann.

Auf jeden Fall bin ich gut beschäftigt, und der Job gefällt mir viel besser als der in der Drogerie.

Immer wieder denke ich an den letzten Abend mit Alfie. War es richtig, nicht weiterzumachen, nachdem ich plötzlich Hemmungen hatte? Es war ein schreckliches Gefühl, ihm das anzutun, aber man hat mir beigebracht, immer ehrlich zu sein, und wenn ich Alfie nicht die Wahrheit sagen kann, wem dann?

»Alles in Ordnung, Holly?« Nina kommt über den Verkaufshof auf mich zu.

»O ja, alles prima. Und bei dir?« Sie hat mich heute Morgen eingearbeitet, aber seitdem habe ich sie kaum mehr gesehen. Alfie sagt, sie ist im Moment ziemlich bedrückt, weil ihr Vater letztes Jahr an Weihnachten gestorben ist. Mir hat sie davon nichts erzählt, aber ich spüre, dass sie sich mit etwas herumplagt; sie ist immer beschäftigt, immer allein.

»Geht so. Ich bin froh, wenn dieser Tag endlich vorbei ist und wir alle wieder in unser normales Leben zurückkehren können.«

»Erst nach den Ferien«, wende ich ein.

»Ich mache in diesem Jahr keinen Urlaub. Ich lasse ihn ausfallen und wohne stattdessen in einer der Blockhütten am See. Das ist mein Ferienvergnügen.«

Sofort tut sie mir leid. Ich kann mir nicht vorstellen, Weihnachten ohne meine Familie zu verbringen.

»Aber doch nicht ganz allein, oder?«

»O doch. Genau das habe ich vor. Ich habe Boss Fielding um Erlaubnis gebeten, und er ist einverstanden, unter der Bedingung, dass ich ins Farmhaus komme, falls ich mich einsam fühle.«

Ich nicke. Trotzdem finde ich es furchtbar traurig, dass jemand Weihnachten allein verbringt. Zum zweiten Mal an diesem Tag bin ich den Tränen nahe. Zuerst Alfies Geschichte über den alten Mann und nun Nina.

»Und du?«, erkundigt sie sich.

»Ich bin bei meinen Eltern und Schwestern, und am Montag gehen wir auf die Hochzeit meiner Cousine. Na ja, wir sind nur entfernt miteinander verwandt, aber Isabella hat keine Schwestern oder Töchter, also hat sie meine Schwestern und mich gebeten, Brautjungfern zu sein. Wir haben gestern die Kleider dafür abgeholt, also wird es wohl ernst.«

Nina nickt. Sie wirkt plötzlich sehr interessiert und ein wenig fröhlicher. Ich erzähle weiter von der Hochzeit – anscheinend mag sie Hochzeiten. Das ist das Mindeste, was ich für jemanden tun kann, der niedergeschlagen ist. Das würde zumindest meine Mutter sagen.

»Wie auch immer, meine Schwestern und ich durften einen Tag schulfrei nehmen und ...«

»Und Luca? Kennst du ihn gut?«

»Eigentlich nicht. Sie ist schon seit Jahren mit ihm zusammen –

die beiden haben zwei Söhne –, aber wir sehen sie nur auf Hochzeiten und Taufen, und da redet er meist nur mit meinem Dad.«

Nina nickt wieder. »Die Kinder sind also von ihm?«

»O ja. Die beiden sind schon seit einer Ewigkeit zusammen, aber er wollte bisher nicht heiraten …«

Nina nickt immer noch, aber ihre Miene wirkt nicht mehr so fröhlich wie vor ein paar Sekunden. Na ja, wir reden hier über Leute, die sie nicht kennt, da hat jeder irgendwann keine Lust mehr, Interesse vorzutäuschen.

Eine Kundin bei den vorgefertigten Kränzen aus Stechpalmenzweigen winkt mich zu sich heran.

»Ich muss los, die Kundschaft bedienen«, erkläre ich entschuldigend und deute auf die wartende Frau.

»Natürlich. Na, dann wünsche ich dir einen schönen Tag als Brautjungfer.«

Rasch gehe ich zu der Kundin hinüber, während Nina zu ihrem üblichen Platz auf dem Verkaufshof zurückkehrt.

NINA

Es ist ein merkwürdiges Gefühl, einen anderen Schlüssel als den zu meinem Häuschen in der Hand zu halten und ins Schloss zu stecken. Der goldene Schlüssel zur Blockhütte lässt sich, im Gegensatz zu meinem Haustürschlüssel, ganz leicht in dem gut geölten Schloss drehen.

»Ich habe die kleinste Hütte für dich ausgewählt, weil ich mir gedacht habe, dass du nicht mehr Platz für dich brauchst«, hat Boss Fielding erklärt, als er mir die Blockhütte Nummer drei zugewiesen hat.

Er hat recht.

Ich habe mir vorgenommen, an den Weihnachtsfeiertagen viel zu schlafen, den See zu genießen, ein wenig zu lesen und meinen Kopf freizubekommen für den Neustart am 26. Dezember.

In der Blockhütte ist alles vorhanden, was ich brauche. Sie besteht aus einem Raum, hat eine stabile doppelschlägige Tür, ein gemütliches Doppelbett, eine kleine Sitzecke am Holzofen, eine Kochnische beim Fenster und ein kleines Badezimmer. Und ein sicheres Türschloss, sodass ich die Weihnachtsfeierlichkeiten aussperren kann. Ebenso wie die Hochzeit.

Ich schleife meinen Koffer über die drei Holzstufen hinauf in mein neues Zuhause. Schon nach zehn Minuten habe ich meine Sachen ausgepackt. Vorsichtig platziere ich die kleine Holzschatulle, die ich unter der Treppe aufbewahrt hatte, auf dem Kaffeetisch. Es erscheint mir nicht richtig, sie auf den Boden zu stellen, und einen besser geeigneten Ort entdecke ich nicht.

Nach einem langen anstrengenden Tag auf dem Verkaufshof habe ich jetzt das Gefühl, Hunderte Kilometer von der Weihnachtsbaumfarm entfernt zu sein, obwohl ich mich tatsächlich direkt in der Mitte der östlichen Felder am See befinde.

Rasch greife ich nach meiner Jacke. Bevor ich mir etwas zu essen mache, möchte ich die Stille am See genießen, während die Nacht hereinbricht.

ANGIE

»Ich verstehe das Problem nicht, Alfie.«

»Aber ich!« Er verzieht unwillig das Gesicht und dreht sich von mir weg, als ich ihm die Anzugjacke zum Anprobieren hinhalte.

»Zieh doch einfach mal kurz das Jackett drüber, damit wir sehen, ob es passt, dann kannst du es wieder ausziehen. Was ist daran so schlimm?«

»Du. Du bist schlimm!«

»Ich?« Ich zeige auf meine Brust, um mich zu vergewissern, dass ich ihn richtig verstanden habe.

»Kurz nach Neujahr haust du einfach ab, und jetzt bildest du dir ein, wir könnten bei dieser Hochzeit einen auf glückliche Familie machen. Ziemlich scheinheilig, findest du nicht?«

Ich schaue mich nach Nick um; zumindest ein Hauch Unterstützung wäre jetzt gut. Er ist nirgendwo zu sehen.

»Dein Vater und ich ...«

»Oh, komm mir nicht wieder mit dem Mist, dass ihr versucht, euren Schmerz zu verarbeiten, um dann als stärkeres und glücklicheres Paar daraus hervorzugehen. Du hast dich von dem armen Blödmann scheiden lassen ...«

»Alfie!«

»Das stimmt doch! Du hast Dad und mir das Leben ruiniert, nur um deinen Spaß zu haben und mit irgendeinem geilen Typen durchzubrennnen. Oder waren es mehrere Männer? Ich erinnere mich noch gut an meine frühere Mum ... An die Frau, die du warst, bevor du uns im Stich gelassen hast.«

Mir fehlen die Worte. Kaum zu fassen, dass ich ihm immer noch die Anzugjacke hinhalte, als wäre das nach dem, was er gerade gesagt hat, eine mögliche Ablenkung.

»Ich habe mir gerade überlegt, dass wir ...«, beginnt Nick und betritt das Wohnzimmer, während wir uns anstarren und unzählige unausgesprochene Beleidigungen zwischen uns hin- und herfliegen. »Was ist los?«

Wir antworten gleichzeitig, in dem Bemühen, unseren Frust zu erklären.

»Sie hat gesagt ...«

»Er hat gesagt ...«

Nick hebt die Hände. »Moment – wenn ihr beide gleichzeitig auf mich einredet, versteh ich gar nichts.«

»Mum will glückliche Familie spielen, aber darauf hab ich keine Lust.«

»Er ist nicht mal dazu bereit, so zu tun, als ob«, füge ich hinzu.

»Das stimmt«, bestätigt Nick. Alfie grinst selbstgefällig. »Lass das, Junge. Meine Beziehung zu deiner Mutter ist eine andere als deine zu ihr. Darüber haben wir doch gestern Abend gesprochen. Wenn wir unsere Beziehung wieder in den Griff bekommen wollen, dann wirst du dich damit abfinden müssen. Vielleicht entscheidest du dich dafür ...«

»Entschuldige, aber willst du damit tatsächlich sagen, dass ich nicht nur meine Ehe neu aufbauen muss, sondern auch wieder lernen muss, Mutter zu sein? Meiner Meinung nach ist diese Verbindung nie getrennt worden!«

»Doch, das ist sie. Du bist gegangen. Meine Mutter hat mich wegen eines anderen Mannes verlassen.«

»Ich habe dich nicht wegen eines anderen Mannes verlassen«, entgegne ich gereizt. Warum zum Teufel bin ich jetzt schon wieder die Böse? Vor fünf Minuten wollte ich lediglich, dass Alfie die Anzugjacke anprobiert, damit es bei der Hochzeit kein Theater gibt, und nun haben wir stattdessen den Dritten Weltkrieg begonnen.

»Angie ... Ich habe dir gesagt, das ist eine heikle Situation. Kaum lasse ich euch fünf Minuten allein, schon passiert so was.«

»Nick, ich wollte mich doch nur darum kümmern, dass bei der Hochzeit alles gut läuft.«

»Vielleicht ist das genau das Problem – möglicherweise war unsere Entscheidung, als Familie dort aufzutreten, zu voreilig. So weit sind wir noch nicht, und ...«, meint er.

Ich traue meinen Ohren kaum. Ausgerechnet heute. Was zum Teufel soll ich darauf sagen? Erwartet er von mir, dass ich nicht mitkommen werde, weil es die Hochzeit der Tochter *seines* Freunds ist? Oder sollen wir alle nicht hingehen? Und, noch wichtiger, was ist mit unserem Weihnachtfest, wenn schon die Hochzeit für Probleme sorgt?

Ich drücke Alfie das Jackett in die Hand und hole meine Handtasche vom Sofa. Nachdem ich meinen Schlüssel von der unteren Treppenstufe aufgeklaubt habe, tätschle ich Rolo kurz den Kopf und stürze hinaus. Aus ihrem Haus. Unserem Haus. Meinem alten Zuhause. Sollen die beiden doch machen, was sie wollen. Ich habe es versucht. Dann werde ich eben Weihnachten mit meinem wunderbaren Fresskorb allein feiern. Ich habe mir ein Bein ausgerissen, um uns wieder zusammenzubringen, aber das lasse ich mir nicht mehr gefallen.

Sechzehn

HOLLY

Sonntag, 23. Dezember

Kurz nach Mitternacht weckt mich das Summen meines Handys. Verschlafen werfe ich einen Blick auf das leuchtende Display. Eine Nachricht von Demi.

> O mein Gott! Du errätst nie, was passiert ist

NINA

Ich möchte weinen, wie ich noch nie zuvor geweint habe.

Das wilde Hämmern an der Tür erschreckt mich beinahe zu Tode. Ich springe aus dem Bett und ziehe mir vorsichtshalber rasch einen Kapuzenpulli über meinen Pyjama.

»Wer ist da?«, rufe ich laut und stelle mich hinter die Holztür.

Das Hämmern hört nicht auf und übertönt meine Stimme.

Zögerlich schiebe ich den Riegel am oberen Teil der Tür zurück und spähe hinaus.

»Gott sei Dank, Nina!«, ruft Zach außer Atem. »Zieh dich an! Auf den südlichen Feldern ist ein Feuer ausgebrochen. Du musst sofort kommen.«

»Was?«

Ich starre auf sein entsetztes Gesicht. Seit unserer Kindheit habe ich ihn nicht mehr derart aufgelöst erlebt.

»Stell jetzt keine Fragen und zieh dich an. Die Feuerwehr ist schon unterwegs, aber wir müssen uns um alle anderen kümmern.«

»Eine Minute.«

Ich schlage den oberen Teil der Tür zu und verriegle ihn, bevor ich in die Jeans vom Abend zuvor schlüpfe.

Ein paar Minuten später hasten wir auf dem Pfad Richtung Verkaufshof. An jeder Stelle, an der sich die Bäume lichten, sehe ich, dass der ganze Himmel über der Farm in ein bernsteinfarbenes Licht getaucht ist.

»Dad glaubt, dass die Teenager wieder mal eine Party gefeiert haben … Und dass dieses Mal was schiefgelaufen ist.«

»Was du nicht sagst.«

Zach mustert mich, bevor er weiterspricht. »Er hofft, dass niemand vom Feuer eingeschlossen worden ist, aber Jackie meint, dass wir das nicht wissen können, bevor die Feuerwehr eintrifft und das überprüft.«

»Und die Weihnachtsbäume?«

»Sie brennen womöglich komplett ab. Falls sich das Feuer ausbreitet, könnten wir den gesamten Bestand verlieren.«

»Zach … das sind die ältesten Bäume auf der Farm – deine Großeltern haben sie gepflanzt.«

Er nickt.

»Und die Hochzeit?«

»Noch ein Problem, das wir lösen müssen. Komm schon, beeil dich.«

Neben der Personalhütte hat sich bereits eine Gruppe von Leuten zusammengefunden.

»Nina!«, ruft Jackie. »Ist das nicht schrecklich?«

Wir beobachten, wie die blauen Lichter über den Weg auf uns zukommen. Ein, zwei, drei breite Feuerwehrfahrzeuge rasen auf den Verkaufshof und werden rasch durch die offenen Tore zu den südlichen Feldern geleitet.

Boss Fielding deutet hektisch auf die asphaltierte Straße, die zu dem Gelände führt, auf dem die Fichten wachsen, und redet dabei auf einen der Feuerwehrmänner ein.

Über den sengenden Flammen, die hoch hinauf in den Sternenhimmel schlagen, bildet sich eine Rauchwolke.

»Was können wir tun?«, erkundige ich mich. Bei dem Anblick vor mir fühle ich mich hilflos.

»Gar nichts«, murmelt Bram; er sitzt auf den Holzstufen und richtet den Blick zum Himmel.

»Und Arthur? Wenn Arthur ins Feuer gerät?« Zach läuft unruhig auf und ab.

»Hör auf damit! Ich will noch nicht mal daran denken, dass heute Nacht irgendjemand in dem Feuer ums Leben kommen könnte«, wirft Jackie ein und stößt ein tiefes Schluchzen aus.

»Was ist mit den Geschenken für den Himmel?«, frage ich.

»Sie sind alle sicher im Geräteschuppen gelagert, mach dir deswegen keine Sorgen«, beruhigt Bram mich.

Ich fühle mich plötzlich leer. Alle Gedanken und Gefühle sind aus meinem Körper gewichen. Ich komme mir nutzlos und hilflos vor und habe Schwierigkeiten damit, das ungeheure Ausmaß des Feuers zu begreifen. Unsere Weihnachtsbäume stehen in Flammen. Erst am Morgen werden wir wissen, ob sie versengt oder abgebrannt und tot sind.

*

Ich tue das mir einzig Mögliche: Ich koche Tee in unserer Hütte.

Die Feuerwehrleute melden, dass die ausgewachsenen Bäume wegen der Intensität und der Ausbreitung des Feuers nicht mehr gerettet werden konnten. Da die Bäume auf der Südseite sehr dicht nebeneinander gepflanzt waren, sprangen die Flammen trotz einer dicken Schneeschicht auf den Zweigen in Bodennähe von Baum zu Baum. Allerdings konnte sie verhindern, dass die Flammen auf die östlichen und nördlichen Gebiete der Farm übersprangen. Die geteerten Straßen zwischen den verschiedenen Sektionen der Farm bildeten natürliche Barrieren, doch darüber hinaus blieb der Feuerwehr nichts anderes übrig, als die Flammen im gesamten Gebiet mit Unmengen Wasser zu löschen und die Brandfläche im Auge zu behalten.

Niemand wurde zwischen den Bäumen herumirrend gefunden, also nimmt Boss Fielding an, dass die Teenager sofort Reißaus genommen haben, als ihnen klar wurde, was sie angestellt haben. Vielleicht haben sie sich von der Ferne alles angeschaut, doch sie werden wohl nie begreifen, welchen Schaden sie verursacht haben.

Von Arthur gibt es keine Spur, worüber ich lieber nicht nachdenken will.

Ich halte jede einzelne Tasse mit Teebeutel unter den Heißwasserspender und fülle sie auf. Zucker und Milch habe ich bereits auf die Theke gestellt, damit die Feuerwehrleute sich bedienen können.

»Gibt's auch Kaffee?«

»Klar, einen Moment, bitte«, erwidere ich über die Schulter, ohne einen genauen Blick auf den Mann zu werfen. Erst als ich mich wieder zum Wasserspender umdrehe, sehe ich im Geiste seine dunklen Augen auf mich gerichtet.

Mein Magen schlägt unkontrollierbar Purzelbäume.

Luca?

Langsam drehe ich mich mit der Tasse in der Hand zu ihm um, wage es aber kaum zu hoffen.

»Hi, ich bin's schon wieder«, sagt er fröhlich. Sein Gesicht ist rußverschmiert, seine feuchten Locken kleben ihm an der verschwitzten Stirn. In seiner Uniform sieht er auf der anderen Seite der Theke noch breitschultriger und beeindruckender aus. »Wie ich sehe, muss ich noch Barista zu Ihren Berufen hinzufügen.«

Ich nicke. Kein Ton kommt über meine Lippen. Geschieht das tatsächlich?

Er plaudert locker weiter, aber ich kann ihm nicht antworten. Wie ferngesteuert bereite ich ihm den Kaffee zu.

Ich sollte mich schämen, auf einen vergebenen Mann so zu reagieren. Über solche Frauen habe ich schon einiges gelesen, und ich habe keine gute Meinung von ihnen. Sie sind hinter gebundenen Männern her, obwohl es doch so viele andere gibt. Haben wir denn nicht genügend Singles auf der Welt?

»Danke für den Kaffee«, sagt er und lächelt mich strahlend an.

»Gern geschehen.«

Er geht zurück zu seiner Truppe, während ich weiter Tee koche und mich im Stillen schelte.

ANGIE

Ich öffne die beiden Schnallen an dem Fresskorb, der eigentlich für Weihnachten gedacht war, und blicke auf die kalorienreichen Köstlichkeiten vor mir.

»Nun, für Weihnachten bin ich gut versorgt«, murmle ich und suche mir etwas aus den Delikatessen heraus.

Ob es wohl falsch ist, noch vor dem Frühstück etwas davon zu öffnen, obwohl erst in zwei Tagen Weihnachten ist?

Es ist niemand hier, der meine Frage beantworten könnte. Beginnt die Weihnachtszeit nicht schon am dreiundzwanzigsten Dezember?

Ich entscheide mich für eine Dose karamellisierter Cashewnüsse, trotte zu meinem Bett zurück und schnappe mir auf dem Weg mein iPad.

Wenn Nick und Alfie ihr eigenes Ding machen wollen, dann kann ich das auch. Ich kuschle mich wieder unter die Decke, öffne die Dose mit den Nüssen und suche mir bei Netflix einen passenden Film aus.

Es mag unhöflich sein, aber ich habe nicht vor, mich dafür zu entschuldigen, dass ich morgen nicht bei der Hochzeit erscheinen werde. Sollen die beiden sich doch auf die Schnelle irgendeine banale Entschuldigung einfallen lassen. Mir reicht's.

NINA

Wir marschieren in einer Reihe durch den Wald auf das Festzelt zu, in den Händen einiges Zubehör für die Hochzeit – beinahe wie die Heiligen Drei Könige mit ihren Geschenken. Der Schnee unter unseren Füßen ist fest und rutschig und bereitet dem Personal einige Schreckensmomente auf dem Weg zur Ostseite der Farm.

»Ich versteh nicht, warum sie den Anhänger nicht bis oben hin beladen und ihn vom Traktor langsam durch den Wald ziehen lassen«, flüstere ich Shazza zu, die neben mir am Ende der Schlange hergeht.

»Jackie will keine Spuren von Traktorreifen oder Schmutz in der Nähe des Hochzeitszelts haben. Sie glaubt, das würde der Hochzeitsgesellschaft beim Eintreffen den schönen Anblick des frischen Schnees verderben.«

»Hätte man die Reifen des Traktors nicht vorher abspritzen können? Mit einer Fahrt könnte das ganze Zeug im Handumdrehen angeliefert werden«, maule ich. Nach meiner dritten Tour tun mir allmählich die Arme weh.

»Möchtest du etwa Spuren von riesigen Traktorreifen auf dem Weg zu deiner Traumhochzeit im Schnee sehen?«

Ich gebe ihr keine Antwort.

»Na siehst du«, ruft Shazza über die Schulter. »Also beeil dich.«

Bisher haben wir uns am Heiligabend üblicherweise auf den Verkauf der Bäume konzentriert, um auch noch den letzten loszuschlagen, doch in diesem Jahr haben wir in der Woche vor Weihnachten länger geöffnet. Die Besucher helfen uns in gewisser Weise dabei, mit den Hochzeitsvorbereitungen und dem Stress in letzter Minute fertig zu werden. Und nun auch mit dem Feuer.

Vor meinen Augen tauchen wieder die Bilder von letzter Nacht auf, als alle verzweifelt versucht haben, die Flammen zu löschen und die Weihnachtsbäume zu retten. Ich habe vorher schon mit Kitty gesprochen und weiß daher genau, wie groß die Fläche ist, die von dem Feuer zerstört wurde.

»Der traurigste Anblick bisher war ein kahler Weihnachtsbaum neben einer Mülltonne«, erklärte Kitty, als wir am Morgen auf der Straße standen und die Brandschäden betrachteten. »Aber das hier ... Das ist was ganz anderes.«

Ich musste ihr recht geben. Im kalten Tageslicht wurde erkennbar, dass das Feuer viel größer gewesen war, als ich gedacht hatte. Der Zauber der verschneiten Landschaft war verflogen; stattdessen war, so weit das Auge reichte, alles von einer dicken Schicht grauer Asche bedeckt, aus der hässliche schwarze Stümpfe in verschiedenen Größen hervorragten.

»Wonach suchen sie?«, fragte ich und deutete auf die Leute, die langsam durch den Brandschutt gingen.

»Nach allem. Boss Fielding hat ihnen von den Teenagern, deren Lagerfeuern und Spraydosen erzählt. Anscheinend glauben sie, in der Asche Beweismaterial zu finden. Shazza hat mir erzählt, dass ihr jüngerer Bruder gestern Abend Hausarrest hatte, also kann er nicht bei irgendwelchen Streichen mitgemacht haben.«

»Wahrscheinlich machen sich diejenigen, die dafür verantwortlich sind, jetzt in die Hosen vor Angst. Und Arthur?«, fragte ich, obwohl ich mich davor fürchtete, noch mehr schlimme Nachrichten zu hören.

»Sie haben ihn im Morgengrauen eingefangen. Der Tierarzt ist mit schwachen Beruhigungspfeilen angerückt. Der arme Kerl ... Er hat diverse Verbrennungen abbekommen von den Feuerwerkskörpern, die sie an ihm festgebunden haben, aber der Tierarzt sagt, er hat gute Chancen, es zu überstehen. Wird aber eine Weile dauern. Er ist jetzt wieder bei Gertrude. Aber hast du den Boss gesehen? Er ist verrückt – den ganzen Vormittag sitzt er bereits an seinem Schreibtisch und versucht, alles wieder auf die Reihe zu kriegen.«

Ein Gefühl der Hilflosigkeit stieg in mir auf, während wir schweigend zuschauten, wie die Ermittler durch die verbrannten Überreste stapften.

»Heute werden wir wohl alle mit anpacken müssen, um sicherzustellen, dass die Hochzeit nicht unter dem Brand leidet, aber hey, dafür sind wir schließlich hier, oder?«, sagte Kitty, während sie vor mir her zurück zum Verkaufshof ging.

Shazza reißt mich aus meinen Gedanken.

»Nimmst du deinen Baum heute mit nach Hause?«, fragt sie, nachdem ich eine Weile geschwiegen habe.

»Nein.«

»Aber das hat doch Tradition, Nina«, erwidert sie leise und legt eine Hand auf den großen Behälter mit den Stoffservietten.

»Hör mir mit dieser emotionalen Erpressung auf! Ich kann tun, was ich will, vielen Dank.«

Shazza dreht sich um und wirft mir einen Blick über die Schulter zu. Ich fühle mich mies – ich wollte nicht so bissig reagieren.

Soeben beginne ich einen weiteren inneren Monolog, als wir endlich am Ende des Wegs ankommen, wo sich die dichte Wand der Bäume für eine weitläufige Lichtung öffnet und den Platz freigibt, wo morgen die Hochzeitsfeier stattfinden soll. Dahinter liegt der von Blautannen und der steilen, mit Frasertannen bewachsenen Böschung umgebene See.

Das Personal der Farm ist eifrig damit beschäftigt, Gegenstände zu den verschiedenen Bereichen zu tragen – zu der Pergola, wo die Trauung stattfinden soll, zum Festzelt oder zum Catering-Zelt –, damit alles für die Hochzeit im Winterwunderland bereitsteht.

Ich will nicht dabei helfen, das Festzelt zu errichten. Man stellt sich das so einfach vor – wie das Aufstellen eines Spielhauses für Kinder. Falsch. Hier sind nur Leute gefragt, die gut rumkommandieren können. Also liefere ich die Kiste mit Gewürzen bei der Catering-Mannschaft ab und flitze rasch zu dem Dekorationsteam, bei dem ich den gesamten Vormittag mit Floristendraht und Blumensteckschaum verbringen werde. Mir ist es gleichgültig, wie lang die Girlanden sein müssen oder welchen bestimmten Farbton die Schleifen haben sollen, solange ich meine Gedanken damit ablenken kann.

»Kommst du zu uns, Nina?«, bittet Jackie, während sie frische Stechpalmenblätter in die Mitte des Kreises von fünf Stühlen legt, neben dem sich bereits Zangen, rote Schleifen und Rotkehlchen zum Schmücken befinden.

»Bin schon da.«

Holly reicht mir eine Bahn Netzstoff, als ich mich setze.

Ich stürze mich auf die aufwendige Aufgabe, die stacheligen Zweige durch die Maschen des Stoffs zu ziehen und festzubinden. Tatsächlich soll der gesamte Stoff mit Zweigen bedeckt sein, um daraus eine prächtige, große Girlande herstellen zu können. Unter Jackies wachsamen Augen gibt es kein nachlässiges Arbeiten – sie ist bei Hochzeitsvorbereitungen sehr penibel.

Innerhalb von zehn Minuten hört man, wie die Arbeiter am Festzelt fluchen und sich gegenseitig anbrüllen. Alle suchen nach dem richtigen Teil, um es in der richtigen Ecke anzubringen, aber niemand hört auf die Anweisungen.

Shazza und Kitty setzen sich zu uns, um uns bei den Girlanden zu helfen, während die angeheuerte Catering-Mannschaft Tische, Schleifen für die Stühle und Tischleuchten zählt, damit alles für eine rasche Aufstellung bereit ist, sobald aus den sich blähenden Stoffbahnen ein funktionsfähiges Festzelt geworden ist.

Die Girlanden-Gruppe plaudert über die Pläne für die Hochzeit, die Farbzusammenstellung, Hollys Verbindung zu der Familie der Braut und darüber, wie aufgeregt sie ist, eine der sechs Brautjungfern sein zu dürfen – ihre jüngste Schwester ist noch zu jung dafür.

Ich arbeite schweigend weiter und lausche, ob Lucas Name fällt.

»Wie läuft es mit deinem Verehrer?«, fragt mich Shazza, und ihre Augen funkeln spitzbübisch. »Habt ihr schon weitere Dates geplant?«

Ich gehe nicht darauf ein.

»Nina«, flüstert Kitty und stupst mich an.

Als ich den Kopf hebe, schaue ich in vier erwartungsvolle Gesichter. Alle starren mich an, ohne ihre Arbeit zu unterbrechen.

»Oh, lass dich von mir nicht stören. Die Zwillinge sind zwar meine Stiefsöhne, aber in ihr Liebesleben mische ich mich nicht ein«, scherzt Jackie kichernd.

Shazza zieht die Augenbrauen hoch. »Also erzähl schon. Und?«

»Und nichts«, erwidere ich, den Blick fest auf die Girlande gerichtet.

»He, Jackie, kannst du dir vorstellen, dass Nina in zwanzig Jahren deinen Platz übernimmt? Hochzeiten und Weihnachtssingen organisiert und …?«

Jackie hüstelt, und Holly beobachtet uns von der Seite.

Als ich wieder den Kopf hebe, sehe ich, wie Kitty Shazza einen Blick zuwirft.

Shazza schlägt einen anderen Kurs ein. »Tut mir leid, aber neulich an dem Abend im Club ... Ich hab angenommen, dass du die Sache mit den Zwillingen ganz gelassen angehst, aber jetzt über die Feiertage hast du mehr Zeit, um ...«

»Hör auf damit! Wenn ich mich recht erinnere, hast du gesagt, du hättest nichts dagegen, in zehn Jahren Jackies Position hier einzunehmen, nicht ich!«, erwidere ich gereizt, werfe die Girlande hin, stehe auf und verlasse den Kreis.

Ich brauche Platz. Raum zum Atmen. Ich will weg von diesen Leuten und ihrem ständigen Gerede über Männer, die Liebe und das Leben und darüber, wie verdammt glücklich sie ständig sind, während ich mich tief in meinem Inneren grauenhaft fühle. Und noch dazu weiß, dass ich nicht haben kann, was ich haben möchte.

»Nina!«, höre ich hinter mir rufen, als ich hastig zum See hinunterlaufe.

Ich will allein sein.

Die Catering-Mannschaft und das Team am Festzelt haben sicher meinen überstürzten Rückzug gesehen. Eine oder zwei meiner Kolleginnen überlegen wahrscheinlich, ob sie mir nachgehen sollen, um mir seelischen Beistand zu leisten und mit mir ein paar Tränen zu vergießen.

Der frische knirschende Schnee unter meinen Füßen fühlt sich gut an – meine eigene Spur zu hinterlassen hat etwas sehr Urtümliches an sich und ist sehr befriedigend. Auf dem Weg zum See atme ich tief die frische Luft ein. Am Ufer angelangt, beruhige ich mich ein wenig. Und dann begreife ich es. Ich bin nicht nur wegen des Jahrestags so außer Fassung, sondern weil mir diese verdammte Winterwunderland-Hochzeit jemanden wegnimmt, den ich haben will. Wie kann man von mir erwarten, dass ich Girlanden für seine Hochzeit bastle?

Warum ist das Leben so kompliziert? Täglich wird eine Menge Energie dafür verbraucht, um Irrtümer richtigzustellen, Hindernisse zu umgehen und Widerstand zu leisten. Sollte man nicht alle diese Bemühungen lieber für die schönen Dinge im Leben aufwenden?

Mir ist das alles bewusst, trotzdem weiß ich nicht, wie ich es jemals hinbekommen soll, nicht mehr vor den schönen Dingen des Lebens davonzulaufen.

HOLLY

»Ihr Dad ist letztes Jahr an Weihnachten gestorben, deshalb geht es ihr im Moment nicht so gut«, erklärt Shazza. »Ich hab nur versucht, sie ein bisschen aufzuheitern«, fügt sie an die anderen beiden gerichtet hinzu.

»Ja, und bist damit voll ins Fettnäpfchen getreten«, stellt Kitty fest.

»Zach hat also wieder eine Chance bei ihr?« Shazza grinst triumphierend.

»Im Ernst, Shazza, glaubst du wirklich, sie ist momentan in der Stimmung, mit jemandem auszugehen? Sie muss erst mal wieder einen klaren Kopf bekommen, bevor sie an ein Date auch nur denken kann.«

»Nach den gestrigen Ereignissen können wir es wirklich nicht gebrauchen, dass die Zwillinge im Clinch miteinander liegen«, erklärt Jackie.

»Hat sie keine Geschwister?«, frage ich.

Alle drei schütteln den Kopf.

Oje! Sie hat niemanden. Ich beklage mich zwar häufig darüber, dass es bei uns im Haus so viele Menschen gibt, aber zumindest kann ich davon ausgehen, dass immer jemand für mich da sein wird, ob nun eine meiner Schwestern oder meine Eltern.

»Die beiden haben allein gelebt. Und sie hat die Last seiner Krankheit, seiner Stimmungsschwankungen und alles andere mehr oder weniger allein getragen. Es war nicht einfach für sie, aber er war ihr Dad«, erklärt Kitty.

»MS ist eine schlimme Krankheit, die mit körperlichem Verfall und Schmerzen einhergeht, auch wenn die Familienangehörigen sich noch so sehr bemühen. Nina hat ihr Bestes gegeben, und das über lange Zeit hinweg.«

»Und ihre Mutter?«, frage ich.

»Schon lange weg«, erwidert Kitty. »Sie hat die beiden schon vor Jahren verlassen.«

Ich nehme mir eine weitere Handvoll Stechpalmenblätter und arbeite sie in den Gitterstoff ein, während sich Schweigen ausbreitet. Ich warte darauf, dass eine der Frauen eine fröhliche Unterhaltung beginnt, doch niemand sagt etwas. Alle scheinen mit ihren Gedanken beschäftigt und dankbar für das zu sein, was sie haben.

*

»Hast du was gesagt?«, fragt Alfie während unserer Pause in der Personalhütte.

Ich schüttle den Kopf.

»Ich hab mich nicht getraut. Diese Nachricht ist belastend für Demi – die Polizei wird sicher Namen von ihr hören wollen. Sie hat bestimmt furchtbare Angst.«

»Aber ich habe ein schlechtes Gewissen ... Hast du gesehen, was sie angerichtet haben?«

Ich verneine. Jackie hat mich von dem Moment an, in dem wir die Hochzeitssachen zum Zelt getragen haben, auf Trab gehalten.

»Alles ist verwüstet, so weit das Auge reicht. Kein einziger Baum ist übrig geblieben – nur noch schwarze Stümpfe ragen aus dem Boden.«

»Was sollen wir deiner Meinung nach sagen?«

Alfies blaue Augen bohren sich in meine. Ich kenne seine Antwort, aber er bringt es nicht über sich, sie auszusprechen.

»Ich hasse es zu petzen, aber wenn wir nichts sagen, fühle ich mich schuldig«, sagt er schließlich. »Die Familie war während der letzten Schichten sehr nett zu mir, und ich würde gern auch nach Weihnachten an den Wochenenden hier weiter arbeiten.«

»Okay. Wann?«

»Jetzt.«

»Was ist mit den Hochzeitsvorbereitungen?«

»Boss Fielding muss sich nicht darum kümmern. Er hat den ganzen Vormittag in seinem Büro verbracht. Jackie ist für die Hochzeit zuständig.«

»Und was ist mit Demi?«

Alfie zuckt mit den Schultern. »Sie wird ein paar Fragen beantworten müssen.«

*

»Wem gehört dieses Handy?«, will Boss Fielding wissen und nimmt das Mobiltelefon von seinem Schreibtisch. Seine grauen Augen huschen über den Bildschirm und überfliegen die Nachricht.

»Es gehört mir. Demi ist meine beste Freundin.«

Alfie rutscht auf dem Stuhl neben mir hin und her. Er fühlt sich ebenso unwohl wie ich, aber was wir tun, ist richtig.

»Und um welche Uhrzeit hat sie diese Nachricht geschickt?«

»Um Mitternacht. Die Uhrzeit erscheint am Rand, wenn Sie den Text zur Seite schieben«, presse ich mühsam hervor.

Er wischt mit seinen großen Fingern über den Bildschirm, nickt langsam und hebt den Blick.

»Und ihr beide?«

»Wir haben damit nichts zu tun«, erklärt Alfie hastig. »Wir hatten aber ein schlechtes Gewissen, weil wir hier arbeiten und wir die Jugendlichen kennen, die das angestellt haben.«

»Aber ihr habt euch nie mit ihnen zusammen hier rumgetrieben?«

Wir schütteln beide den Kopf.

»Niemals?«

»Mich haben sie mal dazu aufgefordert, aber ich bin nicht mitgegangen. Sie gehören nicht zu meinen Freunden«, murmle ich. Bei seinem prüfenden Blick krampft sich mir der Magen zusammen. »Im Ernst, wir wissen nichts über letzte Nacht, bis auf diese Nachricht.«

Boss Fielding lehnt sich auf seinem Stuhl zurück und mustert uns nachdenklich.

Warum kann es so unfassbar schwer sein, die Wahrheit zu sagen? Eigentlich haben wir damit gerechnet, dass er uns für unsere Hilfe dankbar sein wird, doch stattdessen starrt er uns eine Ewigkeit an, bevor er schließlich zum Telefon greift.

ANGIE

Nick hat nicht angerufen. Ich habe mir drei romantische Komödien nacheinander angeschaut, die ganze Dose Cashewnüsse, ein Glas Aprikosen in Honig und eine komplette Schachtel Marzipanfrüchte verputzt, aber besser fühle ich mich nicht.

Mir schwirrt der Kopf. Mein vorlauter Sprössling glaubt, über alles Bescheid zu wissen, nur weil er seit ein paar Tagen in eine Klassenkameradin verknallt ist. Und Nick schlägt sich auf seine Seite, wenn es um mich geht ... Das ist doch nicht richtig, oder? Ich habe nur versucht, möglicherweise in letzter Minute auftauchende Probleme zu vermeiden, als ich Alfie gebeten habe, den Anzug anzuprobieren – und bum!

Immer noch keine Nachricht von Nick.

Na gut, wie du willst. Dann geh eben ohne mich auf die Hochzeit, präsentiere dich dort als heldenhafter alleinerziehender Vater, der mit seinem Sohn im Teenageralter gemeinsam kämpft, um die Trennung der Familie zu überstehen. Was kümmert's mich?

Ich drücke bei Netflix auf die Pausetaste und stapfe durch die Küche. Nachdem ich endlich den Korkenzieher gefunden habe, nehme ich ein Weinglas vom Abtropfbrett, kehre zum Fresskorb zurück und hole eine Flasche köstlichen Rosé heraus.

»Fröhliche Weihnachten!«, murmle ich, während ich die Flasche im Flur entkorke und damit zurück zum Bett marschiere. »Auch wenn ich zwei Tage zu früh dran bin!«

Siebzehn

NINA

Montag, 24. Dezember

Die Weihnachtsbaumfarm beschließt das Jahr mit einem halben Ruhetag, damit die Mitarbeiter Zeit haben, sich vor der Hochzeit auszuruhen und frisch zu machen. Eigentlich hatte ich geplant, die Pause in meiner Blockhütte zu verbringen, doch stattdessen beziehe ich Posten hinter einem Grüppchen Frasertannen, in sicherem Abstand zu der mit Girlanden dekorierten Hochzeitspergola. Der Anblick ist ein Gedicht, und ich kann mir nicht vorstellen, dass es irgendeine Braut auf der Welt gibt, die nicht von diesem Winterwunderland zwischen Weihnachtsbäumen begeistert wäre. Ich male mir aus, wie ihr vor Staunen die Kinnlade runterfällt, wenn sie am Arm ihres Vaters eintrifft. Bei mir wäre das bestimmt so. Der elegante rote Teppich hebt sich wie eine Schneise vom jungfräulichen Schnee ab. Die in ordentlichen Reihen aufgebauten geschmückten Stühle sind mit Menschen in dunklen Anzügen oder eleganten Kreationen aus Federn und Kunstpelz besetzt. Obwohl die Trauung um ein Uhr stattfindet, sind einige Gäste immer noch auf der Suche nach ihren Plätzen. Das Streichquartett spielt Bach, sanfte Klänge steigen empor in die Luft. Die Standesbeamtin rückt immer wieder ihre Unterlagen und Bücher auf dem mit einem Tischtuch bedeckten Beistelltisch zurecht.

Den ganzen Vormittag habe ich mir auf dem Verkaufshof zu schaffen gemacht, doch an Heiligabend ist die Nachfrage nach Fichten nicht sehr groß. Außerdem habe ich, mit einem mulmigen Gefühl im Magen, ständig auf die Uhr geschaut und darüber nachgegrübelt, warum das Universum mir so etwas antut. Fünfundzwanzig Jahre habe ich nun darauf gewartet, dass besagter Magen richtig Purzelbäume schlägt. Und anstatt sich an Amors klare Vorgaben zu halten, heiratet der Typ jetzt einfach eine andere. Das Leben ist ungerecht. Leider bleibt mir nichts anderes übrig, als mich mit dieser grausamen Wendung des Schicksals abzufinden.

Wieder recke ich den Hals, um die erste Reihe rechts vom Mittelgang besser im Blick zu haben. Zwei dunkelhaarige Männer in maßgeschneiderten Anzügen sitzen dort und blicken nach vorn. Vermutlich ist der Trauzeuge sein Bruder. Von hinten sehen sie einander sehr ähnlich. Ich kann mir nicht vorstellen, was in diesen Minuten in Luca vorgeht. Ist er nervös? Voller Vorfreude? Die beiden schauen sich nicht zu den eintreffenden Gästen um. Aber wahrscheinlich ist nach der Trauung noch genug Gelegenheit für geselliges Beisammensein.

Die erste Reihe links vom Mittelgang bleibt leer. Vermutlich ist sie für eine Kolonne farbenfroh gekleideter und mit frischen Blumensträußen bewaffneter Brautjungfern bestimmt.

Mein Blick kehrt zurück zum Bräutigam. Was soll ich tun, wenn er irgendwann während der Zeremonie, kurz bevor er zum Ehegelübde ansetzt, seiner Liebe zu Isabella abschwört und gesteht, dass er sich unsterblich in eine Weihnachtsbaumverkäuferin verliebt hat? O mein Gott! Ich würde vor Scham im Erdboden versinken, falls er mich aus meinem Versteck rufen, mich an der Hand nehmen und ... Ich beäuge meine Jeans und den Pulli – was für ein erbärmlicher Anblick! Ich muss wirklich anfangen, mehr auf mein Äußeres zu achten.

»Dreh dich um. Dreh dich um«, murmle ich und fixiere dabei seinen Nacken. Warum steht sein sechster Sinn heute nur so auf der

Leitung? Funktioniert er nur, wenn ich nicht dabei erwischt werden will, wie ich ihn anstarre? Das wäre wieder mal typisch. Offenbar wirkt sich Hochzeitslampenfieber negativ auf seine telepathischen Fähigkeiten aus.

Was würde ich tun, wenn er sich wirklich umdreht? Winken? Lächeln? Oder in Deckung gehen? Oder ihn eindringlich ansehen in der Hoffnung, dass die Tiefe meiner Gefühle sich in diesem letzten Blick widerspiegelt?

»Was machst du denn da?«

Als Kitty mir über die Schulter späht und mir ins Ohr flüstert, mache ich vor Schreck einen Satz.

»Ach, nichts.«

»*Nichts?* Wer's glaubt, wird selig.«

»Sehr witzig«, nuschle ich, während meine Augen zurück zur ersten Reihe wandern.

»Hübsch, findest du nicht?«

Ich nicke nur.

Ich will nicht patzig sein, denn Kitty war mir immer eine gute Freundin. Trotzdem würde ich viel lieber allein hier stehen und mir das Herz brechen lassen, als in Gegenwart einer Zeugin bittere Tränen zu vergießen, wenn er die Worte »Ich will« ausspricht.

»Ich habe gerade beobachtet, wie die Hochzeitsgesellschaft sich zum Einzug aufstellt. Die Braut sieht hinreißend aus.«

Na großartig! Als ob es nicht genügen würde, dass die Blondine schon im Alltag eine atemberaubende Schönheit ist. Nein, an ihrem großen Tag muss sie natürlich alle vom Hocker hauen. Ich versuche, mich zusammenzureißen. Der Gedanke ist wirklich unfair von mir. Schließlich ist es nicht ihre Schuld, dass ich ihn erst nach ihr kennengelernt habe. Nach einer Verlobung, nach zwei Kindern und nach dem Abschluss der Hochzeitsvorbereitungen. Letztlich läuft es nur auf eines hinaus: Ich hatte eben das falsche Timing. Die Sache liegt eigentlich ganz einfach: Man trifft, wen man trifft, dann, wenn man ihn trifft. Und nun muss er ihretwegen allen anderen entsagen.

Mir wird so schwer ums Herz, dass ich losheulen könnte.

»Da kommen sie«, raunt Kitty und zeigt nach rechts den roten Teppich entlang. Im gleichen Moment wechselt das Streichquartett von Bach zum »Kanon« von Pachelbel. Ich will die Braut gar nicht anschauen, denn sie ist sicher wunderschön. Stattdessen gilt mein Blick dem Bräutigam, der zwar aufsteht, aber sich nicht zu ihr umwendet. Auch die Gäste erheben sich, um den Einzug der Braut zu beobachten.

Kitty strahlt übers ganze Gesicht. Ich wage immer noch nicht, die Braut anzusehen. Das schlechte Gewissen steht mir sicher ins Gesicht geschrieben. Und dann wird sie es wissen. Ganz bestimmt. Aus dem Augenwinkel sehe ich, dass sie ein gerade geschnittenes weißes Kleid trägt und einen dunkelroten und smaragdgrünen gewaltigen Blumenstrauß in der Hand hat. Ihr folgt eine Prozession aus Brautjungfern und Pagen. Ich erkenne die zwei kleinen Jungen vom Besuch der Weihnachtswerkstatt wieder. Holly sieht mit hochgestecktem Haar wahrscheinlich traumhaft aus, und ihr breites Teenagerlächeln wird Bände sprechen. Aber ich will keine Sekunde damit vergeuden, den Einzug der Braut zu verfolgen. Meine Augen ruhen nur auf ihm. Gewiss spürt er, dass sie näher kommt. In weniger als zehn Minuten werden die zwei Mann und Frau sein.

Mein Magen gerät in Aufruhr. Gleich wird mir schlecht.

Die Brautprozession nähert sich, bleibt stehen, und alle wenden sich zur Längsseite des Mittelgangs. Und dann steht er ganz dicht vor mir! Luca spaziert einfach von rechts in mein Gesichtsfeld, hakt die Braut unter und geht, elegant in seinem Anzug, neben ihr her.

Sein Blick aus dunklen Augen trifft meinen einen winzigen Sekundenbruchteil lang. Er lächelt und dreht sich dann zum Hochzeitsbogen um. Das war gewagt. Ich erröte.

Warum brechen sie mit der Tradition? Eigentlich dachte ich, dass diese Hochzeit bis ins kleinste Detail durchgeplant ist. Und dennoch schreiten Braut und Bräutigam gemeinsam den Mittelgang entlang? Vielleicht ist es ja passend, weil sie schon durch zwei Kinder aneinander gebunden sind. Als sie langsam auf die Standesbeamtin zusteuern, fächert die pfauenfederförmige Schleppe der Brautrobe auf dem roten Teppich auseinander. Da ich auf die erste Reihe starre, habe ich die Freunde des Bräutigams im Blick, die geduldig darauf warten, ihrem Kumpel beizustehen. Kein Wunder, dass sie sich nicht nach den ankommenden Gästen umgedreht haben.

»Sieht sie nicht hinreißend aus?«, schwärmt Kitty und schlägt ehrfürchtig die Hände vor den Mund. »Diese fließende Schleppe ist ein Traum.«

»Hm.« Ein Schluchzer steckt mir in der Kehle fest.

»Was hast du?«

»Nichts. Nur Halskratzen vom scharfen Geruch dieser Fichten«, schwindle ich, weil ich mein Geheimnis mit niemandem teilen will. Nicht einmal mit Kitty.

Bis zur Hochzeitspergola braucht er genau siebenundzwanzig Schritte. Die Standesbeamtin begrüßt das Paar mit einem freundlichen Lächeln und einem Nicken. Die Brautjungfern und Pagen verteilen sich in der ersten Reihe und setzen sich.

Jetzt wird es kompliziert, denn eigentlich müsste er auf der anderen Seite der Braut stehen. Wer hat bei dieser Kleinigkeit gepfuscht? Wird er einen Schritt über die lange Schleppe machen oder darum herum zu ihrer rechten Seite gehen?

Ich kann die Augen nicht von seinem breiten Rücken abwenden. Ja, eigentlich darf er sich nicht umdrehen, weil alle Hochzeitsgäste ihn beobachten. Aber wenn er mir noch einen letzten zärtlichen Blick gönnt ... einen letzten Purzelbaum im Magen ... dann gebe ich ihn frei. Ich schwöre es.

Ich sehe zu, wie er die Hand von ihrem Arm nimmt, ihre Hand ergreift, sie an die Lippen hebt, sie küsst und sie sanft loslässt.

Dann tritt er beiseite und setzt sich hin. Der Trauzeuge rechts von ihm lächelt ihn strahlend an und nähert sich der Braut.

»Was soll denn das?«

Kitty schaut zwischen mir und dem Paar vor dem geschmückten Bogen hin und her.

»Was?«, wundert sie sich.

»Was tut er da?«

»Wer?«

»Luca!«

»Hä? Er heiratet.«

Ich starre Kitty an.

Große Verwirrung flackert in ihrem Blick.

»Ja, Isabella und *Luca* ... Warum setzt er sich dann wieder hin?«, platze ich heraus.

»Nina, Luca steht gerade auf. Luca ist der Bräutigam.«

»Luca ist der Bräutigam ...« Langsam wiederhole ich ihre Worte. Sie betrachtet mich, während meine Augen von der ersten Reihe zum Bräutigam und zurück wandern. »Und wer ist dann der Typ, der sich gerade hingesetzt hat?«

»Ihr Bruder, glaube ich.«

Ihr Bruder?

Jetzt dreht sich mir wirklich gleich der Magen um.

HOLLY

Vom Ehrentisch aus schaue ich quer durch das Zelt und bewundere die wunderschön mit weißen Leinentüchern eingedeckten und mit Kerzenleuchtern und Dekorationen aus Kristalltropfen geschmückten Tische. Etwa siebzig Gäste haben Platz genommen, alle sind gekommen, um das Hochzeitspaar zu feiern. Einfach grandios. Eigentlich hatte ich gedacht, das Beste an der Rolle einer Brautjungfer wären das tolle Kleid und der schicke Blumenstrauß, aber das hier ist unbeschreiblich. Immer wieder blicke ich zu Isabella hinüber, aber die ist mit Luca oder mit ihren beiden Söhnen beschäftigt. Sobald man mich an meinen Tisch geführt hat, halte ich rasch Ausschau nach Alfie, der an Tisch Nummer sieben sitzt. Also nicht zu weit weg von meinem Platz am Ende des Ehrentisches, aber doch zu weit, um miteinander reden zu können. Was vielleicht besser so ist, wenn man bedenkt, dass er in seinem neuen Anzug zum Anbeißen aussieht. Ich beobachte, wie er an seinem Kragen zerrt. Offenbar findet er ihn unbequem und fühlt sich wie ein verschnürter Truthahn. Ich weiß, dass er lieber auf den Anzug verzichtet hätte, doch sein Dad hat darauf bestanden, weil es sich bei einem förmlichen Anlass wie diesem so gehört. Ein Platz am Achtertisch ist leer. Vermutlich war er für Angie bestimmt, obwohl sie laut Alfie gar nicht kommen wollte. Als Isabella mich vorhin gefragt hat, habe ich getan, als wüsste ich nichts von ihrem Streit. Ich mische mich da nicht ein. Alfie und sein Dad scheinen auch so gut klarzukommen.

Überall hängen die Girlanden, die wir gestern geflochten haben, in sanften Bögen herab. Dunkelrote Schleifen schimmern und leuchten im Licht. Ich hätte nicht gedacht, dass das Zelt so wunderschön werden würde. Vielleicht haben wir ja eines Tages auch so etwas. Irgendwann …

Ich habe Schmetterlinge im Bauch. Fühlt sich das, was Isabella für Luca empfindet, auch so an? Oder ist das nur der Anfang einer Teenagerschwärmerei, wie meine Mum es nennt? Jedenfalls ist es völlig neu für mich.

Unsicher, wie ich mich verhalten soll, werfe ich einen Blick auf die anderen. Da alle an Brotstückchen knabbern, mache ich es auch. Meine Familie sitzt ein Stück entfernt von Alfie an Tisch drei. Unser Tisch ist mit acht Personen, einige auf Stühlen, andere auf Kinderstühlchen, voll besetzt.

Als Alfie zu mir hinüberschaut, winke ich ihm rasch zu. Darf ich mich auch mit anderen Leuten unterhalten oder nur mit der Braut? Von meiner Mum habe ich strenge Anweisung, nicht auf Alfie zu achten, bis Isabella mir erlaubt, mich unter die Gäste zu mischen. Dann kann ich so viel mit Alfie tanzen, wie ich will, solange stündlich das Gästebuch herumgegeben wird, damit alle Gratulanten sich eintragen können.

Ich lehne mich zur Seite, damit ein junger Kellner meinen Teller abräumen kann. Es ist seltsam, wenn einem jemand den leeren Teller vom Tisch nimmt. Nur wenige Sekunden später erscheint ein anderer Kellner mit einer großen ovalen Platte. »Vorsicht, heiß«, murmelt er und entschwindet wieder in Richtung der mobilen Küche. Auf dem Teller liegt ein Berg Rindfleisch in brauner Soße. Ist das der Hauptgang? Ich fange an zu essen, stelle aber fest, dass außer mir niemand zum Besteck gegriffen hat. Also höre ich wieder auf. Soll ich weiteressen oder auf die anderen warten? Eine große Platte mit Kartoffeln taucht neben meinem Ohr auf, und eine Kellnerin bietet mir zwischen eine Gabel und einen großen Löffel geklemmte Röstkartoffeln an. Darauf folgt eine weitere Kellnerin mit einer Unmenge Gemüse, und zu guter Letzt gibt es noch mehr Soße.

Ich lasse es mir schmecken. Wirklich lecker!

Und da sehe ich sie.

ANGIE

»Verzeihung, Verzeihung«, flüstere ich, während ich mich durch den Raum zu Tisch Nummer sieben schlängle. Während ich mich an den Stühlen vorbeizwänge, tun die Leute so, als würden sie ruckelnd ein Stückchen nach vorne rutschen, rühren sich aber in Wahrheit keinen Millimeter von der Stelle. Und so spüre ich auf meinem Weg durch die sitzenden Gäste die Kante jedes Stuhls an Bauch und Oberschenkeln. Außerdem muss ich einigen Kellnern ausweichen und mehrmals einen »Bitte nach Ihnen«-Tanz absolvieren, bis ich weitergehen kann.

Ich habe mein Ziel vor Augen. Vor dem Betreten des Speisesaals habe ich die hübsch gestaltete und in verschnörkelter Schrift verfasste Sitzordnung im Vorraum des Zelts studiert. Schließlich möchte ich kein Aufsehen erregen und verhindern, dass alle meine Verspätung bemerken.

Als ich mich dem Tisch nähere, erkenne ich Nicks Hinterkopf. Alfie zerrt an Kragen und Krawatte, wie ich es erwartet habe. Doch sein Jackett passt ausgezeichnet. Nicht zu fassen, dass er es vor dem Hinsetzen nicht ausgezogen hat, damit er es beim Essen bequemer hat. Man könnte von Nick doch erwarten, dass er dem Jungen ein paar Tipps gibt, wenn es nötig ist.

»Entschuldigt die Verspätung, aber ich glaube, das hier ist mein Platz«, verkünde ich in ruhigem, beiläufigem Ton, als ich Tisch sieben endlich erreiche. Ein Meer erstaunter Gesichter schaut von

Roastbeef mit Meerrettich hoch. Nick fällt die Kinnlade herunter. Alfie seufzt tief auf. Eine Dame und drei Kinder starren mich an. Doch schon im nächsten Moment setzt die Frau ein offenes, freundliches Lächeln auf. Und der Mann, der auch noch am Tisch sitzt ... Mein Blick trifft seinen. O mein Gott! Nicht in einer Million Jahren hätte ich damit gerechnet, ihn hier wiederzusehen!

»Angie!«, sagt Nick.

»Mum!«

»Angie!«, ruft Fabio aus.

»*Angie*?«, wiederholt die Dame mit dem freundlichen Lächeln, das einer zunehmend argwöhnischen Miene weicht. Ihre drei kleinen Jungen wirken angesichts ihrer Überraschung leicht konsterniert.

»Hallo, entschuldigt, ich bin ein bisschen zu spät dran« ist alles, was ich herausbringe, während ich mich hastig zwischen Nick und die mittlerweile abfällig dreinblickende dreifache Mutter setze. Rasch winke ich eine junge Kellnerin heran und erkläre ihr meine Verspätung, alles, um die drei Erwachsenen abzuwehren, die es kaum erwarten können, mich zu verhören. Unterdessen straft mein Sohn mich mit Nichtachtung. Die drei Kinder verspeisen manierlich ihre Fischstäbchen.

»Ich hätte nicht gedacht, dass du kommst.«

»Findest du das in Ordnung, Mum?«

»Angie? Ist das *die* Angie?«

»Sind Sie mit der Braut oder dem Bräutigam befreundet?«

Ich antworte nicht. Stattdessen beschäftige ich mich damit, das Päckchen mit dem Vollkornbrot aufzureißen. Ich entdecke das Tellerchen mit den makellos geformten Butterlocken und verstreiche die köstlich cremige Masse. Wenn es schon ein Nachmittag des Grauens wird, will ich wenigstens in Sachen Essen und Alkohol nicht zu kurz kommen. Während sie mich weiter anstarren, greife ich mit vollem Mund nach dem Weißwein und schenke mir ein großes Glas ein. Unter den gegebenen Umständen wäre alles andere unhöflich.

»Esst nur ruhig weiter, sonst wird ja alles kalt«, meine ich, während mein Herzschlag in die Höhe schießt. Dennoch nippe ich seelenruhig an meinem Wein. So etwas hätte ich wirklich nicht erwartet!

Einer nach dem anderen greifen sie wieder zum Besteck und setzen ihre Mahlzeit fort.

Es wird schon gut gehen. Ich werde höflich zu allen Gästen sein, den Vorwürfen der Ehefrau den Wind aus den Segeln nehmen und sämtliche Anspielungen von Fabio ignorieren. Außerdem sollte Nick sich für seine mangelnde Unterstützung bei mir entschuldigen, ehe wir unser kleines Tête-à-Tête fortsetzen können, weshalb ich nicht vorhabe, allzu freundlich zu ihm zu sein.

»Sind Sie beide verheiratet?«, erkundigt sich Marcia, wie sie laut Tischkarte heißt, und beugt sich über mich hinweg, um mit Nick zu sprechen. Dieser versucht gerade Alfie mit Blicken mitzuteilen, dass er keine Szene machen soll.

»Nein. Nicht mehr. Aber ja ... früher«, erwidert er freundlich.

»Warum ... ist das so wichtig?«, hake ich nach. Die Kellnerin serviert mein warmes Essen. »Danke.«

Marcia starrt mich mit offenem Mund an. »Sie sind die Angie ... die ...«, fährt sie an Nick gewandt fort. »Sie wussten schon, dass die beiden eine Affäre hatten, oder?«

Alfie verschluckt sich heftig, greift nach seiner Serviette und läuft feuerrot an.

Nick schaut zwischen mir, Fabio und Marcia hin und her. Ihr sympathisches Gesicht wirkt inzwischen gequält und verkniffen.

»Angie?«

Ich nicke. »Das ist Fabio ... derjenige, welcher.«

Alfie starrt mich mit offenem Mund an. Seine Gabel schwebt in der Luft.

Du meine Güte, für einen Sechzehnjährigen eine ganz schön heftige Lebenslektion.

»Marcia?«, flüstert Fabio im Versuch, seine Frau zum Schweigen zu bringen.

»Mal im Ernst: Wir haben fünf Monate gebraucht, um unsere Ehe zu kitten, und dann erscheint sie einfach dreist auf der Hochzeit deiner Nichte. Ist das die Möglichkeit?«

Ich schweige. Ich weiß zwar nicht, an wen diese Frage gerichtet ist, aber vermutlich nicht an mich.

»Ich kann mich nur entschuldigen ...«

»Sei bloß still, Nick. Ich war Single und ungebunden, und soweit mir bekannt war, galt das auch für Fabio. Zumindest stand das in seinem Dating-Profil ... Wo also habe ich jemanden getäuscht? Mich trifft keine Schuld.« Ich wende mich an Marcia. »Sobald ich erfahren habe, dass er verheiratet ist und drei Kinder hat, habe ich den Kontakt abgebrochen. Also sparen Sie sich Ihre Wut für ihn auf. Ich wurde genauso hinters Licht geführt wie Sie.« Ich schlage einen überfreundlichen Ton an, um die Pommes mit Ketchup mampfenden Kleinen nicht zu ängstigen.

»Moment mal ... ich habe nie behauptet ...«, unterbricht Fabio. Sein Bühnenflüstern erstirbt unter Marcias giftigem Blick.

»Möchtest du, dass ich dein aktuelles Profil herunterlade und es ihr zeige?«, schlage ich vor und fördere tapfer mein Smartphone zutage. »Soll ich?«

Fabio weicht zurück, lässt die Schultern hängen und erbleicht trotz seiner Sonnenbräune, während seine Frau ihn mit Blicken erdolcht.

»Wirklich. Sie können sich sein derzeitiges Profil auf Singles-Fun.com gern anschauen«, füge ich hinzu und verstaue das Telefon wieder in meiner Clutch. »Alfie, mein Schatz, gibst du mir bitte die Sauciere rüber?«

Ich richte mich kerzengerade auf. Alfie sieht seinen Vater hilfesuchend an, bevor er mir zögernd die Sauciere reicht.

Dann starre ich auf meinen Teller und hoffe zum ersten Mal im Leben auf viele weitschweifige Hochzeitsreden und jede Menge Zwischenrufe aus dem Publikum.

NINA

Allein stehe ich in der Dunkelheit und blicke über den See. Der Nachthimmel spiegelt sich malerisch im Wasser: Mondlicht ergießt sich auf die Oberfläche, in der Ferne schmiegt sich malerisch ein Bogen aus unberührtem Schnee in die Bucht.

Nur die gedämpften Geräusche der Hochzeitsfeier hinter mir und einer Reihe von Fichten stören die Ruhe. Ich stelle mir eine Tanzfläche voller Verwandter im fortgeschrittenen Alter vor. Kleine Jungen rutschen auf den Knien herum, ruinieren sich die Hosen und haben trotz der Feier einen Riesenspaß.

Was würde mein Dad sagen, wenn er jetzt hier sein könnte?

Als ich die gekräuselten Wellen auf dem Wasser betrachte, weiß ich, dass er irgendwo da oben ist. Hoch über meinem Kopf und jenseits der rauchgrauen Wolken beobachtet er, wie ich auf den See hinausstarre. Obwohl es mir lieber wäre, ihn hier neben mir zu haben, kann ich auch mit einer größeren Entfernung leben, solange ich nur weiß, dass er da ist.

Kurz darauf landet mein aufgeplustertes Rotkehlchen auf einem nahe gelegenen Felsen.

»Ich habe dich schon vermisst«, flüstere ich, während der Vogel mit dem winzigen Köpfchen wackelt und in meine Richtung schaut.

So nah hat er sich noch nie an mich herangewagt. Am liebsten würde ich die Hand nach ihm ausstrecken, denn ich bin neugierig, ob er es mir erlauben würde, seine leuchtend rote Brust zu berühren. Doch die Furcht, ihn für immer zu verscheuchen, hindert mich daran.

Reglos verharre ich am Ufer. Heute Abend werde ich keine Steine flitschen lassen, sondern das Andenken meines Vaters ehren, indem ich ihm diesen letzten Dienst erweise. Sosehr es mir auch das Herz zerreißt, allein hier in der Dunkelheit zu stehen, heute ist der Jahrestag seines Todes, und ich weiß, dass es sein muss.

Ich drücke die Holzschatulle an mich und schlinge die Arme fest um ihre abgeschliffenen Kanten. Als ich sie am Samstag zu Hause unter der Treppe hervorgeholt und sie ordentlich in meinem Koffer verstaut habe, um sie in die Blockhütte mitzunehmen, habe ich lautlose Tränen vergossen. Dennoch muss ich mich jetzt verabschieden. Für immer.

Vorsichtig entferne ich den Deckel von der Schatulle. Ich muss ein wenig nachhelfen, bevor er sich öffnen lässt. Meine unbeholfene Aktion lässt ein zartes Aschewölkchen aufsteigen. Hier wird er im Himmel sein, umgeben von der Schönheit der Natur.

Ich habe mir keine letzten Worte zurechtgelegt. Gebete kenne ich nicht viele, und ich bin unsicher, was ich sagen soll. Nur ein vor langer Zeit gelerntes Gedicht fällt mir ein.

Langsam sage ich es auf:

»Weint nicht an meinem Grab um mich, ich bin nicht dort, ich schlafe nicht. Ich bin der Wind über dem See, Kristallglitzer auf Winterschnee. Bin Sonnenschein auf Ährengold, ich bin der Regen herbstlich hold. Wenn ihr am Morgen grüßt den Tag, bin ich der Vögel Flügelschlag. Bin all die Sterne, die nachts scheinen. Ihr sollt an meinem Grab nicht weinen. Und deshalb trauert nicht um mich. Ich bin nicht tot, ich sterbe nicht.«

Ich küsse den Rand der Schatulle. Dann knie ich nieder und drehe sie vorsichtig um, bis die weiche graue Asche auf die gekräuselte Wasseroberfläche gleitet.

»Du wirst für immer mein Kristallglitzer auf Winterschnee sein«, flüstere ich.

Im nächsten Moment erheben sich die winzigen Wellen und verteilen die Ascheschicht auf dem See. Ich schließe den Deckel wieder und sehe zu, wie sich die wässrige Wolke immer weiter ausbreitet und von mir entfernt.

*

»Nina!«

Eine Männerstimme holt mich in die Gegenwart zurück. Noch immer stehe ich allein am dunklen Seeufer und umklammere die leere Schatulle. Die graue Wolke hat sich im Wasser aufgelöst. Und mein Rotkehlchen ist verschwunden.

»Ich hoffe, Sie haben nicht vor, sich um diese Jahreszeit nackt in die Fluten zu stürzen«, witzelt die Stimme. »Ich würde nämlich nicht mitmachen.«

Als ich mich umdrehe, erkenne ich eine breitschultrige Gestalt, die sich von den Tannenbäumen abhebt. Das Mondlicht beleuchtet seine geschmeidigen Schritte.

Mr Magenpurzelbaum?

Er tritt ans Ufer und betrachtet die Silhouetten der Fichten auf der anderen Seite des Sees. Dass er hier ist, muss etwas Wichtiges zu bedeuten haben, und seine Gegenwart verbreitet eine Wärme, die in der Luft knistert.

»Hallo«, murmle ich. Ich bin nicht sicher, wie lange ich schon hier stehe.

»Ich wollte Sie nicht stören, aber …« Er mustert mein Gesicht. »Haben Sie geweint?«

Anstelle einer Antwort drücke ich mir die Holzschatulle ein wenig fester an die Brust.

»Nina?« Sein Tonfall ist sanft, aber nachdrücklich. Ich kann nicht so tun, als stünde er nicht vor mir.

»Wie heißen Sie?«

»Bruno.«

Bruno?, wiederhole ich in Gedanken.

»Bruno Ferraro«, fügt er hinzu, als ich nicht antworte.

»Ich dachte, Ihr Nachname wäre Romano«, erwidere ich und schaue ihm ins erstaunte Gesicht.

»Nein, mein Schwager heißt Luca Romano, und heute hat meine Schwester ...«

»Schon kapiert«, meine ich und blicke übers Wasser. Wie konnte ich nur so blöd sein? Luca Romano – der falsche Name, der richtige Typ.

»Ist alles in Ordnung? Ich habe Sie vorhin während der Trauung hinter den Bäumen bemerkt, aber ich habe Sie nicht gesehen, seit ...«

»Ich hatte den Nachmittag frei. Bei Ihrer – *ihrer* – Hochzeit wurde ich nicht gebraucht.«

»*Deren* Hochzeit, nicht meiner!«

»Ich habe die Papiere auf dem Klemmbrett und alle Daten gelesen. Und da Sie die Braut zu den Besuchen hier begleitet haben, dachte ich ... Ich dachte, Sie wären der Bräutigam!«, platze ich heraus.

»Ich der Bräutigam? Aber nein! Ich habe mich nur um sie gekümmert, weil er oft beruflich wochenlang unterwegs ist. Schließlich ist sie meine Schwester. Ich konnte sie ja schlecht zwei Kinder versorgen und gleichzeitig ganz allein eine Hochzeit planen lassen, oder?«

»Ich dachte nur ...«

»Nun, da haben Sie ... da hast du falsch gedacht«, sagt er, fasst mich sanft am Arm und dreht mich zu sich herum. »Glaubst du allen Ernstes, ich wäre immer wieder zurück zur Farm gekommen, wenn ich … wenn ich nicht *dich* hätte sehen wollen?«

»Ich hab geglaubt, du wärst einfach nur nett, ein hilfsbereiter Sohn, der einen Weihnachtsbaum kauft oder mit seinen Söhnen den Weihnachtsmann besucht.«

»Meinen *Neffen*«, verbessert er mich. »Außerdem bin ich nett zu allen, aber hauptsächlich war ich nett zu mir selbst.«

»*Neffen*?«

Er nickt langsam. Er steht so dicht bei mir, dass wir einander berühren würden, wäre da nicht die Schatulle in meinen Händen.

»Was ist das?« Er zeigt darauf.

»Das ist eine lange Geschichte. Ich würde lieber nicht darüber sprechen, zumindest nicht heute Nacht.«

ANGIE

»Was zum Teufel hast du von mir erwartet? Dass ich aufstehe und verschwinde wie eine ertappte Ehebrecherin?«, frage ich. Meine Absätze sinken in den weichen, schneebedeckten Boden ein und bleiben dort stecken. Da es stockfinster ist, habe ich keine Ahnung, wohin ich gehe.

»Nein. Doch du hättest ein bisschen respektvoller zu der armen Frau sein können. Sie ist nämlich schwanger, falls du das nicht bemerkt haben solltest«, erwidert Nick. Er hastet auf dem holperigen Pfad, der vom Zelt wegführt, hinter mir her. Ich habe die Feier in ehernem Schweigen überstanden. Doch irgendwann wollte Nick mich unbedingt unter vier Augen sprechen.

Wie zum Teufel hätte mir so etwas bei einer mit einer Serviette auf dem Schoß dasitzenden Marcia auffallen sollen?

»Allmählich könnt ihr mir alle den Buckel runterrutschen. Ich habe mich so bemüht, um das zurückzuholen, was wir einmal hatten. Und du hast mich an der Nase herumgeführt und mir weisgemacht, dass sich die Lage bessert, wir beide an einem Strang ziehen und sich die Beziehung kitten lässt. Und dann – peng! Du hast mich schwer enttäuscht.« Ich schlucke den Kloß im Hals hinunter. *Nicht weinen, nicht weinen*, sage ich mir fest.

»Angie, warte!«

Ich gehe schneller. Wenn er mit mir reden will, muss er mich erst mal einholen. Also beschleunige ich meinen Schritt und haste stolpernd den Pfad entlang bis zu einem See. Zwischen ihm und dem Zelt erheben sich ausgewachsene Fichten.

Mir ist der Weg abgeschnitten, denn der Rand des Sees bremst mich aus. Keine Ahnung, ob ich in Morast oder Schiefergeröll stehe, aber jedenfalls stehe ich. Plötzlich brennend interessiert am anderen Ufer, starre ich über das Wasser. Natürlich interessiert mich das andere Ufer kein bisschen, doch ansonsten müsste ich Nick ansehen. Und das ist in diesem Moment keine Option. Ich bin wütend. Ich bin traurig. Ich bin nach zwei Gläsern Weißwein zu viel leicht beschwipst. Aber trotzdem werde ich nicht weinen!

»Angie ...«, raunt mir seine Stimme leise und zärtlich ins Ohr. »Bitte bleib einfach stehen.«

Noch eindringlicher als zuvor fixiere ich das andere Seeufer.

»Wir müssen reden. Dass dieser Bursche da war, hat mich genauso überrascht wie Alfie. Und seine arme Frau. Tja, was hast du von ihr erwartet? Dass sie aufsteht und dir freundlich die Hand schüttelt? Herrje, sie ist im fünften Monat!«

Rasch rechne ich nach. Mistkerl!

Wir schweigen. Nick betrachtet mich von der Seite, ich betrachte das entfernte Ufer und überlege, wie alt diese Fichten wohl sein mögen.

»Redest du nicht mehr mit mir?«, fragt er schließlich.

Ich zucke mit den Schultern. Ja, es ist kindisch, aber ich möchte, dass er wenigstens halb so verzweifelt ist wie ich kürzlich. In der Ferne bemerke ich am Ufer ein knutschendes Pärchen. Offenbar sind die beiden glücklich verliebt und genießen die Zweisamkeit bei Mondenschein. Wann haben Nick und ich damit aufgehört?

»Okay, wenn du es nicht anders willst. Mehr gibt's nicht zu sagen. Monatelang habe ich dich bekniet, dass wir es doch noch mal miteinander versuchen könnten. Aber du hast darauf beharrt, dass es aus und vorbei ist. Ich hatte mich damit abgefunden, Angie, ehrlich. Ich habe mich um Alfie gekümmert und deine Entscheidung akzeptiert. Doch als du angerufen hast ... Ach, du kannst dir ja gar nicht vorstellen, wie glücklich mich das gemacht hat. Die letzten Wochen waren wundervoll. So wie damals an der Uni, als wir ...«

»Heißt das, du gibst auf?«

»*Aufgeben?* Solange du nicht mit mir sprichst, bleibt mir ja gar nichts anderes übrig. Ich habe unseren halbwüchsigen Sohn an unserem Tisch zurückgelassen, damit er unsere Gläser bewacht, nur um dir nachzulaufen.«

In seinem Tonfall schwingt Ungeduld mit. Will ich das wirklich? Das Handtuch werfen und an den Punkt zurückkehren, wo ich noch vor ein paar Wochen war? Ohne Nick? Kaum Kontakt zu Alfie?

Mir krampft sich der Magen zusammen. Ist das Hunger, Nervosität oder der Alkohol?

»Angie, bitte sprich mit mir.«

Ich drehe mich zu ihm um. Im sanften Mondlicht wirkt er erschöpft. Er mustert mich, als stünde mir die Antwort ins Gesicht geschrieben.

»Pass auf, du hast entschieden, zu mir zurückzukommen, Angie. Du kannst dir gar nicht vorstellen, wie glücklich mich das gemacht hat. Aber das hier ... das ist nicht das, was wir uns gewünscht haben, oder?«

Ich schüttle den Kopf.

Wieder krampft mein Magen.

Das ist es! Er muss wissen, was ich schon Alfie zu erklären versucht habe.

»Nick, erinnerst du dich noch daran, als wir uns zum ersten Mal begegnet sind?«

Er lacht. »Natürlich. Du hast im Gras gesessen und die Sonne genossen. Und ich saß ein paar Meter weiter und habe dich bemerkt …«

»Mein Magen hat einen Purzelbaum gemacht«, unterbreche ich ihn. »Er hat nicht nur vor Aufregung geflattert, sondern einen Riesenpurzelbaum hingelegt. So was war mir noch nie passiert. Und in diesem Moment, als ich dich zum allerersten Mal ansah, während du mich im Sonnenschein betrachtet hast, da wusste ich es. Ich wusste nicht, wie du heißt oder wo du herkommst, rein gar nichts wusste ich. Und trotzdem wusste ich instinktiv alles, was es zu wissen gab.«

Nick lächelt.

»Dieser Moment hat mich dir wieder näher gebracht, Nick. Die Erinnerung an diesen Moment und die Erkenntnis, dass noch kein anderer Mann so etwas in mir ausgelöst hat. Das hat mich zu dir zurückgeführt.«

Er berührt mich am Unterarm und zieht mich sanft an sich.

»Ich kann zwar nicht behaupten, dass es bei mir ganz genauso war, aber ich habe diesen Moment vor mir, als ob es gestern gewesen wäre.«

Ich muss aufrichtig sein.

Ich senke das Kinn, denn ich kann ihn nicht ansehen, während ich die nächsten Worte ausspreche.

»Ich habe diesen Moment viele Jahre lang aus den Augen verloren, Nick. Irgendwo zwischen den Fahrten zur Schule und zum Supermarkt ist er mir verloren gegangen. Bis vor ein paar Monaten, als mir klar wurde, dass ich damit auch die Liebe des einzigen Mannes verloren habe, der je meinen Magen dazu gebracht hat, Purzelbäume zu schlagen.«

Tränen treten mir in die Augen. Auch wenn ich mir fest vorgenommen habe, nicht zu weinen.

»Oh, Angie.«

»Tut mir leid. Ich habe unsere Beziehung für selbstverständlich genommen, mein Leben und meine Ziele infrage gestellt und nur daran gedacht, dass ich etwas verpassen könnte. Und dabei war ich in Wahrheit immer dort, wo ich hingehöre, Nick. Bei dir.«

Er zieht mich an sich, bis meine Stirn an seiner Brust ruht. Tröstend nimmt er mich in die Arme, und so stehen wir im Mondschein da.

Meine Tränen fließen, und ich frage mich, ob wir jetzt eher so wie das Pärchen aussehen, das ein Stück weiter am Ufer steht.

HOLLY

»Los, komm, Holly«, sagt Alfie, greift nach meiner Hand, rennt los und zieht mich durch den Schnee hinter sich her.

»Was ist mit den Getränken deines Vaters?«

»Vergiss es. Er ist schon seit einer halben Stunde weg. Wahrscheinlich haben die zwei gerade auf dem Parkplatz einen Riesenzoff. Komm, beeil dich.«

Seine Finger schließen sich fest um meine. Ich spüre, dass sich seine Aufregung auf mich überträgt wie ein Stromstoß.

»Wo gehen wir hin?«, frage ich, als er mich von dem lärmerfüllten Zelt und dem brüllenden DJ wegführt.

»Ich habe einen Schlüssel.«

»Einen Schlüssel wozu?«

»Einer Blockhütte.«

»Nein!« Ruckartig bleibe ich stehen. Ich bin schockiert, und zwar nicht, weil Alfie einen Schlüssel besitzt, sondern weil er ausgerechnet heute einen so ausgeklügelten Plan ausgeheckt hat.

»Woher?«

Alfie tippt sich an die Nase. »Streng geheim.«

»Hast du ihn geklaut?«

Er schüttelt den Kopf. »Bram hat ihn mir geliehen.«

»Bram?«

»Ehrlich, es stimmt. Ich habe ihn nicht geklaut, falls du das wirklich glaubst.«

»Nein. Ich bin nur ein bisschen überrascht.«

Er zupft an meiner Hand. »Willst du die ganze Nacht hier rumstehen, oder hast du Lust, ein bisschen ungestört zu sein?«

Wir nehmen den Uferpfad zu den sechs Blockhütten.

»Wir müssen vorsichtig sein. Nina wohnt in einer der Hütten. Wenn sie uns erwischt, gibt's Ärger.«

»Ich habe den Schlüssel für Nummer eins. Sie wohnt in der kleinsten. Los, Tempo.«

Irgendwie fühlt es sich falsch an. Wie Betrug. Beinahe wie etwas Verbotenes, denn eigentlich sollten wir jetzt auf Isabellas Hochzeit so richtig abtanzen. Andererseits ist es toll, eine Hütte ganz für uns allein zu haben. Weil ich Brautjungfer bin, habe ich Alfie den ganzen Tag nicht gesehen. Ich dachte, dass wir Gelegenheit haben würden, miteinander zu reden und Spaß zu haben. Doch obwohl es schon ziemlich spät ist, können wir erst jetzt zusammen sein.

»Hier entlang.« Alfie geht voran die Holzstufen hinauf, nestelt am Schloss herum und zieht mich hastig durch die breite Tür. Wir sparen uns die Mühe, nach dem Lichtschalter zu suchen. Sobald die Tür zu ist, lehnen wir uns dagegen und fangen an zu knutschen. Wir können gar nicht genug voneinander kriegen, küssen uns, fassen uns an und erspüren einander. Unsere Hände zerren und fummeln wild, was von außen betrachtet vermutlich recht lustig aussehen würde.

»Möchtest du zum Bett gehen?«, frage ich, unsicher, ob dieser Vorschlag von mir kommen darf.

»Willst du?«, erwidert er. Ich höre, dass seine Stimme zittert.

Ja, ich will sogar sehr.

»Hast du ... was dabei?«, flüstere ich.

»Ja.«

»Dann komm.« Ich setze mich in Bewegung.

»Holly, bist du sicher? Du weißt, dass du es sagen kannst, falls du …«

»Alfie, ich bin sicher.«

Voller Furcht, ertappt zu werden, tasten wir uns durch die Dunkelheit und fallen aufs Doppelbett. Seine Hände wandern zum Reißverschluss meines Brautjungfernkleides, während ich zaghaft seine Gürtelschnalle öffne.

NINA

»Nina?«

Ich drehe mich vom Holzofen weg, den ich gerade nachgeschürt habe, damit er nicht ausgeht. Bruno steht, zwei Champagnergläser und eine Flasche in den Händen, in der Tür der Blockhütte.

»Hallo.« Meine Stimme klingt zittrig.

»Die stand einfach so herum.« Er weist auf die Flasche. »Bestimmt wird sie niemand vermissen. Hier.« Er stößt die Tür mit dem Fuß zu und hält mir die Gläser hin, damit er die Flasche entkorken kann.

Ich weiß, was da gespielt wird. Das Gespräch, nachdem wir ein oder zwei Gläser intus haben, kann ich beinahe vorhersehen.

»Auf uns«, sagt Bruno und hebt sein Glas.

Ich wiederhole den Satz. Es nicht zu tun, kommt nicht infrage, denn ich befürchte, dass das warme, angenehme Gefühl, das mir im Magen herumtanzt, sonst verschwinden und ich gezwungen sein könnte, in die Wirklichkeit zurückzukehren.

Der sanfte Schein des Feuers erhellt die Hütte. Mir ist bewusst, dass das einzige Sofa winzig ist und dass es sonst nur harte Holzstühle gibt. Das Doppelbett, etwa drei Meter entfernt von uns, wäre ein himmlischer Ruheplatz, wenn wir beide einander schon besser kennen würden.

Bruno zieht das Jackett aus und setzt sich aufs Sofa. Seine langen Beine ragen über das Polster.

»Komm«, meint er und klopft neben sich. »Ich weiß, es ist das kleinste Sofa der Welt, aber für zwei reicht es.«

Gerne würde ich mich zieren und ihn vertrösten, bis wir uns nicht mehr so fremd sind. Aber warum, wenn seine Gegenwart sich so unglaublich selbstverständlich anfühlt? Offen gestanden kann ich mir selbst genauso wenig trauen wie ihm.

Also setze ich mich, wende mich ihm zu und stütze mein Glas auf die Sofalehne.

»Wie hast du mich gefunden?«, frage ich und nippe an meinem Champagner.

»Ich habe mich gewundert, weil du so plötzlich verschwunden warst. Aber eine blonde Kellnerin hat mich auf den Weg zum See hingewiesen, als ich mich bei ihr erkundigt habe.«

Die gute alte Kitty. Allzeit zu einer selbstlosen Tat oder einem Akt der Nächstenliebe bereit.

»Ist sie eine gute Freundin?«

»O ja! Sie weiß, dass ich oft zum See gehe. Es ist mein Lieblingsplatz.«

»Zum Nachdenken?«

Ich nicke, unsicher, wie viel ich ihm verraten soll.

»Mir ist klar, dass du Vorbehalte hast«, meint er, legt den Kopf in den Nacken und blickt mich an. »Das kann ich dir nicht verübeln. Schließlich dachtest du, dass ich Luca bin, und die Hochzeitszeremonie muss deshalb ein ziemlicher Schlag gewesen sein.«

Ich hole tief Luft. Wahrscheinlich werde ich diesen Moment bis in alle Ewigkeiten bereuen, aber ich kann nicht länger schweigen.

»Bist du je einem wildfremden Menschen begegnet und hast auf ihn reagiert, ohne dass ihr auch nur ein Wort miteinander gewechselt hättet?«

»So, als ob der Magen Purzelbäume schlägt?«, fragt er.

»Oh, einen Moment lang habe ich geglaubt, du würdest etwas völlig anderes antworten.«

Er streckt die Hand aus und liebkost meine Wange. »Nina, wenn du genauso empfindest wie ich, und das hoffe ich sehr, dann haben wir nichts zu befürchten.«

Ich atme auf. Seine Worte haben eine magische Wirkung. Verschwunden sind die Ängste, die Unsicherheiten, das verstörte Kind und die überbesorgte Frau. Es bleiben nur zwei erwachsene Menschen, die einander achten und vielleicht eine gemeinsame Zukunft haben.

Ich betrachte ihn.

»Wirklich, ich bin so oft zur Farm gekommen, nur um dich zu sehen. In mir war alles in Aufruhr.«

»Und war mein Elfenkostüm der Mühe wert?«

»Das Kostüm vielleicht nicht. Aber das rote Höschen, nun ...«

»Ich hatte keine Wahl. Mein Boss hat mich dazu verdonnert.«

»Und darf ich mit dir jetzt auch über andere Themen sprechen als über Weihnachtsbäume?«

»Vielleicht.«

Es muss mir nicht peinlich sein zuzugeben, welche Wirkung er auf mich hat. Ich bin sicher, dass er es ohnehin schon weiß.

Was, wenn er mich zurückweist? Ich habe keine Ahnung, was ich dann tun würde. Wie soll ich wieder zu der Frau werden, die ich vor einigen Wochen war? Bevor ich wusste, dass es ihn gibt.

Bruno schaut sich in der Hütte um. Sein Blick bleibt am Bett hängen und wendet sich dann wieder mir zu.

»Warum schläfst du hier?«

Es ist, als würde ich ihn schon mein ganzes Leben lang kennen, so wie die Zwillinge. Deshalb gebe ich ihm eine ehrliche Antwort.

Ich brauche zwanzig Minuten, noch ein Glas Champagner und

einige Taschentücher, um ihm das vergangene Jahr zu schildern. Nickend und ohne den Blick von meinem Gesicht abzuwenden, hört er zu.

»Und was war in der Holzschatulle?«

»Die Asche meines Vaters.«

»Wow, ganz schön hart, so etwas allein durchzuziehen.«

Ich zucke mit den Schultern.

Als er mir sanft die Wange streichelt, fließen wieder meine Tränen.

»Ich war wütend auf ihn, weil er gestorben ist und mich allein zurückgelassen hat. Deshalb habe ich es nicht über mich gebracht, seine Asche zu verstreuen. Stattdessen habe ich sie behalten und gehofft, wir könnten einfach so weiterleben wie bisher, aber ...«

»Pst. Komm her.«

Er schlingt mir die Arme um die Schultern und zieht mich enger an seine Brust. Einige Minuten lang lausche ich nur seinem Herzschlag und warte darauf, dass meine Tränen versiegen.

Als ich fertig bin, herrscht lange Schweigen.

»Da wir Weihnachten haben, wäre hier dringend die richtige Deko angesagt«, meint Luca. »Weißt du vielleicht, wo wir einen Baum herkriegen?«

Den Kopf an seine Brust gelehnt, lausche ich dem Lachen, das tief aus seinem Inneren aufsteigt. Es ist ein wunderschön sonores Geräusch, das von Lebensfreude nur so strotzt.

Ich springe auf.

»Komm«, sage ich und schlüpfe wieder in meinen Mantel. »Ich habe eine Idee.«

»Sehr spannend. Allerdings verbiete ich dir, eine Kettensäge zu benutzen, denn schließlich hast du zwei Gläser Schampus intus.«

ANGIE

»Wo wart ihr?«, frage ich verärgert, als die beiden händchenhaltend und mit Unschuldsmienen ins Zelt geschlendert kommen. »Wir haben euch überall gesucht.«

Alfie und Holly grinsen einander an. »Wir waren am See spazieren, warum?«, antwortet er dann.

»Holly, deine Eltern wollen jetzt gehen. Also verabschiedest du dich am besten«, mischt Nick sich ein und schaut zwischen den beiden hin und her. Rings um uns her sammeln Familien ihre Sachen ein, wünschen Angehörigen und Freunden eine gute Nacht und stellen ihnen einen baldigen Besuch in Aussicht. Die Band packt zusammen, und der DJ baut die Anlage ab.

Ich sehe zu, wie Holly Alfie rasch einen Kuss auf die Wange haucht und nach einem zögernden Blick zu ihrer Familie hinüberhastet.

»Alfie?«, wende ich mich an ihn, denn er kämpft mit einem selbstzufriedenen Grinsen.

»Angie, lass gut sein«, fällt Nick mir ins Wort und zieht unseren Sohn von mir weg.

»Bis bald, Mum«, flüstert Alfie, inzwischen unverhohlen grinsend.

»Alfie, deine Mum kommt mit uns nach Hause.« Nicks Worte schweben in der Luft. Alfie dreht sich langsam zu mir um und mustert mein Gesicht, bevor er kehrtmacht und dem Arm seines Vaters ausweicht. Rasch greife ich zu und hake Nick unter. Auch wenn dieser Tag, anders als gehofft, nicht voller glücklicher Erinnerungen war, hat sich meine Aufrichtigkeit vorhin am See gelohnt. Nick will das Gleiche wie ich. Also werden wir uns heute Abend als Familie auf den Heimweg machen. Ich wünsche mir, dass es uns mit jedem neuen Tag besser gelingen wird, das Durcheinander zu entwirren, das ich im letzten Januar angerichtet habe.

NINA

»Bist du sicher? Da habe ich aber schon größere Weihnachtsbäume gesehen«, stellt Bruno fest und tritt einen Schritt zurück, um meine Wahl zu begutachten.

»Ein Meter ist die optimale Höhe für die Hütte«, erwidere ich. »Das ist eine Fichte mit typischem angenehmem Duft. Ja, meiner Ansicht nach eignet sie sich prima.« Entgegen meiner früheren Proteste will ich genau diesen Baum.

»Na dann los.« Bruno greift nach dem Minibaum, kramt einen Zehner aus der Tasche und drück ihn mir in die Hand. »Die Bezahlung. Schließlich will ich mir nicht nachsagen lassen, dass ich ein Dieb bin.«

»Wir stehlen doch gar nicht. An Heiligabend schenkt mein Boss jedes Jahr allen Mitarbeitern einen Baum. Ich habe diesmal nur darauf verzichtet.«

»Trotzdem«, entgegnet Bruno und marschiert vom Verkaufshof in Richtung meiner Hütte. »Beweg dich und trödel nicht rum. Wir müssen noch den Champagner trinken, den ich mir bei der Hochzeitsfeier meiner Schwester ausgeliehen habe.«

Ich folge ihm und schnappe mir im Vorbeigehen noch einen Strauß Mistelzweige von einer Palette.

*

»Er sieht ein bisschen kahl aus«, merkt er an und betrachtet den Baum, der inzwischen in einer Ecke der Hütte steht. Ich bin damit beschäftigt, Mistelzweige über der Tür zu befestigen.

»Mitten in der Nacht wirst du nirgendwo Weihnachtsschmuck bekommen. Die Kränze sind ausverkauft und ...«

Doch Bruno ist schon zur Tür hinaus und poltert die hölzerne Vortreppe hinunter, bevor ich den Satz beenden kann.

Zehn Minuten später ist er zurück. Sein Jackett hat er zu einem Bündel zusammengeschnürt.

»Schau, was ich gefunden habe«, sagt er und kippt seine Beute vor dem Ofen auf den Boden.

Ich kauere mich hin und mustere die herauspurzelnden Deko-Rotkehlchen.

»Die habe ich von den Hochzeitsgirlanden gepflückt«, erklärt er und steckt vorsichtig das erste aufgeplusterte Rotkehlchen an einem Zweig fest. Ich kann immer noch nicht ganz fassen, welche Wirkung seine liebevolle Art auf mich ausübt.

Wir nehmen die Decken vom Bett und bauen uns vor dem Ofen ein Nest auf dem Boden. Die Rotkehlchen spähen zu uns hinunter und verbreiten eine ruhige und friedliche Stimmung. Ich frage mich, wo mein dickes Rotkehlchen sein mag. Hoffentlich hat es sich zwischen den Weihnachtsbäumen einen warmen Unterschlupf gesucht.

»Komm näher«, flüstert er und legt mir den Arm um die Schulter, um mich an sich zu ziehen. »Ich kann es nicht richtig erklären, doch schon als ich dich zum ersten Mal sah, wusste ich, dass uns irgendwann ein Abend wie dieser bestimmt sein wird.«

Ich wage nicht, ihn zu unterbrechen. Obwohl ich die Situation völlig falsch gedeutet hatte, habe ich immer auf so eine Chance gehofft. Den Auftakt einer gemeinsamen Zukunft. Nur ein Herzschlag verstreicht zwischen seinen Worten und dem Moment, als seine Lippen sich meinen nähern. Ich hebe einfach mein Gesicht, schlinge die Arme um ihn und erwidere seinen Kuss.

*

»Nina.«

Als seine Stimme mich weckt, schrecke ich hoch. Doch schon in der nächsten Sekunde weiß ich wieder, wo ich bin und in wessen Armen ich hier liege. Das Feuer im Ofen ist heruntergebrannt, und der Holzboden ist trotz des Federbetts unter mir nicht weicher geworden. Doch das ist mir egal, weil ich Brunos Gesicht vor mir habe.

»Hallo«, flüstere ich, während die Erinnerungen an gestern auf mich einstürmen. »Frohe Weihnachten.«

Seine Lippen berühren meine Stirn. Dann wiederholt er leise den Glückwunsch.

»Es ist fast Morgen. Komm.« Er wirft die Decken zurück, wartet, bis ich mich aufgesetzt habe, springt ebenfalls auf und zieht mich vom Boden hoch. Unsere Kleider sind zerknittert. Als wir in unsere Schuhe schlüpfen, können wir nicht aufhören, einander albern anzugrinsen. »Schnell«, sagt er und greift nach meiner Hand. Mit der freien Hand schnappt er sich eine Wolldecke, und dann stürmen wir aus der Hütte.

Rings um uns herum glitzert der Schnee. Ich kann kaum Schritt halten, so schnell zieht seine Hand mich weiter zwischen den schneebedeckten Fichten hindurch zum See. Die Wolldecke in seiner Hand flattert und bläht sich und bleibt immer wieder an den Zweigen hängen.

Als wir zum See kommen, liegt das schwarze Wasser starr und reglos vor uns. Darüber wabert ein leichter Nebel.

Heute fühle ich mich anders. Zum ersten Mal empfinde ich wirklichen Frieden.

Offenbar läuft es mit dem Leben wie mit einem Weihnachtsbaum. Während er stetig wächst, wird er gepflegt und geliebt. Sobald er den Höhepunkt seiner Schönheit erreicht hat, fällt man ihn. Und dann verfärbt er sich braun und wird weggeworfen und vergessen.

Bruno erkundet die Umgebung. Er geht vom Ufer weg zu den ausgewachsenen Bäumen, unter denen kaum Schnee, dafür aber ein dicker Teppich aus trockenen Nadeln liegt. Dort breitet er die Decke auf dem Boden aus und setzt sich, mit dem Rücken gegen den Stamm gelehnt.

»Nina.« Er winkt mich zu sich und bedeutet mir, zwischen seinen Beinen Platz zu nehmen. Mein Rücken ruht an seinem Oberkörper, mein Kopf an seiner Brust. Ich kann seinen steten, kräftigen Herzschlag hören.

»Was machen wir hier?«, frage ich, während er die Deckenzipfel über uns zieht.

»*Pst.* Schau einfach.«

Schweigend beobachte ich meine Umgebung. Vor mir ragt ein tief hängender Fichtenzweig in mein Gesichtsfeld. Dahinter erstreckt sich der weite See. Und am anderen Ufer verändert sich ganz allmählich der Horizont. Brunos Arme umfassen mich fester, während ein schmaler Lichtstrahl von Minute zu Minute breiter wird. Ein sanft orangefarbenes Leuchten kündet den Sonnenaufgang an, und ein neuer Tag wird geboren.

Epilog

NINA

Samstag, 27. April 2019

Mr & Mrs M Pardoe
geben sich die Ehre
Nina Salloway & Bruno Ferraro
zur Hochzeit ihrer Tochter
Kitty Louise
mit
Mr Connor Austin
zu bitten.
Ort: Weihnachtsbaumfarm, Baxterley,
Warwickshire
Zeit: Samstag, 27. April 2019, 14.00 Uhr
Um Antwort wird gebeten bis 16. März 2019.

Das Streichquartett verbreitet eine idyllische Stimmung. Die Harmonien von Bach wehen sanft durch die Luft, und das Stimmengewirr der bereits sitzenden Gäste ist zu hören.

»Nina, wollen wir?« Sanft nimmt Bruno mich am Arm, und dann gehen wir den eleganten roten Teppich entlang zu unseren Plätzen. Ich kann kaum fassen, wie wunderschön die auf der Pergola rankenden rosafarbenen Blüten in der Frühlingssonne leuchten. Die smaragdgrünen Weihnachtsbäume bilden den Hintergrund. Alles ist perfekt und genau so, wie Kitty es sich gewünscht hat. Ich muss schlucken, denn ich habe vor Rührung einen Kloß im Hals.

Ganz sicher wird meine liebe Freundin vor Begeisterung außer sich sein. Aber es gehört sich nicht, schon vor der Trauung zu weinen.

Bruno wartet, bis ich mich gesetzt habe, und nimmt dann selbst Platz. Obwohl er mich erst seit vier kurzen Monaten kennt, rechnet er sicher mit meinen Glückstränen bei dieser Hochzeit. Als er bequem sitzt, greift er nach meiner Hand, und ich sehe zu, wie sich seine langen Finger mit meinen verschlingen. Genau wie sich unsere Leben während der letzten Monate ineinander verschlungen haben. Seit Weihnachten sind wir unzertrennlich.

»Nina.« Als mir jemand auf die Schulter tippt, drehe ich mich um. Bram sitzt fein herausgeputzt hinter uns.

»Oh, Bram, du hast dich ja richtig in Schale geworfen!« Beim Anblick meines Freundes lache ich fröhlich auf. Dann lächle ich Selena zu. In ihrem hellblauen Mantelkleid wirkt sie so stilvoll und elegant wie immer. Zach hat mir erzählt, dass es zwischen den beiden inzwischen etwas Ernstes ist. Ich wünsche ihnen alles Glück der Welt.

»Bruno«, sagt Bram mit einem kurzen Nicken, das Bruno sofort erwidert.

»Abraham.«

Die beiden Männer umschleichen einander noch immer argwöhnisch. Obwohl sie sich mir zuliebe Mühe geben, bezweifle ich, dass sie je gute Freunde werden. Ich spüre ein untergründiges Knistern, das die zwei vermutlich für immer begleiten wird. Vielleicht hätte ich doch nicht so aufrichtig sein sollen. Ich tue zwar mein Bestes, um die Situation aufzulockern, doch das männliche Ego steht einer Annäherung im Wege, und mehr als Höflichkeit kann ich nicht erwarten. Mit Zach hingegen ist es eine andere Sache. Bruno mag ihn wirklich und lädt ihn häufig in mein Häuschen ein, um bei ein paar Flaschen Bier Fußball zu schauen. Bruno dreht sich nach vorne um und betrachtet die Pergola und die Standesbeamtin, während ich die Menge der Anwesenden nach meinen Freunden absuche.

Zach kommt allein den Mittelgang hinauf und hält Ausschau nach einem Platz auf unserer Seite.

»Zach!«, rufe ich und winke ihm zu. Mit einem breiten Lächeln im Gesicht nimmt er am Ende unserer Reihe neben Bruno Platz.

»Nina«, begrüßt er mich, beugt sich vor und drückt mir einen Kuss auf die Wange. »Bruno.« Darauf folgen ein kurzes Händeschütteln und ein Klaps auf den Rücken. Eine wahrhaft freundschaftliche Geste, die mir das Herz erwärmt.

»Hast du denn keine Begleitung mitgebracht?«, frage ich Zach. Ich beuge mich über Bruno, um mit ihm zu sprechen.

»Pst! Sie verspätet sich ein bisschen«, lautet seine knappe Antwort. Ich lächle erfreut, denn ich weiß, dass er sich seit einigen Wochen mit einer Frau trifft. Hoffentlich sorgt sie dafür, dass sein Magen Purzelbäume schlägt, damit er bei der Stange bleibt. Zach weiß, was er will, und hat in dieser Hinsicht eine Engelsgeduld.

»O mein Gott, ich habe schon befürchtet, dass ich zu spät komme!«, unterbricht Shazza unser Gespräch und zwängt sich neben Zach in die Sitzreihe. Ihre linke Hand greift nach seiner. Zach strahlt übers ganze Gesicht.

»Shazza?«, sage ich, damit sie mich bemerkt. Ihre Augen sind unter einem breitkrempigen, schräg sitzenden Hut verborgen.

»Oh, Nina, du siehst hinreißend aus«, flötet sie und lächelt Bruno an.

Ich habe Tränen in den Augen. »Wow!«, flüstere ich Shazza zu.

»Ich weiß«, formt sie mit den Lippen und strahlt dabei.

Das Streichquartett stimmt eine andere Melodie an, und die Gäste erheben sich, um die Braut zu begrüßen. Sofort bin ich wieder den Tränen nah. Obwohl ich auf keinen Fall verpassen will, wie Kitty durch den Mittelgang schreitet, gewinnen meine Gefühle die Oberhand. Ich muss mich an Brunos Arm festhalten, bevor ich mich umdrehen kann, um Kittys großen Auftritt zu beobachten.

Hoch aufgerichtet steht sie am Arm ihres Vaters da. Umrahmt von einem Hintergrund aus Weihnachtsbäumen, bauscht sich ihr fließendes weißes Kleid sanft in der Frühlingsbrise. Ihr Gesicht unter dem weißen Schleier ist freudig gerötet. Ihre funkelnden blauen Augen richten sich auf den Bräutigam, der vorn am Mittelgang wartet. Als sie sich in Bewegung setzt, verschwimmt mir alles vor Augen, und mir strömen die Tränen übers Gesicht. Bruno reicht mir sein Taschentuch.

HOLLY

»Ach«, seufze ich und greife nach Alfies Hand, als wir zuschauen, wie Kitty in ihrem Brautkleid den Mittelgang entlang- und auf den lächelnden Connor zuschreitet. Ich kann kaum fassen, dass sie gleich das Ehegelübde ablegen und in zehn Minuten Mann und Frau sein werden.

Wie toll ist das denn?

Während Alfie meine Hand drückt, betupfe ich wie eine Wilde meine Augen mit einem Taschentuch, weil mir die Wimperntusche inzwischen in Richtung Kinn läuft. Meine erste richtige Hochzeit, zu der ich tatsächlich eingeladen bin, und ich heule wie ein Baby. Eigentlich hatte ich so weltgewandt wie Nina wirken wollen, die an Brunos Arm dasteht, doch weit gefehlt. Vielleicht muss man dazu erwachsener werden. Ich freue mich schrecklich darauf, breit in die Kameras zu lächeln, denn seit letzter Woche bin ich endlich die Zahnspange los.

Das Leben entwickelt sich allmählich zum Positiven. Im Moment büffeln Alfie und ich wie die Wahnsinnigen für die Mittlere Reife, auch wenn unsere Eltern uns ständig unterstellen, dass wir hinter ihrem Rücken schlimme Dinge planen.

Meine Eltern stochern dauern in unserer Beziehung herum und löchern mich damit, ob wir auch verhüten und aufpassen. Ein Witz, wenn man bedenkt, dass sie gerade erst die Bombe vom neuen Baby haben platzen lassen. Ich wünschte, sie würden aufhören, sich

Sorgen zu machen, und sich mehr wie Nick und Angie verhalten. Wahrscheinlich muss man der Sache, wie den meisten Dingen, einfach Zeit geben. Jedenfalls erkläre ich meinen Eltern immer wieder, dass mein Magen bei Alfie Purzelbäume schlägt. Und so lange das so bleibt, will ich mit niemand anderem zusammen sein.

Den Weihnachtswahnsinn haben wir als Team überstanden. Wir haben hier auf der Farm beide gute Freunde gefunden. Und weil wir, was den Brand anging, so ehrlich waren, dürfen wir auch wieder am Wochenende hier arbeiten. An Silvester hatten wir einen Riesenspaß beim Verteilen der Spenden für »Geschenke für den Himmel«. Alfies Mum hat ihrem Chef beim ASAP Paketdienst einen riesigen Laster mit Fahrer abgeluchst, um das Projekt zu unterstützen. Boss Fielding hofft, dass sie das in diesem Jahr wiederholt, denn dann soll das Projekt während der gesamten Vorweihnachtszeit laufen. Demi hat mir endlich verziehen, dass ich ihren Namen genannt habe. Aber die fiesen Mädchen sind weniger gnädig und tun alles, um mir die letzten Schultage zur Hölle zu machen. Aber was interessiert mich das? Ich freue mich meines Lebens und genieße die Zeit mit Alfie. Im kommenden September werden sich meine Wege und die meiner Mitschülerinnen, abhängig von unseren Abschlussnoten, trennen, und dann sehe ich die blöden Ziegen vermutlich niemals wieder.

Anmutig gleitet Kitty den Mittelgang entlang. Der mit Perlen bestickte Besatz an ihrer Taille glitzert im Sonnenlicht, und der fließende Rock bauscht sich bei jedem Schritt. Nachdem sie an uns vorbeigegangen ist, drehen wir uns automatisch nach vorne um, wo Connor steht und auf sie wartet.

ANGIE

Ich biege in den Parkplatz der Farm ein und warte auf dem dunklen Verkaufshof. Verglichen mit unserem letzten Besuch, als alles mit tiefem Schnee, Paletten voller smaragdgrüner Bäume und Stechpalmenkränzen bedeckt war, sieht es hier kahl und leer aus. Wir lehnen uns zurück, warten und halten in der Dunkelheit Ausschau nach zwei Teenagern, die sicher beschwipst und außerdem bemüht sein werden, sich das nicht anmerken zu lassen.

»Hoffentlich sind sie pünktlich, wie sie es versprochen haben. Nicht so wie bei Isabellas Hochzeit, als sie sich davongeschlichen haben, um ungestört zu sein«, sage ich.

»So sind Teenager eben.« Nick, der neben mir sitzt, lacht auf.

Ich muss ebenfalls lachen. Wer hätte gedacht, das wir einmal vergnügt Elterntaxi spielen und dafür sorgen werden, dass Holly wohlbehalten vor Mitternacht zu Hause ist? Da Hollys Mum wieder ein Kind erwartet, helfen wir, wo wir können. Dass Holly nun ein Brüderchen kriegt, hat ihr ganzes Teenagerleben auf den Kopf gestellt.

»Es hat sich viel verändert, was?«, meine ich und greife nach Nicks Hand.

»Das hat es wirklich, Angie. Nicht auszudenken, wo wir jetzt stehen würden, wenn du nicht letzte Weihnachten angerufen und um ein Date gebeten hättest.«

»Ich habe dich nicht gebeten, es war ein Vorschlag«, verbessere ich ihn, obwohl die in meinem Kopf ablaufende Szene wirklich eher nach einem Flehen aussah.

Nick hat recht. Mein Mietapartment ist inzwischen Geschichte. Mein Hab und Gut wurde Mitte Februar zurück in unser gemeinsames Haus geschafft. Nach einem wunderschönen Weihnachtsfest im Familienkreis habe ich Nicks Angebot sofort angenommen. Isabellas Hochzeit hat zwar – dem Überraschungsauftritt von Fabio samt Anhang sei Dank – nicht den erhofften Stoff für Bilderbucherinnerungen geliefert, aber uns Woodwards eindeutig wieder zusammengeführt. Nicht so wie die Angie und den Nick von früher, sondern als neue, bessere Version dessen, was wir einmal waren. Wenn man unseren Neuanfang betrachtet, war die Scheidung tatsächlich ein Segen.

»Alfie hat es nach dem ersten Entsetzen gut weggesteckt«, sage ich.

»Anscheinend schon. Es wird zwar noch eine Weile dauern, aber inzwischen ist er offener für die neue Situation.«

»Hm. Das freut mich für alle«, murmle ich. Keine Ahnung, was ich getan hätte, hätte er sich weiter quergestellt. »Hab ich dir schon erzählt, dass Jilly aus dem Büro glaubt, ihre Tochter könnte schon seit Jahren hier arbeiten, ohne dass ich davon gewusst habe?«

»Ernsthaft?«

»Das Mädchen mit den Sommersprossen und dem aschblonden Haar, das immer so hilfsbereit und stets hier ist, wenn wir einmal im Jahr hierherkommen. Du weißt schon, wen ich meine.«

»Die ist doch wohl kaum ein Mädchen, Angie«, erwidert er und fügt hinzu: »Sie ist stark wie ein Ochse.«

»Stimmt. Jedenfalls hat Jilly sich bei ihr gemeldet und sie gefragt, ob sie sich nicht mal treffen könnten, um sich noch einmal richtig kennenzulernen.«

Ich habe ihr empfohlen, die Sache langsam anzugehen und ihrer Tochter die Entscheidungen zu überlassen. Denn eines habe ich in diesem Jahr von unserem Alfie gelernt: Er ist kein Kind mehr und hat seinen eigenen Willen, den ich respektieren muss. Also etwa so ähnlich wie bei Jilly und ihrer Nina.

»Da sind sie ja.« Nick deutet in die Richtung, aus der zwei schemenhafte Gestalten durch das vor uns liegende Tor kommen und den Hof überqueren.

Die Fondtür des Autos wird aufgerissen.

»Hallo, Dad, hallo, Mum«, ruft Alfie aus und lässt sich auf die Rückbank plumpsen.

»Hallo«, sagt Holly, folgt ihm und knallt die Tür hinter sich zu.

»Hattet ihr Spaß?«, erkundige ich mich, weil ich neugierig auf die Hochzeit bin.

»Es war super. Die Fete läuft noch, aber wir wollten weg. Es war ein langer und anstrengender Tag«, erklärt Alfie.

»So sind Hochzeiten eben.« Ich lache auf.

»Und zwar mit lebenslangen Folgen«, fügt Nick hinzu und drückt kurz zärtlich meine Hand.

NINA

»Bist du glücklich?«, fragt Bram, als er mich sanft über die von bunten Lämpchen erleuchtete Tanzfläche schiebt. Die Musik dröhnt.

»Sehe ich glücklich aus?«, entgegne ich. Ich verstehe seine Frage nicht ganz, außerdem weiß ich, dass Selena, die höflicherweise ein Stück entfernt mit Bruno tanzt, uns beobachtet.

Bram lehnt sich zurück, betrachtet mein Gesicht und nickt.

»Offen gestanden, ja. Beim Anblick dieses Typs fängst du jedes Mal an zu strahlen. Deshalb kann ich ihn ja nicht ausstehen.« Bram lacht.

»Ach, Bram, ich bin eben machtlos gegen den Ruf des Herzens.«

»Verzeihung, darf ich?«

Als ich mich umdrehe, steht Zach da und tippt Bram auf die Schulter.

»Echt, Bruderherz – ausgerechnet jetzt störst du uns?«

»Genau. Ich glaube, Selena würde gern mit dir tanzen. Bruno ist zwar nett zu ihr, aber das genügt offenbar nicht.«

Verstohlen schauen wir drei zu Selena und meinem Bruno hinüber. Während er sich wohlzufühlen scheint, starrt sie in unsere Richtung.

»Hoppla, gleich hängt der Haussegen schief«, witzle ich, gebe Bram frei und wende mich zu Zach um.

»Selena, Baby …« Hastig versucht Bram, ihr ein Lächeln zu entlocken.

»Und wie fühlen wir uns so?«, erkundigt sich Zach, während wir über die Tanzfläche wirbeln und dabei immer wieder mit anderen Paaren zusammenstoßen.

»Blendend.«

Er blickt mich vielsagend an.

»Was?«

»Ich kenne dich besser, als du denkst«, antwortet er. »Du bist bis über beide Ohren verliebt in ihn, gib es schon zu.«

Ich erröte. Zum Glück tarnt die bunte Beleuchtung meine Hautfarbe.

»Ist das so offensichtlich?«

»Nina, jeder Mensch, der Augen im Kopf hat, sieht, wie verliebt du bist. Aber hey, du hast es dir verdient. Ich wünsche dir das Allerbeste.«

»Oh, Zach!« Ich bin so gerührt, dass ich kaum einen Ton herausbringe. »Und bei dir?«

Er schaut sich nach Shazza um, die gerade am anderen Ende des Raums mit Jackie plaudert.

»Shazza hat Witz und Charme, und ja, wir gehen es langsam an. Aber ich bin glücklich.«

Ich nicke. Es ist schön, das zu hören.

»Verzeihung.« Ich brauche mich nicht umzudrehen, um zu wissen, wer der Störenfried ist. Sofort übergibt Zach mich in Brunos starke Arme. »Danke, Zach.«

»Ach, Selena hat dich also wieder aus ihren Fängen entlassen«, spöttele ich und schmiege mich an seine Brust.

»So ähnlich. Als sie mitgekriegt hat, dass meine Herzallerliebste mit ihrem Typen tanzt, war ich abgeschrieben. Da ich ihr Geschmolle nicht ausgehalten habe, habe ich mich aus dem Staub gemacht«, erklärt er. »Lass uns ein paar Schritte gehen.«

Er nimmt mich an der Hand und führt mich rasch von der Tanzfläche und aus dem geschmückten Zelt hinaus ins Mondlicht und den Kiesweg entlang zum See.

*

Meine Pfennigabsätze versinken schmatzend im weichen Boden, als wir uns dem plätschernden Wasser nähern. Nachdem ich an Brunos Hand mehr oder weniger im Laufschritt hierhergeschleppt worden bin, darf ich endlich stehen bleiben.

Ich blicke hinaus aufs dunkle Wasser, wo sich das Mondlicht auf die sanft gekräuselten Wellen ergießt. Das Hier und Jetzt fühlt sich so besonders an, als habe er etwas geplant oder wolle gleich etwas sagen. Über den See spähe ich zum anderen Ufer hinüber, wo die Frasertannen wachsen. Plötzlich bin ich so nervös, dass ich Bruno nicht ansehen kann, voller Furcht, ich könnte diesen Moment und seinen Gesichtsausdruck missverstehen. Denn dann wäre ich sehr enttäuscht, und der wunderschöne Abend wäre verdorben.

Bruno schweigt. Als ich zu ihm hinüberschaue, stelle ich fest, dass auch er über den dunklen See starrt. Allerdings ist mir rätselhaft, was er an den Umrissen der Frasertannen plötzlich so spannend findet.

»Hast du als Kind deine Entscheidungen je von etwas abhängig gemacht, was du dir vorgenommen hattest?«, fragt er und blickt mich plötzlich an.

»Äh, ja.«

»Zum Beispiel?«

»Zum Beispiel, wenn ich es schaffe, auf dem Weg zum Süßwarenladen und zurück jeden Schritt mitzuzählen, dann …« Als er auflacht, verstumme ich.

»Du hast deine Schritte gezählt?«

»Lach mich nicht aus.«

»Entschuldige. Sonst noch was?«

Ich sehe ihn an. Sein mediterraner Teint wirkt noch dunkler, und ein grüblerischer Ausdruck tritt in sein freundliches Gesicht.

»Und du?«, erwidere ich. Ich bin nicht sicher, ob ich Lust habe, meine Kindheit Revue passieren zu lassen. Könnte ich die Situation doch missverstanden haben?

»Ich habe mir immer gesagt, ich müsste im Fußball ein Tor schießen, und dann dürfte ich mein Taschengeld für ein neues Paar Turnschuhe oder für Fahrradzubehör ausgeben.«

Falls das für Jungs mit dem Kauf von Schokolade gleichzusetzen ist, sind sie eine seltsame Spezies.

»Also.«

Ich sehe zu, wie Bruno sich bückt, einen flachen Stein vom Ufer aufhebt und ihn über den See flitschen lässt.

»Eins, zwei, drei, vier, fünf«, zählt er leise jeden Hüpfer mit. Als der Stein versinkt, schüttelt er den Kopf.

»Ist das alles, was du kannst?«, frage ich und verziehe spöttisch das Gesicht.

»Ach, willst du mich herausfordern? Bist du etwa Spezialistin auf diesem Gebiet?«

»Mach Platz, ich zeig dir, wie das geht.« Auf der Suche nach dem optimalen Stein schlendere ich am Ufer entlang. Der Stein ist glatt und auf beiden Seiten abgeflacht und weist am einen Ende eine kleine Erhebung und Einbuchtung auf. Der wird wunderbar fliegen.

Ich trete ans Ufer, stelle mich seitlich zum Wasser und rolle die Schultern. Bruno beobachtet jede meiner Bewegungen.

»Wie lautet dein Einsatz?«, bricht er das Schweigen.

Sechs Hüpfer? Bloß nicht Bange machen lassen!

»Sechs vielleicht?«, antworte ich gelassen und hebe den Arm, um den Stein zu werfen.

Bruno nickt wissend.

Ich senke den Arm. »Was?«

»Nichts.«

»Und was sollte dann das Nicken?«

»Nun, wie ich schon sagte: Wenn das Ergebnis stimmt, setze ich mein Vorhaben in die Tat um. Bitte lass dich nicht stören.«

»Dein Vorhaben?«

Bruno schaut über den See und weist mit dem Kopf aufs Wasser. »Wie gesagt, lass dich nicht stören.«

Ich betrachte ihn argwöhnisch. »Du führst doch was im Schilde.«

»Ernsthaft, mach einfach weiter«, erwidert er und starrt ins Wasser.

Ich hebe den Arm, hole aus und werfe seitlich.

Eins.

Zwei.

Drei.

Vier.

Fünf.

Sechs.

Und sieben.

Ich mache Freudensprünge und kann meine Begeisterung nicht verhehlen.

Bruno hinter mir schweigt.

Ich drehe mich vom Wasser weg – und erstarre.

Auf ein Knie gestützt kauert er am Ufer und streckt mir eine Handfläche entgegen.

»Mal im Ernst, Nina: Wenn du diesen Stein auch so wirfst wie den letzten, scheuche ich dich in den See, damit du ihn wieder rausholst, verstanden?«

Mir fehlen die Worte. Mein Blick ruht auf dem viereckigen Schächtelchen in seiner offenen Hand.

»Nina Salloway, mit diesem Stein frage ich dich: Willst du meine Frau werden?«

Bestimmt ist mein lautes »Ja« über die gesamte fünfundzwanzig Hektar große Weihnachtsbaumfarm zu hören. Vor lauter Freude springe ich wieder auf und nieder wie ein kleines Kind, das einen Wettkampf gewonnen hat.

Wir stehen immer noch am Ufer, als Bruno mir den Ring mit dem einzelnen Brillanten sanft an den dritten Finger der linken Hand steckt.

»Bruno.«

»Mhm.«

»Wie genau sah dein Plan aus? Musste ich sechs Hüpfer schaffen, damit du mir einen Antrag machst?«

Langsam schüttelt er den Kopf und lächelt.

»Nein, du musstest nur den Mut haben, offen dafür zu sein, dass ein fremder Mann deinen Magen dazu bringt, Purzelbäume zu schlagen. Seinem Bauchgefühl zu folgen und sich den Herausforderungen des Lebens zu stellen, selbst wenn man dabei scheitert, genügt mir.«

Als Brunos sanfter Kuss meine Lippen trifft, treten mir Tränen in die Augen, und mein Magen macht tatsächlich einen Purzelbaum.

Hoch über dem See auf dem Zweig einer Blautanne sitzt ein aufgeplustertes Rotkehlchen. Sein Köpfchen zuckt, als es mit neugierigen Knopfaugen die Vorgänge unter sich beobachtet und den Zauber der Weihnachtsbaumfarm auf sich wirken lässt.

WEINT NICHT AN MEINEM GRAB UM MICH

Weint nicht an meinem Grab um mich.
Ich bin nicht dort, ich schlafe nicht.
Ich bin der Wind über dem See,
Kristallglitzer auf Winterschnee.
Bin Sonnenschein auf Ährengold.
Ich bin der Regen herbstlich hold.
Wenn ihr am Morgen grüßt den Tag,
bin ich der Vögel Flügelschlag.
Bin all die Sterne, die nachts scheinen.
Ihr sollt an meinem Grab nicht weinen.
Und deshalb trauert nicht um mich.
Ich bin nicht tot, ich sterbe nicht.

Mary Elizabeth Frye

DANKSAGUNG

Vielen Dank an Sarah Ritherdon und ihr Team, die ihre Zauberkräfte auf mein Manuskript haben einwirken lassen. Ohne ihr Engagement wäre meine Geschichte unerzählt geblieben und als Papierstapel in einem Regal verstaubt.

Unendlich dankbar bin ich David Headley und seinem mitreißenden Team bei DHH Literary Agency. Eine erfahrenere und professionellere Mannschaft hätte ich mir für meinen Erfolg nicht wünschen können.

Danke, euch schreibenden Freundinnen und Freunden von der Romantic Novelists' Association. Ihr seid mir immer eine große Hilfe, und ich freue mich darüber, bei jeder Feier und jeder Tagung mit euch lachen zu können. Ich verspreche, mich für eure Großzügigkeit und den Zuspruch der letzten Jahre bei euch zu revanchieren.

Dank auch an die Familie Salloway für die Liebe und die schönen Erinnerungen an fröhliche Treffen, die uns allen so viel bedeuten. Mary hatte jedes Jahr den wunderschönsten und mit viel Liebe geschmückten Weihnachtsbaum – das Glück sei mit ihr x

An Kathryn »Kitty« Patrickson, Jackie Glendinning, Sharon Walker, Rebecca Hibbins, Steve Klym, Sean Phillips und Bexy Read von der George Eliot School – ihr habt mir den täglichen Kampf, Beruf und Traum unter einen Hut zu bringen, so erleichtert. Deshalb möchte ich euch auf die einzige Art und Weise danken, die ich kenne: in einem Buch. P.S.: Steve Klym, in diesem Jahr haben mir elf Schulkinder den Witz vom aufblasbaren Jungen erzählt.

Tim und Debbie Woodward, Graham Vann-Turner und Pid Pardoe, ich danke euch für eure Unterstützung und eure Freundschaft mit Lush. Er hat erstklassige Freunde verdient, denn schließlich glänzt seine Frau so oft durch Abwesenheit, weil sie sich wieder mal im Narnia-Universum herumtreibt. Außerdem Dank bei den Mitgliedern von Warwickshire Fire and Rescue, die meinen Werdegang verfolgen und meine Bücher kaufen. Es war mir eine Freude, jedes einzelne Exemplar zu signieren.

Einen großen Magermilch-Mokka ohne Zuckerstreusel und ein Dankeschön an die Baristas bei Costa Coffee in Atherstone, die mir erlaubt haben, stundenlang einen Ecktisch zu besetzen, damit ich dieses Buch überarbeiten konnte. Lächeln, freundliche Gespräche und toller Service haben dafür gesorgt, dass ich täglich wiederkam.

An die »Hollys« dieser Welt, die die »fiesen Mädchen« ignorieren sollen: Ihre miese Art, mit anderen Menschen umzuspringen, macht uns schon in jungen Jahren zu starken Frauen. An die »Ninas«: Möge euer Magen Purzelbäume schlagen und sich nicht mit weniger zufrieden geben. An die »Angies«: Zweifelt nie daran, wie kostbar jener eine Augenblick war!

An Robin, das Rotkehlchen: Ob es nun ein Zufall, ein Mythos oder ein Zeichen meiner Leichtgläubigkeit ist, spielt eigentlich keine Rolle. Jedenfalls liefere ich die Mehlwürmer, wenn du dich weiter blicken lässt und mir Freude machst.

Mum, ich glaube, man kann mit Fug und Recht behaupten, dass ich dich endlich von einer strengen Diät aus Autobiografien und Memoiren zur Belletristik bekehrt habe. Immerhin hast du meine anderen Romane an einem Tag verschlungen!

Aus tiefstem Herzen danke ich meinem Mann Leo: Vom ersten Tag an hast du fest daran geglaubt, dass »eines Tages« irgendwann wahr werden würde. Außerdem entschuldige ich mich für meine endlosen, albernen Autorenfragen, in denen es um die passenden Namen und Frisuren und um die Brandbekämpfung ging. Bis zu meiner nächsten Inspiration zu einem Roman lasse ich dich in Ruhe.

Und zu guter Letzt danke ich meinen wundervollen Leserinnen und Lesern. Jeden Tag begeistert ihr mich aufs Neue mit euren überschwänglichen Rezensionen und ermutigenden E-Mails. Es erfüllt mich wirklich mit Demut, dass ihr euch in euren vollen Leben die Zeit nehmt, meine Bücher zu lesen.

Postskriptum an die Multiple Sklerose: Du hast in der Ecke gelauert und unseren Kampf beobachtet, bis du dich mit meinem Dad davongemacht hast. Zum Glück kann ich auf eine Kindheit voller Erinnerungen zurückgreifen. Ich habe es noch immer nicht verwunden. Aber zumindest bist du jetzt kein Geheimnis mehr.

FSC
www.fsc.org
MIX
Papier aus verantwortungsvollen Quellen
FSC® C014496

Deutsche Erstausgabe
September 2021
DuMont Buchverlag, Köln

Die englische Originalausgabe erschien 2018 unter dem Titel
›The Magic of Christmas Tree Farm‹ bei Aria, London.

Übersetzung: Ulrike Laszlo und Karin Dufner
Redaktion: Claudia Alt
Umschlaggestaltung: Lübbeke Naumann Thoben, Köln
Umschlagabbildung: © Shutterstock/ helterskelter
Satz: Fagott, Ffm
Gesetzt aus der Alegreya und der MachineatDemo
Druck und Verarbeitung: GGP Media GmbH, Pößneck
Gedruckt auf säurefreiem und chlorfrei gebleichtem Papier
Printed in Germany
ISBN 978-3-8321-6568-0

www.dumont-buchverlag.de